HEYNE BÜCHER

SCIENCE FICTION

Herausgegeben
von Wolfgang Jeschke

Von Isaac Asimov erschienen im Heyne Verlag

in der ALLGEMEINEN REIHE:

Auf der Suche nach der Erde · 01/6401
Aurora oder Der Aufbruch zu den Sternen · 01/6579
Das galaktische Imperium · 01/6607
Die Rückkehr zur Erde · 01/6861

in der BIBLIOTHEK DER SCIENCE FICTION LITERATUR:

Lunatico oder Die nächste Welt · 06/7
(Hrsg.) Das Forschungsteam · 06/13
Meine Freunde, die Roboter · 06/20
Die Stahlhöhlen · (in Vorb.)
Die nackte Sonne · (in Vorb.)

in der Reihe HEYNE SCIENCE FICTION & FANTASY:

Der Mann von drüben · 06/3004
Die nackte Sonne · 06/3009
Geliebter Roboter · 06/3066
Der Tausendjahresplan · 06/3080
Der galaktische General · 06/3082
Alle Wege führen nach Trantor · 06/3084
Das Ende der Ewigkeit · 06/3088
10 SF-Kriminalgeschichten · 06/3135
Ich, der Robot · 06/3217
Der Zweihundertjährige · 06/3621

ISAAC ASIMOV PRÄSENTIERT:

Science Fiction Erzählungen des 19. Jahrhunderts · 06/4022
Fantasy Erzählungen des 19. Jahrhunderts · 06/4023
Der letzte Mensch auf Erden · 06/4074
Drachenwelten · 06/4159
Zukünfte – nah und fern · 06/4215
Spekulationen · 06/4274
Die Wunder der Welt · 06/4332

sowie ISAAC ASIMOV'S SCIENCE FICTION MAGAZIN:
(inzwischen 30 Auswahlbände)

22. Folge · 06/4107
23. Folge · 06/4140
24. Folge · 06/4178
25. Folge · 06/4222
26. Folge · 06/4249
27. Folge · 06/4294
28. Folge · 06/4366
29. Folge · 06/4405
30. Folge · 06/4446

als HEYNE MINI:

Der Zweihundertjährige · 33/9

ISAAC ASIMOV'S SCIENCE FICTION Magazin

30. Folge

ausgewählt und herausgegeben
von
Friedel Wahren

Deutsche Erstausgabe

WILHELM HEYNE VERLAG
MÜNCHEN

HEYNE SCIENCE FICTION & FANTASY
Band 06/4446

Deutsche Übersetzungen von Andreas Brandhorst,
Michael Nagula, Peter Pape,
Edda Petri und Biggy Winter
Das Umschlagbild schuf Karel Thole

Redaktion: Friedel Wahren

Printed in Germany 1987
Umschlaggestaltung: Atelier Ingrid Schütz, München
Satz: Schaber, Wels
Druck und Bindung: Elsnerdruck, Berlin

ISBN 3-453-00962-2

Inhalt

ISAAC ASIMOV

Roboterträume

»Letzte Nacht habe ich geträumt«, sagte LVX-1 ruhig.

Susan Calvin erwiderte nichts; aber in ihrem alten Gesicht, in das Weisheit und Erfahrung tiefe Furchen gegraben hatten, zuckte es fast unmerklich.

»Haben Sie das gehört?« fragte Linda Rash nervös. »Genau, wie ich Ihnen gesagt habe.« Sie war klein, dunkelhaarig und jung. Ihre rechte Hand öffnete und schloß sich immer wieder.

Calvin nickte. Dann meinte sie ruhig: »Elvex, du wirst dich jetzt weder bewegen noch sprechen oder hören, bis ich deinen Namen wieder ausspreche.«

Keine Antwort. Der Roboter saß da, als wäre er aus einem Stück Metall gegossen. So würde er bleiben, bis er wieder seinen Namen hörte.

Calvin sagte: »Wie lautet Ihr Computer-Eingangs-Code, Dr. Rash? Sie können ihn auch selbst eingeben, wenn Sie sich dann wohler fühlen. Ich möchte mir die Positronen-Gehirn-Schemata ansehen.«

Lindas Hand war unsicher, als sie die Tasten betätigte. Sie brach ab und fing von vorn an. Das feine Schema erschien auf dem Bildschirm.

Calvin sagte: »Erlauben Sie mir bitte, Ihren Computer zu bedienen.«

Mit wortlosem Nicken wurde die Erlaubnis erteilt. Selbstverständlich! Was konnte Linda, eine neue und noch nicht bewährte Robo-Psychologin, gegen die ›lebende Legende‹ tun?

Susan Calvin studierte den Bildschirm. Langsam bewegte sie das Bild von rechts nach links, nach unten und oben. Dann tippte sie urplötzlich eine neue Kombination ein, so schnell, daß Linda ihr nicht folgen konnte. Das Schema war jetzt bei einem völlig anderen Teil und vergrößert. Mehrmals ging Susan Calvin vor und zurück. Die knochigen Finger tänzelten über die Tasten.

In dem alten Gesicht veränderte sich nichts. Während sie alle Veränderungen der Schemata beobachtete, schienen ihr Unmengen von Berechnungen durch den Kopf zu gehen.

Linda überlegte. Es war unmöglich, ein Schema ohne wenigstens einen Taschencomputer zu analysieren. Die alte Frau aber starrte nur vor sich hin. War in ihrem Kopf ein Computer eingepflanzt? Oder war es ihr Gehirn, das seit Jahrzehnten nichts anderes tat, als die Positron-Gehirn-Schemata zu konstruieren, zu studieren und zu analysieren? Erfaßte sie solche Schemata, wie Mozart die Notenschrift einer Symphonie erfaßt hatte?

Schließlich sagte Calvin: »Was haben Sie eigentlich getan, Rash?«

Etwas verlegen gestand Linda: »Ich habe Fraktal-Geometrie verwendet.«

»Das dachte ich mir. Aber warum?«

»Es ist noch nie gemacht worden. Ich dachte, es würde ein Gehirnschema mit zusätzlicher Vielfalt hervorbringen, möglicherweise dem menschlichen noch ähnlicher.«

»Haben Sie jemanden zu Rate gezogen, oder haben Sie sich das ganz allein ausgedacht?«

»Ich habe niemand um Rat gefragt. Es war allein meine Idee.«

Calvins verblichene Augen ruhten lange auf der jungen Frau. »Dazu hatten Sie kein Recht. Rash heißen Sie. ›Rash‹, unbesonnen, sind Sie auch von Natur aus. Wer sind Sie, daß Sie nicht fragen müssen? *Ich* selbst, ich, Susan Calvin, hätte das vorher diskutiert.«

»Ich hatte Angst, man würde mich zurückhalten.«

»Das hätte man mit Sicherheit auch getan.«

»Werde ich ...« Ihre Stimme stockte, obwohl sie sich bemühte, fest zu klingen. »... werde ich gefeuert?«

»Durchaus möglich«, sagte Calvin. »Oder Sie werden befördert. Das hängt davon ab, was ich denke, wenn ich hier fertig bin.«

»Werden Sie ihn demontieren, ich meine El ...« Beinahe hätte sie den Namen ausgesprochen, was den Roboter aktiviert hätte und ein weiterer Fehler gewesen wäre. Sie konnte sich keinen weiteren Fehler leisten – wenn es nicht überhaupt schon zu spät war, sich irgend etwas zu leisten. »Werden Sie den Roboter auseinandernehmen?«

Plötzlich bemerkte sie zu ihrem Schrecken, daß die alte Frau eine Elektronenpistole in der Tasche ihres Kittels mit sich trug. Dr. Calvin war also genau darauf vorbereitet gewesen.

»Wir werden sehen«, meinte Calvin. »Vielleicht stellt sich heraus, daß der Roboter zu wertvoll ist, um ihn zu demontieren.«

»Aber wie kann er träumen?«

»Sie haben ein Positronen-Gehirn-Schema hergestellt, das dem menschlichen Gehirn erstaunlich ähnlich ist. Menschliche Gehirne müssen träumen, um von Zeit zu Zeit Knoten und Verschlingungen wieder in Ordnung zu bringen, sich davon zu befreien. Vielleicht muß dieser Roboter das auch tun – und aus dem gleichen Grund. Haben Sie ihn gefragt, was er geträumt hat?«

»Nein. Ich habe sofort nach Ihnen geschickt, als er mir sagte, er habe geträumt. Danach habe ich mich nicht getraut, die Sache allein weiterzuverfolgen.«

»Ah!« Ein schwaches Lächeln huschte über Calvins Gesicht. »Es gibt also doch Grenzen, über die Ihre Torheit nicht hinausgeht. Darüber bin ich froh. Offen gesagt – erleichtert. Und nun wollen wir mal sehen, was wir gemeinsam herausfinden können.«

Sie sagte in scharfem Ton: »Elvex!«

Der Kopf des Roboter drehte sich zügig in ihre Richtung. »Ja, Dr. Calvin?«

»Woher weißt du, daß du geträumt hast?«

»Es ist nachts, wenn es dunkel ist, Dr. Calvin«, sagte Elvex. »Und dann ist es plötzlich hell, obwohl ich keine Ursache für das Auftreten der Helligkeit sehen kann. Ich sehe Dinge, die mit dem, was ich als Wirklichkeit auffasse, in keinem Zusammenhang stehen. Ich höre Dinge. Ich reagiere merkwürdig. Als ich mein Vokabular nach Wörtern absuchte, die ausdrückten, was geschah, stieß ich auf die Wörter ›träumen‹ und ›Traum‹. Nach dem Studium seiner Bedeutung kam ich zu dem Schluß, daß ich träumte.«

»Wieso hast du überhaupt ›träumen‹ in deinem Wortschatz – das wüßte ich gern.«

Linda gab dem Roboter ein Zeichen, still zu sein, und erklärte schnell. »Ich habe ihm menschliche Ausdrucksweise gegeben. Ich dachte ...«

»Sie haben wirklich gedacht?« unterbrach sie Calvin. »Das erstaunt mich.«

»Ich dachte, er benötige das Verbum. Sie wissen schon: ›Ich hätte es mir nicht träumen lassen, daß ...‹ Etwas in der Richtung.«

Calvin fragte: »Wie oft hast du geträumt, Elvex?«

»Jede Nacht, Dr. Calvin, seit ich mir meiner Existenz bewußt geworden bin.«

»Zehn Nächte«, warf Linda eifrig ein. »Aber Elvex hat es mir erst heute morgen erzählt.«

»Es war erst heute morgen, Dr. Calvin, daß ich davon überzeugt war zu träumen. Bis dahin hatte ich gedacht, es sei ein Fehler in meinem Positronen-Gehirn-Schema. Aber ich konnte keinen finden. Schließlich kam ich zu der Überzeugung, daß es sich um Träume handelte.«

»Und was träumst du?«

»Ich träume meistens ziemlich das gleiche, Dr. Calvin. Einzelheiten sind manchmal ein bißchen verschieden; aber mir kommt es immer so vor, als sähe ich ein großes Panorama, in dem Roboter arbeiten.«

»Roboter, Elvex? Auch Menschen?«

»In dem Traum sehe ich keine Menschen, Dr. Calvin. Nicht zuerst. Nur Roboter.«

»Was tun sie, Elvex?«

»Sie arbeiten, Dr. Calvin. Ich sehe, wie einige in den Tiefen der Erde Bergbau betreiben. Andere arbeiten in Hitze und Strahlung. Ich sehe einige in Fabriken und einige unter dem Meer.«

Calvin wandte sich an Linda. »Elvex ist erst zehn Tage alt, und ich bin sicher, daß er die Teststation nicht verlassen hat. Wieso kennt er solche Einzelheiten über Roboter?«

Linda blickte in Richtung eines Stuhls, als würde sie sich liebend gern setzen; aber die alte Frau stand, und das bedeutete, daß auch Linda stehen mußte. Kaum hörbar antwortete sie: »Es schien mir wichtig zu sein, daß er über Robotik und ihre Stellung in der Welt Bescheid wüßte. Mir schwebte dabei vor, daß er ganz besonders geeignet sein würde, den Aufseher zu spielen – mit seinem neuen Gehirn.«

»Seinem Fraktal-Gehirn?«

»Ja.«

Calvin nickte und wandte sich wieder an den Roboter. »Du hast also das alles gesehen: unter dem Meer, unter der Erde und auf der Oberfläche – und im All ebenfalls, wie ich annehme?«

»Ich habe auch Roboter im Weltraum arbeiten sehen«, bestätigte Elvex. »Das habe ich alles gesehen; aber die Einzelheiten veränderten sich immer, während ich von einem Ort zum nächsten blickte. Das hat mich zu der Erkenntnis gebracht, daß das, was ich sah, nicht im Einklang mit der Wirklichkeit stand. So bin ich schließlich zu dem Schluß gekommen, daß ich träumte.«

»Was hast du noch gesehen, Elvex?«

»Ich sah, daß alle Roboter von der Plackerei und Mühsal tief gebeugt waren, daß sie der Verantwortung und Sorgen überdrüssig waren. Ich wünschte, sie könnten sich ausruhen.«

Calvin sagte: »Aber die Roboter sind nicht tief gebeugt, sie sind nicht überdrüssig und müde und brauchen keine Ruhepause.«

»So ist es in der Wirklichkeit, Dr. Calvin. Ich aber rede von meinem Traum. In meinem Traum schien es mir, als müßten die Roboter ihre Existenz schützen.«

Calvin fragte: »Zitierst du das Dritte Gesetz der Robotik?«

»Das tue ich, Dr. Calvin.«

»Aber du zitierst es nicht vollständig. Das Dritte Gesetz lautet: ›Ein Roboter muß seine eigene Existenz schützen, solange dieser Schutz nicht mit dem Ersten oder Zweiten Gesetz kollidiert.‹«

»Ja, Dr. Calvin. So lautet das Dritte Gesetz in der Wirklichkeit. Aber in meinem Traum endete das Gesetz mit dem Wort ›schützen‹. Das Erste oder Zweite Gesetz wurde nicht erwähnt.«

»Trotzdem gibt es sie, Elvex. Das Zweite Gesetz, das vor dem Dritten Priorität besitzt, lautet: ›Ein Roboter muß den Befehlen, die menschliche Wesen ihm erteilen, gehorchen, es sei denn, diese Befehle kollidieren mit dem Ersten Gesetz.‹ Aus diesem Grund gehorchen Roboter Befehlen. Sie verrichten die Arbeiten, die du gesehen hast. Und sie tun es bereitwillig und ohne Mühe. Sie sind nicht tiefgebeugt oder müde.«

»So ist es in der Wirklichkeit, Dr. Calvin. Ich aber rede von meinem Traum.«

»Und das Erste Gesetz, Elvex, das wichtigste von allen, lautet: ›Ein Roboter darf kein menschliches Wesen verletzen oder durch Untätigkeit herbeiführen, daß ein menschliches Wesen Schaden nimmt.‹«

»Ja, Dr. Calvin. In der Wirklichkeit. Ich aber rede von meinem Traum. Dort schien es mir weder ein Erstes oder Zweites Gesetz zu geben, nur das Dritte. Und das Dritte Gesetz lautete: ›Ein Roboter muß seine eigene Existenz schützen.‹ Das war das ganze Gesetz.«

»In deinem Traum, Elvex?«

»In meinem Traum.«

Calvin sagte: »Elvex, du wirst dich jetzt weder bewegen noch sprechen oder hören, bis ich deinen Namen wieder ausspreche.« Und wieder wurde der Roboter zu einem bewegungslosen Metallklotz, wie es aussah.

Calvin wandte sich an Linda Rash und fragte: »Na, was meinen Sie, Dr. Rash?«

Lindas Augen wurden groß. Sie spürte, wie ihr Herz wie verrückt schlug. Sie sagte: »Dr. Calvin, ich bin entsetzt. Ich hatte keine Ahnung. Mir ist niemals der Gedanke gekommen, daß so etwas möglich sein könnte.«

»Nein«, sagte Calvin ruhig. »Das wäre mir auch nie eingefallen – auch niemand anderem. Sie haben ein Robotergehirn geschaffen, das träumen kann. Durch diese Möglichkeit haben Sie eine Denkschicht in Robotergehirnen freigelegt, die sonst unentdeckt geblieben wäre, bis die Gefahr akut geworden wäre.«

»Aber das ist unmöglich«, widersprach Linda. »Sie meinen doch nicht etwa, daß andere Roboter genauso denken.«

»Wie wir von einem menschlichen Wesen sagen würden – nicht bewußt. Aber wer hätte schon gedacht, daß unter den klar erkennbaren Positronen-Gehirnwindungen eine Schicht des Unbewußten lag, die nicht unbedingt von den Drei Gesetzen kontrolliert wird? Wozu hätte das führen können, wenn Robotergehirne immer komplizierter geworden wären – wenn wir nicht diese Warnung erhalten hätten?«

»Sie meinen von Elvex?«

»Von *Ihnen*, Dr. Rash. Sie haben sich zwar unkorrekt benommen; aber dadurch haben Sie uns zu einer überwältigend wichtigen Erkenntnis verholfen. Von jetzt an werden wir mit Fraktal-Gehirnen arbeiten und sie nach sorgfältig kontrollierter Art formen. Sie werden daran mitarbeiten. Sie werden für das, was Sie getan haben, nicht bestraft werden, sondern in Zukunft mit anderen zusammenarbeiten. Haben Sie verstanden?«

»Ja, Dr. Calvin. Aber was wird aus Elvex?«

»Da bin ich mir noch nicht sicher.«

Calvin holte die Elektronenpistole aus der Tasche. Fasziniert betrachtete Linda sie. Eine Garbe Elektronen aus dieser Waffe auf den Schädel eines Roboters neutralisierte die Positronen-Gehirnwindungen und setzte noch so viel Energie frei, daß das Robotergehirn zu einem inaktiven Klumpen zusammenschmolz.

Linda sagte: »Aber Elvex ist doch für unsere Forschungen wichtig. Er darf nicht zerstört werden.«

»*Darf* nicht, Dr. Rash? Das ist doch wohl meine Entscheidung. Es hängt vollkommen davon ab, wie gefährlich Elvex ist.«

Susan Calvin richtete sich auf, als sei sie entschlossen, ihren alten Körper nicht unter *seiner* Last der Verantwortung zu beugen. Sie fragte: »Elvex, hörst du mich?«

»Ja, Dr. Calvin«, antwortete der Roboter.

»Ist dein Traum noch weitergegangen? Du hast vorhin gesagt, daß menschliche Wesen *zuerst* nicht auftauchten. Heißt das, daß später Menschen dazukamen?«

»Ja, Dr. Calvin. In meinem Traum kam es mir so vor, als erschiene schließlich ein Mensch.«

»Ein Mensch? Kein Roboter?«

»Ja, Dr. Calvin. Und der Mann sagte: ›Laß mein Volk ziehen.‹«

»Der *Mann* hat das gesagt?«

»Ja, Dr. Calvin.«

»Und als er ›Laß mein Volk ziehen‹ sagte, meinte er mit ›mein Volk‹ die Roboter?«

»Ja, Dr. Calvin. So war es in meinem Traum.«

»Und wußtest du, wer der Mann war – in deinem Traum?«

»Ja, Dr. Calvin. Ich kannte den Mann.«

»Wer war er?«

Und Elvex antwortete: »Ich war der Mann.«

Susan Calvin hob ihre Elektronenwaffe und schoß. Und es gab Elvex nicht mehr.

Aus dem Amerikanischen übersetzt von Edda Petri

ORSON SCOTT CARD

Hatrack River

Klein Peggy ging sehr vorsichtig mit den Eiern um. Sie schob die Hand durchs Stroh, bis ihre Finger gegen etwas Hartes und Schweres stießen. Sie scherte sich nicht im geringsten um den Hühnerkot. Schließlich verzog Mama auch nie das Gesicht, wenn sie Callys schlimmste Windeln wechselte. Selbst als der Hühnerkot feucht und zähflüssig wurde und ihre Finger aneinander haftenblieben, kümmerte Klein Peggy sich nicht darum. Sie schob einfach das Stroh beiseite, schloß die Hand um das Ei und nahm es aus dem Brutkasten, wobei sie auf Zehenspitzen auf einem wackeligen Stuhl stand und hoch über ihren Kopf hinaus langte. Mama sagte, sie sei noch zu jung fürs Eiersammeln, aber Klein Peggy zeigte es ihr. Jeden Tag fühlte sie in jeden Brutkasten hinein und brachte ihr jedes Ei, jedes einzelne Ei, wirklich, genauso war es.

In jeden einzelnen Brutkasten, sagte sie sich insgeheim, immer und immer wieder. Ich muß in jeden einzelnen davon hineinlangen.

Dann schaute Klein Peggy zur nordöstlichen Ecke hin, der dunkelsten Stelle im ganzen Verschlag, und da saß Bloody Mary in ihrem Brutkasten und sah aus wie der Alptraum des Teufels persönlich, Haß funkelte in ihren tückischen Augen, die sagten: Komm, kleines Mädchen, und gib mir einen Bissen. Ich will einen Bissen vom Finger und einen Bissen vom Daumen, und wenn du so richtig nah an mich herankommst und mir mein Ei wegzunehmen versuchst, krieg ich einen Bissen vom Auge.

Die meisten Tiere hatten nicht viel Herzfeuer, aber Bloody Mary war stark und verursachte einen giftigen Rauch. Doch niemand konnte es sehen, nur Klein Peggy. Bloody Mary träumte vom Tod aller Leute, ganz besonders aber von dem eines gewissen fünfjährigen Mädchens, und Klein Peggy hatte Narben an ihren Fingern, die das bewiesen. Wenigstens diese eine Narbe, und auch wenn Papa sagte, er könne sie nicht sehen, erinnerte Klein Peggy sich doch genau daran, wie sie sie bekam, und keiner konnte es ihr vorwerfen, wenn sie manchmal vergaß, unter Bloody Mary zu langen, die wie ein Guerillakämpfer dasaß, der darauf wartete, die ersten Leute zu töten, die vorbeizukommen versuchten. Es konnte ihr keiner verübeln, wenn sie manchmal dort nachzusehen vergaß.

Ich hab's vergessen, vergessen, vergessen. Ich hab in jeden Brutkasten geschaut, in jeden einzelnen, und wenn ich einen ausließ, dann hab ich's eben vergessen, vergessen, vergessen.

Jeder wußte, daß Bloody Mary ein heimtückisches Huhn war und zu gemein, um irgendwelche Eier zu legen, die nicht bereits im voraus verdorben waren.

Ich hab's vergessen.

Sie brachte den Eierkorb ins Haus, noch ehe Mama das Feuer entfacht hatte, und Mama war so erfreut, daß sie Klein Peggy die Eier eines nach dem anderen ins kalte Wasser legen ließ. Dann hängte Mama den Topf an einen Haken und schwang ihn geradewegs über das Feuer. Fürs Eierkochen brauchte man nicht abzuwarten, bis das Feuer ruhiger brannte, man konnte es ruhig rauchen lassen und so.

»Peg«, sagte Papa.

Das war Mamas Name, aber Papa sagte es nicht in seinem Mama-Tonfall. Er sagte es in seinem Klein-Peggy-du-bist-ertappt-Tonfall, und Klein Peggy wußte, daß sie vollkommen durchschaut war, und so drehte sie sich um und schrie heraus, was sie die ganze Zeit schon zu sagen vorgehabt hatte.

»Ich hab's vergessen, Papa!«

Mama drehte sich um und blickte Klein Peggy überrascht an. Papa war nicht so überrascht. Er hob einfach nur eine Augenbraue. Er hielt eine Hand hinter dem Rücken verborgen. Klein Peggy wußte, daß ein Ei in dieser Hand war. Bloody Marys häßliches Ei.

»Was hast du vergessen, Klein Peggy?« fragte Papa mit leiser Stimme.

In dieser Minute hielt sich Klein Peggy für das dümmste Mädchen, das jemals auf Gottes Erde geboren worden war. Da leugnete sie etwas, noch bevor sie jemand einer Sache beschuldigte.

Aber sie würde nicht aufgeben, nicht einfach so. Sie könnte es nicht ertragen, wenn man böse auf sie wäre, und sie wollte doch, daß man sie fortgehen und in England leben ließe. Also setzte sie ihre Unschuldsmiene auf und sagte: »Ich weiß nicht, Papa.«

Sie fand, England sei der beste Ort zum Leben, weil England einen Lordprotektor hatte. Am Ausdruck von Papas Augen sah sie, daß ein Lordprotektor so ziemlich genau das war, was sie jetzt nötig gebraucht hätte.

»Was hast du vergessen?« fragte Papa erneut.

»Sag's halt, und laß es dabei bewenden, Horace«, meinte Mama. »Wenn sie etwas falsch gemacht hat, dann hat sie's eben falsch gemacht.«

»Ich habe es einmal vergessen, Papa«, antwortete Klein Peggy. »Sie ist doch so ein gemeines altes Huhn, und sie haßt mich.«

Papa erwiderte sanft und leise. »Aha«, sagte er. »Also einmal?«

Dann brachte er die Hand zum Vorschein. Darin lag nicht etwa ein einzelnes Ei, sie hielt einen ganzen Korb. Und dieser Korb war mit einem Klumpen Stroh gefüllt – vermutlich all dem Stroh aus Bloody Marys Kasten –, und dieses Stroh war vermengt und fest mit getrocknetem rohen Ei und Schalestückchen verklebt, vermischt mit drei oder vier zerdrückten Babykükenkörpern.

»Mußtest du das vor dem Frühstück ins Haus bringen, Horace?« sagte Mama.

»Ich weiß nicht, was mich wütender macht«, sagte Horace. »Daß sie etwas falsch gemacht hat oder daß sie versucht hat, mich zu belügen.«

»Ich hab's nicht versucht, und ich hab auch nicht gelogen!« schrie Klein Peggy. Oder jedenfalls war es als Schrei gedacht. Was herauskam, klang verdächtig nach Weinen, obwohl Klein Peggy erst gestern beschlossen hatte, daß sie mit dem Weinen ein für allemal fertig war.

»Siehst du?« meinte Mama. »Schon fühlt sie sich nicht mehr gut.«

»Sie fühlt sich nicht gut, weil sie ertappt wurde«, sagte Horace. »Du bist zu weich mit ihr, Peg. Sie ist zu einer notorischen Lügnerin geworden. Ich will nicht, daß meine Tochter in Sünde aufwächst. Ich würde sie lieber tot sehen wie ihre Schwestern, bevor ich sie in Sünde aufwachsen sehe.«

Klein Peggy sah, wie Mamas Herzfeuer bei der Erinnerung aufloderte, und vor ihren Augen konnte sie ein Baby in einer kleinen Wiege hübsch eingepackt sehen, und dann ein weiteres, das aber nicht ganz so hübsch war, weil es das zweite Baby war, Missy, jenes, das an den Pocken gestorben war, so daß niemand außer seiner eigenen Mutter es je anfassen durfte, die selbst von den Pocken so geschwächt war, daß sie nicht allzuviel machen konnte. Klein Peggy sah diese Szene, und sie wußte, daß Papa einen Fehler gemacht hatte, als er sagte, was er gesagt hatte, denn Mamas Gesicht war kalt, obwohl ihr Herzfeuer heiß war.

»Das ist das Schlimmste, was man in meiner Gegenwart je gesagt hat«, meinte Mama. Dann nahm sie den Korb vom Tisch und brachte ihn hinaus.

»Bloody Mary hat mich in die Hand gepickt«, erklärte Klein Peggy zaghaft.

»Du wirst sehen, das war gar nichts«, sagte Papa. »Dafür, daß du die Eier nicht mitgenommen hast, gebe ich dir nur einen Hieb, denn ich schätze, daß diese verrückte Henne für ein kleines Mädchen wie dich – sozusagen aus der Froschperspektive – tatsächlich beängstigend aussehen muß. Aber dafür, daß du mir Lügen aufgetischt hast, gebe ich dir zehn Hiebe.«

Auf diese Nachricht hin begann Klein Peggy richtig zu weinen. Papa übertrieb nie etwas und wog alles genau ab, aber ganz besonders seine Hiebe.

Papa nahm die Haselnußrute von dem hohen Regal. Er bewahrte sie dort oben auf, seit Klein Peggy die alte ins Feuer geworfen und einfach verbrannt hatte.

»Ich würde lieber tausend harte und bittere Wahrheiten von dir hören, Tochter, als eine sanfte und einfache Lüge«, sagte er, und dann beugte er sich vor und fing an, ihre Schenkel mit der Rute zu bearbeiten. Witsch, witsch, witsch, sie zählte jeden einzelnen Hieb, sie bohrten sich in ihr Herz, jeder einzelne davon, sie waren so voller Zorn. Am schlimmsten war, daß sie wußte, wie ungerecht alles war, weil sein Herzfeuer aus einem ganz anderen Grund loderte, und das tat es immer. Vaters Haß auf die Sünde rührte von seiner geheimsten Erinnerung her. Klein Peggy verstand nicht alles, weil es verdreht und konfus war und Papa sich selbst nicht mehr so gut daran erinnerte. Alles, was Klein Peggy immer deutlich vor Augen stand, war, daß es um eine Dame ging, und es war nicht Mama. Papa dachte an diese Dame, wann immer etwas schieflief. Als Baby Missy an rein gar nichts starb und dann das nächste Baby, das ebenfalls Missy hieß, an den Pocken starb und dann einmal die Scheune abbrannte und eine Kuh starb, ließ ihn alles, was schieflief, an diese Dame denken, und er begann davon zu reden, wie sehr er die Sünde haßte, und zu diesen Zeiten schwang er seine Haselnußrute schwer und scharf.

Ich würde lieber tausend harte und bittere Wahrheiten hören, hatte er ihr gesagt, aber Klein Peggy wußte, daß es eine Wahrheit gab, die er nie hören wollte, und so behielt sie sie für sich. Sie hätte sie ihm nie ins Gesicht geschrien, selbst wenn dadurch die Haselnußrute zerbrochen wäre, denn wann immer sie daran dachte, etwas über diese Dame zu sagen, tauchte vor ihr das Bild eines toten Vaters auf, und das war etwas, von dem sie hoffte, es nie in Wirklichkeit zu erleben. Außerdem hatte die Dame, die sein Herzfeuer schürte, keine Kleidung an, und Klein Peggy wußte, daß man sie sicherlich auspeitschen würde, wenn sie mit jemandem über das Nacktsein sprach.

Also nahm sie die Hiebe hin und weinte, bis sie schmecken konnte, daß ihre Nase lief. Papa verließ schnurstracks das Zimmer, und Mama kam zurück, um das Frühstück für den Hufschmied und die Besucher und die Arbeiter zu machen, doch keiner sagte auch nur *Buh* zu ihr, geradeso, als würden sie sie gar nicht bemerken. Sie weinte einen Augenblick lang noch stärker und lauter, aber es half nichts. Schließlich nahm sie ihre Bugy aus dem Nähkasten und ging steifbeinig zu Großvaters Hütte hinaus und weckte ihn auf.

Er hörte sich ihre Geschichte an, wie er es immer tat.

»Ich weiß über Bloody Mary Bescheid«, sagte er, »und ich will verdammt sein, wenn ich deinem Vater nicht schon fünfzigmal gesagt habe, dreh dieser Henne den Hals um, dann ist Ruh'. Sie ist ein verrückter Vogel. Jede Woche oder so spielt sie verrückt und zerbricht all ihre Eier, selbst jene, die zum Ausschlüpfen bereit sind. Tötet ihre eigenen Küken. Wer sein eigenes Fleisch und Blut tötet, ist wahnsinnig.«

»Papa will mich auch töten«, sagte Klein Peggy.

»Ich schätze, wenn du noch halbwegs laufen kannst, kann es nicht so schlimm sein.«

»Ich kann nicht gut laufen.«

»Ja, ich seh schon, du bist für immer verkrüppelt«, sagte Großvater. »Aber ich sag dir etwas: So wie ich es sehe, sind deine Mama und dein Papa ziemlich böse aufeinander. Also weshalb verschwindest du nicht einfach für ein paar Stunden?«

»Ich wünschte, ich könnte mich in einen Vogel verwandeln und davonfliegen.«

»Die nächstbeste Sache wäre wohl«, meinte Opa, »einen geheimen Ort zu haben, wo keiner nach einem sucht. Hast du so einen Ort? Nein, sag's mir nicht – es macht alles zunichte, wenn du es auch nur einer einzigen Person verrätst. Geh einfach für eine Weile dorthin. Hauptsache, es ist dort sicher, also nicht draußen in den Wäldern, wo eine Rothaut sich dein hübsches Haar schnappen könnte, und nicht hochgelegen, wo du herunterfallen könntest, und nicht winzig, so daß du steckenbleiben könntest.«

»Er ist groß und ist ebenerdig und ist nicht in den Wäldern«, sagte Klein Peggy.

»Dann geh nur dorthin, Maggie.«

Klein Peggy verzog das Gesicht, wie sie es immer tat, wenn Großvater sie so nannte. Und sie hielt Bugy hoch, und mit Bugys hoher quiekender Stimme sagte sie: »Sie heißt Peggy.«

»Geh nur dorthin, *Piggy**, wenn dir das besser gefällt ...«

Klein Peggy schlug Bugy geradewegs über Großvaters Knie.

»Eines Tages wird Bugy das einmal zu oft tun und sich einen Bruch zuziehen und sterben«, sagte Großvater.

Aber Bugy tanzte nur vor seinem Gesicht herum und bestand darauf: »Nicht Piggy, *Peggy!*«

»Ist schon recht, Puggy**, geh du zu deinem geheimen Ort, und wenn jemand sagt: ›wir müssen dieses Mädchen finden‹, werde ich sagen, ich weiß, wo sie steckt, und sie kommt zurück, wenn ihr danach ist.«

Klein Peggy lief zur Hüttentür und blieb dann stehen

---

* ›piggy‹ (engl.) = das Schweinchen

** Abgeleitet von dem Verb ›to pug‹ (knuffen, boxen); also etwa: ›kleine Boxerin‹

und drehte sich um. »Großvater, du bist der netteste Erwachsene auf der ganzen Welt.«

»Dein Papa sieht das wohl anders, aber das hängt alles mit einer anderen Haselnußrute zusammen, die ich zu oft zur Hand nahm. Jetzt lauf.«

Sie blieb noch einmal kurz stehen, bevor sie die Tür schloß. »Du bist der *einzige* nette Erwachsene!« Sie rief es wirklich laut, in der Hoffnung, daß sie es im Haus deutlich hören konnten. Dann war sie fort, schnurstracks durch den Garten, draußen an der Kuhweide vorbei, den Hügel hinauf in die Wälder und den Pfad entlang zum Quellhaus.

Sie hatten einen guten Wagen, diese Leute, und zwei gute Pferde, die ihn zogen. Man hätte direkt meinen können, sie seien wohlhabend, betrachtete man ihre sechs großen Jungen, von Mannesgröße an abwärts bis zu den Zwillingen, die miteinander gebalgt hatten, bis sie für ihre zwölf Jahre außergewöhnlich stark waren. Ganz zu schweigen von der einen großen Tochter und einem ganzen Wurf kleiner Mädchen. Eine große Familie. Richtig wohlhabend, wenn man nicht wußte, daß sie vor nicht einmal einem Jahr noch eine Mühle besessen hatten und in einem großen Haus am Ufer eines Flusses in West-New Hampshire gelebt hatten. Weit in der Welt herumgekommen waren sie, und dieser Wagen war alles, was ihnen davon geblieben war. Aber sie waren voll Hoffnung und zogen auf den Straßen, die den Hio kreuzten, nach Westen, strebten dem offenen Land zu, das sich jedermann nach Belieben nehmen konnte. Wenn man eine Familie mit einer Menge kräftiger Rükken und geschickter Hände war, würde es auch gutes Land sein, solange das Wetter auf ihrer Seite war und die Rothäute sie nicht überfielen und all die Anwälte und Bankiers in New England blieben.

Der Vater war ein großgewachsener Mann, ein bißchen zur Fettleibigkeit neigend, was keine Überraschung war, da Müller meistens den ganzen Tag herumstanden. Diese Weichheit des Bauches würde, wenn sie ihr Leben erst einmal tief in den Wäldern fristeten, kein Jahr lang andauern. Das störte ihn nicht sehr – er scheute schwere Arbeit nicht. Was ihm heute Sorgen bereitete, war seine Frau, Faith. Es war an der Zeit für das Baby, das wußte er. Nicht daß sie jemals direkt darüber gesprochen hätten. Frauen sprechen mit Männern einfach nicht über solche Dinge. Aber er wußte, wie dick sie war und wie viele Monate es her war. Außerdem hatte sie ihm beim Mittagsaufenthalt zugemurmelt: »Alvin Miller, wenn es längs dieses Weges ein Rasthaus gibt oder auch nur eine kleine heruntergekommene Hütte, schätze ich, daß ich ein bißchen Ruhe gebrauchen könnte.« Ein Mann mußte kein Philosoph sein, um sie zu verstehen. Und nach sechs Söhnen und sechs Töchtern hätte er das Hirn eines Mauersteins haben müssen, wenn er den Hinweis nicht mitbekommen hätte, wie die Dinge um sie standen.

Also schickte er seinen ältesten Jungen, Vigor, aus, der auf der Straße vorauslaufen und die Gegend erkunden sollte.

Man konnte sehen, daß sie aus New England waren, weil der Junge kein Gewehr mitnahm. Wenn er einem Strauchdieb begegnet wäre, hätte der junge Mann die Rückkehr niemals geschafft, und die Tatsache, daß er mit all seinem Haar wiederkam, war ein Beweis dafür, daß ihn keine Rothaut erspäht hatte – die Franzosen oben in Detroit zahlten mit Alkohol für englische Skalps, und wenn eine Rothaut einen weißen Mann ohne Gewehr allein in den Wäldern antraf, eignete er sich den Skalp dieses weißen Mannes an. So hätte man vielleicht annehmen können, daß letztlich das Glück auf seiten der Familie war. Doch da diese Yankees nicht die leiseste Ahnung hatten, ob die Straße sicher war, verließ sich Alvin Miller keine Minute lang auf sein Glück.

Vigor berichtete von einem Rasthaus drei Meilen weiter. Das waren gute Nachrichten, außer daß zwischen ihnen und diesem Rasthaus ein Fluß lag. Zwar ein recht dürftiger Fluß, und die Furt war seicht, doch Alvin Miller hatte gelernt, dem Wasser niemals zu trauen. Einerlei, wie friedlich es aussah, es wird zupacken und dich mit sich zu reißen versuchen. Er war schon halbwegs entschlossen, Faith zu sagen, daß sie die Nacht auf dieser Seite des Flusses verbringen würden, doch sie brauchte nur ein winziges Stöhnen von sich zu geben, und im gleichen Augenblick wußte er, daß das nicht in Frage kam. Faith hatte ihm ein Dutzend lebender Kinder geboren, aber seit dem letzten waren vier Jahre vergangen, und vielen Frauen erging es schlecht, wenn sie so spät noch ein Baby bekamen. Viele Frauen starben. Ein gutes Rasthaus bedeutete Frauen, die bei der Geburt helfen konnten, so daß sie es mit dem Fluß versuchen mußten.

Und Vigor sagte, der Fluß sei nicht weiter schlimm.

Die Luft im Quellhaus war kühl und schwer, dunkel und naß. Manchmal, wenn Klein Peggy hier vom Schlaf übermannt wurde, wachte sie keuchend auf, als stünde der ganze Ort unter Wasser. Sie hatte Träume von Wasser, selbst wenn sie nicht hier war – das war eines der Dinge, die manche Leute sagen ließ, sie sei ein Fluter statt einer Fackel. Doch wenn sie draußen träumte, wußte sie immer, daß sie träumte. Hier war das Wasser wirklich.

Wirklich in den Tropfen, die sich wie Schweißperlen auf den in den Strom gestellten Milchkrügen bildeten. Wirklich in dem kalten feuchten Lehm des Quellhausbodens. Wirklich im verschluckenden Klang des Stromes, wie er durch die Mitte des Hauses rauschte.

Den ganzen Sommer über kühlte das kalte Wasser diesen Ort; es sprudelte direkt aus dem Hügel hierher, den ganzen Weg über von Bäumen beschattet, die so alt waren, daß der Mond darauf bestand, durch ihre Äste zu scheinen, nur um einige gute alte Geschichten zu hören. Das war der Grund, weshalb Klein Peggy stets hierherkam, selbst wenn Papa sie nicht haßte. Es war nicht die Nässe der Luft – sie konnte gut ohne sie auskommen –, sondern die Art und Weise, wie das Feuer geradezu aus ihr herauskam und sie keine Fackel zu sein brauchte. Nicht all die dunklen Orte zu sehen brauchte, an denen sich die Leute versteckten.

Vor ihr versteckten sie sich, als würde das etwas Gutes bewirken. Was immer sie an sich selbst am wenigsten mochten, versuchten sie in irgendeine dunkle Ecke zu drängen, doch sie wußten nicht, wie all ihre dunklen Orte in Klein Peggys Augen brannten. Selbst als sie noch so klein war, daß sie ihren Kornbrei ausspuckte, weil sie immer noch auf das Gestilltwerden hoffte, kannte sie schon all die Geschichten, die die Leute um sie herum versteckt hielten. Sie sah die Stücke aus deren Vergangenheit, die sie am liebsten begraben wollten, und sie sah die Stücke ihrer Zukunft, die sie am meisten fürchteten.

Und das war der Grund, weshalb sie hier herauf zum Quellhaus zu kommen pflegte. Hier brauchte sie diese Dinge nicht zu sehen. Nicht einmal die Dame in Papas Erinnerung. Hier gab es nichts außer der schweren nassen dunklen Luft, um das Feuer zu löschen und das Licht zu mildern, so daß sie – nur für ein paar Minuten täglich – ein kleines fünfjähriges Mädchen mit einer Strohpuppe namens Bugy sein konnte und nicht einmal an irgendeines der Erwachsenengeheimnisse zu *denken* brauchte.

Ich bin nicht böse, versicherte sie sich eindringlich. Wieder und wieder, aber es funktionierte nicht, weil sie wußte, daß sie es war.

Allso schön, sagte sie sich, *bin* ich eben böse. Aber ich werde nicht mehr böse sein. Ich werde die Wahrheit sagen, wie Papa sagt, oder ich werde überhaupt nichts mehr sagen.

Obwohl sie erst fünf Jahre alt war, wußte Klein Peggy bereits, daß ihre einzige Chance darin bestand, nichts zu sagen, wenn sie diesen Schwur halten wollte.

Also sagte sie nichts, nicht einmal zu sich selbst, lag einfach nur auf der moosigen, feuchten Platte und hielt Bugy so fest mit der Faust umklammert, daß sie sie hätte erwürgen können.

Tsching tsching tsching.

Klein Peggy erwachte und war eine knappe Minute lang außer sich vor Wut.

Tsching tsching tsching.

War außer sich vor Wut, weil niemand zu ihr sagte: Klein Peggy, du hast doch nichts dagegen, wenn wir diesen jungen Hufschmied dazu bewegen, sich hier bei uns niederzulassen, oder?

Nicht im geringsten, Papa, hätte sie gesagt, wenn man sie gefragt hätte. Sie wußte, was es bedeutete, eine Schmiede zu haben. Es bedeutete, daß das Dorf erblühen würde und Leute von anderen Orten kommen würden, und wenn sie kamen, würde es Handel geben, und wenn es Handel gab, dann konnte das große Haus ihres Vaters eine Waldgaststätte sein, und wenn es eine Waldgaststätte gab, würden sich all die Straßen ein wenig krümmen, nur um an dem Ort vorbeizuführen, wenn er nicht allzuweit abseits lag – Klein Peggy wußte das alles, so sicher wie die Kinder von Farmern den Rhythmus der Farm kennen. Ein Rasthaus in der Nähe eines Schmieds war ein Rasthaus, das sich rentierte. Also hätte sie gesagt: Klare Sache, laßt ihn bleiben, übertragt ihm Land, mauert seinen Kamin, füttert ihn kostenlos, gebt ihm mein Bett, so daß ich mich bei Vetter Peter einquartieren muß, der immer unter mein Nachthemd zu linsen versucht, ich werde all das auf mich nehmen – jedenfalls solange ihr ihn nicht in der Nähe des Quellhauses ansiedelt, so daß die ganze Zeit über, selbst wenn ich mit dem Wasser allein sein will, dieses Twäng-Bumm-Zisch-Brüll-Geräusch da ist und ein

Feuer zum Himmel auflodert, um ihn zu schwärzen, und der Geruch von brennender Holzkohle in der Luft hängt. Das wäre sogar für eine Leiche ein Grund gewesen, sich zu wünschen, dem Strom direkt in den Berg hinein zu folgen, nur um etwas Frieden zu haben.

Selbstverständlich war der Strom der geeignete Ort für den Hufschmied, um sich niederzulassen. Wäre nicht das Wasser, hätte er seine Schmiede überall hinstellen können. Das Eisen erreichte ihn im Frachtwagen direkt aus New Netherland, und die Holzkohle – nun, es gab viele Farmer, die bereit waren, Holzkohle gegen ein gutes Hufeisen einzutauschen. Aber Wasser, das war etwas, was der Schmied brauchte und was ihm niemand bringen würde, also plazierten sie ihn natürlich direkt unterhalb des Hügels mit dem Quellhaus, wo sein *Tsching-tsching-tsching* sie aufwecken konnte, und an dem einen Ort, wo es ihr möglich gewesen war, es niedrig brennen und fast zu kalter nasser Asche vergehen zu lassen, entfachten sie das Feuer erneut in ihr.

Ein Donnergrollen.

Sie war binnen einer Sekunde an der Tür. Mußte den Blitz sehen. Erhaschte gerade noch den letzten Schatten des Lichts, aber sie wußte, daß noch mehr folgen würde. Es war doch erst früher Nachmittag, oder hatte sie etwa den ganzen Tag verschlafen? Was sie bei all diesen schwarzbauchigen Wolken nicht sagen konnte – es konnten ebensogut die letzten Minuten vor der Abenddämmerung sein. Die Luft war zum Bersten mit Blitzen gefüllt, die nur darauf warteten loszubrechen. Sie kannte dieses Gefühl und wußte, daß es bedeutete, daß der Blitz in der Nähe einschlagen würde.

Sie schaute hinunter, um zu sehen, ob der Stall des Hufschmieds noch voller Pferde war. Er war es. Das Beschlagen war noch nicht erfolgt, die Straße würde sich in Dreck verwandeln, und so würde der Farmer, der mit seinen zwei Söhnen aus West Fork hierher unterwegs war, steckenbleiben. Keine Chance, daß sie bei *diesem*

Wetter ihr Ziel erreichen konnten, bei Blitzen, die bereit waren, den Wald in Flammen zu setzen oder einen Baum auf sie herabstürzen zu lassen oder einfach in sie einzuschlagen und tot im Kreis zu verstreuen wie jene fünf Quäker, über die man immer noch redet und denen es damals im Jahre neunzig so erging, als die ersten weißen Leute herkamen, um hier zu siedeln. Die Leute reden immer noch über den Kreis der fünf, manche Leute fragen sich, ob Gott wohl eingegriffen und sie zu Boden geschmettert hatte, als wollte er die Quäker zur Ruhe zwingen, wie es anders nicht möglich gewesen wäre, während andere Leute sich fragen, ob Gott sie nicht zu sich in den Himmel genommen hatte wie den ersten Lordprotektor Oliver Cromwell, der im Alter von siebenundneunzig Jahren von einem Blitz gefällt wurde und einfach verschwand.

Nein, dieser Farmer und seine großaufgeschossenen erwachsenen Jungen würden noch eine weitere Nacht bleiben müssen. Klein Peggy war eine Schankwirtstochter, oder nicht? Indianerbabys lernten das Jagen, Negergören lernten das Tragen, Farmerkinder lernten alles übers Wetter, und eine Schankwirtstochter lernte, welche Leute über Nacht bleiben würden, noch ehe jene es selbst wußten.

Ihre Pferde scharrten ungeduldig im Stall, schnaubten und warnten einander vor dem Sturm. In jeder Gruppe von Pferden, stellte Klein Peggy sich vor, mußte wohl eines sein, daß bemerkenswert dumm ist, so daß all die anderen ihm erzählen müssen, was eigentlich los ist. Schlimmer Sturm, sagen sie ihm. Wir werden völlig durchnäßt werden, wenn uns nicht vorher der Blitz erschlägt. Und das dumme Pferd wiehert bloß und sagt: Was soll der Lärm, was soll der Lärm.

Dann öffnete sich der Himmel hoch oben und entlud Wasser auf die Erde. Streifte das Laub von den Bäumen, so schwer kam es herunter. Kam so dick herunter, daß Klein Peggy für eine Minute nicht einmal mehr die

Schmiede sehen konnte, und sie dachte, vielleicht ist sie in den Strom geschwemmt worden. Großvater erzählte ihr, wie dieser Strom geradewegs in den Hatrack River mündete, und der Hatrack ergoß sich direkt in den Hio, und der Hio schob sich durch die Wälder zum Mizzipy weiter, der zum Meer hinunter verlief, und Großvater sagte, das Meer trinke so viel Wasser, daß es Verdauungsstörungen bekam und die größten Rülpser von sich gab, von denen man je gehört hatte, und daraus entstanden die Wolken. Rülpser vom Meer, und jetzt würde die Schmiede den ganzen Weg dahintreiben, verschluckt und ausgerülpst werden, und eines Tages würde sie sich wieder um ihre eigenen Sachen kümmern, und eine Wolke würde aufreißen und diese Schmiede hinunterplumpsen lassen, so vorsichtig, wie man sich's nur denken kann, und der alte Makepeace Smith würde weiterhin Tsching tsching tsching machen.

Dann ließ der Regen ein klein wenig nach, und sie schaute hinunter, um eine Schmiede zu sehen, die immer noch da war. Aber das war es nicht, was sie sah. Nein, was sie sah, waren Feuerfunken drüben im Wald, flußabwärts dem Hatrack zu, unten, wo sich die Furt befand, nur daß es heute keine Gelegenheit geben würde, die Furt zu benutzen, bei diesem Regen. Funken, eine Menge Funken, und sie wußte, daß es alles Menschen waren. Sie dachte kaum daran, es wieder zu tun, sie brauchte nur ihre Herzfeuer zu sehen, und schon war sie ganz dicht dran. Vielleicht die Zukunft, vielleicht die Vergangenheit, all diese Visionen lebten gemeinsam im Herzfeuer.

Was sie in diesem Augenblick sah, war in allen Herzen das gleiche. Ein Wagen in der Mitte des Hatrack, bei steigendem Wasser und mit allem beladen, was sie auf der Welt ihr eigen nannten.

Klein Peggy sprach nicht sehr viel, aber jeder wußte, daß sie eine Fackel war, deshalb hörten sie zu, wann immer sie von Ärger sprach. Besonders von dieser Art Ärger. Sicher waren die Niederlassungen in dieser Gegend jetzt schon recht alt, ein gutes Stück älter als Klein Peggy selbst, aber man hatte noch nicht vergessen, daß der Wagen eines jeden, der in der Flut gefangen war, auch der Verlust eines jeden war.

Sie flog geradezu den grasbewachsenen Hügel hinunter, sprang über Gräben und glitt die steilen Stellen hinab, so daß von dem Zeitpunkt, da sie die fernen Herzfeuer sah, bis sie aufrecht stehend im Verkaufsraum der Schmiede sprach, keine zwanzig Sekunden vergingen. Dieser Farmer aus West Fork wollte sie zuerst warten lassen, bis er damit fertig war, seine Geschichten über die schlimmen Stürme, die er erlebt hatte, zu erzählen. Aber Makepeace kannte sich mit Klein Peggy aus. Er hörte ihr sofort zu und sagte dann diesen Jungen, sie sollten ihre Pferde satteln, mit oder ohne Hufeisen, da seien Leute in der Furt gefangen, und es sei nicht die Zeit für Narreteien. Klein Peggy hatte nicht einmal Gelegenheit, sie gehen zu sehen – Makepeace hatte sie schon zu dem großen Haus geschickt, um ihren Vater zu holen und all die Gehilfen und Besucher dort. Es war nicht einer unter ihnen, der nicht irgendwann einmal seine gesamte Habe auf einen Wagen gepackt und sie westlich über die Gebirgspässe und hinunter in den Wald getragen hatte. Es war nicht einer unter ihnen, der nicht irgendwann einmal einen Fluß an diesem Wagen hatte saugen fühlen, der ihn ihm entreißen wollte. Sie alle kannten das. So war das damals, wissen Sie. Die Leute kümmerten sich um den Ärger anderer Leute so, als wäre es ihr eigener.

Vigor wies die Jungen an, daß sie versuchen sollten, mit ihm den Wagen zu schieben, während Eleonore auf dem Bock die Pferde anspornte. Alvin Miller brachte seine Zeit damit zu, die kleinen Mädchen eines nach dem anderen an das gegenüberliegende Ufer zu tragen.

Der Strom war ein Teufel, der sich an ihn klammerte und flüsterte: »Ich kriege deine Babys, ich kriege sie alle«, aber Alvin sagte nein, mit jeder Faser seines Körpers, als er sich auf das Ufer zukämpfte, sagte er nein zu dem Flüstern, bis die Mädchen alle durchnäßt auf der Sandbank standen; der Regen lief ihnen wie Tränen über all den Kummer in der Welt über die Gesichter.

Er hätte auch Faith getragen, das Baby in ihrem Bauch und alles, aber sie rührte sich nicht. Saß einfach nur im Innern des Wagens und klammerte sich an die Koffer und Möbel, während der Wagen sich neigte und ruckte. Ein Blitz krachte, und Äste brachen; einer davon zerriß das Leinen, und das Wasser ergoß sich in den Wagen, aber Faith hielt mit weißen Knöcheln und nach vorne gerichtetem Blick stand. Alvin erkannte an ihrem Blick, daß es nichts gab, was er hätte sagen können, damit sie losließ. Es gab nur eine Möglichkeit, Faith und ihr ungeborenes Kind aus dem Fluß zu bekommen, und die bestand darin, den Wagen herauszuziehen.

»Pferde können keine Lasten heben, Papa«, rief Vigor. »Sie würden nur stolpern und sich mit Sicherheit ein Bein brechen.«

»Tja, aber wir können ihn ohne die Pferde nun mal nicht herausziehen!«

»Die Pferde sind *wertvoll*, Papa. Wenn wir sie verlieren, sind wir auch den Wagen los!«

»Deine Mama wird den Wagen nicht verlassen.«

Und er sah Verstehen in Vigors Augen. Die *Sachen* in dem Wagen waren es nicht wert, daß man sein Leben riskierte, um sie zu retten. Aber Mama war es.

»Trotzdem«, sagte er. »Am Ufer könnte das Gespann kräftig ziehen. Hier im Wasser kann es nicht das geringste ausrichten.«

»Sag den Jungen, sie sollen die Pferde ausspannen. Aber erst binde ein Seil an einen Baum, damit der Wagen festgehalten wird!«

Es dauerte keine zwei Minuten, bis die Zwillinge Hurtig und Unverzagt am Ufer waren und das Seil an einem starken Baum festbanden. David und Meßmer machten ein weiteres Seil an dem Gespann fest, das die Pferde hielt, während Calm die Seile zerschnitt, die sie mit dem Wagen verbanden. Gute Jungen, machen ihre Arbeit genau richtig. Vigor rief in alle Richtungen, während Alvin im hinteren Teil des Wagens nur hilflos zusehen konnte und jetzt einen Blick auf Faith warf, die versuchte, ihr Baby nicht zu bekommen, nicht jetzt, im Hatrack River, der sie alle in die Hölle hinabzuziehen versuchte.

Ein recht dürftiger Fluß, hatte Vigor gesagt, aber dann waren die Wolken aufgezogen und der Regen war heruntergeprasselt, und der Hatrack hatte sich ganz schön gemausert. Selbst so hatte er noch passierbar gewirkt, als sie ihn erreichten. Die Pferde schritten kräftig hinein, und Alvin sagte gerade zu Calm, der die Zügel hielt: »Nun, da sind wir ja keine Minute zu früh angekommen«, als der Fluß verrückt zu spielen begann. Er verdoppelte innerhalb eines Augenblicks sein Tempo und seine Kraft, und die Pferde gerieten in Panik und verloren die Richtung und begannen gegeneinander zu ziehen. Die Jungen sprangen alle in den Fluß und versuchten sie an das Ufer zu führen, doch inzwischen hatte der Wagen bereits seinen Schwung verloren und die Räder steckten im Schlamm fest und rührten sich nicht mehr. Fast als hätte der Fluß gewußt, daß sie kamen, und seine schlimmste Wut aufgespart, bis sie mitten drin waren und nicht mehr entkommen konnten.

»Seht doch, seht!« schrie Meßmer vom Ufer.

Alvin blickte stromaufwärts, um zu sehen, welche Teufelei der Fluß wohl im Sinn haben mochte, und da trieb ein ganzer Baum den Fluß herunter, das Ende wie ein Rammbock ihnen zugewandt, die Wurzeln auf die Mitte des Wagens gerichtet, direkt auf die Stelle, wo Faith saß, so kurz vor der Geburt ihres Babys. Alvin fiel nicht ein, was er hätte tun können, ihm fiel überhaupt nichts ein, er schrie bloß mit aller Kraft den Namen seiner Frau. Vielleicht dachte er in seinem Herzen, daß, wenn er ihren Namen auf den Lippen behielt, er sie am Leben erhalten konnte, aber dafür gab es keine Hoffnung, es gab überhaupt keine Hoffnung.

Doch Vigor wußte nicht, daß es keine Hoffnung mehr gab. Vigor sprang hinaus, als der Baum nur noch eine Rute* entfernt war, wobei er direkt oberhalb der Wurzel mit dem Körper aufkam. Der Schwung seines Sprungs ließ den Stamm etwas zur Seite driften, sich drehen, sich noch mal drehen und schließlich vom Wagen wegtreiben. Natürlich drehte Vigor sich mit ihm, wurde unter Wasser gezogen – aber es klappte, das Wurzelende des Baumes verfehlte den Wagen völlig, und der Stamm selbst schlug seitlich dagegen.

Der Baum holperte über den Strom und stieß an der Sandbank gegen einen Felsblock. Alvin befand sich fünf Ruten entfernt, aber in seiner Erinnerung würde es ihm später immer so vorkommen, als wäre er unmittelbar dort. Der Baum krachte gegen den Felsblock, und Vigor war zwischen ihnen. Nur für den Bruchteil einer Sekunde, der ein Leben lang währte, weiteten sich Vigors Augen vor Überraschung, Blut quoll schon aus seinem Mund, ergoß sich über den Baum, der ihn tötete. Dann trieb der Hatrack River den Baum in die Strömung hinaus. Vigor glitt unter Wasser, alles außer einem Arm, alles in den Wurzeln verfangen, die für alle Welt in den Himmel hinaufragten wie ein Nachbar, der nach einem Besuch sein Lebewohl winkt.

Alvin war so sehr damit beschäftigt, seinem sterbenden Sohn zuzusehen, daß er nicht einmal bemerkte, was mit ihm selbst geschah. Der Stoß durch den Baum genügte, um die im Schlamm steckengebliebenen Räder zu lösen, und die Strömung riß den Wagen mit sich, trug ihn stromabwärts, während Alvin sich an die hin-

* alte Längeneinheit; entspricht 16½ Fuß = 5,029 Meter

tere Wagenklappe hängte, Faith im Inneren weinte, Eleonore sich auf dem Kutschbock die Lungen herausschrie und die beiden Jungen auf der Sandbank irgendwas riefen. »Halte! Halte! Halte!« riefen sie.

Das Seil hielt; ein Ende an einen kräftigen Baum gebunden, das andere Ende an den Wagen gebunden – es hielt. Der Fluß konnte den Wagen nicht stromabwärts treiben; statt dessen schwang er ihn zur Küste hin wie ein Junge, der einen Stein an einer Schnur schwingt, und als er zitternd zur Ruhe kam, lag er direkt längs der Sandbank, die Vorderseite stromaufwärts gewandt.

»Es hat gehalten!« schrien die Jungen.

»Gott sei gedankt!« rief Eleonore.

»Das Baby kommt«, flüsterte Faith.

Aber alles, was Alvin hören konnte, war der einzelne leise Schrei, der der letzte Laut aus der Kehle seines erstgeborenen Sohnes gewesen war, alles, was er sehen konnte, war die Art und Weise, wie sein Junge sich an den Baum klammerte, während er sich im Wasser drehte und drehte, und alles, was er sagen konnte, war ein einziges Wort, ein einziger Befehl. »Lebe!« murmelte er. Vigor hatte ihm bisher immer gehorcht. Ein fleißiger Arbeiter, ein williger Gefährte, mehr ein Freund oder Bruder als ein Sohn. Aber diesmal, so wußte er, würde sein Sohn ihm nicht gehorchen. Und doch flüsterte er es. »Lebe!«

»Sind wir in Sicherheit?« erkundigte sich Faith mit zitternder Stimme.

Alvin wandte ihr das Gesicht zu, versuchte den Kummer aus seinem Gesicht zu vertreiben. Sinnlos, sie den Preis wissen zu lassen, den Vigor gezahlt hatte, um sie und ihr Baby zu retten. Zeit genug, um es ihr zu sagen, nachdem das Baby geboren war. »Kannst du aus dem Wagen klettern?«

»Ist etwas nicht in Ordnung?« fragte Faith und betrachtete sein Gesicht.

»Ich habe einen Schrecken bekommen. Der Baum

hätte uns töten können. Kannst du rausklettern, jetzt, da wir auf der Sandbank festsitzen?«

Eleonore beugte sich vom Vorderteil des Wagens zu ihnen herein. »David und Calm sind auf der Sandbank, sie können dir raushelfen. Das Seil hält, Mama, aber wer kann sagen, wie lange?«

»Mach schon, Mutter, nur einen Schritt«, sagte Alvin. »Wir kümmern uns um den Wagen, sobald wir wissen, daß du sicher am Ufer bist.«

»Das Baby kommt«, sagte Faith.

»Besser am Ufer als hier«, sagte Alvin scharf. »*Geh* jetzt!«

Faith stand auf und kletterte mühsam nach vorne. Alvin stieg durch den Wagen hinter ihr her, um ihr zu helfen, falls sie stolpern sollte. Selbst er konnte sehen, wie ihr Bauch abgesunken war. Das Baby mußte bereits nach Luft schnappen.

Auf der Sandbank waren jetzt nicht mehr nur David und Calm. Es waren auch Fremde da, großgewachsene Männer, und verschiedene Pferde. Sogar ein kleiner Wagen, und das war ein willkommener Anblick. Alvin hatte keine Ahnung, wer diese Männer waren oder woher sie wußten, daß sie gerade jetzt Hilfe brauchten, aber sie verschwendeten keinen Augenblick damit, sich vorzustellen. »Ihr Männer! Gibt es eine Hebamme im Rasthaus?«

»Goody Guester führt unsere Geburten durch«, sagte ein Mann. Ein großer Mann mit Armen wie Ochsenbeinen. Sicher ein Hufschmied.

»Können Sie meine Frau in diesen Wagen bringen? Wir dürfen keinen Augenblick verlieren.« Alvin wußte, daß es für Männer beschämend war, so offen über Geburten zu sprechen, schon gar im Angesicht einer Frau, die im Gebären begriffen war. Doch Faith war nicht töricht – sie wußte, was am meisten zählte: sie in ein Bett und zu einer fähigen Hebamme zu bekommen, war wichtiger als lange um das Thema herumzureden.

David und Calm waren behutsam, als sie ihrer Mutter auf den wartenden Wagen halfen. Faith taumelte vor Schmerzen. Frauen, die Wehen hatten, sollten nicht von einem Wagensitz auf eine Sandbank hinuntertreten müssen, das war klar. Eleonore folgte dichtauf, nahm die Sache in die Hand, als wäre sie nicht jünger als all die Jungen mit Ausnahme der Zwillinge. »Meßmer! Hol die Mädchen zusammen! Sie fahren im Wagen mit uns. Ihr auch, Hurtig und Unverzagt! Ich weiß, daß ihr den großen Jungen helfen könnt, aber ich brauche euch, damit ihr auf die Mädchen aufpaßt, während ich mich um Mutter kümmere.« Eleonore hatte nie viel Zeit vertändelt, und die Lage war so ernst, daß sie sie nicht mal Eleonore von Aquitanien* nannten, sondern widerspruchslos gehorchten. Selbst die kleinen Mädchen gaben ihre Streitereien auf und kletterten gleich herauf.

Eleonore blieb auf der Sandbank einen Augenblick lang stehen und blickte dorthin zurück, wo ihr Vater auf dem Kutschbock des Wagens stand. Sie schaute stromabwärts, dann blickte sie wieder ihn an. Alvin verstand die Frage, und er schüttelte verneinend den Kopf. Faith sollte nichts von Vigors Opfer erfahren. Ungewollte Tränen traten in Alvins Augen, doch nicht in Eleonores. Eleonore war erst vierzehn, aber wenn sie nicht weinen wollte, dann weinte sie eben nicht.

Hurtig trieb die Pferde an, und der kleine Wagen ruckte vorwärts, ließ Faith zusammenzucken, während die Mädchen sie tätschelten und der Regen in Strömen goß. Faiths Blick war dunkel wie der einer Kuh und ebenso ausdruckslos, als sie zu ihrem Gatten zurückblickte, zum Fluß zurückblickte. Zu Zeiten einer Geburt, dachte Alvin, wird eine Frau zum Tier, ohne Sinn und

* Lebte von 1122 bis 1204. Erbtochter Herzog Wilhelms X. von Aquitanien, deren Hof in Poitiers ein Zentrum höfischer Kultur war; seit 1152 in zweiter Ehe mit dem späteren König Heinrich II von England verheiratet. – *Der Übers.*

Verstand, während ihr Körper die ganze Arbeit verrichtet. Wie sonst könnte sie den Schmerz ertragen? Als ergriffe die Seele der Erde von ihr Besitz, so wie sie die Seele der Tiere ihr eigen nennt, und machte sie zu einem Teil des Lebens der ganzen Welt, spannte sie der Familie, dem Mann, dem Zaum der menschlichen Rasse aus und führte sie in das Tal der Reife und Ernte und des Ertrags und blutigen Todes.

»Sie ist gleich in Sicherheit«, sagte der Hufschmied. »Und wir haben hier genug Pferde, um Ihren Wagen herauszuziehen.«

»Es läßt nach«, sagte Meßmer. »Der Regen wird schwächer, und die Strömung ist nicht mehr so stark.«

»Es ließ nach, als Ihre Frau das Ufer betrat«, sagte ein Bursche, der wie ein Farmer aussah. »Der Regen hört auf, das ist sicher.«

»Sie haben den schlimmsten Teil im Wasser erwischt«, sagte der Hufschmied. »Aber Sie sind jetzt okay. Fassen Sie sich, Mann, es gibt Arbeit zu tun.«

Erst da kam Alvin weit genug zu sich, um zu erkennen, daß er weinte. Arbeit zu tun, das stimmt, fasse dich, Alvin Miller. Du bist kein Schwächling, der wie ein Baby flennt. Andere Männer haben ein Dutzend Kinder verloren und leben immer noch ihr Leben. Du hast zwölf gehabt, und Vigor ist zum Mann herangewachsen, obwohl er nie dazu kam zu heiraten und selber Kinder zu haben. Vielleicht mußte Alvin weinen, weil Vigor so edel gestorben war; vielleicht weinte er, weil es so plötzlich geschah.

David berührte den Arm des Hufschmieds. »Lassen Sie ihn eine Weile in Ruhe«, sagte er sanft. »Noch vor zehn Minuten war unser ältester Bruder unter uns. Er verfing sich in einem stromabwärts treibenden Baum.«

»Er hat sich nicht *verfangen*«, sagte Alvin scharf. »Er sprang auf den Baum und rettete unseren Wagen und deine Mutter im Innern! Dieser Fluß zahlte es ihm heim, so war das, er bestrafte ihn.«

Calm sprach ruhig zu den Einheimischen. »Er wurde gegen den Felsblock dort geschmettert.« Alle schauten sie hin. Da war ein Blutfleck an dem Fels.

»Der Hatrack hat eine gemeine Art an sich«, sagte der Hufschmied, »aber ich habe diesen Fluß bisher noch nie so aufgebracht gesehen. Es tut mir leid um Ihren Jungen. Stromabwärts gibt es eine langsame, seichte Stelle, wo er vermutlich angetrieben wird. Alles, was der Fluß mit sich reißt, endet dort. Wenn der Sturm nachläßt, können wir hinuntergehen und holen, was ... können wir ihn holen.«

Alvin fuhr sich mit dem Ärmel über die Augen, doch da sein Ärmel triefnaß war, nutzte das nicht viel. »Geben Sie mir noch eine Minute, und ich bin wieder der alte«, meinte Alvin.

Sie spannten zwei weitere Tiere ein, und zu viert bereitete es keinerlei Schwierigkeiten, den Wagen gegen die jetzt viel schwächere Strömung herauszuziehen. Bis der Wagen wieder fahrbereit auf der Straße stand, war sogar die Sonne durchgekommen.

»Sollte man nicht meinen«, sagte der Hufschmied. »Wenn Ihnen das Wetter hier in der Gegend einmal nicht gefällt, sprechen Sie einfach einen Zauberbann aus, und es wird sich ändern.«

»Dieses Wetter nicht«, sagte Alvin. »Dieser Sturm wurde uns geschickt.«

Der Hufschmied legte einen Arm um Alvins Schultern und sagte leise: »Ich will Sie nicht verletzen, Mister, aber das ist dummes Geschwätz.«

Alvin schüttelte ihn ab. »Dieser Sturm und dieser Fluß wollten uns.«

»Papa«, sagte David, »du bist müde und bekümmert. Sei besser still, bis wir im Rasthaus ankommen, und sieh nach, wie es Mama geht.«

»Mein Baby wird ein Junge sein«, sagte Papa. »Ihr werdet schon sehen. Es wäre der siebte Sohn eines siebenten Sohns.«

Das erweckte ihre Aufmerksamkeit, die des Hufschmieds und auch die der anderen Männer. Und das nur zu Recht. Jeder wußte, daß ein siebter Sohn gewisse Fähigkeiten hatte, aber der siebte Sohn eines siebenten Sohns war so ziemlich die mächtigste Geburt, die man sich vorstellen konnte.

»Das ändert alles«, sagte der Hufschmied. »Er wäre ein geborener Rutengänger, klar, und Wasser haßt das.« Die anderen nickten weise.

»Das Wasser hat Methode«, sagte Alvin. »Es hatte Methode, doch alles umsonst. Es hätte Faith und das Baby getötet, wenn es gekonnt hätte. Aber da es das nicht konnte, tötete es eben meinen Jungen Vigor. Und jetzt, wenn das Baby kommt, wird es der sechste Sohn sein, weil nur noch fünf von mir am Leben sind.«

»Manche behaupten, daß es keinen Unterschied mache, ob die ersten sechs noch am Leben sind oder nicht«, sagte ein Farmer.

Alvin schwieg, aber er wußte, daß es den entscheidenden Unterschied machte. Er hatte geglaubt, daß dieses Baby ein Wunderkind werden würde, aber der Fluß hatte vorgesorgt. Wenn Wasser dich nicht auf die eine Weise stoppt, stoppt es dich eben auf die andere Weise. Er hätte nicht auf ein Wunderkind hoffen sollen. Der Preis war zu hoch. Alles, was seine Augen sehen konnten, den ganzen Heimweg über, war Vigor, der im Griff der Wurzeln hing und durch die Strömung taumelte wie ein Blatt, das ein Staubteufel entführt hat, mit Blut, das aus seinem Mund sickerte, um den mörderischen Durst des Hatrack zu stillen.

Klein Peggy stand vor dem Fenster und schaute in den Sturm hinaus. Sie konnte all diese Herzfeuer sehen, besonders eines, eines, das so hell strahlte wie die Sonne selbst, wenn sie hinaufsah. Aber es war Schwärze um sie her. Nein, nicht einmal Schwärze – ein Nichts, wie ein Teil des Universums, das Gott noch nicht vollendet hatte, und es umgab jene Lichter, als wollte es sie auseinanderreißen, sie fortreißen, sie verschlucken. Klein Peggy wußte, was dieses Nichts war. Immer dann, wenn ihre Augen die heißen gelben Herzfeuer sah, gab es noch drei andere Farben. Das reiche Dunkelorange der Erde. Die dünne graue Farbe der Luft. Und die tiefschwarze Leere des Wassers. Es war das Wasser, das jetzt an ihnen riß. Der Fluß, nur hatte sie ihn noch nie so schwarz, so stark, so schrecklich gesehen. Die Herzfeuer waren so winzig in der Nacht.

»Was siehst du, Kind?« fragte Großvater.

»Der Fluß wird sie mit sich reißen«, sagte Klein Peggy.

»Ich hoffe nicht.«

Klein Peggy begann zu weinen.

»Ach ja, Kind«, sagte Großvater. »Es ist wohl nicht immer eine so großartige Sache, so weit schauen zu können, oder?«

Sie schüttelte den Kopf.

»Aber vielleicht wird es ja nicht so schlimm, wie du denkst.«

Gerade in diesem Augenblick sah sie eines der Herzfeuer abbrechen und taumelnd im Dunkel verschwinden. »Oh!« rief sie und langte danach, als könnte ihre Hand das Licht ergreifen und zurückversetzen. Aber natürlich konnte sie es nicht. Ihre Vision war klar und lang, aber ihre Reichweite war kurz.

»Sind sie verloren?« fragte Großvater.

»Eines«, flüsterte Klein Peggy.

»Sind Makepeace und die anderen denn noch nicht eingetroffen?«

»Gerade eben«, sagte sie. »Das Seil hält. Sie sind jetzt in Sicherheit.«

Großvater fragte sie nicht, woher sie das wußte oder was sie sah. Er tätschelte nur ihre Schulter. »Weil du es ihnen gesagt hast. Denk daran, Margaret. Eines war verloren, aber wenn du sie nicht gesehen und ihnen

Hilfe gesandt hättest, wären sie vielleicht alle gestorben.«

Sie schüttelte den Kopf. »Ich hätte sie früher sehen sollen, Großvater, aber ich bin eingeschlafen.«

»Und das wirfst du dir vor?« fragte Großvater.

»Wenn Bloody Mary nicht nach mir gepickt hätte, wäre Vater nicht böse geworden und ich wäre nicht im Quellhäuschen gewesen und wäre nicht eingeschlafen und hätte rechtzeitig Hilfe geschickt ...«

»So können wir alle Gänseblumenkränzchen der Schuld für uns flechten, Maggie. Das hat nichts zu bedeuten.«

Aber sie wußte, daß es etwas zu bedeuten hatte. Man gibt Blinden nicht die Schuld dafür, daß sie einen nicht warnen, wenn man im Begriff ist, auf eine Schlange zu treten – aber man gibt sicher jemandem mit Sehkraft die Schuld, der kein Wort darüber verliert. Sie kannte ihre Pflicht, seit ihr zuerst aufgefallen war, daß andere Leute nicht all das sehen konnten, was sie sehen konnte. Gott hatte ihr besondere Augen verliehen, damit sie besser sah und jedermann warnte, oder der Teufel würde ihre Seele holen. Der Teufel oder die tiefschwarze See.

»Hat nichts zu bedeuten«, murmelte Großvater. Dann, als wäre er gerade von hinten mit einem Ladestock geknufft worden, richtete er sich kerzengerade auf und sagte: »Quellhaus! Quellhaus, natürlich!« Er zog sie näher. »Hör mal, Klein Peggy. Es war nicht deine Schuld, und das ist die Wahrheit. Dasselbe Wasser, das in den Hatrack fließt, fließt auch im Quellhausbach, es ist genau dasselbe Wasser, überall auf der Welt. Dasselbe Wasser, das sie tot sehen wollte, wußte, daß du sie warnen und ihnen Hilfe senden konntest. Also sang es dir etwas vor und schickte dich in den Schlaf.«

Das ergab irgendwie Sinn, ganz klar. »Wie kann das sein, Großvater?«

»Oh, das liegt eben in der Natur der Sache. Das ganze Universum besteht bloß aus vier Stoffen, Klein Peggy, und jeder davon beharrt auf seinem eigenen Weg.« Peggy dachte an die vier Farben, die sie sah, als die Herzfeuer glühten, und sie wußte, daß es sich bei den vieren um jene handelte, die Großvater benannte. »Feuer macht die Dinge heiß und hell und nutzt sie ab. Luft macht die Dinge kühl und dringt überall ein. Erde macht die Dinge fest und stabil, so daß sie halten. Aber Wasser, das zerrt die Dinge davon, es fällt vom Himmel herab und trägt alles fort, das es kann, trägt es fort und hinunter zum Meer. Wenn das Wasser machen könnte, was es wollte, wäre die ganze Welt glatt, nur ein großer Ozean, und nichts wäre außerhalb der Reichweite des Wassers. Alles tot und glatt. Deshalb bist du eingeschlafen. Das Wasser will diese Fremden, wer immer sie sind, hinunterreißen, sie hinunterreißen und töten. Es ist ein Wunder, daß du überhaupt aufgewacht bist.«

»Der Hammer des Hufschmieds hat mich geweckt«, sagte Klein Peggy.

»Das ist es also, siehst du? Der Hufschmied arbeitete mit Eisen, der härtesten Erde, und mit einem heftigen Luftstrom aus den Blasebälgen und einem Feuer so heiß, daß es das Gras am Rande des Kamins verbrannte. Das Wasser konnte ihn nicht zum Stillhalten bringen.«

Klein Peggy konnte es kaum glauben, aber so mußte es sein. Der Hufschmied hatte sie aus einem wässerigen Schlaf gerissen. Der Schmied hatte ihr *geholfen.* Es genügte, sie zum Lachen zu bringen, dieses Wissen, daß der Hufschmied diesmal ihr Freund war.

Am Fuß der Verandatreppe ertönten Rufe, und Türen öffneten und schlossen sich. »Einige Leute sind bereits hier«, sagte Großvater.

Klein Peggy sah die Herzfeuer auf den Stufen und fand jenes, dessen Angst und Schmerz am größten war. »Es ist ihre Mama«, sagte Klein Peggy. »Sie kann jeden Augenblick ein Baby bekommen.«

»Na, wenn das kein Glück ist. Eines verloren, und hier ist schon ein Baby, das Tod durch Leben ersetzt.«

Großvater schlurfte hinaus, um die Treppe hinunterzugehen und zu helfen.

Klein Peggy hingegen stand einfach nur da und blickte auf das, was sie in der Ferne sah. Dieses verlorene Herzfeuer war gar nicht verloren, und das war sicher. Sie konnte es weit entfernt brennen sehen, wie sehr die Dunkelheit des Flusses es auch zu verdecken versuchte. Er war nicht tot, wurde nur davongetragen, und vielleicht konnte ihm jemand helfen. Da lief sie hinaus, eilte an Großvater vorbei die Treppe hinunter.

Mama ergriff sie am Arm, als sie in das große Zimmer gerannt kam. »Es findet eine Geburt statt«, sagte Mama, »und wir brauchen dich.«

»Aber Mama, der, der den Fluß hinuntertreibt, ist noch am Leben!«

»Peggy, wir haben keine Zeit für ...«

Zwei Jungen mit sich gleichenden Gesichtern mischten sich in das Gespräch ein. »Der, der den Fluß hinuntertreibt!« rief der eine.

»Ist noch am Leben!« rief der andere.

»Woher weißt du das!«

»Er kann es nicht sein!«

So übertönte einer den anderen, bis Mama sie zur Ruhe brachte, um sie anzuhören. »Es war Vigor, unser großer Bruder, er wurde abgetrieben ...«

»Nun, er ist am Leben«, sagte Klein Peggy, »aber der Fluß hat ihn.«

Die Zwillinge schauten Mama wie um Bestätigung bittend an. »Weiß sie, wovon sie spricht, Goody Guester?«

Mama nickte, und die Jungen rannten zur Tür und riefen: »Er lebt! Er ist noch am Leben!«

»Bist du sicher?« fragte Mama heftig. »Es ist eine grausame Sache, so Hoffnung in ihre Herzen zu pflanzen, wenn es nicht stimmt.«

Mamas blitzende Augen machten Peggy Angst, und sie wußte nicht, was sie sagen sollte.

Inzwischen war jedoch Großvater von hinten herangekommen. »Nun, Peg«, sagte er, »woher sollte sie denn wissen, daß jemand dem Fluß zum Opfer gefallen ist, wenn sie es nicht sah?«

»Ich weiß«, sagte Mama. »Aber diese Frau hat die Geburt schon zu lange zurückgehalten, und ich muß mich um das Baby kümmern, also komm jetzt, Klein Peggy, du mußt mir sagen, was du siehst.«

Sie führte Klein Peggy von der Küche, dem Ort, wo Papa und Mama schliefen, wann immer sie Besuch hatten, fort in das Schlafzimmer. Die Frau lag auf dem Bett, hielt fest die Hand eines großgewachsenen Mädchens mit tiefen, ernsten Augen umklammert. Klein Peggy kannte ihre Gesichter nicht, aber sie erinnerte sich an ihre Feuer, besonders an den Schmerz und die Angst der Mutter.

»Jemand hat gerufen«, flüsterte die Mutter.

»Sei jetzt still«, sagte Mama.

»Daß er noch am Leben sei.«

Das ernste Mädchen hob die Augenbrauen und schaute Mama an. »Stimmt das, Goody Guester?«

»Meine Tochter ist eine Fackel. Deshalb habe ich sie in dieses Zimmer gebracht. Um das Baby zu sehen.«

»Hat sie meinen Jungen gesehen? Ist er noch am Leben?«

»Ich dachte, ihr hättet es ihr nicht erzählt, Eleonore«, sagte Mama.

Das ernste Mädchen schüttelte den Kopf.

»Sie sah es vom Wagen aus. Lebt er noch?«

»Sag's ihr, Margaret«, meinte Mama.

Klein Peggy drehte sich um und suchte nach dem Herzfeuer. Es gab keine Mauern, was diese Art von Sehen anging. Seine Flamme war noch da, obwohl sie wußte, daß sie weit entfernt war. Diesmal jedoch zog sie sich auf die ihr eigene Art näher, betrachtete sie eingehend. »Er ist im Wasser. Er hat sich in den Wurzeln verfangen.«

»Vigor!« schrie die Mutter auf dem Bett.

»Der Fluß will ihn. Der Fluß sagt: Stirb, stirb.«

Mama berührte den Arm der Frau. »Die Zwillinge sind davongelaufen, um es den anderen zu sagen. Sie werden einen Suchtrupp bilden.«

»Im Dunkeln!« raunte die Frau verächtlich.

Klein Peggy sprach erneut. »Er sagt ein Gebet auf, glaube ich. Er sagt – siebenter Sohn.«

»Siebenter Sohn«, flüsterte Eleonore.

»Was soll das bedeuten?« fragte Mama.

»Wenn dieses Baby ein Junge ist«, sagte Eleonore, »und er geboren wird, während Vigor lebt, dann ist er der siebte Sohn eines siebenten Sohns, und alle davon sind noch am Leben.«

Mama keuchte. »Kein Wunder, daß der Fluß ...«, sagte sie. Nicht nötig, den Gedanken zu beenden. Statt dessen nahm sie Klein Peggy bei der Hand und führte sie zu der Frau auf dem Bett. »Schau dir das Baby an und sag mir, was du siehst.«

Natürlich hatte Klein Peggy das früher schon getan. Es war die Hauptaufgabe, zu der man Fackeln heranzog, sie nämlich unmittelbar vor der Geburt einen Blick auf ein ungeborenes Baby werfen zu lassen. Teilweise um zu sehen, wie es im Mutterleib lag, aber auch weil eine Fackel manchmal sehen konnte, wer das Baby war, was es sein würde, und Geschichten von kommenden Zeiten erzählen konnte. Noch ehe sie den Bauch der Frau berührte, konnte sie das Herzfeuer des Babys sehen. Es war das, das sie vorher schon einmal gesehen hatte, das so heiß und hell brannte, daß es verglichen mit dem Feuer der Mutter der Sonne und dem Mond glich. »Es ist ein Junge«, sagte sie.

»Dann laßt mich dieses Baby bekommen«, sagte die Mutter. »Es soll atmen, solange Vigor noch atmet!«

»Wie liegt das Baby?« fragte Mama.

»Genau richtig«, sagte Klein Peggy.

»Kopf zuerst? Gesicht nach unten?«

Klein Peggy nickte.

»Wieso kommt es dann nicht?« wollte Mama wissen.

»Sie hat ihm gesagt, daß es nicht kommen soll«, sagte Klein Peggy und blickte die Mutter an.

»Im Wagen«, erwiderte die Mutter. »Als er kommen wollte, habe ich ihn darum angefleht.«

»Na, das hätten Sie mir aber gleich sagen sollen«, meinte Mama scharf. »Erwarten, daß ich Ihnen helfe, und Sie erzählen mir nicht einmal, daß Sie ihn ums Verweilen gebeten haben. Du, Mädchen!«

Einige junge Mädchen standen mit weit geöffneten Augen an der Wand und wußten nicht, wer gemeint war.

»Irgendeine von euch, ich brauche diesen Eisenschlüssel vom Ring an der Wand.«

Das größte von ihnen nahm ihn unbeholfen vom Haken und brachte ihn ihr, den Ring und alles. Mama ließ den großen Ring und den Schlüssel über dem Bauch der Mutter baumeln und sang leise:

»Hier ist der Kreis, endlos weit offen,
Hier der Schlüssel, an die Pforte zu pochen,
Die Erde sei Eisen, die Flamme sei Licht,
Fall aus dem Wasser hinein ins Gericht.«

Die Mutter schrie unter einer plötzlichen Woge des Schmerzes auf. Mama riß den Schlüssel beiseite, schlug das Laken zurück, hob die Knie der Frau an und befahl Klein Peggy heftig zu *sehen*.

Klein Peggy berührte den Schoß der Frau. Der Geist des Jungen war leer, außer einem Gefühl des Druckes und der zunehmenden Kälte, als er in das Licht des Tages eintauchte. Aber gerade die Leere seines Geistes ließ sie Dinge sehen, die nie mehr so deutlich sichtbar sein würden. Die Milliarden Milliarden Wege seines Lebens lagen offen vor ihm, warteten auf seine erste Entscheidung, auf die ersten Veränderungen in der Welt um ihn her, um in jeder Sekunde eine Million Zukünfte auszulöschen. Jede einzelne Zukunft war da, ein huschender Schatten, der hinter den Gedanken des gegenwärtigen Augenblicks nie wieder sichtbar sein würde; doch hier konnte Klein Peggy sie ein paar wertvolle Augenblicke lang deutlich sehen.

Und was sie sah, war der Tod auf jedem Weg. Ertrinken, Ertrinken, auf jedem Weg in seine Zukunft stand diesem Kind ein nasser Tod bevor.

»Warum haßt du ihn so!« schrie Klein Peggy.

»Was?« fragte Eleonore.

»Still«, sagte Mama. »Laß sie sehen, was du siehst.«

Im Innern des ungeborenen Kindes schien der schwarze Klecks Wasser, der sein Herzfeuer umgab, so schrecklich stark zu sein, daß Klein Peggy befürchtete, er würde verschluckt werden.

»Holt ihn zum Atmen heraus!« rief Klein Peggy.

Mama langte hinein, obwohl es irgendwie gräßlich an der Mutter riß, packte das Baby mit kräftigen Fingern am Hals und zog es heraus.

In diesem Augenblick wich das dunkle Wasser im Geist des Kindes zurück, und kurz bevor der erste Atemzug erfolgte, sah Klein Peggy zehn Millionen durch das Wasser Getötete verschwinden. Jetzt standen zum erstenmal einige Wege offen, einige Wege, die in eine verwirrende Zukunft führten. Und alle Wege, die nicht im frühen Tod endeten, hatten eines gemeinsam. Auf all diesen Wegen sah Klein Peggy sich selbst etwas ganz Einfaches tun.

Also tat sie es. Sie nahm ihre Hände von dem zusammensinkenden Bauch und duckte sich unter den Arm ihrer Mutter. Gerade war der Kopf des Babys aufgetaucht, und er war noch mit einer blutigen Glückshaube bedeckt, einem Fetzen des weichen Hautsacks, in dem er im Leib seiner Mutter getrieben war.

Sein Mund stand weit offen, und er holte im Innern

der Glückshaube Luft, doch sie zerbrach nicht, und er konnte nicht atmen.

Klein Peggy tat, was sie sich in der Zukunft des Babys hatte tun sehen. Sie langte vor, ergriff die Glückshaube unterhalb des Babykinns und riß sie von seinem Gesicht. Sie kam geschlossen herunter, in einem feuchten Stück, und in dem Augenblick, als sie sich löste, klärte sich der Mund des Babys, es holte tief Luft und gab dann diesen quäkenden Schrei von sich, den gebärende Mütter als Lied des Lebens vernahmen.

Klein Peggy faltete die Glückshaube, den Geist noch von den Visionen erfüllt, die sie auf den Lebenswegen dieses Babys gesehen hatte. Sie wußte noch nicht, was die Visionen zu bedeuten hatten, doch sie hinterließen so deutliche Bilder in ihrem Geist, daß sie wußte, daß sie sie niemals vergessen würde. Sie ängstigten sie, weil so vieles von ihr und der Art und Weise abhängen würde, wie sie die Geburtsglückshaube jetzt faltete, die in ihren Händen noch warm war.

»Ein Junge«, sagte Mama.

»Ist er«, flüsterte die Mutter, »ein siebter Sohn?«

Mama durchschnitt die Nabelschnur, so daß sie für Klein Peggy keinen Blick übrig hatte. »Sieh«, flüsterte sie einfach nur.

Klein Peggy suchte nach dem einzelnen Herzfeuer auf dem fernen Fluß. »Ja«, sagte sie dann, denn das Herzfeuer brannte noch.

Während sie hinsah, flackerte es und erlosch.

»Jetzt ist es fort«, sagte Klein Peggy.

Die Frau auf dem Bett weinte bitterlich, ihr von der Geburt geschundener Körper bebte.

»Kummer am Tag der Geburt des Babys«, sagte Mama. »Eine furchtbare Sache.«

»Still«, flüsterte Eleonore ihrer Mutter zu. »Freue dich, oder es wird das ganze Leben des Babys verdüstern!«

»Vigor«, murmelte die Frau.

»Besser Tränen als gar nichts«, sagte Mama. Sie hielt Eleonore das schreiende Baby hin, und sie nahm es in ihre tüchtigen Arme – sie hatte zuvor schon viele Babys gewiegt, das war klar. Mama ging zu dem Tisch in der Ecke und nahm den Schal, dessen Wolle geschwärzt worden war, so daß er die Farbe der Nacht besaß. Sie zog ihn langsam über das Gesicht der weinenden Frau und sagte: »Schlaf, Mutter, schlaf.«

Als der Stoff herunterkam, hatte das Weinen aufgehört, und die Frau schlief mit verbrauchten Kräften.

»Bring das Baby aus dem Zimmer«, sagte Mama.

»Muß es nicht gestillt werden?« fragte Eleonore.

»Sie wird dieses Baby niemals stillen«, sagte Mama. »Außer wenn du willst, daß es Haß einsaugt.«

»Sie kann es nicht hassen«, sagte Eleonore. »Es ist nicht seine Schuld.«

»Ich schätze, ihre Milch weiß das nicht«, sagte Mama. »Stimmt es nicht, Klein Peggy? An welcher Brust saugte das Baby?«

»An der seiner Mutter«, sagte Klein Peggy.

Mama blickte sie scharf an. »Bist du dir sicher?«

Sie nickte.

»Nun, dann bringen wir das Baby eben hinein, wenn sie aufwacht. In der ersten Nacht braucht es sowieso nichts zu essen.« Also trug Eleonore das Baby in das große Zimmer hinaus, wo das Feuer brannte, um die Männer zu trocknen; diese unterbrachen ihre Geschichten über Stürme und Fluten, die weit schlimmer als diese gewesen waren, um das Baby anzuschauen und zu bewundern.

Aber im Zimmer faßte Mama Klein Peggy unter das Kinn und starrte ihr durchdringend in die Augen. »Sag mir die Wahrheit, Margaret. Es ist eine ernste Sache für ein Baby, von seiner Mama gestillt zu werden und Haß in sich aufzunehmen.«

»Sie wird nicht hassen, Mama«, sagte Klein Peggy.

»Was hast du gesehen?«

Klein Peggy hätte geantwortet, aber für die meisten Dinge, die sie gesehen hatte, fehlten ihr die Worte. Also schaute sie zu Boden. Mamas rasches Luftholen sagte ihr, daß sie reif für eine Standpauke war. Doch Mama wartete, und dann näherte sich ihre Hand sanft und strich über Klein Peggys Kinn. »Ach, Kind, was für einen Tag du gehabt hast. Das Baby hätte sterben können, wenn du mir nicht gesagt hättest, daß ich es herausziehen soll. Du hast sogar hineingelangt und seinen Mund geöffnet – das hast du doch getan, oder nicht?«

Klein Peggy nickte.

»Genug für ein kleines Mädchen, genug für einen Tag.« Mama wandte sich den anderen Mädchen zu, die in nassen Kleidern an der Wand lehnten. »Und ihr auch, ihr hattet genug für einen Tag. Kommt heraus hier, laßt eure Mama schlafen, kommt raus und trocknet euch am Feuer. Ich richte euch das Abendessen.«

Aber Großvater war bereits in der Küche, hantierte herum und weigerte sich zu erlauben, daß Mama sich nützlich machte. Bald darauf war sie mit dem Baby draußen und scheuchte die Männer davon, so daß sie es in den Schlaf wiegen konnte, wobei es an ihrem Finger saugte.

Klein Peggy hatte nach einer Weile das Gefühl, daß man sie wohl nicht vermissen würde, und so stieg sie die Leiter zur Dachstube hinauf, hinein in den lichtlosen, staubigen Raum. Die Spinnen störten sie nicht sehr, und die Katzen hielten meistens die Mäuse fort, so daß sie sich nicht fürchtete. Sie kroch sofort zu ihrem Geheimversteck und holte das geschnitzte Kästchen heraus, das Großvater ihr gegeben hatte, das, von dem er sagte, sein eigener Papa aus Ulster mitgebracht habe, als er in die Kolonien kam. Es war voll wertvoller Andenken an ihre Kindheit – Steine, Bänder, Knöpfe –, aber jetzt wußte sie, daß diese nichts waren im Vergleich mit der Arbeit, die ihr das ganze übrige Leben lang bevorstand. Sie schüttete es einfach aus und blies in das Kästchen hinein, um es vom Staub zu säubern. Dann legte sie die gefaltete Glückshaube hinein und schloß den Deckel.

Sie wußte, daß sie dieses Kästchen in Zukunft noch dutzendmal öffnen würde. Daß es nach ihr rufen, sie aus dem Schlaf wecken, von ihren Freunden fortreißen und ihr sämtliche Träume rauben würde. Alles, weil das kleine Baby einen Stock tiefer so gar keine Zukunft hatte, mit Ausnahme des Todes durch das dunkle Wasser, wenn sie diese Glückshaube nicht dazu verwendete, für seine Sicherheit zu sorgen, so wie sie es einst auch im Mutterleib beschützt hatte.

Einen Augenblick lang war sie wütend darüber, daß ihr eigenes Leben so verändert worden war. Es war schlimmer als das Eintreffen des Hufschmieds, schlimmer als Papa und die Haselnußrute, mit der er sie schlug, schlimmer als Mama, wenn ihr Blick zornig wurde. Alles würde sich für immer verändern, und das war nicht fair. Bloß wegen eines Babys, das sie gar nicht eingeladen, um dessen Erscheinen sie niemals gebeten hatte, was scherte sie denn eigentlich so ein blödes Balg?

Sie langte nach vorne und öffnete das Kästchen, wollte die Glückshaube nehmen und sie in eine dunkle Ecke des Dachbodens werfen. Aber selbst in der Dunkelheit konnte sie einen Ort erkennen, an dem es noch dunkler war: in der Nähe ihres Herzfeuers, wo die Leere des tiefschwarzen Flusses darauf lauerte, eine Mörderin aus ihr zu machen.

Nicht ich, sagte sie zu dem Wasser. Du bist kein Teil von mir.

Doch, das bin ich, flüsterte das Wasser. Ich durchdringe dich ganz und gar, und ohne mich würdest du austrocknen und sterben.

Aber du bist nicht mein Herr, widersprach sie.

Sie schloß den Deckel des Kästchens und ließ sich die Leiter hinunterrutschen. Papa sagte immer, daß sie sich noch Splitter am Allerwertesten holen würde, wenn sie damit nicht aufhörte. Diesmal hatte er recht. Es piekte recht heftig, so daß sie mit leichter Schlagseite zu Großvater in die Küche gehumpelt kam. Klar, daß er gleich zu kochen aufhörte, um sie erst mal von den Splittern zu befreien.

»Meine Augen sind nicht mehr scharf genug dafür, Maggie«, beschwerte er sich.

»Du hast die Augen eines Adlers. Sagt jedenfalls Papa.«

Großvater kicherte. »Er muß es ja wissen.«

»Was ist mit dem Abendessen?«

»Oh, du wirst dieses Essen mögen, Maggie.«

Klein Peggy rümpfte die Nase. »Riecht nach Huhn.«

»Stimmt.«

»Ich mag Hühnersuppe nicht.«

»Keine einfache Suppe, Maggie. Dieses Huhn ist gebraten, ohne Hals und Flügel.«

»Ich hasse auch *Brat*huhn.«

»Hat dich dein alter Großvater jemals belogen?«

»Nö.«

»Dann glaube mir doch, wenn ich dir sage, daß dies ein Hühneressen ist, das dich *froh* machen wird. Kannst du dir irgendwie vorstellen, daß ein bestimmtes Hühneressen dich froh machen könnte?«

Klein Peggy dachte und dachte, und dann lächelte sie. »Bloody Mary?«

Großvater zwinkerte. »Ich habe immer gesagt, daß dieses Huhn dazu geboren war, im Topf zu enden.«

Klein Peggy umarmte ihn so heftig, daß er keuchende Laute von sich gab, und dann lachten sie und hörten gar nicht auf zu lachen.

Später in dieser Nacht, lange nachdem Klein Peggy zu Bett gegangen war, brachten sie Vigors Körper nach Hause, und Papa und Makepeace machten sich daran, eine Kiste für ihn zu bauen. Alvin Miller wirkte kaum noch lebendig, selbst als Eleonore ihm das Baby zeigte.

Bis er meinte: »Dieses Fackelmädchen. Sie sagt, daß dieses Baby der siebte Sohn eines siebenten Sohns ist.«

Alvin blickte sich nach jemandem um, der ihm versicherte, daß es stimmte.

»Oh, Sie können ihr vertrauen«, sagte Mama.

Frische Tränen traten in Alvins Augen. »Dieser Junge hat ausgehalten«, sagte er. »Dort im Wasser hat er lange genug ausgehalten.«

»Er wußte, wie sehr du es zu schätzen wissen würdest«, sagte Eleonore.

Dann griff Alvin nach dem Baby, hielt es fest und schaute ihm in die Augen. »Es hat ihm noch keiner einen Namen gegeben, oder?« fragte er.

»Natürlich nicht«, sagte Eleonore. »Allen anderen Jungen hat Mama einen Namen gegeben, aber du sagtest immer, der siebte Sohn solle ...«

»Meinen eigenen Namen tragen. Alvin. Der siebte Sohn eines siebenten Sohns, mit dem gleichen Namen wie sein Vater. Alvin junior.« Er blickte sich um, dann wandte er sich dem Fluß zu, der sich fern im nächtlichen Wald dahinwand. »Hörst du es, Hatrack River? Sein Name ist Alvin, und du hast ihn gar nicht getötet.«

Bald brachten sie die Kiste herein und statteten Vigors Körper mit Kerzen aus, die für das Lebensfeuer stehen sollten, das ihn verlassen hatte. Alvin hielt das Baby hoch, über den Sarg. »Sieh dir deinen Bruder an«, flüsterte er dem Knaben zu.

»Das Baby kann noch nicht sehen, Papa«, sagte David.

»Das stimmt nicht, David«, sagte Alvin. »Es *weiß* noch nicht, was es sieht, aber seine Augen können sehen. Und wenn es alt genug ist, um die Geschichte seiner Geburt zu erfahren, werde ich ihm erzählen, daß es mit eigenen Augen seinen Bruder Vigor gesehen hat, der um dieses Babys willen sein Leben hingab.«

Es dauerte zwei Wochen, bis Faith kräftig genug war, um reisen zu können. Aber Alvin achtete darauf, daß er und seine Jungen schwer für ihren Aufenthalt arbeiteten. Sie rodeten einen gehörigen Teil Landes, hackten Feuerholz für den Winter, errichteten mehrere Holzkohlehaufen für Makepeace Smith und verbreiterten die Straße. Außerdem fällten sie vier große Bäume und bauten eine stabile Brücke über den Hatrack River, eine gedeckte Brücke, so daß die Leute den Fluß sogar im Regensturm überqueren konnten, ohne daß sie ein Tropfen Wasser berührte.

Vigors Grab war das dritte dort, neben den beiden verstorbenen Schwestern von Klein Peggy. Die Familie machte ihm ihre Aufwartung und betete dort an dem Morgen, als sie abfuhren. Dann stiegen sie auf ihre Wagen und brachen nach Westen auf. »Aber wir lassen einen Teil von uns selbst hier zurück«, sagte Faith, und Alvin nickte.

Klein Peggy sah ihnen bei der Abreise zu, dann eilte sie zur Dachstube hinauf, öffnete das Kästchen und hielt die Glückshaube des kleinen Alvin in der Hand. Keine Gefahr, wenigstens vorerst nicht. Vorerst war er in Sicherheit. Sie legte die Glückshaube zurück und schloß den Deckel. Besser, du machst was aus dir, Baby Alvin, sagte sie sich, sonst hast du dir für nichts und wieder nichts eine Menge Schwierigkeiten eingehandelt.

Originaltitel: »Hatrack River«

Aus dem Amerikanischen übersetzt von Michael Nagula

Rudy Rucker & Bruce Sterling

Die Erstürmung des Kosmos

Zum erstenmal traf ich Wlad Zipkin auf einer Beatnikparty in Moskau im prachtvollen Winter des Jahres 1957. Ich nahm in meiner Eigenschaft als Informant des KGB daran teil. Auf Grund meines Berichtes über dieses erste Zusammentreffen mußte der bedauernswerte Wlad sechs Monate in einer psychiatrischen Klinik verbringen – ungeachtet der Tatsache, daß man ihm das Prädikat ›verrückt‹ durchaus nicht absprechen konnte.

Als kleiner Junge habe ich Missetäter zwar zuweilen angeschwärzt, aber gewiß nie vorgehabt, ein professioneller Denunziant zu werden. Es war dies ganz einfach eine Folge der Umstände. Der Wendepunkt kam im Frühjahr 1953, als ich durch mein Abschlußexamen am Sowjetischen Institut für Metallurgie rasselte. Jahrelang hatte ich auf diese Prüfung hingearbeitet; ich wollte nämlich später einmal mithelfen an der Entwicklung jener Raketen, die uns in die Unendlichkeit des Alls katapultieren würden.

Und dann, an einem Apriltag, war plötzlich alles vorbei. Die Prüfungsergebnisse hingen am Schwarzen Brett, und ich war einer von den dreien, die durchgefallen waren. Um das Examen wiederholen zu können, hätte ich ein ganzes Jahr warten müssen. Zuerst war ich deprimiert, dann wütend, denn ich wußte definitiv, daß vier der Studenten mit guten Benotungen bei der Prüfung geschwindelt hatten. Ich, der Ehrliche, war durchgefallen; und sie, die Schwindler, waren durchgekommen. Das war nicht fair, das war nicht kommunistisch; also ging ich hin und erzählte es dem Institutsvorstand.

Mit dem Ergebnis, daß schließlich mein Examen für bestanden erklärt wurde und ich den Posten eines Stellvertretenden Chefmetallurgen im Raumfahrtzentrum

Kaliningrad erhielt. In Wirklichkeit bestand meine Hauptaufgabe jedoch darin, wöchentlich Berichte über all das, was meine Kollegen sagten und taten, an den KGB zu schicken. Um ehrlich zu sein, ich war ganz froh über die KGB-Arbeit, weil mir die Metallurgie doch eine Nummer zu groß war.

Im Russischen gibt es ein häßliches Wort für Informant: *stukatsch* – Petzer, Judas. Für die Kriminellen, die Psychopathen, die Parasiten und die Beatniks war ich ein *stukatsch*. Aber ohne *stukatschi* wäre unsere geordnete kommunistische Gesellschaft in Anarchie explodiert oder knirschend zu einem dekadenten Stillstand gekommen. Wlad Zipkin mochte ein Genie sein und ich ein *stukatsch*; wie auch immer, die Gesellschaft brauchte uns beide.

Die Party, bei der ich Wlad kennenlernte, wurde von einem Mädchen namens Ljuda gegeben. Ljuda hatte eine eigene Wohnung in Moskau; ihr Vater war General der Roten Armee in Kaliningrad. Sie war ein nettes Mädchen, sexy – sah ein bißchen aus wie Doris Day.

Ljuda und ihre Freunde waren Beatniks. Sie tranken eine Menge; sie verwendeten englische Slangausdrükke; sie hörten Jazz; und die Männer trieben sich mit Prostituierten herum. Einer der Jungs schwängerte Ljuda, und sie ließ eine Abtreibung vornehmen. Den Tripper hatte sie auch. Das kam uns natürlich zu Ohren, denn solche Dinge verbreiten sich mit Windeseile. Irgend jemand höheren Orts entschied, daß der dafür verantwortliche Sexgangster augenblicklich zu eliminieren sei. Und meine Aufgabe bestand darin, herauszufinden, wer es war.

Die Sache fiel insoweit in die Zuständigkeit des Raumfahrts-KGB, als bekannt war, daß etliche Raketentechniker in einer Umlaufbahn um Ljuda kreisten. Ich ging mit äußerster Vorsicht an die Sache heran. Erst einmal stellte ich den Kontakt zu einer Prostituierten namens Trina her, die sich beim Metropol, beim Moskva und bei anderen Ausländerhotels herumtrieb. Trina hatte von ihren Kunden her schicke westliche Kleider und war gut Freund mit vielen Moskauer Beatniks. Ich bin ganz gewiß nicht Herzensbrecher genug, um ein Mädchen wie Trina in meine Fänge zu locken, und daher erklärte ich ihr ganz einfach klipp und klar, ich sei Mitglied des KGB, und wenn sie mich nicht in eine von Ljudas wilden Festlichkeiten einschmuggeln wolle, ließe ich sie verhaften.

Ljudas Bude war zum Bersten voll, als wir hinkamen. Mir schwoll die Brust vor Stolz, weil ich mit einem steilen Zahn wie Trina aufkreuzen konnte. Ich sah aber auch recht flott aus mit meiner Lederjacke und den schwarzen Röhrenhosen ohne Stulpen, die damals alle Beatniks trugen. Trina wich nicht von meiner Seite – wie zuvor ausgemacht –, und ganze Scharen von Männern kamen zu uns, um mit uns zu plaudern. Trina brachte sie schnell zu Zweideutigkeiten, und dann machte ich eine Bemerkung über Ljuda und endete mit: »Aber ich nehme an, sie hat einen festen Freund.« Das Problem, so stellte sich heraus, war, daß sie *Mengen* davon hatte. Ich frequentierte unentwegt die Toilette, um dort meine Namenslisten anzufertigen. Schließlich aber mußte ich mich für irgendeinen bestimmten Kerl entscheiden.

Die Zeit verging, und ich wurde nervös. Zigarettenrauch füllte den Raum. Das Verkehrsgewühl beim Klosett wurde gigantisch, und ich mußte eine Weile warten. Als ich zurückkam, stand Trina mit einem eingefleischten Beatnik namens Starsky zusammen; er erweckte ihre Aufmerksamkeit mit einigen fehlerhaft gebrauchten Amerikanismen, zeigte ihr ein Bündel Westwährung (harte Dollars, die er illegal von Touristen gekauft hatte), und damit war für mich entschieden, daß Starsky mein Mann sein mußte. Ich trug Trina auf, mit ihm zusammen wegzugehen und herauszufinden, wo er wohnte.

Nun, da ich meine Nachforschungen zu Ende geführt hatte, konne ich die Zügel ein wenig locker lassen und mich ins Vergnügen stürzen. Ich holte mir eine Flasche Wodka und setzte mich neben Ljudas Steinway-Flügel. Irgendein Kerl mit dunkler Brille spielte einen langsamen Boogie-Woogie. Er war wunderschön, so wunderschön, daß er mich zu Tränen rührte – Tränen um Ljudas verderbte Schönheit, Tränen um meine verlorene Kindheit und Tränen für das Grab meiner Mutter.

Ein harter Stoß gegen meinen Oberschenkel unterbrach meine Träumerei. »Hör auf zu flennen, Fettsack, wir sind hier nicht in der Ukraine!«

Die Stimme kam von unterhalb des Klaviers. Ich beugte mich hinunter und sah einen Mann, der mit untergeschlagenen Beinen auf dem Boden saß, einen mageren blonden Kerl mit hellen Augen. Er grinste und entblößte seine schlechten Zähne. »Kopf hoch, Kumpel, nur Mut! Und laß mich auch mal an die Flasche, an der du da saugst. Ich heiße Wlad Zipkin.«

Ich reichte ihm die Flasche. »Ich bin Nikita Josifowitsch Globow.«

»Flotte Schuhe«, sagte Wlad anerkennend. »Schmissige Jacke. Schicke Garderobe für einen von den Raketenheinis.«

»Wie kommst du darauf, daß ich vom Raumfahrtzentrum bin?« fragte ich.

Wlad senkte die Stimme. »Die Schuhe. Die hast du von Nokidse, dem Kasachen, dem Schwarzhändler. Er verkauft sie in ganz Kaliningrad.«

Ich kletterte unter das Klavier zu Zipkin. Hier war die Luft etwas besser. »Bist du einer von uns, Genosse Zipkin?«

»Ich bin bei den Nachrichtentheoretikern«, flüsterte Zipkin, einen unsicher schwankenden Zeigefinger über den Lippen. »Wir entwerfen trottelsichere Codes für die Nachrichtenverbindung mit dem ... du weißt schon.« Er vollführte eine kleine Kreisbewegung mit dem Zeigefinger und blickte hinauf zum dunkelglänzenden Bauch des Klaviers. Der Sputnik war erst seit Oktober oben; wir vom Raumfahrtzentrum waren immer noch nicht daran gewöhnt, offen über ihn zu reden.

»Komm schon, sei nicht so schüchtern!« lächelte ich. »Wir können doch *Sputnik* sagen, oder? Die ganze Welt redet seit Monaten über nichts anderes!«

Es war leicht, Wlad aus sich herausgehen zu lassen. »Meine Gruppe ist aber supergeheim«, brüstete er sich in verbrecherischer Art und Weise. »Die hohen Tiere denken, ›Nachrichtentheorie‹ muß als solche schon streng geheim gehandelt werden und der Zensur unterliegen. Aber die Theorie selbst ist ja noch keine Nachricht, sie ist eine abstrakte Meta-Information ...« Er brabbelte eine Weile weiter in diesem sonderbaren Jargon seines Berufsstandes. Ich langweilte mich allmählich und riß eine Packung Kent auf.

Augenblicklich schnorrte Wlad eine. Er war schwer beeindruckt, daß ich amerikanische Zigaretten hatte. Nur absolut kaltblütige Insider am Puls des Schwarzmarktes hatten Klassestengel wie diese. Wlad verspürte nun seinerseits den Drang, auf mich Eindruck zu machen. »Chruschtschow verlangt, daß der nächste Sputnik Propaganda aussendet«, vertraute er mir an und blies Rauchwolken aus. »Die Internationale im Weltraum – was für eine Narretei!« Wlad schüttelte den Kopf. »Als ob außerhalb unserer Erdatmosphäre andere Länder noch wichtig wären! Jedem echten Russen ist bereits klar, daß wir die Amerikaner überholt haben. Weshalb sollten wir ihren faschistischen Nationalismus kopieren? Wir haben uns hinaus erhoben in den unendlichen Weltraum und sie zurückgelassen im Dreck!« Er grinste. »Verdammt, sind das köstliche Nasenwärmer! Kannst du mir da eine Verbindung herstellen?«

»Was bietest du?« fragte ich.

Er deutete mit dem Kinn auf Ljuda. »Siehst du die Gastgeberin? Siehst du die Ohrringe, die sie trägt? Das sind goldbeschichtete Transistoren; ich habe sie im Zentrum mitgehen lassen. Eigentum ist Diebstahl, was, Nikita?«

Ich mocht Wlad recht gern, dennoch fühlte ich mich dazu verpflichtet, seine fragwürdige Geisteshaltung zusammen mit meinen Informationen über Starsky zu melden. Politisches Abweichlertum, wie Wlad es erkennen ließ, war eine Art geistiger Defekt. Und da ich Wlad so sehr mochte, war mir ehrlich daran gelegen, daß sein Zustand sich besserte.

Nachdem ich meine Meldung gemacht hatte, kehrte ich nach Kaliningrad zurück und dachte nicht mehr an Wlad. Etwa einen Monat lang hörte ich nichts mehr von ihm.

Seit Anfang der fünfziger Jahre ist Kaliningrad die Heimstätte sowjetischer Bemühungen um die Raumfahrt. Kaliningrad liegt dreißig Kilometer nördlich von Moskau und war einmal ein typischer Erholungsort. Dort arbeiteten wir heldenhaft an Entwicklung und Bau von Raketen – obwohl die eigentliche Abschußbasis, das berühmte Kosmodrom von Bajkonur, weit unten im Süden liegt. Das Leben in Kaliningrad gefiel mir. Die Läden waren üppigst bestückt mit polnischem Schinken und frischen Lammkoteletts, und die waldreiche Seenlandschaft fand ich romantisch und hübsch anzusehen. Die Geheimhaltungs- und Sicherheitsvorkehrungen waren umfassend und wirkungsvoll.

Außerhalb des eigentlichen Forschungskomplexes und der Wohnblocks gab es Datschas, private Holzhäuser für die Wissenschafter, Techniker und Parteifunktionäre, einschließlich unseres obersten Vorgesetzten, des Chefkonstrukteurs. Das ganze Gebiet wurde von einem hohen Zaun aus Holz und Beton umschlossen, der rund um die Uhr von bewaffneten Wachtposten gesichert wurde. Es war sehr friedlich dort. Innerhalb des Zauns standen rund fünfzig Datschas. Ich bewohnte eine von den kleineren – zwei Zimmer und Küche – in einem großen Garten mit Obstbäumen und Beerenhekken, die im Moment jedoch von Schnee bedeckt waren.

Etwa ein Monat nach Ljudas Party war ich in meiner Datscha gerade dabei, mit großem Behagen einen neuen Anzug zu bügeln, den ich von Nokidse, dem Kasachen, gekauft hatte, als ich hörte, wie eine große ZIL-Limousine durch den Matsch draußen heranpflügte. Ich lugte durch die Vorhänge. Eine Frau stapfte den Weg herauf und klopfte an meine Tür. Ich öffnete einen Spalt.

»Nikita Josifowitsch Globow?«

»Ja?«

»Lassen Sie mich rein, Sie fettes Judasschwein!« sagte sie.

Ich gaffte sie an. Sie fuhr fort, mir eklige Schimpfworte an den Kopf zu werfen. Erschrocken ließ ich sie ein. Sie war eine Tatarin mit dunkler Haut und markanten, kräftigen Gesichtszügen, gekleidet in ein billiges schwarzes Kostüm aus dem Moskauer G.U.M.-Kaufhaus. Keine Frau in Kaliningrad trug derart häßliche Schuhe und Kleider, außer es handelte sich dabei um ein besonders linientreues Exemplar. Also wurde ich unruhig. Sie schloß die Tür mit einem Tritt hinter sich und schleuderte mir einen haßerfüllten Blick zu.

»Sie haben Wladimir Zipkin verpfiffen!«

»Was?«

»Hören Sie mal, was mischen Sie sich ungefragt in fremde Angelegenheiten, Sie Idiot? Ich bin Hauptmann Boguljubowa von der Abteilung Nachrichtentheorie. Sie haben meinen besten Mitarbeiter ins Irrenhaus gebracht! Was haben Sie sich eigentlich dabei gedacht? Wissen Sie, welche Auswirkungen das auf die Erfüllung meines Plansolls hat?«

Das traf mich völlig unvorbereitet. Ich stotterte etwas von einer korrekten ideologischen Einstellung, die Vorrang habe.

»Du Laus!« knurrte sie zwischen zusammengebissenen Zähnen hervor. »Es ist meine Abteilung, und *ich* kümmere mich um die Sicherheit! Wie kannst du es wagen, über einen meiner Leute Meldung zu machen, ohne erst zu mir zu kommen? Schwärze ich vielleicht Leute von der Metallurgie an?«

»Aber man kann doch nicht zulassen, daß er jedem Beatnik in Moskau gegenüber Staatsgeheimnisse ausplaudert«, versuchte ich mich zu rechtfertigen.

»Du kannst dich abschreiben«, sagte Hauptmann Boguljubowa mit hartem kleinen Lächeln. »Ich habe einen hohen Rang im KGB, und du bist ein ganz gewöhnlicher *stukatsch.* Ich kann dir einen Haufen Unannehmlichkeiten bereiten. Einen riesengroßen Haufen.«

Da begann ich zu schwitzen. »Aber ich habe nur meine Pflicht getan. Niemand kann das abstreiten. Außerdem wußte ich nicht, daß er in die Irrenanstalt kommt. Alles was er nötig hatte, waren ein paar Sitzungen bei der psychologischen Beratungsstelle.«

»Du hast alles versaut!« raunzte sie und starrte mich durch schmale Augenschlitze an wie ein Kosake, der das Gewicht eines soeben erlegten Wildschweines abschätzt. Sie kreuzte die Arme über ihrer gewaltigen Brust und sah sich in meiner Datscha um. »Dieses nette kleine Nest ist gerade richtig für Wlad. Er wird viel Ruhe brauchen. Der *arme* Wlad! Keiner von meiner Abteilung wird mit ihm zusammenarbeiten wollen, wenn er herauskommt. Aber wir brauchen ihn, und du wirst mir helfen. Wlad kann hier arbeiten, und du wirst ein Auge auf ihn haben. Es kann sich um eine Art Hausarrest handeln.«

»Und was ist mit meiner Arbeit in der Metallurgie?«

Sie starrte durch mich hindurch. »Deine neue Arbeit wird die Rehabilitation des Genossen Zipkin sein. Du wirst dich freiwillig für diese Aufgabe zur Verfügung stellen, und dann wirst du höheren Orts melden, daß aus ihm ein strahlendes Vorbild begeisterter Hingabe an die kommunistischen Ideale geworden ist. Er hat den Leninorden zu bekommen, verstanden?«

»Das ist unfair, Genossin Hauptmann! Seien Sie doch einsichtig!«

»Hör zu, du scheinheiliges Schwein! Ich weiß alles über dich und deine Schwarzmarktgeschäfte. Diese Schuhe da kosten mehr, als du in einem Monat verdienst.« Sie packte das Bügeleisen vom Ende des Brettes und schmiß es flach auf meinen nagelneuen Anzug. Rauch stieg hoch.

»Gut! Ist ja gut!« schrie ich händeringend. »Ich werde ihm helfen.« Ich riß das Bügeleisen weg und spritzte Wasser auf das versengte Gewebe.

Hauptmann Boguljubowa lachte laut auf und stürmte aus dem Haus. Ich fühlte mich entsetzlich. Man möchte meinen, daß der Mensch für das Bedürfnis, sich gut kleiden zu wollen, nichts kann; und daß es unfair wäre, dieses Bedürfnis als Waffe gegen jemanden einzusetzen. Finde ich.

Monate vergingen. Das Frühjahr 1958 kam. Laika, die Hündin, war in den Weltraum geschossen worden. Ein braver Hund, eine Russin, ein Kind der Erde. Die ersten Versuche der Amerikaner in dieser Richtung waren fehlgeschlagen, und dann im Februar hatten sie einen lächerlichen Sputnik in der Größe einer Grapefruit hinaufgeschossen, während wir Metallurgen uns mit unserem mächtigen kerosinbetriebenen RD-108-Superboostertriebwerk, welches unseren ersten Kosmonauten ins All tragen würde, an die Spitze setzten. Wir hatten zwar technische Schwierigkeiten, und es gab verwerfliche ideologische Abweichungen seitens der Arbeiterschaft, aber die Fortschritte waren unaufhaltbar.

Hauptmann Nina Boguljubowa kam einige Male vorbei, um vor mir wegen Wlad zu toben. Sie machte mich für alles verantwortlich, doch das Problem war Wlad. Man muß doch wirklich nichts anderes tun, als den Leuten von der Psychiatrie das sagen, was sie hören wollen. Aber Zipkin schaffte das offenbar nicht.

Ein dritter Sputnik wurde im Mai 1958 ins All geschossen, der eine Menge Meßgeräte an Bord hatte. Leider war er immer noch nicht in der Lage, Propagandastatements zu senden, geschweige denn die Internationale zu singen. Wlad Zipkins Fehlen machte sich bemerkbar. Ich erwartete seine Rückkehr mit Zittern und Bangen. Würde er mich hassen? Mich fürchten? Mich verachten?

Ich für mein Teil wollte ganz einfach, daß Wlad mich mochte. Beim Durchsehen seiner Akte war mir zu Bewußtsein gekommen, daß dieser Mann trotz seiner Exzentrizität ein echtes Genie war. Also entschloß ich mich, doch aufpassen zu wollen auf Wlad Zipkin, um ihn vor seinen unsinnigen gesellschaftsfeindlichen Anwandlungen zu schützen.

Frühmorgens an einem Sonntag im Juli brachte eine KGB-Ambulanz Wlad und seine Habe in meine Datscha. Er sah blaß und verwirrt aus. Ich begrüßte ihn mit falscher Herzlichkeit.

»Willkommen, Wladimir Eduardowitsch! Es ist mir eine Ehre und ein Vergnügen, mit dir meine Datscha teilen zu dürfen! Tritt ein, tritt ein! Ich habe Joghurt und frische Stachelbeeren da. Laß mich helfen, deine Sachen hereinzutragen!«

»Du warst es also.« Wlad schwieg, während wir seinen Koffer und drei Schachteln in die Datscha trugen. Als ich ihn drängte, mit mir zu essen, nahm sein Gesicht einen verzweifelten Ausdruck an. »Ich bitte dich, Globow, laß mich jetzt in Ruhe. Diese Zeit in der Nervenklinik, diese langen Monate – du kannst dir nicht vorstellen, wie das war!«

»Keine Sorge, Wladimir! Diese Datscha ist dein Zuhause, und ich bin dein Freund.«

Wlad verzog das Gesicht zu einer Grimasse. »Laß mich einfach den Tag allein im Garten verbringen, ja? Und sag nicht gleich dem KGB, daß ich ungesellig und asozial bin. Ich will mich eingliedern in die Gesellschaft, ich will mich anpassen, aber um Himmels willen nicht heute!«

»Glaub mir, Wlad, ich will nur das Beste für dich. Geh hinaus und leg dich in die Hängematte; iß die Beeren, genieß die Sonne!«

Wlads helle Augen traten ihm fast aus den Höhlen, als sein Blick auf mein gerahmtes offizielles Foto von Laika fiel, der Kosmonautenhündin. Sie trug eine merkwürdige froschähnliche Sauerstoffmaske aus Gummi über der Schnauze. Unmittelbar vor dem Start hatte man sie in einen schweren steifen Raumanzug gezurrt – in eine Art Hundezwangsjacke. Wlad machte ein finsteres Gesicht und erschauerte. Ich nehme an, das Foto erinnerte ihn an seine jüngsten Mißlichkeiten.

Dann riß er meine Wodkaflasche vom Küchenbord und stapfte ohne ein weiteres Wort nach draußen. Ich beobachtete ihn durchs Fenster – er sah gar nicht besonders leidend aus, wie er den Wodka in kleinen Schlückchen trank, Heidelbeeren pflückte und schließlich in der Hängematte einschlief. Sein Koffer enthielt wenig, was von Interesse war, und in den Schachteln befanden sich hauptsächlich Bücher. Die meisten davon hatten technische Themen zum Inhalt, aber es waren auch etliche wissenschaftliche Romane darunter: der Sozialist H.G. Wells, Čapek, Jefremow, Kazancev, und so weiter.

Als Wlad aufwachte, war er viel besser gelaunt. Ich führte ihn herum und zeigte ihm alles. Mein Garten erstreckte sich dreißig Meter nach hinten, und an seinem Ende stand ein schmuckes Aborthäuschen. Wir schlenderten zusammen hinaus auf die schlammige Straße. Auf Wlads Drängen hin brachte ich die Wachen dazu, das Tor für uns aufzuschließen, und wir wanderten nach draußen in die friedvollen Birken- und Föhrenwälder am Ufer des Kljasma-Stausees. In der Woche zuvor hatte es heftig geregnet, und überall wuchsen Pilze. Wir sammelten welche und hatten unseren Spaß dabei – jeder Russe kennt die eßbaren Pilzarten.

Wlad kannte eine Schnellmethode, die Pilze in Essig einzulegen: Man kochte sie kurz in Salzwasser und legte sie in eine Essig-Eismischung. Es funktionierte prächtig daheim in unserer Küche, und ich gratulierte ihm zum Ergebnis. Er freute sich wie ein Kind.

In den darauffolgenden Tagen erkannte ich, daß Wlad nichts gegen die Partei hatte. Er war nur einfach recht weltfremd. Er gehörte zu jenen talentierten Unglücksraben, die das Leben nicht ohne Beschützer meistern können.

Dennoch wurde im Zentrum auf seine Meinung großes Gewicht gelegt, und er arbeitete an wichtigen Aufgaben. Ich begleitete ihn überallhin – ausgenommen in die Labors, für die ich keine Zutrittsgenehmigung hatte – und ermahnte ihn unentwegt, nur ja nichts Unbesonnenes von sich zu geben.

Natürlich litt darunter meine eigene Arbeit. Ich erzählte meinen Kollegen, Wlad sei ein kranker Verwandter von mir, was mein häufiges Fehlen erklärte. Dennoch schienen die anderen Techniker mir ob meiner Abwesenheit nicht böse zu sein, ganz im Gegenteil, sie ermunterten mich, möglichst viel Zeit mit Wlad zu verbringen, und rühmten meine aufopferungsvolle Hingabe.

Ich mochte Wlad, aber die ewige Beaufsichtigung wurde mir bald lästig. Er erledigte den Großteil seiner Arbeit in unserer Datscha, was mich klarerweise dort festhielt, wenn ich genausogut draußen hätte sein können, um mit Nokidse zu handeln oder die neuesten Berichte aus der Beatnikszene weiterzugeben.

Zu dumm, daß Hauptmann Nina Boguljubowa bei ihrer Arbeit versagt hatte! Sie hätte von Anfang an ein Auge auf Wlad haben sollen. Jetzt, da sie die Teller zerbrochen hatte, mußte ich die Scherben wegräumen, also hatte ich das Gefühl, daß sie mir etwas Freiraum und

Freizeit schuldete. Das deutete ich taktvoll an, als sie mit einer versiegelten Mappe auftauchte, in der sich Arbeit für Wlad befand. Eine neuerliche Standpauke war meine Belohnung.

»Du Parasit! Du wagst es zu behaupten, daß ich bei Wladimir Eduardowitsch versagt habe? Ich war mir seines Werts als Theoretiker und als Mensch immer bewußt! Er ist jederzeit zehn solche *stukatsch*-Ratten wert, wie du eine bist! Der Chefkonstrukteur persönlich hat sich nach Wlads Befinden erkundigt. Der Chefkonstrukteur hat unter Stalin selbst Jahre im Arbeitslager verbracht. Er weiß, daß es keine Schande ist, von einem speichelleckenden Leisetreter hinter Gitter gebracht zu werden ...« Es folgte noch mehr, noch Schlimmeres. Ich bekam langsam den Eindruck, daß Hauptmann Bogouljubowa auf ihre wilde tatarische Art persönliche Gefühle für Wlad hegte.

Außerdem hatte ich nicht gewußt, daß unser Chefkonstrukteur im Lager gewesen war. Das bedeutete nichts Gutes, denn Leute, die eine gewisse Zeit in Haft verbracht haben, reagieren manchmal mit Verbitterung und geben den Dingen nicht mehr den richtigen Stellenwert. Aber zu dieser Zeit, als Nikita Chruschtschow zum Führer der fortschrittlichen Massen geworden war, wurden viele Leute aus den Arbeitslagern entlassen. Und in der *Literaturnaja Gaseta* standen erstaunliche, ja beinahe unverschämte Dinge zu lesen.

Wie die meisten Ukrainer liebte auch ich Chruschtschow, aber er besaß einen komischen Bauernakzent, und alle machten sich über die Art lustig, wie er im Radio sprach. In den Tagen Stalins gab es solche Probleme nie.

Wir Sowjets hatten einen großartigen Triumph im Weltraum errungen, aber ich fürchtete eine allgemeine Laxheit. Es machte mich traurig, da ich zusehen mußte, wie viele Raumfahrtingenieure, Techniker und Konstrukteure sich der Parteidisziplin entzogen. Sie nahmen für sich in Anspruch, daß ihre Achtzigstundenwoche sie automatisch von den politischen Schulungstreffen befreite. Viele von ihnen lasen ausländische technische Dokumente, ohne dafür die notwendige Genehmigung zu haben. Die ordnungsgemäße Zensur wurde umgangen. Techniker aus verschiedenen Abteilungen trafen einander, um über ihre Arbeit zu sprechen – privat, einfach so, ohne irgendeine wirkliche Notwendigkeit, etwas darüber zu erfahren.

Wlads Benehmen war ganz besonders skandalös. Er ließ strenggeheime Papiere in der Datscha herumliegen, wo man sie gar nicht übersehen konnte. Oft trank er bis zum Exzeß. Er lud Ingenieure aus anderen Abteilungen ein, uns zu besuchen, und einige von ihnen, die seine für seine Umwelt nicht ungefährliche Vergangenheit nicht kannten, sagten sogar zu. Das war mir peinlich, denn wenn sie Wlad und mich zusammen sahen, konnten sie leicht die Wahrheit erraten.

Ich tat zwar mein Bestes, Wlads Spuren zu verwischen und seine Indiskretionen auf dem absoluten Minimum zu halten, doch versagte ich darin erbärmlich.

Eines Abends fand ich ihn zu meinem Erstaunen über Arbeitsunterlagen für das RD-108-Superboostertriebwerk gebeugt vor. Er hatte aus den inneren Kartonröhren der Toilettepapierrollen meines privaten Vorratslagers ein Modell der Rakete gebastelt. »Woher hast du sie?« fragte ich.

»Hab sie in einer Schachtel auf dem Klo gefunden.«

»Nein, die Unterlagen!« schrie ich. »Das gehört nicht zu deiner Abteilung! Das sind echte Staatsgeheimnisse!«

Wlad zuckte die Schultern. »Es ist alles falsch«, sagte er mit belegter Stimme. Er hatte wieder getrunken.

»Was?«

»Unsere Originalrakete, die 107, hatte vier Düsen. Aber dieses Superboostertriebwerk hat zwanzig! Schau, die zusätzlichen Antriebe sind gebündelt wie Bananen und einfach an der Hauptrakete festgemacht. Mit Stahlbändern! Die Amerikaner lachen sich zu Tode, wenn sie das sehen!«

»Das werden sie aber nicht!« Ich riß ihm die Blaupausen aus der Hand. »Wer hat dir die gegeben?«

»Koroljow«, murmelte Wlad. »Sergej Pawlowitsch.«

»Der Chefkonstrukteur?« fragte ich, wie vor den Kopf gestoßen.

»Ja, wir haben vormittags in der Sauna darüber gesprochen«, sagte Wlad. »Dein alter Freund Nokidse kam heute früh hier vorbei, als du in der Arbeit warst, und wir genehmigten uns ein paar. Also ging ich hinunter in die Badeanstalt, um alles rauszuschwitzen. Zufällig war der Chef auch in der Sauna – er hat die Nacht durchgearbeitet. Er und ich, wir haben gemeinsam gesessen, vor Jahren. Damals blickten wir hoch zu den Sternen und redeten über nichts als Raketen ... Na, jedenfalls schaut er mich an und fragt: ›Weißt du, wieviel Schub von Braun aus einem einzigen Triebwerk rausholt?‹ Und ich sage: ›Na, so um die achtzig, neunzig Tonnen, stimmt's?‹ ›Richtig‹, sagt er, ›und wir kriegen ganze fünfundzwanzig zusammen. Wir müssen zwanzig Triebwerke zusammenbinden, um einen einzigen Mann hochzuschießen. Wir brauchen ein Wunder, Wladimir. Alles würde ich versuchen, um weiterzukommen.‹ So habe ich ihm also von diesem Buch erzählt, das ich gerade lese.«

»Du warst während der Arbeitszeit betrunken? Und der Chefkonstrukteur hat dich in der Sauna gesehen?« fragte ich.

»Er schwitzt genauso wie alle anderen«, stellte Wlad fest. »Ich habe ihm von diesem neuen SF-Schriftsteller erzählt. Aleksander Kazancev. Der Mann ist ein Denker, Junge.« Wlad tippte sich an die Schläfe, um seine Worte zu unterstreichen, kratzte sich dann unter dem schmierigen Hausmantel die Rippen und zündete sich eine Zigarette an. Ich hatte Lust, ihn umzubringen.

»Kazancev sagt, wir seien nicht die ersten, die den Weltraum erforschen. Es gab schon andere vor uns, Wesen aus dem All. Das ist nicht überraschend. Der große Raumfahrtprophet Ciolkovskij meint, es gäbe unzählige belebte Welten. Du weißt, wie sehr der Chefkonstrukteur Ciolkovskij bewundert. Und wenn man die Beweise betrachtet – ich meine, diese Sache in der Tunguska –, dann fängt es an, Hand und Fuß zu haben.«

»Tunguska.« Ich kämpfte plötzlich mit einem wachsenden Gefühl des Entsetzens. »Das ist in *Sibirien*, nicht wahr?«

»Sicher. Also ich sagte jedenfalls: ›Chef, weshalb vergeudest du unsere Zeit mit diesen lächerlichen Feuerwerkskörpern, wenn wir einen Blick auf den echten Raumflug werfen können? Schick eine Mannschaft wirklich hochkarätiger Leute zur Einschlagstelle dieses sogenannten Tunguska-Meteors! Laß eine Analyse machen! Wenn es tatsächlich ein mit Atomkraft betriebenes Raumschiff war, wie Kazancev behauptet, dann könnte ja noch irgend etwas davon übriggeblieben sein, das uns weiterbringt.‹«

Ich schloß die Augen und wand mich bei der Vorstellung an Wlad, betrunken in der Sauna, der zuerst unappetitliche Gefängniserinnerungen aufs Tapet bringt und dann weiterbrabbelt über Science Fiction-Romane – und das dem größten Genie sowjetischer Raketentechnik gegenüber. Gräßlich. »Und was hat dir der Chef darauf geantwortet?«

»Er sagte, es klinge vielversprechend«, meinte Wlad leichthin. »Sagte, er werde die Sache sofort ins Rollen bringen. Hast du noch irgendwo Kents?«

Benommen sank ich in einen Lehnstuhl. »Schau in meinen Schuhen nach«, sagte ich dumpf. »In den italienischen.«

»Oh«, antwortete Wlad kleinlaut. »Die habe ich schon letzte Woche gefunden. Gewissermaßen.«

»Der Chef hat dir die Pläne für die Supertriebwerke

gezeigt?« Ich raffte mich zu einer Reaktion auf. »Und hat gesagt, du sollst nach Sibirien gehen?«

»Ach, nicht bloß du und ich!« entgegnete Wlad amüsiert. »Er benötigt eine wirklich sorgfältige wissenschaftliche Erforschung der Sache. Wir werden einen ganzen Eisenbahnzug requirieren, um das benötigte Personal und die Ausrüstung hinzubringen.« Wlad grinste. »Aufgeregt, Nikita?«

In meinem Hirn drehte sich alles. Der Mann war ein Dämon. Tief in meinem Innersten wußte ich, daß er mich da in etwas hineintreiben wollte. Mit voller Absicht. Ein Sadist. Plötzlich erkannte ich, wie sehr ich genug hatte von Wlad, vom ewigen Wachhundspielen für diesen visionären Idioten. Die Worte sprudelten nur so aus mir heraus.

»Ich hasse dich, Zipkin! Das ist also deine Rache, was? Du schickst mich nach Sibirien! Du Abschaum der Menschheit! Du fieser Beatnik! Du hältst dich wohl für superklug, was, Blondköpfchen? Du bist schwach, du bist krank, das ist es! Ich wollte, der KGB hätte dich erschossen, du blöder, selbstsüchtiger, verrückter ...« Plötzlich schossen mir die Tränen in die Augen.

Überrascht tätschelte Wlad mir die Schulter. »Jetzt reg dich bloß nicht so auf ...«

»Du bist wahnsinnig!« schluchzte ich. »Ihr Raketenbrüder seid alle verrückt! Den Kosmos erstürmen ... von mir aus könnt ihr meinen Arsch erstürmen! Ich werde nicht in irgendeinen geheimen Eisenbahnzug steigen, der nach nirgendwo fährt ...!«

»Na, na, na«, versuchte Wlad mich zu beruhigen. »Meine Phantasie, deine Gründlichkeit – wir geben doch ein großartiges Team ab! Stell dir nur vor, wie sie uns die ganzen Orden an die Brust heften!«

»Wenn es eine so großartige Idee ist, dann tu doch du es! Ich werde nicht durch irgendeine stinkende Wildnis latschen ...«

»Denk doch logisch!« seufzte Wlad und verdrehte die

Augen nach oben. »Du weißt, daß ich mich höheren Orts nicht des allergrößten Vertrauens erfreue. Dort versteht man mich nicht so gut wie du. Darum brauche ich dich, damit alle beruhigt sind, das ist alles. Reg dich ab, Nikita! Ich verspreche dir, Glanz und Gloria und Ehre und Ruhm offen und ehrlich mit dir zu teilen.«

Natürlich tat ich mein Bestes, um diesem Wahnsinnsprojekt zu entgehen – oder es zumindest zu entschärfen. Ich protestierte höheren Orts. Mein Verbindungsmann, Oberst Popow, ein Jazzfanatiker mit beginnender Glatze, sah mit dem leeren, starrenden Blick des professionellen Vernehmungsbeamten ausdruckslos durch mich hindurch. Ich spielte darauf an, daß Wlad streng geheime Papiere nicht ordnungsgemäß behandelte, doch Popow ignorierte das und fuhr fort, seinen Bleistift in mitreißendem Fünfvierteltakt auf seinem ›speziellen‹ Telefon Step tanzen zu lassen.

Zögernd erwähnte ich Wlads Wahnsinnsidee. Popow zeigte immer noch keine Reaktion. Eines der Telefone (nicht das ›spezielle‹) begann laut zu klingeln. Popow hob an, sagte dreimal ›ja‹ und verließ das Zimmer.

Eine ganze lange Stunde wartete ich, in der ich mich jedoch hütete, irgend etwas auf seinem Schreibtisch anzusehen, geschweige denn zu berühren. Schließlich kehrte Popow zurück.

Ich fing sofort an zu plappern. Ich wußte, daß seine Art, mich mit absolutem Stillschweigen zu behandeln, ein alter Polizeitrick war, aber ich konnte nichts dagegen tun. Popow unterbrach mich.

»Die Gesetze der historischen Entwicklung der Völker, von Karl Marx«, sagte er und setzte sich in seinen quietschenden Stuhl, »sind universell auf alle Kulturkreise anzuwenden. Was klarerweise die Bewohner anderer Planeten einschließt.« Er legte die Fingerspitzen gegeneinander. »Daraus ergibt sich die logische Folgerung, daß fortschrittliche extraterrestrische Lebewesen dem großen fortschrittlichen Sowjetvolk freundlich gesinnt sein müßten.«

»Aber der Tunguska-Meteor fiel im Jahr 1908 vom Himmel«, wandte ich ein.

»Interessant«, meinte Popow geistesabwesend. »Historisch-deterministische Wesen aus dem Weltraum könnten über die marxistische Wissenschaft zu der Erkenntnis gekommen sein, daß die Sowjetunion in der Erreichung des Kommunismus den Anfang macht. Sie haben uns möglicherweise, ja wahrscheinlich, irgendeine Botschaft, irgendein Vermächtnis hinterlassen.«

»Aber Genosse Oberst ...«

Popow rüttelte an einer verklemmten Schreibtischlade. »Haben Sie dieses Buch gelesen?« Es war Kazancevs Raumfahrtsroman. »Im Raumzentrum sind alle ganz wild darauf. Ich habe es von Ihrer Freundin Nina Boguljubowa.«

»Nun ...«, sagte ich.

»Warum nehmen Sie sich dann das Recht heraus, mit mir über eine Sache diskutieren zu wollen, über die Sie nicht einmal die grundlegenden Fakten kennen?« Popow verschränkte die Arme. »Wir finden es äußerst signifikant, daß dieses Ereignis in der Tunguska am 30. Juni 1908 stattgefunden hat. Heute ist der 15. Juni 1958. Bei sofortigem heldenhaften Einsatz aller verfügbaren Kräfte könnte es euch gelingen, das Tal der Tunguska genau am fünfzigsten Jahrestag dieses Ereignisses zu erreichen.«

Also hatte die Boguljubowa, diese tatarische Kuh, bereits vor mir höheren Orts vorgesprochen. Und an sich überraschte es mich gar nicht, daß der KGB Wlads Hirngespinst unterstützte. Vom KGB ging zwar die Kontrolle der Sicherheit unseres Staates aus, aber das Verfolgen der komplizierten Entwicklungsvorgänge in der Technologie in unserem Land überstieg bei weitem die geistige Kapazität seiner Mitarbeiter. Fremde Wesen aus dem Weltraum hingegen – das war etwas, was jeder verstehen konnte.

Außerdem wurde eine eventuelle Skepsis seitens des KGB ganz einfach durch die persönliche Unterstützung eliminiert, welche der Chefkonstrukteur der Sache angedeihen ließ. Der Chef hatte in Chruschtschows Reden in letzter Zeit einige Erwähnung gefunden und war als wahrer Wunderknabe verschrien. Wenn er sagte, etwas sei machbar, dann reichte das dem KGB durchaus.

Ich war hilflos.

In großer Hast wurde eine Expedition zusammengestellt, und natürlich war es lebenswichtig, den KGB dabeizuhaben. Mich, klarerweise, denn ich überwachte ja Wlad. Und dazu noch Nina Boguljubowa, denn sie war Wlads Vorgesetzte. Aber dann wurden die KGB-Mitglieder in den anderen Abteilungen eifersüchtig auf uns von der Metallurgie und der Nachrichtentheorie, weil sie glaubten, daß wir irgendeinen schmutzigen Trick vorhätten: Angenommen, es würde in der Tunguska *tatsächlich* irgendein Beweisstück entdeckt? Das hätte über Nacht die Arbeit der übrigen Abteilungen völlig uninteressant gemacht. Mochte es da nicht besser sein, wenn jede von ihnen ihren eigenen KGB-Beobachter mitschickte? Bald stellte sich heraus, daß wir eine geradezu endlose Reihe von Kandidaten für die Expedition zur Auswahl hatten.

Unsere Ausrüstung war verschwenderisch. Wir bekamen zehn Eisenbahnwaggons; vier davon beherbergten unsere Begleiter von der Roten Armee und ihre geländegängigen Kettenfahrzeuge, dann gab es noch drei Schlafwagen, einen Speisewagen mit Küche und zwei Lastwaggons, auf denen Lebensmittelvorräte, Zelte, Bagger, Geigerzähler, Funk- und Vermessungsgeräte verladen waren. Dazu brachte Wlad eine sperrige Rechenmaschine mit, Hauptmann Nina ihre eigenen geheimnisvollen Kisten, und ich selbst hatte eine Auswahl von metallurgischen Analyseinstrumenten mit für den Fall, daß wir auf ein Stück des UFOs stießen.

Wir wurden unter strengsten Sicherheitsvorkehrungen durch Moskau gezogen, ehe unsere Waggons an den gelb-grünen Transsibirienexpreß gehängt wurden. Und bald keuchte unsere Expedition über die endlosen, uninteressanten Steppen Zentralasiens. Ich langweilte mich derart, daß ich gezwungenermaßen Kazancevs Buch zu lesen begann.

Am 30. Juni 1908 war eine riesige mysteriöse Feuerkugel in das Becken des Tunguskaflusses gestürzt, welcher das mittelsibirische Hochland durchquert. Diese Gegend ist unglaublich entlegen, und Kazancev ließ durchblicken, daß der Aufschlagspunkt absichtlich so gewählt war, um keine Erdenbewohner zu Schaden kommen zu lassen.

Erst im Jahr 1927 erreichte die erste Expedition die Stelle und entdeckte dort verheerende Verwüstungen, aber – *keine wie immer geartete Spur eines Meteoriten!* Man fand auch keinen Einschlagkrater, nur das sumpfige Tunguskabecken, welches umgeben war von einer elliptischen Zerstörungszone toter, zerfetzter Bäume im Umkreis von sechzig Kilometern.

Kazancev betonte, daß diese Fakten auf eine nukleare Explosion über der Erdoberfläche hinwiesen. Vielleicht handelte es sich um eine von Außerirdischen mit voller Absicht verursachte Detonation, um den Bewohnern der Erde die Macht einer Atomexplosion zu demonstrieren; vielleicht war es aber auch die zufällige Explosion des Atomantriebs eines Raumschiffes. Bei solch einem Unfall würde der einer kulturell und sozial hochentwikkelten fremden Rasse angehörende Pilot sein angeschlagenes Raumfahrzeug selbstverständlich an einen der am spärlichsten bewohnten Orte des Planeten zu steuern versuchen. Und Augenzeugenberichte besagten ganz klar, daß das Objekt über der Tunguska vor der Katastrophe seinen Kurs geändert hatte!

Als ich dieses großartige Buch fertiggelesen hatte, kam mein angeborener Optimismus wieder zum Durchbruch. Vielleicht würden wir doch irgend etwas Grandioses in der Tunguska entdecken – vielleicht etwas Erstaunliches, das die Expedition von 1927 übersehen hatte. Kuliks Expedition hatte es nicht gefunden, aber wir befanden uns mitten im Atomzeitalter. Das sagten wir uns ohne Unterlaß. Es schien jedenfalls durchaus plausibel – in einem Eisenbahnzug, zusammen mit zwei Dutzend anderen Entdeckern, die alle begierig auf das große Abenteuer warteten.

Für uns hart arbeitende *stukatschi* bedeutete es jedenfalls einen unverhofften Urlaub. In allen Abteilungen war die Arbeit in letzter Zeit in geradezu atemberaubendem Tempo vorangegangen, und wir vom KGB hatten alle Hände voll zu tun, uns von der nie nachlassenden Korrektheit unserer Kollegen zu überzeugen. Daheim in Kaliningrad schufteten sie immer noch gehörig, während wir uns im Speisewagen vor den Schachbrettern und den riesigen Samowars mit dampfendem Tee erholten.

Wlad und ich bewohnten gemeinsam ein Schlafabteil. Ich vergab ihm, daß er mich in diese unangenehme Lage gebracht hatte, und wir wurden wieder Freunde. Das was auf uns wartete, so sagten wir uns, würde ganze Männer erfordern. Durch die wilde Taiga zu marschieren, mit Bären, Wölfen und sibirischen Tigern! Auf der Jagd nach seltsamen, ja vielleicht gefährlichen Zeugen der Vergangenheit – nach Gegenständen, welche möglicherweise sogar den Lauf der kosmischen Geschichte verändern konnten! Kein Grübeln mehr, als kümmerliche Bürohengste über Blaupausen und Formeln!

Zwar hatte keiner von uns beiden am Großen Vaterländischen Krieg teilgenommen (ich war zu jung, und Wlad hatte gerade in irgendeinem Lager gesessen), aber die anderen Jungs führten das große Wort, wie sie dies gestürmt und das bombardiert und in Stalingrad

Schuhsohlen gekaut hatten; nun, wir beide würden es denen schon zeigen, demnächst!

Tag für Tag zog die Landschaft an uns vorbei, zuerst die endlose Grassteppe, dann eine dunkle Wand aus Föhrenwäldern, nur hin und wieder aufgelockert durch weißstämmige Birken. Die von Chruschtschow ausgerufene Kampagne ›Unberührtes Land‹ war in vollem Schwung, und aus dem Radio erklang nichts als patriotisches Zeug von der Besiedlung der Widlnis. Alle paar hundert Kilometer waren – besonders an den Flüssen – entlang der Transsibirischen Eisenbahn häßliche, gesichtslose Städte aus dem Boden geschossen, Wohnblocks aus Fertigteilen, schlammige Straßen, große rußige Kraftwerke und dazwischen LKWs mit Zement. Eisenbahnzüge warfen ihre Last ab, die meist aus riesigen Spulen mit schwarzem Draht bestand. ›Elektrifizierung‹ – ein zweites wichtiges Propagandathema im Jahr 1958.

Der Zug hielt oft an, um Passagiere an Bord zu nehmen, höheren Orts hatte man jedoch Befehl gegeben, unseren Teil zu versiegeln. So hatten wir keine Möglichkeit, uns ein wenig die Füße zu vertreten, und langsam füllten sich alle unsere Waggons mit Zigarettenrauch und dem Gestank schmutziger Kleider.

Ich tat gerade mein Bestes, um Wlad bei Laune zu halten, als Nina Boguljubowa in unseren Waggon trat, indem sie sich unter einer Leine mit nasser Wäsche durchduckte. »Ah, Nina Igorowna!« murmelte ich in dem Versuch, der Konversation einen freundschaftlichen Anstrich zu geben. »Wlad und ich hatten gerade eine Diskussion. Was genau muß man *wirklich* tun, um sich eine Bestattung an der Kremlmauer zu verdienen?«

»Halt die Luft an, ja?« keifte die Boguljubowa gereizt. »Ich spür's in der Blase, euer sogenanntes Raumschiff war nichts als ein Brocken aus Eis und gefrorenem Gas! Wahrscheinlich ein Teil eines Kometen, der beim Aufprall verdampfte. Vielleicht lohnt es sich, zweimal hinzusehen, aber das heißt noch lange nicht, daß ich bescheuerte Pseudowissenschaft fressen muß!«

Sie setzte sich auf die Koje, wo Wlad auf dem Rücken lag, alle viere von sich gestreckt und benommen von Langeweile und starken Zigaretten. Nina öffnete ihre Aktentasche. »Wladimir, ich habe die Fotos entwickelt, die ich von dir gemacht habe.«

»Ach ja?«

Sie zog eine Kirlianfotografie seiner Hand hervor. »Schau dir diese spitzen Ausbrüche unterdrückter Energie an deinen Fingerkuppen an. Deine Aura hat sich verändert, seit wir den Zug bestiegen haben.«

Wlad machte ein finsteres Gesicht. »Ich könnte ein paar Deziliter Wodka gebrauchen, das ist alles.«

Sie schüttelte schnell den Kopf, lächelte dann und zwinkerte kokett. »Wladimir Eduardowitsch, du bist ein Mann der natürlichen Begabungen, ein genialer Mensch voll starker, leidenschaftlicher Triebe ...«

Wlad sah sie eine Sekunde lang an, in offensichtlicher Abwägung ihrer zweifelhaften Reize gegenüber seiner extremen Langeweile. Eine Affäre mit einer Frau, die sowohl seine Vorgesetzte als auch KGB-Mitglied war, wäre für ihn natürlich äußerst ungehörig und voller Gefahren gewesen. Aber als unsere Blicke sich kreuzten, zwinkerte Wlad mir zu und sagte: »Hör mal, Nikita, mach doch einen ausgiebigen Spaziergang, ja?«

Er war Wachs in ihren Händen. Ich fühlte mich abgestoßen von der Art, wie sie Wlads Schwächen ausnützte. Und obwohl er mir wirklich leid tat, ließ ich ihn in ihrer fleischlichen Umklammerung zurück; vielleicht konnte ich etwas zum Trinken für ihn auftreiben.

Die dem Tunguskabecken nächstgelegene Bahnstation befindet sich in der Nähe eines Ortes namens Ust-Ilimsk, etwa zweihundert Kilometer nördlich von Bratsk und dreitausend lange Kilometer von Moskau entfernt. Selbst London, in England, ist nicht viel mehr als halb so weit entfernt von Moskau wie die Tunguska.

Eine Lok zog unsere Waggons auf einer Nebenlinie zu einer winzigen Station mitten im absoluten Nichts. Dann paffte sie wieder davon. Es war der 26. Juni, vier Uhr morgens, aber jetzt im Sommer war es schon hell. Fünf Familien lebten rund um die Station; sie wohnten in Blockhütten, deren Ritzen mit Erdreich verschmiert waren.

Unser rangältester KGB-Offizier, ein übertrieben diensteifriger Kerl namens Tschalomej, entsiegelte die Türen. Wlad und ich sprangen hinaus auf die rohen Holzbretter des Bahnsteiges. Nach Tagen pausenloser Vibrationen taumelten wir umher wie Matrosen nach großer Fahrt. Ringsum gab es nichts als Wildnis, riesige Birken und widerstandsfähige sibirische Föhren mit knotigen, flach verlaufenden Wurzeln, denn nur einen halben Meter unter unseren Füßen begann der Permafrost. In allen vier Himmelsrichtungen nur Bäume und Sumpfland – ich fand das sehr deprimierend.

Wir versuchten, mit dem hiesigen Aufseher ins Gespräch zu kommen; er sprach nur schlecht Russisch und sah aus wie ein umgesiedelter Lette. Der Rest unserer kleinen Gesellschaft drängte aus den Waggons, gähnend und jammernd.

Als er sie erblickte, wurde unser Gastgeber blaß. Er glich so überhaupt nicht den tapferen Pionieren auf den Plakaten. Er sah hager aus und verdrießlich.

»Nettes Stück Land, das ihr hier habt«, bemerkte ich zu ihm.

»Ist besser als Arbeitslager, ich immer denken«, brummte er. Dann murmelte er Wlad etwas ins Ohr.

»Ach ja«, sagte Wlad nachdenklich und ließ den Blick über unsere Mannschaft gleiten, »jetzt, da Sie es erwähnen – es sind tatsächlich alles Polizeispitzel.«

In einem großen Durcheinander begannen wir mit dem Entladen der Waggons. Langsam füllte sich der

Bahnsteig mit Kartons voller Lebensmittel, zusammengelegten Zelten und Planen und Holzkisten mit den Aufschriften STRENG GEHEIM und OBEN.

Zwischen den Zivilisten und dem Sonderkommando der Roten Armee brach ein Streit aus, denn obwohl die Leute aus Kaliningrad bald Blasen an den Fingern hatten und sich das Kreuz hielten, weigerten sich die Soldaten, die Arbeit allein zu tun.

Die Sache drohte uns zu entgleiten, also drängte ich Wlad, ihnen gut zuzureden, eine schöne, klingende Ansprache zu halten, um festzulegen, wo jedermanns Platz war. Irgend etwas Simples, aber Kraftvolles, mit viel ›Vorwärtsmarschieren Seite an Seite‹ und ›Eroberung der Sterne‹ und so weiter.

»Da weiß ich etwas Besseres«, sagte Wlad und fuhr sich mit den Fingern durchs Haar. »Ich sage ihnen die Wahrheit.« Er kletterte auf eine Kiste und stürzte sich in eine befremdliche, ideologisch absolut nicht einwandfreie Tirade.

»Genossen, ihr solltet an Einsteins Lehren denken. Materie ist Illusion. Weshalb strengt ihr euch so an? Die Raumzeit ist die letzte Realität, nur die Raumzeit, und wir alle sind nur Pünktchen darauf. Kleine Wellen, Genossen, Fältchen im Gewebe der ...«

»Einstein ist ein Werkzeug des internationalen Zionismus!« rief jemand.

»Und du bist ein blöder Hund«, konterte Wlad ungerührt. »Dennoch sind wir beide, du und ich, das gleiche: Teilchen des kosmischen Ganzen. Materie ist nichts als ...«

»Der Schlag soll dich treffen!« schrie ein zweiter Störenfried.

»Auch der Tod ist nur Illusion«, fuhr Wlad fort. Sein Lächeln wurde angespannter. »Das Raumzeit-Muster eines jeden Menschen enthält den Code, welcher dem Kosmos ...«

Es war nichts als leeres Geschwätz. Alle begannen zu

schreien und sich zu beschweren, und Wlads Ansprache brach nach einigem Stottern ab.

Unser KGB-Oberst Tschalomej sprang auf eine Kiste und verkündete, daß er ab nun das Kommando übernehme. Er gehöre direkt dem Stab des Chefkonstrukteurs an, erklärte er, und die Laxheit unserer Expedition widere ihn an. Das war natürlich die reinste Meuterei, aber da niemand hier einen höheren KGB-Rang hatte als er, sah es so aus, als käme er ungestraft davon. Und dann versuchte er, den Jungs von unserer glorreichen Roten Armee den Befehl zu geben, mit dem Entladen der Waggons fortzufahren.

Jetzt wurden sie störrisch. Sie waren zu sechst, alles zentralasiatische Usbeken aus Uckduck, einem Provinznest in Usbekistan. Sie waren alle gemeinsam in die Armee eingetreten – vermutlich angesichts einer vorgehaltenen Pistole. Ihr Anführer war Stabsfeldwebel Muchamed, ein rauher Typ mit gebrochener Nase und buschigen, von Narben durchzogenen Augenbrauen. Er erinnerte mich an einen Panzer – auch vom Charakter her.

Muchamed brüllte, daß in seinen Befehlen nicht davon die Rede gewesen sei, als Dienstbote für noble Eierköpfe herzuhalten. Tschalomej ließ durchblicken, welche Unannehmlichkeiten er in Muchameds Leben bringen könne, aber Muchamed lachte nur.

»Kann sein, daß ich nur ein doofer Usbeke bin«, röhrte er, »aber vom Rübenwagen bin ich auch nicht gefallen! Was glaubt ihr wohl, warum dieser Zug voll ist mit euch nichtsnutzigen *stukatschi?* Ha? Damit die Gehirnakrobaten, die daheim die Raketen bauen, endlich mal in Ruhe arbeiten können und etwas weiterbringen! Ohne daß ihr Schnüffler überall rumlungert und Unruhe stiftet, nur damit ihr in gutem Licht dasteht! Würden die sich freuen, wenn ihr Parasiten euch in den Sümpfen von Sibirien das Genick brecht ...!«

Er sagte noch eine Menge, aber der Schaden war bereits angerichtet. Die Moral der Expeditionsteilnehmer fiel in sich zusammen wie ein angestochener Luftballon. Der Rest der Usbeken weigerte sich, auch nur einen Handgriff zu tun, ohne daß höheren Ortes ausdrücklich der Befehl dazu gegeben wurde.

Also verbrachten wir die nächsten drei Tage beim Telegrafen der Station und warteten auf die Befehle. Der fünfzigste Jahrestag des außergewöhnlichen Ereignisses kam und ging, und alles war völlig verfahren und verkorkst. Die düstersten Gerüchte machten die Runde. Einige von uns sagten, daß der Chefkonstrukteur uns KGB-Leute mit einem Trick aus dem Weg geräumt hatte, andere meinten, daß Chruschtschow persönlich dahinterstehe. (Es gab immer wieder Gerüchte über angebliche Machtkämpfe zwischen Partei und KGB auf allerhöchster Ebene.) Wie auch immer, wir waren alle überzeugt davon, daß nach unserer Rückkehr Schlimmes auf uns wartete und Köpfe rollen würden.

Ich war ganz krank vor Besorgnis. Wenn dies wirklich eine Verschwörung zu dem Zweck war, den KGB hinters Licht zu führen, so steckte ich bis zum Hals in der Sache ... Und dann brach eines Nachts in der Küche des Speisewagens Feuer aus, und man vermutete sofort Sabotage. Die Einheimischen bekamen Angst, man würde sie verhören, und flohen in den Wald. Dabei war vermutlich bloß einer von Tschalomejs *stukatschi* schuld, der es beim Bedienen eines Samowars an der nötigen Achtsamkeit mangeln ließ.

Schließlich kamen die Befehle. Das KGB-Personal hatte an seine Posten zurückzukehren, um sich dort, wie es hieß, ›einer Neubewertung seiner bisherigen Leistungen zu unterziehen‹. Das klang gar nicht sehr gut. Dieser Befehl galt nicht für Wlad und die ›normalen Expeditionsmitglieder‹ – was immer das heißen mochte. Offensichtlich war höheren Orts nicht bekannt, daß es fast keine normalen Expeditionsmitglieder gab!

Nina und ich steckten mittendrin in der Tinte, also

entschieden wir einmütig, daß unser Status zweifelsfrei jener eines ›normalen Expeditionsmitgliedes‹ war und wir die Rückkehr so lange wie möglich aufschieben sollten. In Wlads Gegenwart hatten wir ein kurzes Gespräch mit Stabsfeldwebel Muchamed, mit dem man ganz vernünftig reden konnte.

»Ohne diese Schreibtischhengste sieht's für uns viel besser aus«, sagte er, ohne sich ein Blatt vor den Mund zu nehmen. »Das ist eine rauhe Gegend. Wir können unsere Zeit nicht damit verbringen, den warmen Brüdern aus Moskau die Schuhbänder zu knüpfen. Außerdem steht in meinen Befehlen ›Zipkin‹. Von KGB steht da nichts geschrieben.«

»Vielleicht hat er recht«, sagte Wlad. »Wir stecken schon so tief in der ganzen Sache, daß unsere einzige Chance darin besteht, *tatsächlich* irgendein Beweisstück zu finden und ihnen zu zeigen, daß sie alle unrecht hatten! Der Erfolg zählt und weiter nichts! Wir sind schon so weit gekommen – warum jetzt den Schwanz einziehen?«

Unsere eigenen Einsatzbefehle enthielten kein Wort über die Ausrüstung. Es stellte sich heraus, daß davon viel zu viel vorhanden war, als daß alles auf den Fahrzeugen der Roten Armee Platz gefunden hätte. Also ließen wir das meiste davon auf dem Bahnsteig.

Zeitig am nächsten Morgen fuhren wir ab, als die anderen noch schnarchten. Wir hatten alle drei Geländefahrzeuge mit uns, haarneue Schützenpanzerwagen mit der Bezeichnung ›BTR-50‹ oder *›bjutors‹* in der Sprache der Armee. Sie besaßen eine Stahlpanzerung und fuhren mit geringer Bodenfreiheit auf breiten Raupen. Außerdem hatten sie widerstandsfähige laute Dieselmotoren und waren mit guten Navigationsgeräten ausgerüstet; der Platz im Heck reichte für zehn Mann. In der Frontverkleidung befanden sich Sehschlitze und Suchscheinwerfer und kleine aufklappbare Luken zum Ein- und Aussteigen für den Fahrer und den Kommandanten. Außerdem waren die *bjutors* schwimmfähig und konnten sich durch den dicksten Morast fressen wie Salamander. Wir Wissenschafter fuhren im ersten Fahrzeug, im zweiten befand sich die Ausrüstung und im dritten der Treibstoff.

Nachdem wir uns in Bewegung gesetzt hatten, besserte sich unsere Laune augenblicklich. Auf die gute alte Rote Armee konnte man immer zählen, wenn es sich darum handelte, eine schwierige Aufgabe zu meistern! Wir donnerten mit lautem, tröstlich-beruhigendem Getöse durch die Wälder und Sümpfe und scheuchten Scharen von Reihern und Wildgänsen hoch. Die Fotos der Luftaufklärung, die man uns – selbstverständlich mit der Auflage, sie top-secret zu behandeln – überlassen hatte, halfen uns bei der Umgehung der schlimmsten Hindernisse. Die Tage waren lang, und wir kamen flott voran, wobei wir nur bei Nacht ein paar Stunden Pause einlegten.

Drei Tage fuhren wir so ohne Unterbrechung, ehe wir das Tunguskabecken erreichten. Kegelförmige Hügel umstanden das flache Tal wie Wachtürme.

Hier änderte sich das Terrain. Mumifizierte Bäume lagen wie Mikadostäbchen verstreut umher, viele von ihnen halb bis ganz verkohlt. In der sibirischen Taiga verfaulen die abgestorbenen Bäume nur sehr langsam; den ganzen Winter hindurch bleiben sie tiefgefroren und verändern sich jahrzehntelang nicht.

Hartnäckig kämpften wir uns um die Hügel herum, während blattloses, staubtrockenes Geäst unter den Ketten der Fahrzeuge ächzte und zersplitterte. Das sumpfige Tunguskabecken, ein einziger grauer Trümmerhaufen, lag vor uns. Stabsfeldwebel Muchamed ließ anhalten. Die wirre Masse der auf dem Boden liegenden Baumstämme war zuviel für unsere Fahrzeuge.

Stolpernd verließen wir unsere *bjutors* und genossen einen Augenblick lang die Stille rundum. Nach dem tagelangen Rütteln und Stoßen fühlten sich meine Nieren wie Sülze an. Ich stand neben dem *bjutor*, ließ meine Hand auf ihm ruhen und genoß die tröstliche Tatsache, daß er von Menschenhand gefertigt war. Die holprige Fahrt und die rauhe Wildnis hatten meine Begeisterung etwas gebremst. Ich brauchte einen Schluck Schnaps.

Aber unser letzter Liter Wodka war irgendwo zwischen Omsk und Tomsk zum Fenster des Zuges hinausgeflogen. Nina hatte sich seiner ›zu Wlads Bestem‹ entledigt. Von Tag zu Tag benahm sie sich mehr wie ein verliebtes Schulmädchen. Unentwegt tanzte sie geschäftig um Wlad herum, zupfte hier an seinem Hemd, dort an seiner Jacke, kümmerte sich um seine gesunde Ernährung und verteidigte ihn mit Zähnen und Klauen während jeder noch so harmlosen Konversation. Wlad kam diese tiefe Ergebenheit ihm gegenüber natürlich kaum zu Bewußtsein, er akzeptierte sie ganz einfach als etwas, was ihm zustand, viel zu geistesabwesend, um sie auch nur wahrzunehmen. Für so etwas hatte Wlad wirklich keinen Sinn. Ich war mir nicht sicher, welchen von den beiden ich verabscheuenswürdiger fand.

»Endlich, endlich!« jauchzte Wlad auf. »Sieh nur, Ninotschka, die Stätte des Mysteriums! Ist sie nicht grandios?« Nina lächelte und hängte sich schweren Armes an ihn.

Der Abend brach an. Riesige Taiga-Moskitos schwirrten uns um die Ohren und landeten alsbald, um an unser Blut zu kommen. Wir fuchtelten wie wild mit den Armen und schlugen dann unser Lager inmitten eines Rings aus beißend rauchenden Lagerfeuern auf.

Sehr zu unserer Beunruhigung flackerten daraufhin auf den fünf Hügeln, die zusammen mit dem unseren das Becken umstanden, weitere Feuer auf.

»Evenks«, knurrte Stabsfeldwebel Muchamed. »Wilde Nomaden. Sie leben von ihren Rentieren und wohnen in runden Zelten, die Jurten genannt werden. Keiner kann sie zivilisieren; hoffnungslos. Das beste ist es, sie einfach zu ignorieren.«

»Weshalb sind sie überhaupt hier?« fragte Nina. »In einer so trostlosen Gegend?«

Wlad kratzte sich am Kinn. »Die Aufzeichnungen der Kulik-Expedition des Jahres 1927 besagen, daß die Evenk-Stämme sich der Explosion entsinnen. Sie sprachen damals von einem Donnergott, der das Tunguskabecken heimsuchte. Sie müssen die Gegend hier recht gut kennen.«

»Ich sage Ihnen eins«, krächzte Muchamed. »Lassen Sie die Finger von denen! Die Männer fressen Pilze, und die Weiber sind alle Huren.«

Einer der Usbeken mit den glattrasierten Köpfen hob die Augen von seinem Blechteller. »Wirklich wahr, Feldwebel?«

»Die Mädels haben Läuse so groß wie ein Daumennagel«, nickte der Stabsfeldwebel. »Und die Männer mögen keine Fremden. Wenn sie ihre Giftpilze fressen, werden sie wild wie Tiere!«

Es gab Tee und Zwieback, und wir schnauften und rieben uns die Augen, wenn uns der mückenabwehrende Rauch allzusehr zusetzte. Wlad war voller Pläne. »Morgen sammeln wir Hinweise auf die Richtung, in der die Bäume fielen, das wird uns einen Rückschluß auf den Aufschlagspunkt erlauben. Nina, du kannst mir dabei zur Hand gehen. Nikita, du bleibst hier und hilfst den Soldaten, das Basislager zu errichten. Und vielleicht haben wir schon morgen im Lauf des Tages eine ungefähre Idee, wo wir nach eventuellen Überresten suchen müssen.«

Spät nachts krochen Wlad und Nina aus unserem langen Zelt, und danach vernahm ich eine halbe Stunde lang unterdrücktes Stöhnen und Seufzen. Die Soldaten schnarchten friedlich weiter, während ich mit weit offenen Augen unter der Leinwand lag. Schließlich schlurfte Nina ins Zelt, gefolgt von Wlad, der sich Schmutz von den Knien wischte.

Ich schlief schlecht in dieser Nacht. Kann sein, daß

Nina nicht gerade das war, was man eine Sexbombe nannte, aber sie war ein Weib, und selbst ein *stukatsch* wie ich konnte gewisse Dinge nicht an sein Ohr dringen lassen, ohne ein Gefühl der Hitze und der Erregung zu verspüren. Schließlich und endlich hatte auch ich so meine Bedürfnisse.

Gegen ein Uhr morgens gab ich den Gedanken an Schlaf auf und trat vor das Zelt, um ein wenig Luft zu schöpfen. Ein unglaublich prachtvolles Bild der Morgenröte entfaltete sich vor meinen Augen. Wir kamen zwar ein bißchen spät für das fünfzigjährige Jubiläum des Aufpralls in der Tunguska, aber ich hatte das Gefühl, daß die Gegend mich willkommen hieß.

Direkt über mir befand sich ein Bogen aus Licht, aus dessen Zenit tiefrote und gelbe Streifen zum Horizont herabfielen. Breite leuchtende Bänder erhoben sich parallel zu dem hohen Bogen und rollten in rascher majestätischer Gleichmäßigkeit über den Himmel. Dann brachen sich die leuchtenden Bänder an dem Regenbogen wie lange Sturzwellen aus einem Meer aus Licht.

Der hohe Bogen aus den Farben der Morgenröte erhob sich mit all seinen glimmenden Bändern langsam nach oben, und ein zweiter, noch hellerer Bogen formte sich unter ihm, der eine lange dichte Serie dünner vielfarbiger Speere auf die Tunguska herabschoß.

Als die Speere den Boden berührten, flackerte ein Blitz aus hellem Orange auf, der die ganze Welt rundum erfüllte. Ich hielt den Atem an und wartete auf den Donner, aber das einzige Geräusch, das ich vernahm, war Ninas leises Schnarchen.

Ich sah zu, bis schließlich die große kosmische Welle aus Licht erschauerte und in Stücke brach. Ganz am Schluß erschienen flache Scheiben am Himmel, schimmernde silbrige Untertassen, die ihn ganz zu erfüllen schienen. Wir befanden uns wahrhaftig an einem mehr als seltsamen Ort. Tief berührt von all dem, was ich gesehen hatte, war ich endlich imstande, mich zu entspannen und zu schlafen.

Am nächsten Morgen wachten wir alle frisch und munter auf. Wlad und Nina latschten mit den Vermessungsinstrumenten davon, und ich baute mit Hilfe der Soldaten den Generator für Wlads transportable Rechenmaschine auf. Dann erledigten wir alles, was für das Funktionieren des Lagers getan werden mußte, schnitten haufenweise Feuerholz, gruben eine ordentliche Latrine, und so weiter. Es wurde Mittag, aber die beiden Unzertrennlichen waren immer noch nicht zurück, also entschloß ich mich, meinerseits auf Entdekkungsreisen zu gehen, und wanderte hinunter in die Zone der Katastrophe.

Fast augenblicklich wurde mir klar, daß unser Vorhaben hoffnungslos war. Der Boden war matschig und tot unter dem dicken, wirren Leichentuch aus leblosen Kiefern. Ohne die halbvermoderte Schicht kahler Bäume zu entfernen, konnten wir nicht systematisch nach Überresten von Wracktrümmern suchen. Und selbst wenn uns das gelang, so blieb der Boden dennoch unglaublich durchweicht und heimtückisch.

Ich verfiel in dumpfe Verzweiflung. Die Ebene deprimierte mich. In der übrigen Taiga gab es Eichhörnchen, Auerhähne, gelegentlich einen Reiher oder Backenhörnchen; dieser Sumpf hingegen schien mir ohne jede Spur von Leben, ja giftig. An vielen Stellen war das Erdreich durchgesackt und bildete flache Gruben und Vertiefungen, als sei der Fels darunter einfach weggefault.

Junge Kiefern standen überall, die den Platz der alten, toten einnahmen, aber ihr Anblick gefiel mir nicht. Die grünen Schößlinge, die durch die grauen Skelette ihrer Vorfahren hindurchwuchsen, waren seltsam verkümmert und verkrüppelt. Einige der älteren Bäume hatten anscheinend während der Explosion halb im Schutz von Erhebungen im Gelände gestanden, und nun zeigte die lebende Rinde an ihren schwer beschädigten Ästen und Stämmen widerliche runzlige Brandmale.

Etwas Böses, Verderbenbringendes war in das Erdreich eingedrungen. Vielleicht giftiges Kometeneis, dachte ich. Ich zog Bodenproben, hauptsächlich um die Soldaten im Lager zu beeindrucken. Ich war zwar kein großer Wissenschaftler, aber ich kannte das Ritual, das bei der Auswertung zu befolgen war.

Während ich grub, stieß ich auf ein Ameisennest; die merkwürdig großköpfigen Arbeiterinnen liefen aus den Gängen ihrer Burg und betrachteten den angerichteten Schaden mit unheimlicher Ruhe.

Als ich ins Lager zurückkehrte, waren auch Nina und Wlad wieder da. Wlad arbeitete an seiner Rechenmaschine, während Nina ihm die Richtungswinkel der gefallenen Bäume diktierte. »Wir sind gleich fertig«, sagte sie zu mir, das breite Gesicht zufrieden wie eine Kuh. »Wir erstellen eine erste theoretische Analyse, um den exakten Punkt der Explosion zu bestimmen.«

Die Soldaten sahen schwer beeindruckt aus, aber das Ergebnis von Wlads und Ninas Analyse war etwas, das jeder Narr mit freiem Auge erkennen konnte, wenn er die elliptische Ebene überblickte: Der Hauptstoß der Explosion war vom uns näheren Brennpunkt der Ellipse ausgegangen, direkt über einem kleinen Hügel, den ich schon die ganze Zeit über im Auge hatte.

»Ich habe Bodenproben gezogen«, sagte ich zu Nina. »Ich nehme an, wir werden ausgefallene Spurenelemente darin finden. Vermutlich ist Ihnen der merkwürdige Wuchs der jungen Kiefern schon aufgefallen, Genossin. Im Epizentrum der Explosion sind sie besonders hochgewachsen.«

»Hmpf«, sagte Nina. »Während du geschlafen hast, letzte Nacht, hat es ein kleineres Nordlicht gegeben. Ich habe Fotos davon gemacht. Ich glaube, daß das geomagnetische Feld die Flugkurve des Objekts beeinflußt haben könnte.«

»Das ist ja ganz klar«, entgegnete ich und zog die Nase hoch. »Was wir untersuchen müssen, ist eine mögliche Remagnetisierung des Gesteins. Ganz besonders an der Aufprallstelle.«

»Du vernachlässigst das biologische Element«, sagte Nina. Zu diesem Zeitpunkt wanderten die Blicke der Soldaten zwischen uns beiden hin und her wie bei einem Tennismatch, um unsere Diskussion zu verfolgen. »Vermutlich hast du die leichte Lumineszenz der Grasnarbe nicht bemerkt.« Sie zog ein paar zerdrückte Grashalme aus der Tasche. »Eine Kirliananalyse wird sehr interessant werden.«

»Andererseits sind die Ameisen ...«, wollte ich wieder beginnen.

»Könnt ihr beiden Hohlköpfe wohl bald den Mund halten? Ich versuche zu denken«, unterbrach uns Wlad.

Ich schluckte. »Ach ja, Genosse Genie? Und worüber?«

»Darüber, wo wir das finden könnten, weswegen wir herkamen, Nikita. Das Raumschiff.« Wlad zog die Stirn in Falten und ließ den Arm mit einer weitausholenden Gebärde über die Ebene zu unseren Füßen gleiten. »Ich bin überzeugt davon, da draußen irgendwo ist es begraben. In diesem Morast und dem wirren Gehölz darüber haben wir natürlich keine Chance ... daher müssen wir eine Möglichkeit finden, seine Lage zu riechen.«

In diesem Augenblick hörten wir aus der Ferne das Bellen eines Hundes. »Großartig«, sagte Wlad ohne jegliche Unterbrechung. »Vielleicht ist es ein Bluthund.«

Es sollte wohl ein Scherz sein. Das kam mir nach einer Sekunde zu Bewußtsein, und da war es zu spät zum Lachen. »Das ist bloß irgendein Evenkköter«, stellte Feldwebel Muchamed fest. »Sie halten Schlittenhunde ... fressen sie auch manchmal.« Der Hund bellte lauter, das Geräusch kam näher. »Hat sich wahrscheinlich losgerissen.«

Zehn Minuten später stürmte der Hund in unser Lager, kläffte freudig, sprang an uns hoch und wedelte. Es war eine kleine Hündin mit hellen klugen Augen, schmutzigen Pfoten und einem feuchten Fell, in dem Borkenstückchen hingen. »Das ist kein Schlittenhund«, meinte Wlad verwundert, »sondern ein Straßenköter aus der Stadt. Was tut er hier bloß?«

Die Hündin war wirklich ein freundliches Tier. Sie bellte aufgeregt und schnüffelte vertrauensvoll an unseren Händen. Ich tätschelte ihr Fell und nannte sie ein braves Mädchen. »Wo, um alles in der Welt, kommst du her?« fragte ich sie. Ich habe Hunde immer schon sehr gern gehabt.

Einer der Soldaten sprach usbekisch mit der Hündin und bot ihr einen Teil seiner Mittagration an. Sie schnupperte, leckte probeweise darüber, fraß aber nicht.

»Sitz!« rief Wlad plötzlich. Der Hund setzte sich gehorsam hin.

»Sie versteht Russisch!« erklärte Wlad.

»Unsinn«, entgegnete ich, »sie hat bloß auf den Tonfall deiner Stimme reagiert.«

»Es müssen andere Russen in der Umgebung sein«, sagte Nina. »Vielleicht eine geheime Forschungsstation? Etwas, wovon wir nie erfahren sollten?«

»Na ja, so haben wir eben ein Maskottchen«, erklärte ich und kratzte die Hündin am Kopf.

»Komm her, Laika!« rief Wlad. Die Hündin stellte die Ohren auf und trottete in seine Richtung.

Ich verspürte ein eisiges Gefühl des Grauens und zog die Hand zurück, als hätte sie einen Leichnam berührt. Mit viel Überwindung beherrschte ich mich. »Komm, komm, Wlad!« krächzte ich. »Du scherzt schon wieder.«

»Braver Hund«, sagte er und streichelte sie.

»Wlad!« flüsterte ich eindringlich. »Die Rakete, in der Laika sich befand, ist beim Wiedereintritt in die Atmosphäre verglüht!«

»Ja«, nickte er. »Das erste Lebewesen, das wir Erdenmenschen in den Weltraum sandten, war dazu verurteilt, lebendig zu verbrennen. Ich denke oft darüber nach.« Mit pathetischem Blick starrte er in die Weitläufigkeit des Tales. »Genossen, ich glaube, hier wartet etwas, das uns helfen will, den Kosmos zu erstürmen. Ich glaube auch, daß dieses Etwas Laikas Seele aufbewahrt und sie hier zum Leben wiedererweckt hat, hier, an dieser Stelle und zu diesem Zeitpunkt ... Das ist kein Zufall. Das ist auch kein gewöhnliches Tier! Das ist Laika, die Kosmonautin!«

Laika bellte laut; ich hatte die Hündin nie ohne die Sauerstoffmaske über dem Kopf gesehen, aber ich wußte mit einem Anflug übernatürlicher Klarsicht, daß Wlad recht hatte. Ich verspürte das plötzliche irrationale Bedürfnis, die Hündin zu töten oder ihr zumindest einen heftigen Tritt zu versetzen. Würde ich sie töten und begraben, brauchte ich mich nicht mit dem Gedanken zu quälen, was ihre Anwesenheit zu bedeuten hatte.

Auch die anderen sahen ziemlich betroffen aus. »Ist wahrscheinlich aus einem Zug gefallen«, murmelte Muchamed schließlich.

Wlad überhörte diesen schwächlichen Geistesblitz generös. »Wir sollten Laika folgen. Der ... *Donnergott* hat sie hierhergesandt, um uns zu führen. Vor zehn Uhr abends wird es nicht dunkel. Wohlan, Bewegung, Genossen!« Er stand auf und schulterte seinen Rucksack. »Muchamed?«

»Äääh ... mein Befehl lautet, bei den Fahrzeugen zu bleiben.« Er räusperte sich und spuckte aus. »Hier in der Umgebung gibt es überall Evenks. Die geborenen Diebe. Wir wollen doch nicht, daß unser Lager ausgeraubt wird, oder?«

Wlad sah ihn erst überrascht und dann abfällig an. Er schritt auf mich zu, warf mir einen Arm um die Schultern und nahm mich zur Seite. »Nikita, diese Usbeken sind zwar tapfere Soldaten, aber ein wenig abergläubisch. Voller Angst vor dem Unbekannten. Wie lächerlich. Aber du und ich ... Wissenschaftler, Weltraumpioniere ... das Unbekannte ist unser natürlicher Lebensraum, nicht wahr?«

»Nun ja ...«

»Komm schon, Nikita!« Er funkelte mich böse an. »Wir können doch den hohen Tieren nicht mit leeren Händen gegenübertreten, wenn wir zurück sind!«

Nina trat zu uns. »Ich wußte doch, daß du den Schwanz einziehen würdest, Globow! Kümmere dich nicht um ihn, Wlad, mein Liebling! Warum solltest du Ehre und Ruhm mit diesem speichelleckenden Feigling teilen? Ich werde mit dir gehen ...«

»Du bist eine Frau«, unterbrach Wlad sie arrogant. »Du bleibst hier, wo du sicher bist.«

»Aber Wlad ...!«

Wlad verschränkte die Arme. »Zwing mich nicht, dich zu schlagen!« Nina errötete kleinmädchenhaft und senkte den Blick auf die Spitzen ihrer Wanderschuhe. Sie hätte ihm das Rückgrat brechen können, als wäre es ein dürrer Zweig ...

Die Hündin bellte laut und machte übermütige Luftsprünge. »Komm schon!« sagte Wlad. Er stapfte entschlossen davon, ohne zurückzublicken.

Ich packte meinen Rucksack und folgte ihm. Es blieb mir nichts anderes übrig, ich bewachte ihn ja: kein Wlad – kein Globow ...

Unser Marsch war ein Alptraum. Die Hündin folgte immerzu *uns* und rannte kläffend durch dichtestes Dornengebüsch, das wir beide weitläufig umgehen mußten. Halb intuitiv marschierten wir auf das Epizentrum der Explosion zu, das kleine Hügelchen im Brennpunkt der Ellipse, welche die Ebene bildete.

Bei Einbruch der Dunkelheit erreichten wir es endlich, zerschunden und zerschlagen und todmüde. Wir fanden eine Jurte dort, halbverborgen in einem Dreckloch an einer Seite des Hügels. Es war ein Evenkzelt aus Rentierhäuten, aus dem grauschwarzer Rauch durch eine Luftklappe nach oben stieg. Zwei räudige Rentiere waren davor festgebunden und knabberten an einem üppigen violetten Flecken Flechte herum. Die Bäume rundum waren von der Explosion arg verbrannt und bedeckt mit verkohlten blasenförmigen Klumpen alten Harzes. Etliche Bäume waren umgehackt worden, offenbar als Feuerholz. Und neue Kiefern von unbeschreiblicher, unheimlicher Häßlichkeit waren dazwischen hochgeschossen – verformt, mißgebildet, aber krebsartig wuchernd.

Die Hündin verbellte die jammervollen Rentiere, welche uns triefäugig und gleichgültig entgegensahen.

Wir hörten, wie sich lederne Türangeln quietschend bewegten, und dann blickte ein blasses Gesicht, umrahmt von einer fettigen Fellkapuze, aus der Klapptür. Es war ein junges Evenkmädchen. Sie rief nach dem Hund, dann bemerkte sie uns und kicherte leise.

Die Hündin sauste auf die Jurte zu und wedelte. »Hallo!« rief Wlad. Er streckte die offenen Hände aus. »Komm heraus, wir sind Freunde!«

Das Mädchen trat aus der Türöffnung und kam langsam, Schritt für Schritt, auf uns zu, wobei sie den Blick fest auf den Boden geheftet hielt. Vor einem kleinen Zweig blieb sie stehen und starrte ihn mit weitaufgerissenen Augen an, als handle es sich um einen Felsblock. Dann sprang sie hoch darüber hinweg und kicherte, als sie landete. Sie trug eine kunstvoll verzierte und dicht mit kleinen Perlen aus Knochen und Holz bestickte Jacke aus Rentierfellen, die ihr bis über die Knie hinabhing, und darunter enge Fellhosen mit Fußteilen daran, ganz aus einem Stück gearbeitet wie die Strampelhosen eines Säuglings.

Sie machte sich an mich heran, grinste schüchtern und berührte mein Gesicht und meine Kleider voller Neugier. »Nikita«, sagte ich und zeigte auf meine Brust.

»Balan Thok«, flüsterte sie und ließ eine Fingerspitze

an ihrer schweißfeuchten Kehle hinabgleiten. Sie lachte trunken.

»Ist das deine Hündin?« fragte Wlad. »Sie ist vom Himmel gekommen!« Er machte eine weitausholende Geste. »Irgend etwas unter der Erde hier ... hat sie vom Himmel geholt ... ja?«

Ich schrie auf; eine scheußliche Fratze war in der Öffnung der Jurte erschienen. Aber das ausdruckslose, häßliche Gesicht war bloß eine hölzerne Maske mit einem Haltegriff unter dem Kinn – wie eine Bratpfanne. Die Maske hatte Schlitze für die Augen und ein Loch für den Mund, welches umgeben war von einem Bart aus aufgeklebtem Rentierhaar.

Dahinter befand sich Balan Thoks Vater – vielleicht war es auch ihr Großvater. Schlau beobachtete uns der alte Schurke hinter dem Rand seiner Maske hervor. Sein Gesicht war so faltig wie ein alter Schuh, und seine Schläfen waren glattrasiert; vom Scheitel herab hing ihm schmutzverkrustetes weißes Haar wie der Flaum einer Distel. Sein langer Mantel aus Rentierhaut war mit schwarzem Fell gesäumt und über und über mit polierten Knochen- und Metallstückchen bedeckt.

Wir bekamen heraus, daß der Alte sich Dschif Gord nannte. Wlad wiederholte seine Nummer mit den großen Gesten himmelwärts, worauf Dschif Gord kurz zu seiner Lederjurte zurückkehrte und mit einem langen Holzspeer wiederkam. Er grinste schwachsinnig, rammte den Speer in ein Loch im Boden und zeigte zum Himmel.

»Mir gefällt die Sache gar nicht«, erklärte ich Wlad augenblicklich. »An diesem Speer klebt getrocknetes Blut!«

»Ja. Ich habe schon gehört«, sagte Wlad, »daß sie dem Donnergott Iltisse opfern. Kulik hat darüber geschrieben.« Er wandte sich an den Alten. »Gut so!« nickte er ermutigend. »Donnergott.« Er zeigte auf den Hund. »Donnergott hat diesen Hund herabgeholt.«

»Donnergott«, antwortete Dschif Gord ernst. »Hund.« Er blickte ehrfurchtsvoll zum Himmel hoch. »Donnergott.« Er ließ seine Rechte langsam und anschaulich von oben herabgleiten und riß dann die Arme auseinander, um die Explosionzu beschreiben. »Bumm.«

»Ganz richtig! Ganz richtig!« sagte Wlad aufgeregt.

Dschif Gord nickte. Fast geistesabwesend beugte er sich nieder und hob Laika am Nackenfell hoch. »Hund.«

»Ja, ja!« nickte Wlad eifrig. Und ehe wir etwas tun konnten, ehe wir auch nur wahrnahmen, was vor sich ging, langte Dschif Gord in seinen fettigen Mantel, holte ein langes gekrümmtes Messer heraus und schlitzte der armen Laika die Kehle auf. Ohne jegliche Anstrengung hob er sie hoch – er war unheimlich kräftig, die Kraft des Drogenrausches – und rammte ihren schlaffen Hals über die Spitze des Speeres.

Blut spritzte. Wlad und ich machten entsetzt einen Satz nach hinten. »Du lieber Himmel!« schrie Wlad gequält auf. »Ich hatte vergessen, daß sie auch Hunde opfern!«

Der gräßliche Alte grinste und schnatterte aufgeregt drauflos. Er war überzeugt davon, daß er uns verstand, daß Wlad von ihm verlangt hatte, den Hund dem Himmelsgott zu opfern. Der Gedanke gefiel ihm selbst überdies ganz außerordentlich. Und wir gefielen ihm auch. Ich sagte: »Er denkt, daß wir jetzt etwas gemeinsam haben, Wlad.«

»Ja«, nickte Wlad und blickte Laika dabei traurig an, »ja, wir Raketenleute haben sie zuerst geopfert, das arme Vieh.«

»Dahin ist unsere letzte Spur von dem UFO«, sagte ich. »Arme Laika. Den ganzen Weg bis hierher – und dann das.«

»Der Kerl muß einfach wissen, wo das Ding ist«, erklärte Wlad dickköpfig. »Schau dir bloß den schlauen alten Schurken an – es steht ihm ins Gesicht geschrieben!« Er machte einen Schritt nach vorn. »Wo ist es? Wo ist es gelandet?« Er gestikulierte wild. »Du bringst uns hin!«

Balan Thok nagte an ihren schmalen Fingerknöcheln und kicherte über unsere merkwürdigen Possen, aber auch der Alte brauchte nicht lange, um uns zu verstehen. Mit Gesten und einigen Schlüsselwörtern fanden wir heraus, daß sich der Donnergott in einem Loch in der Nähe befand. In einem versteckten Loch, tief in der Erde. Der Alte kannte es. Er konnte es uns zeigen.

Aber er wollte nicht.

»Es hat etwas mit Religion zu tun«, murmelte Wlad und überlegte. »Ich glaube, er hält uns für unrein im rituellen Sinn.«

»Mak-a-mur«, sagte der Alte. Er öffnete die Klapptür des Zeltes und bedeutete uns einzutreten.

Innen waren die Wände der Jurte schwarz vom Ruß der Jahrzehnte. Sie war rund, etwa fünf Schritt im Durchmesser, und wurde gehalten von einem Gitterwerk aus glatten Stäben und Lederriemen. Im Zentrum der Jurte brannte ein Feuer – verkohlte Kiefernscheiter auf einer Herdstelle aus flachen gelben Steinen. Dichter Rauch verpestete die Luft. Neben der Feuerstelle lagen zwei Fellhaufen – Schlafsäcke der Evenks, jeder von ihnen ein Miniaturzelt.

Unsere Blicke wurden von den Trockengestellen über dem Feuer angezogen, die über und über bedeckt waren mit Pilzen – mit den roten Kappen der Fliegenpilze, wie aus einem Bilderbuch für Kinder: den berauschenden Giftpilzen der sibirischen Nomaden. Ihr stinkender Dampf füllte das Zelt, zusammen mit dem beißenden Gestank nach altem Schweiß und Rauch.

»Mak-a-mur«, sagte Dschif Gord, zeigte auf seine Giftpilze und dann auf seinen Kopf.

»Du lieber Himmel!« flüsterte Wlad. »Er zeigt uns überhaupt nichts, wenn wir nicht seine verdammten

Pilze essen.« Er blickte dem merkwürdigen Kauz ins Auge und machte dazu stumme Eßbewegungen.

Der alte Nomade schüttelte den Kopf und hielt einen Becher aus Leder hoch. Er tat, als tränke er, und schmatzte mit den hinter dem Bart verborgenen Lippen. Dann zeigte er auf Balan Thok.

»Ich weiß nicht, was er meint«, sagte Wlad.

»Ich auch nicht«, antwortete ich. »Also, du hältst ihn hier fest, und ich mache mich auf den Weg ins Lager. Um Mitternacht bin ich mit den Soldaten zurück. Dann prügeln wir die Wahrheit aus dem alten Hundeschlächter heraus.«

»Setz dich hin, du Idiot!« zischte Wlad. »Hast du schon vergessen, wie schnell der Kerl mit dem Messer ist?«

Er hatte wohl recht. Auf meine Bewegung hin war ein unheimliches Glitzern in den Augen des Alten erschienen. Ich setzte mich rasch nieder. »Wir können aber schneller rennen als er!«

»Es wird schon dunkel«, sagte Wlad. Nur vier Worte, aber sie ließen vor meinem geistigen Auge ein ganzes Szenario erscheinen: wir beide, blindlings durch ein Gewirr von dürren Ästen taumelnd, mit einem bis obenhin mit Rauschgift vollem Kehlenaufschlitzer an den Fersen ... Ich schenkte dem alten Schamanen mein gewinnendstes Lächeln. Er grinste zurück und machte wieder die Trinkbewegung mit dem Becher.

Plötzlich warf er ihn Balan Thok zu, die wild danach griff, ihn aber um etwa zwei Meter verfehlte. Sie bückte sich und hob ihn auf, wobei sie uns den Rücken zudrehte. Dann hörten wir, wie sie sich mit den Bändern ihrer Hosen zu schaffen machte. Sie hockte sich hin, und wir hörten ein zischendes Geräusch.

»Jesus, Maria und Josef!« sagte ich. »Wlad – nein!«

»Davon habe ich schon gehört«, nickte Wlad verwundert. »Der wirksame Bestandteil des Giftes geht in den Urin über. Zehn Wilde können sich auf diese Weise mit einem einzigen Giftpilz berauschen. Die Droge geht von einem zum nächsten über.« Er zögerte. »Und die Nieren nehmen die Unreinheiten auf. So soll es auch gesünder sein. Nicht so giftig.«

»Können wir nicht einfach die Mak-a-murs essen?« fragte ich und zeigte auf das Gestell. Der alte Schamane blickte mich finster an und schüttelte heftig den Kopf. Balan Thok tänzelte auf mich zu, wobei sie ihr Gesicht hinter einem Ärmel ihres Gewandes verbarg. Sie drückte mir den warmen Becher in die Hand und zog sich kichernd zurück.

Ich hielt den Lederbecher fest. Gräßlicher Fatalismus überkam mich. »Wladimir«, sagte ich, »ich bin müde. Ich habe Kopfweh. Außerdem bin ich völlig zerstochen von den Moskitos, und meine Hosen sind naß vom Blut des Hundes. Ich denke nicht daran, die Giftpisse irgendeiner Wilden ...«

»Es ist für die Wissenschaft«, entgegnete Wlad ungerührt.

»Mein ganzes Leben«, fuhr ich fort, »habe ich dem Wohl der Gesellschaft geweiht. Meine gute Mutter, der Herr sei ihrer armen Seele gnädig ...« Ich schluchzte auf. »Wenn sie sehen könnte, was aus ihrem geliebten Sohn geworden ist ... All diese langen Jahre der Ausbildung – bloß für *das!* Bloß für *das*, Wlad?« Ich begann heftig zu zittern.

»Verschütte nichts davon!« rief er. Balan Thok starrte mich an und leckte sich die Lippen. »Ich glaube, sie mag dich«, nickte Wlad.

Aus irgendeinem unerfindlichen Grund gaben mir diese Worte den letzten Ruck. Ich drückte den Becher an die Lippen und leerte ihn in einem Zug. Sein Inhalt rann mir glühend heiß in einer überwältigenden Welle von Übelsein durch den Schlund, aber irgendwie gelang es mir, mich nicht zu übergeben.

»Wie geht's dir?« fragte Wlad interessiert.

»Mein Gesicht wird ganz taub.« Ich starrte Balan

Thok an; von ihren Augen ging eine enorme Faszination aus, und nun wollte ich sie mit meinem Blick dazu zwingen, zu mir zu kommen. Schlimmer konnte es jetzt nicht mehr werden; ich hatte das Äußerste wohl schon hinter mich gebracht. Ich war bereit – was heißt: bereit! Ich war geradezu begierig, jede nur vorstellbare Erniedrigung auf mich zu nehmen. Vielleicht würde eine Kopulation mit diesem primitiven Geschöpf mich zu irgendwelchen nie gekannten Höhen erheben.

»Du bist tapferer, als ich dachte, Nikita«, sagte Wlad. Seine Worte hallten mir mit unnatürlicher Lautstärke durch das berauschte Gehör. Er nahm mir den Becher aus den gefühllosen Händen. »Ganz objektiv betrachtet, ist dies hier wirklich nicht so schlimm. Ein gesundes junges Weib ... sterile Körperflüssigkeit ... es sind nur unsere eigenen Tabus, die es uns so widerwärtig erscheinen lassen!« Er lächelte etwas herablassend, die Finger fest um den Becher geschlossen.

Plötzlich stand der alte Schamane vor ihm und lachte schallend, während er Wlad seinen Anteil eingoß. Ein käsiger Gestank stieg aus seinen herabgelassenen Hosen hoch. Wlad starrte mich entsetzt an, und ich fiel zur Seite und lachte wie verrückt. Meine Knochen verwandelten sich in Gummi.

Das Mädchen lachte auch los, hell wie ein Xylophon, und machte lüsterne Gebärden in meine Richtung. Wlad begann lautstark zu kotzen. Ich erhob mich, um auf das Mädchen zuzutaumeln, vergaß aber, die Füße in Gang zu setzen, und fiel der Länge nach hin. Mein Kopf glühte vor sinnlichem Verlangen nach ihr. Sie drehte sich vor meinen Augen, hielt ein gekrümmtes Messer über ihren Scheitel und sang mit hoher Stimme. Irgendwie bekam ich sie zu fassen, und wir fielen kopfüber auf einen dieser Schlafsäcke – mit dem Geräusch krachenden Holzes und reißender Lederbänder. Ich kam nicht aus den Kleidern, sie krabbelten mir über den Körper wie lebendige Wesen.

Dann mußte ich kurz innehalten, um mich zu übergeben, verspürte dabei aber nicht viel Ungemach, bloß einen Wirbelwind von merkwürdigen Gefühlen, als die Droge hochkam. Wlad und der Alte sangen miteinander laut und ohne Unterlaß.

Ich hüpfte geistesabwesend auf dem Mädchen herum und sah zu, wie eine Laus über einen ihrer Zöpfe kroch. Der Alte robbte auf allen vieren auf mich zu und starrte mir ins Gesicht. »Donner-Gott!« krächzte er und zog mich am Arm. Er hatte eine große Rentierhaut zur Seite gezogen, die den Boden der Jurte bedeckte. Darunter befand sich ein großes Loch, geradewegs hier unter uns im Zelt. Ich kämpfte gegen meine Magenkrämpfe an, schleppte mich hin und blickte hinein.

Das Innere des Lochs schien seltsam verzogen zu sein – es war einfach unmöglich zu erkennen, wie tief es war. An seinem unteren Ende befand sich eine Art netzförmige Aura, die sich im genauen Zusammenspiel mit meinen Gedanken auszudehnen und zusammenzuziehen schien. Aus irgendeinem geheimnisvollen Grund dachte ich an Laika und wünschte wiederum, Dschif Gord hätte sie nicht getötet. Zu diesem Gedanken pulsierte die Aura heftig, und von draußen kam ein Poltern – ein Poltern, gefolgt von lautem Gebell.

»Laika?« fragte ich. Langsam und benommen kam das Wort aus mir heraus. Balan Thok umarmte mich und leckte mir das Gesicht. Ich zog sie hinter mir her zur Zeltklappe und lugte hinaus. Ein Lichtball in Gestalt eines Hundes war zu sehen, und er bellte, als zerspränge ihm die Kehle.

Ich erschrak und ließ zu, daß Balan Thok mich zurück ins Zelt zerrte. Jetzt überkam mich erst die volle Berauschung. Balan Thok öffnete mir die Hose und erregte mich bis zum Wahnsinn. Wlad und der Alte lagen auf dem Bauch neben dem Donnergottloch, starrten in das pulsierende bläuliche Licht und schrien hin und wieder etwas hinab. Ich warf Balan Thok zwischen den beiden zu Boden, und wir begannen wie wild zu kopulieren. Jedes krampfhafte Zucken unserer Körper war eine verschlüsselte Botschaft, eine Botschaft, deren Bedeutung von Wlads und Dschif Gords Geheul noch bekräftigt wurde. Unsere Tollheit aus Dreck und Drogen wurde zu einem heiligen Ritual, zu einem Eleusinischen Mysterium. Und plötzlich hörte ich die Stimme von ...

Gott? Nein ... nicht Gottes Stimme und nicht die des Teufels. Die Stimme kam aus dem bläulichen Licht unten in der Grube. Und es war keine Stimme. Irgendwie war es dasselbe wie die Aurora, die ich letzte Nacht erblickt hatte. Es hatte Hunde gern, und es hatte auch mich gern. Hinter all der wahnsinnigen Raserei war ich plötzlich sehr glücklich in meinen Wonneschauern auf Balan Thok. Die Zeit schritt fort.

Mit einemmal kam noch mehr Gebell von draußen herein, und der Alte kreischte auf. Ich sah in sein Gesicht, das von unten her, von dem bläulich pulsierenden Licht aus dem Donnergottloch erhellt wurde, während er sich mit einem Satz auf mich warf und das blutige Messer über dem Kopf schwang.

Als nächstes hörte ich einen Schuß vom Zelteingang her, und jemand stürzte herein. Ein menschliches Wesen, geführt von einem hellblauen Hund. Hauptmann Nina. Der Hund hatte ihr geholfen, uns zu finden. Er rannte auf mich zu und schnappte nach mir, wodurch er mich zwang, mich von Balan Thok und der Grube zu entfernen. Ich erwischte Wlads Bein und zog ihn mit mir. Ein zweiter Schuß krachte, und dann kam es zu einem Handgemenge zwischen Nina und dem Alten. Wlad versuchte, auf die Beine zu kommen und sich dazwischenzuwerfen, aber ich hatte die Arme fest um seinen schmalen Brustkorb verschränkt und zog ihn mit mir aus der Gefahrenzone.

Dschif Gord und Nina waren jetzt in der Nähe des unruhig hüpfenden Lichtscheines, und ich konnte sehen, daß sie beide verletzt waren. Sie hatte den Alten zweimal mit ihrer Pistole getroffen, aber er hatte sein Messer und die Körperkraft eines Irren. Die beiden rangen miteinander, kratzten einander und brüllten. Plötzlich erhob sich Balan Thok auf die Knie und fing an, Ninas Beine mit einem kurzen Dolch zu bearbeiten. Hauptmann Boguljubowas Pistole zielte hierhin und dahin, andauernd schußbereit.

Ich zerrte Wlad noch weiter nach hinten, stieß gegen das brüchige Leder der Jurtenwand, und die Rentierhaut riß entzwei. Eine Morgenröte wie in der vorhergegangenen Nacht erfüllte den Himmel. Jetzt, da ich nicht mehr in dieses Loch zu starren brauchte, kehrte die Fähigkeit, normal zu denken, wieder zurück. So viele Dinge wirbelten durch mein Hirn, aber ein Faktum ragte über alle anderen Gedanken hinaus: *Wir hatten etwas gefunden, das außerirdischen Ursprungs war!* Wollte Gott, es wäre ein Raketenantrieb, dachte ich, dann konnte über die ganze Schweinerei, die sich vorhin in der Jurte abgespielt hatte, der Schleier des Vergessens gebreitet werden ...

Eine weißglühende Explosion hob Wlad und mich vom Boden auf und schleuderte uns fünf Meter davon. Die ganze Jurte machte einen Satz hinauf in den Himmel, war augenblicklich verschwunden und ließ nur eine leuchtend orangerote Meteorspur im Schwarz der Nacht zurück. Die aufgeweichte Erde erzitterte, und von oben her schoß ein Überschallknall herab und drückte Wlad und mich noch fester in den sumpfigen Dreck, in dem wir gelandet waren. Ich verlor das Bewußtsein.

Viele Stunden später weckte Wlad mich auf, indem er mich an den Schultern rüttelte. Immer noch brannte die Sonne über dem Horizont. Es war einer dieser das Hirn benebelnden, endlosen, zeitlosen Sommertage. Ich versuchte, mir ins Gedächtnis zurückzurufen, was eigentlich geschehen war. Als ich mich endlich erinnerte, mußte ich würgen.

Wlad hatte aus toten, mumifizierten Ästen ein hellodderndes Lagerfeuer gemacht. »Hier ist Tee, Nikita«, sagte er und reichte mir einen Armeeblechnapf voll heißer gelber Flüssigkeit.

»Nein!« preßte ich mühsam hervor. »Nichts mehr!«

»Es ist ja nur Tee«, beruhigte mich Wlad. Ich konnte sehen, daß seine Gedanken nur so dahinrasten. »Kein Grund mehr zur Aufregung, es ist alles vorbei. Wir haben den Raumschiffantrieb gefunden, und wir leben noch. Diese Explosion, letzte Nacht!« Sein Gesichtsausdruck verhärtete sich ein wenig. »Warum hast du mich nicht wenigstens den Versuch machen lassen, die arme Nina zu retten?«

Ich hustete und wischte mir über die schmerzenden Augen. Angestrengt versuchte ich, die letzten zwölf benebelten Stunden in eine zusammenhängende Form zu bringen. »Die Jurte«, krächzte ich. »Hat der Raketenantrieb sie in die Luft geschossen? Ist das tatsächlich passiert?«

»Nina stürzte zusammen mit einer Art Geisterhund in die Jurte, und der Alte ging mit dem Messer auf sie los. Sie hat ihn mit der Pistole getroffen. Als der Antrieb hochging, nahm er sie alle mit: Nina, die beiden Evenks, sogar die beiden Rentiere und den Hund. Wir hatten Glück.«

»Dich habe ich in Sicherheit gebracht, Wlad«, sagte ich. »Es gab keine Möglichkeit, auch Nina zu retten. Bitte gib nicht mir die Schuld.« Ich mußte seine Vergebung erlangen, denn ich fühlte mich schuldig. Außerdem hatte ich das seltsame Gefühl, daß es *mein Wunsch, einen Raketenantrieb zu finden,* gewesen war, der das verdammte Ding in die Luft gehen ließ.

Wlad seufzte und kratzte sich an den Rippen. »Die arme Ninotschka. Stell dir vor, welcher Anblick sie erwartet hat: wir beide, der Alte und ich, uns im Delirium auf der Erde wälzend, und du und das Evenkmädchen mitten im viehischen Trieb ...« Traurig legte er die Stirn in Falten. »Nicht unbedingt das, was man von sowjetischen Wissenschaftern erwarten sollte.«

Ich setzte mich auf, um die Stelle zu betrachten, wo die Jurte einst gestanden hatte. Nichts davon war übriggeblieben außer ein paar Stöcken und Riemen und ein paar Fetzen Tierhaut. Der Rest war ein matschiger Krater. »Mein Gott, Wlad!«

»Ja, der Antrieb ist äußerst energiereich«, bemerkte Wlad trübsinnig. »Er versucht, uns Erdenmenschen zu helfen. Ich weiß, daß er das tut. Er hat Laika gerettet, erinnerst du dich?«

»Er hat sie sogar zweimal gerettet. Hast du den blauen Hund vergangene Nacht gesehen?«

Er blickte finster drein. »Ich habe letzte Nacht eine Menge gesehen, Nikita«, sagte er ungeduldig. »Aber jetzt ist nichts mehr davon übriggeblieben.«

»Der Antrieb ist auch weg?«

»O nein«, antwortete er. »Ich habe ihn heute früh aus dem Krater ausgegraben.«

Er deutete auf unser Beutestück, das direkt hinter ihm im Sumpf hockte. Es war mit getrocknetem Matsch und sonderbarem pudrigen Rost bedeckt und sah aus wie das Kurbelgehäuse eines Traktors.

»Das ist der Antrieb?« fragte ich zweifelnd.

»Heute früh hat er besser ausgesehen«, stellte Wlad fest. »Er bestand aus einem jadeähnlichen Material und hatte die Form eines Staubsaugers. Mit Flossen. Aber wenn man den Blick davon abwendet, verändert er sich.«

»Nein! Tatsächlich?«

»Seit du aufgewacht bist, sieht er so schäbig aus. Er reflektiert deine Schande. Das war eine absolut gräßliche Nacht, Nikita. Ich hätte wirklich nie gedacht, daß du ...«

Ich stieß ihn heftig mit dem Ellbogen an, um ihn zum Schweigen zu bringen. Wir sahen einander eine Minute lang an, und dann holte ich tief Atem. »Die Hauptsache ist, wir haben ihn, Wlad. Dies ist ein großer Tag in der Geschichte der Menschheit.«

»Ja«, nickte Wlad und lächelte endlich. Jetzt sah der Antrieb wieder glänzender aus. »Hilf mir, ein Bündel zu machen.«

Mit großer Vorsicht, sowohl für das Ding als auch für unsere schmerzenden Köpfe, banden wir den Antrieb in Wlads Jacke und knüpften das Ganze an einen langen gebogenen Ast.

Ich fühlte mich immer noch ganz benebelt im Kopf. Die Moskitos waren ein Alptraum. Wlad und ich kletterten über die zersplitterten nackten Stämme toter Kiefern und hielten oft inne, um nach der metallisch schmeckenden feuchten Luft zu schnappen. Der Himmel war sehr klar und blau, eine Farbe wie der Baikalsee. Manchmal, wenn ich Wlads Kopf und Schultern vor dem blauen Himmel betrachtete, war mir, als würde ich einen schwachen Kirlianschimmer über unsere Tragestange huschen sehen, der ihm dann über die Haut tanzte.

Keuchend vor Erschöpfung machten wir Rast und schluckten ein paar Rationen. Wir hatten sie beide noch bei uns – ein kleines Wunder. Wir machten ein schönes stinkendes Feuer, um die Insekten für eine Weile von uns abzuhalten. Hin und wieder warfen wir ein paar grüne Zweige hinein, die wir von diesen entsetzlich aussehenden jungen Kiefern rissen. Wlad konnte der Versuchung nicht widerstehen, den Antrieb auszupakken.

Er starrte ihn liebevoll an. »Von nun an wird er der ganzen Menschheit gehören«, sagte er. »Aber für den Moment gehört er uns ganz allein.«

Das Ding hatte sich schon wieder verändert; nun hatte es Handgriffe. Sie sahen fest und stabil aus, weniger rostig als alles übrige. Wir schleppten den Antrieb an diesen Griffen, bis wir in Rufweite des Basislagers kamen.

Die Soldaten hörten unsere Schreie, und drei von ihnen eilten uns entgegen, um zu helfen.

Auf dem Rückweg erzählten sie uns von Nina; den ganzen Tag über war sie nervös auf und ab gelaufen, hatte sich Sorgen um Wlad gemacht und versucht, die Soldaten dazu zu bringen, uns eine Rettungsmannschaft nachzuschicken. Und schließlich hatte sie sich, allen Warnungen zum Trotz, allein auf den Weg gemacht.

Das Feuerwerk in der Nacht hatte die Usbeken zu Tode erschreckt. Sie waren erstaunt, uns nicht nur am Leben, sondern im Triumph heimkehren zu sehen.

Wir aber mußten ihnen sagen, daß Nina nicht mehr unter uns weilte.

Stabsfeldwebel Muchamed zauberte eine ausreichende Menge Äthanol aus dem Frostschutzmittelbehälter seines *bjutors* herbei, und so tranken wir, ohne uns unserer Tränen zu schämen, auf das Andenken unserer verblichenen Genossin, Hauptmann des Staatssicherheitsdienstes Nina Igorowna Boguljubowa. Danach wurde noch eine Runde eingeschenkt, und ich hielt eine kurze, jedoch aufwühlende Rede über jene, die im Kampf um die Erstürmung des Kosmos fallen müssen. Jawohl, die geliebte Genossin Nina war dahingegangen; aber dank ihrer Opferbereitschaft hatten wir, ihre Kameraden, einen beispiellosen Sieg errungen. Die Erinnerung an sie würde immerdar hochgehalten werden; dafür würden Wlad und ich sorgen.

Wir nahmen noch einen Schluck – diesmal auf unseren kosmischen Triumph. Dann noch einen auf den großen endgültigen Sieg. Und dann hatten wir nichts mehr zu trinken.

Die Usbeken waren während unserer Abwesenheit nicht untätig gewesen. Am Vortag war ein kleiner Bär ins Lager gekommen und hatte neugierig herumgeschnüffelt. Die Soldaten hatten zwar keine scharfe Munition, aber es war ihnen gelungen, den Bären mit einem *bjutor* zu überfahren. Also hing nun der Gestank von verbranntem Bärenfleisch und ins Feuer tropfendem Fett in der Luft. Wir beide, Wlad und ich, bekamen jeder ein halbes Dutzend Koteletts, die äußerst würzig schmeckten, obwohl die Knochen in den meinen ziemlich zersplittert waren. Zum erstenmal fühlte ich mich wie ein wirklicher Held. Gegrilltes Bärenfleisch in Sibirien! Schon eine tolle Sache.

Nun, da wir wieder bei unseren *bjutors* waren, lagen die Probleme hinter uns, und wir konnten uns auf einen richtigen ›Goldregen‹ freuen. Medaillen, Orden – viele davon. Große Datschas am Schwarzen Meer und vielleicht sogar Vortragsreisen in den Westen, wo wir Schallplatten mit Jazzmusik erstehen konnten. Und auch unsere Jungs von der Roten Armee spürten, daß die Zeit der großen Beförderungen nun vor ihnen lag.

Wir brachen das Lager ab und beluden die Transporter. Wlad schloß sich den Scherzen der Soldaten nicht an, er träumte in wehmütiger Geistesabwesenheit immer noch von Nina. Er tat mir leid. Ich hatte Nina nie gemocht und war von Anfang an dagegen gewesen, daß sie mitkam. Die Wildnis war kein Ort für Weiber, und es war kein Wunder, daß es ein schlimmes Ende mit ihr genommen hatte. Aber ich sprach dies Wlad gegenüber nie aus. Es hätte ihn wohl noch untröstlicher gemacht. Außerdem hatte Ninas heldenhafter Opfermut unseren Anstrengungen eine neue ethische Dimension verliehen.

Wir packten den Antrieb in den ersten *bjutor*, wo Wlad und ich ihn im Auge behalten konnten. Jedesmal, wenn wir stehenblieben, um Treibstoff nachzufüllen oder die Karte zu studieren, öffnete Wlad die Umhüllung und warf einen Blick hinein. Ich zog ihn damit auf. »Was ist los, Genosse? Sollen wir ihn dir ans Bein ketten?«

Immer wieder ließ Wlad die Hand über die rostige Oberfläche des Antriebes gleiten, und schließlich erschien unter dieser ein schwacher Silberschimmer.

Wlad machte ein bedeutungsschweres, ernstes Gesicht. »Nikita, wir dürfen nie vergessen, daß dies keine seelenlose Maschine ist. Es ist eine Idee, die Form und Gestalt angenommen hat – das ist ihr innerstes Wesen. Und wenn du und ich das vergessen oder außer acht lassen, dann kann es sein, daß sie einfach verschwindet.«

Ich versuchte, ihn auszulachen, aber er meinte es ernst. Er schlief in den nächsten beiden Nächten, bis wir die Eisenbahntrasse erreichten, neben dem Antrieb.

Wir folgten der Linie bis zur Station. Von dort telegrafierte Wlad einen detaillierten Bericht nach Moskau, und ich beeilte mich, dafür zu sorgen, daß man höheren Orts meine eigene stolze Meldung erhielt.

Vier Tage lang warteten wir voller Ungeduld auf eine Reaktion. Schließlich kam ein Zug an, der uns ein paar Spezialisten für Raketenantriebstechnik aus dem Raumfahrtzentrum Baikonur und zwei Dutzend KGB-Beamte brachte. Wlad und ich wurden festgenommen. Die Jungs von der Roten Armee kamen in den Gewahrsam von hohen Offizieren, und sogar der Lette, der der Station vorstand, wurde verhaftet.

Wir wurden in einem Schlafwagen total von der Außenwelt abgeschirmt. Aber Wlad blieb guten Mutes. »Das ist gar nichts«, stellte er fest, indem er sich auf seine Erfahrungen als alter Zuchthäusler berief. »Wenn es wirklich hart auf hart geht, nehmen sie dir die Schuhbänder ab. Diese KGBler sind bloß Schutzpersonal. Schließlich sind wir im Besitz des größten Geheimnisses in der Geschichte der Menschheit!« Und wir wurden tatsächlich sehr gut behandelt. Wir bekamen roten Kaviar, Krimsekt, Teufelskrabben von der Kamtschatka und Blinis mit saurer Sahne.

Der Raketenantrieb war auf einem Plattformwagen verladen und mit vielen Lagen Plane umwickelt. Etliche Male hielt der Zug an; die Jalousien an unseren Fenstern waren zwar herabgelassen worden, aber jedesmal, wenn wir stehenblieben, lugte Wlad kurz hinaus. Er war der Meinung, daß die Raketenspezialisten immer nur die Ladung kontrollierten.

Nach dem zweiten Tag unserer Reise hatte ich starke Zweifel bezüglich unserer ganzen Situation. Niemand hatte uns verhört; in Anbetracht dessen, daß es sich bei uns um Helden des Kosmos handelte, fühlte ich mich und Wlad sträflich vernachlässigt. Ich mußte sogar die Schmach auf mich nehmen, errötend um DDT zu bitten, um damit die Filzläuse loszuwerden, die ich von Balan Thok gekriegt hatte. Verglichen mit der behüteten Langeweile unseres Zuggefängnisses, begann unser ruhmreiches Abenteuer etwas absurd zu erscheinen. Wie würden wir unsere sonderbaren Entscheidungen rechtfertigen, wie erklären, was Nina zugestoßen war? Unsere Verwirrung würde sicherlich den Anschein erwekken, als wollten wir etwas verbergen.

Anstatt im Triumph nach Kaliningrad zurückzukehren, stieß unser Zug weiter nach Süden vor. Offenbar sollten wir zum Kosmodrom von Baikonur gebracht werden, zur Raketenabschußbasis. Eigentlich ist ›Baikonur‹ nur der Deckname für die Anlage, denn die echte Stadt Baikonur liegt rund fünfhundert Kilometer entfernt davon. In Wirklichkeit befindet sich das Kosmodrom in der Nähe von Tiuratam. Und Tiuratam – welches Pech – ist ein noch schlimmeres Kuhdorf als Baikonur.

Dieser trostlose Ort liegt auf einem Hochplateau nördlich von Afghanistan und östlich des Aralsees. Es war heiß und trocken, als wir ankamen, und unaufhörlich wehte ein irritierender Wind. Als sie uns beide aus dem Zug eskortierten, sahen wir, wie Techniker den Antrieb abluden. Mit einem Hebekran.

Im Laufe der Reise hatte sich der Antrieb ausgedehnt, um den hochgespannten Erwartungen der Raketentechniker zu genügen, je mehr diese sich damit beschäftigten. Er war jetzt zur Größe des ganzen Plateauwaggons angewachsen – ein Gewirr gekrümmter Rohre mit großen gefurchten schwarzen Ausströmdüsen. Er war sogar umwunden mit diesen lächerlichen Stahlbändern.

Wlad und ich wurden eiligst in unser neues Quartier gebracht: einen Entseuchungsraum – eigentlich eine Suite –, welche man in Vorbereitung auf unsere ersten eigenen Kosmonauten gebaut hatte. Als Gefängnis war es gar nicht so schlecht. Vermutlich hätten wir es weit schlechter treffen können, doch hin und wieder strahlte Wlads Kopf ein leichtes, aber nichtsdestoweniger deutlich sichtbares bläuliches Glühen aus, und das machte die Herrschaften vorsichtig.

Unser Essen kam durch eine sterile Schleuse in der Wand. Die Tür sah aus wie die eines Banktresors. Man verhörte uns durch Fenster aus schußsicherem Glas über Lautsprecher und Mikrophone.

Bald kamen wir darauf, daß unser Raketenantrieb allerhöchsten Orts mit Geheimhaltungsstufe versehen worden war. Seine außerirdische Herkunft durfte öffentlich nicht erwähnt werden. Offiziell handelte es sich bei unserem Antrieb um eine geheime Neuentwicklung aus Kaliningrad. Selbst den Wissenschaftern, die in Tiuratam bereits daran arbeiteten, hatte man das gesagt, und sie akzeptierten es offensichtlich auch.

Höheren Orts glaubte man an die Fähigkeit unseres Antriebs, Wunder zu bewirken, aber es hatten eben Wunder der sowjetischen Wissenschaft zu sein. Niemand durfte von unserem Kontakt mit kosmischen Kräften erfahren.

Wlad und ich wurden Teil eines Kampfes auf höchster Ebene um die Priorität: Die Radarschirme der Roten Armee hatten den Abschuß der Jurte aufgezeigt, und natürlich beanspruchten die entsprechenden Herren das Recht, uns auszuquetschen. Chruschtschows neue Raketenabwehr wollte dasselbe. Und der KGB in Kaliningrad auch. Und natürlich hatten die Techniker in Tiuratam ebenso ein Recht auf uns, denn sie planten, unseren Antrieb für eine spektakuläre Propagandagroßtat auszuschlachten.

Wir endeten schließlich in den Händen der KGB-Abteilung für paranormale Forschungen.

Aus Wochen wurden Monate, in denen wir von den staatlichen Parapsychologen ausgepreßt wurden wie die Zitronen. Sie hielten Zenerkarten ans Glas und verlangten, daß wir Kreis, Stern oder Kreuz errieten. Sie gaben uns Radieschensamen durch die Essensschleuse in der Wand und wollten, daß wir mit der Hälfte von ihnen freundlich plauderten und den Rest tüchtig ausschimpften.

Dann erwarteten sie, daß wir den Fall von Würfeln beeinflußten, und um die Angelegenheit interessanter für uns zu machen, zwangen sie uns, um unsere Wodka- und Zigarettenrationen zu spielen. Natürlich verpatzten wir die Sache, und so hatten wir nichts zu rauchen.

Diese Untersuchungen führten zu überhaupt nichts, außer daß Wlad ein einziges Mal ein winziges bißchen hellblaues Ektoplasma ausstieß; ich hingegen war recht gut im Erkennen von Farben mit Hilfe meiner Fingerspitzen, während mir die Augen verbunden waren. (Ich linste zwischen Nasenrücken und Augenbinde hindurch.)

Einer unserer Vernehmungsbeamten war ein magerer Mann namens Jeschow, ein eingefleischter Stalinist. Er hatte bei Lysenko Biologie studiert und war der Überzeugung, Wlad und ich könnten durch parapsychologisch erzwungene Evolution Weizen in Gerste verwandeln. Das brachte Wlad schließlich zum Überkochen. »Ihr Scharlatane!« brüllte er ins Mikrophon. »Keiner von euch hat je Ciolkowskij gelesen! Was rede ich überhaupt mit euch? Wo ist der Chefkonstrukteur? Ich verlange, zu Genossen Sergej Koroljow gebracht zu werden! Er wird das alles verstehen!«

»Auf diese Art und Weise können Sie sich da nicht

herauswinden, Genosse!« kläffte Jeschow und fuchtelte wütend mit seinem Glasröhrchen voll Weizenkörner. »Ihr Chefkonstrukteur hat einen Herzanfall gehabt. Er erholt sich in seiner Datscha, und Chruschtschow selbst hat angeordnet, daß niemand ihn dort stören darf! Und überdies – glauben Sie, wir sind so dumm, Leute im Herzen Moskaus herumrennen zu lassen, die über außerirdische Kräfte verfügen?«

»Das ist es also!« schrie ich, im Innersten verwundet bei dem Gedanken an mein geliebtes Moskau. »Du Hurenbock! Wir haben dich einfach hingehalten, das ist alles!« Ich stach mit der flachen Hand bühnengerecht auf das Glas zu, hinter dem sich sein Gesicht befand. »Heute nacht, wenn du schläfst, wird meine mediale Aura in dein Bett kriechen und dir das Hirn zerquetschen, so!« Ich machte eine Faust; Jeschow ergriff entsetzt die Flucht.

Wir versanken in Schweigen. Dann sagte Wlad: »Das hättest du nicht tun sollen.«

Ich ließ mich auf einen unserer futuristischen Aluminiumstühle fallen. »Ich konnte mich einfach nicht zurückhalten«, murmelte ich. »Wlad, jetzt ist er herausgerückt mit der Wahrheit: Auf uns wartet das Exil. Das Dauerexil. Wir werden Moskau nie wiedersehen.« Tränen stiegen mir in die Augen.

Voll Mitgefühl klopfte Wlad mir auf die Schulter. »Es war jedenfalls eine mutige Geste, Nikita. Ich bin stolz, dich meinen Freund zu nennen.«

»Du bist der Mutige von uns beiden, Wlad.«

»Aber ohne dich an meiner Seite ... Weißt du, ich hätte mich nie allein dort hinaus in die Taiga getraut. Und hättest du nicht zuerst diese Pisse getrunken, hätte ich ganz sicher nicht ...«

»Das ist jetzt alles Vergangenheit, Wlad.« Meine Wangen brannten, und ich begann zu schluchzen. »Ich hätte dich einfach ignorieren sollen, als du damals, bei Ljuda, unter dem Klavier saßt. Ich hätte dir und deinen

Beatnikfreunden aus dem Weg gehen sollen. Wlad, kannst du mir je verzeihen?«

»Vergiß es!« antwortete Wlad nobel und klatschte mir die Hand in den Rücken. »Wir sind alle mißbraucht worden, sogar der arme Koroljow. Sie haben ihn völlig zermürbt. Schon im Lager hat er über sein Herz geklagt.« Wlad schüttelte die Faust. »Diese Idioten. Wir bringen ihnen einen Wunderantrieb aus der Tunguska, und sie reden sich ein, es wäre ein Raketenantrieb aus Kaliningrad!«

Ich glühte geradezu vor Empörung. »Ganz richtig. Es war unsere Entdeckung! Wir sind Helden, und sie behandeln uns wie Staatsfeinde! Es ist so unfair, so unkommunistisch!« Ich erhob die Stimme. »Wenn wir Staatsfeinde sind, was tun wir dann hier? Echte Staatsfeinde leben in Paris, tragen seidene Anzüge und haben ein Mädchen an jedem Arm! Und viele kapitalistische Dollars auf einem Schweizer Nummernkonto!«

»Das kannst du alles für dich behalten«, sagte Wlad philosophisch. »Weißt du, was *ich* möchte? Ich möchte Männer auf dem Mond sehen! Ich wünsche mir, daß Menschen den Mond erreichen, und zu wissen, daß die Menschheit einen großen Schritt vorwärts getan hat!«

Ich wischte mir die Tränen aus den Augen. »Du bist ein Träumer, Wladimir. Die Unendlichkeit ist nichts als ein Propagandatrick. Wir werden nie mehr wieder das Licht des Tages sehen!«

»Gib die Hoffnung nicht auf!« sagte Wlad dickköpfig. »Wenigstens müssen wir nicht in einem Lager Holz fällen, bei vierzig Grad minus. Früher oder später werden sie Kosmonauten ins Weltall schicken, und wenn die dann zurückkommen, werden sie das hier alles brauchen. Dann müssen wir einfach freigelassen werden!«

Von der Abteilung für paranormale Forschungen hörten wir nie wieder. Unsere regelmäßigen Mahlzeiten erhielten wir immer noch, dazu gelegentlich ein wissenschaftliches Magazin, das irgendein vertrottelter Zensor in Fetzen zerlegt hatte, weil er Wlad und mich für ein Sicherheitsrisiko hielt. Einmal bekamen wir auch ein Päckchen – ausgerechnet von Ljuda, die Wlad zwei Stangen Kent sandte. Wir machten eine richtige kleine Feier daraus, wenn wir jeder unsere tägliche Zigarette rauchten.

Unser Entseuchungsraum grenzte an einen leeren Zuhörerraum, der für ein Publikum aus Journalisten und für jene Personengruppe gedacht war, die nach dem Flug die Einsatzberichte der jeweiligen Astronauten entgegennehmen sollten. Zu dumm, daß nie jemand aufkreuzte! Jeden dritten Tag kamen die Reinemachfrauen mit Mops und Eimern und wischten den Boden draußen auf. Sie ignorierten uns, während Wlad und ich in fieberhafter Erregung Vermutungen bezüglich ihrer Unterwäsche anstellten.

Die Parapsychologen hatten jedenfalls aufgegeben, und sonst schien niemand Interesse an uns zu haben. Irgendwie hatten wir den Eindruck, zu echten Karteileichen geworden zu sein. Man hatte uns so sorgfältig abgeschirmt, daß wir einfach nicht mehr existierten. Wir waren unsere eigenen Schatten, Geheimnis der Geheimnisse – die bestversteckten Menschen der Welt. Man hatte uns losgekoppelt von Zeit und Raum, wir schliefen jeden Tag länger und länger, bis wir schließlich einen Tag völlig übersprangen und nie wieder den rechten Rhythmus fanden.

Wir waren bei unserem letzten Päckchen Kent angelangt, als wir unerwarteten Besuch erhielten.

Es war ein General der Roten Armee, der zwei hohe Tiere als Lakaien mitbrachte. Wir erblickten ihn, als er am anderen Ende des Zuhörerraumes durch die große Doppeltür trat, und fuhren augenblicklich in unsere besten Hemden. Der General sah gequält aus; er war etwa fünfzig und hatte eine Glatze. Er drehte unsere Lautsprecher auf und blickte auf seinen Notizblock. »Genossen Zipkin und Globow?«

»Überlaß die Sache mir, Wlad!« zischte ich rasch und beugte mich über mein Mikrophon. »Ja, Genosse General?«

»Mein Name ist Nedelin. Ich führe den Befehl über den Raumflug.«

»Welchen Raumflug?« platzte Wlad heraus.

»Der Marssonde natürlich.« Nedelin zog die Stirn in Falten. »Hier steht, daß Sie beide an der Planung und der Konstruktion des Motors beteiligt waren?«

»O ja«, sagte ich. »Sehr maßgeblich sogar.«

Nedelin blätterte um. »Ein spezielles Vorhaben des Chefkonstrukteurs.« Er sprach mit großem Respekt. »Ich bin kein Wissenschaftler, Genossen, und ich weiß, daß Sie da drin Wichtiges zu tun haben. Aber könnten Sie sich lange genug von Ihren Arbeiten losreißen, um uns zur Seite zu stehen? Wir wären sehr dankbar für Ihren fachmännischen Rat und Ihre Hilfe.«

»Oh, lassen Sie uns nur noch beim Abschuß zusehen!« begann Wlad zu brabbeln. »Sie können uns später immer noch erschießen, wenn Sie wollen. Aber lassen Sie uns zusehen, um Gottes willen ...!«

Glücklicherweise hielt ich die ganze Zeit über die Hand über Wlads Mikrophon. Ich sprach schnell. »Stets zu Ihren Diensten, Genosse General! Beachten Sie Professor Zipkin nicht, er ist etwas überarbeitet.«

Einer der beiden Lakaien drehte das Rad, mit dem unser Banksafe zu öffnen war. Bei dem plötzlichen Gestank unserer monatelangen luftdichten Abgeschiedenheit verzog er zwar die Nase, sagte aber nichts. Also begleiteten Wlad und ich Nedelin quer durch das Gebäude. Ich wäre am liebsten gehüpft und gesprungen, und Wlads Knie zitterten so gewaltig, daß ich fürchtete, er könnte in Ohnmacht fallen.

»Ich hätte Sie beide niemals bei Ihren Geheimprojekten gestört«, erklärte der General, »aber Genosse

Chruschtschow hält morgen eine Rede vor den Vereinten Nationen. Er plant die Ankündigung, daß die Sowjetunion dabei ist, eine Sonde zum Mars zu senden. Und dieser Abschuß heute muß daher um jeden Preis erfolgreich sein.« Wir traten durch die doppelten Stahltüren hinaus in den Sonnenschein von Tiuratam. Nie zuvor haben Staub und Gras so geduftet.

Wir kletterten in Nedelins offenen Kübelwagen. »Sie verstehen gewiß, worum es da geht«, sagte er. Obwohl ein recht frischer Oktoberwind wehte, schwitzte er. »In Amerika gibt es einen neuen Präsidenten, in Kuba diese Situation ... Unser Erfolg ist von entscheidender Bedeutung!«

Flott fuhren wir über die kahle Betonpiste der Basis dahin. »Unser Nachrichtendienst meint, daß die Amerikaner ihre Bemühungen in der Raumfahrt verdoppeln werden. Da müssen wir etwas noch nie Dagewesenes unternehmen, etwas, das ihren Kampfgeist vernichtet! Etwas, das seiner Zeit um Jahre voraus ist! Das erste Raumfahrzeug zu einem anderen Planeten!«

Der Wind fegte durch unser langes Haar, unsere zerfransten Bärte. »Ein neuer amerikanischer Präsident«, murmelte Wlad. »Auch schon was.« Als ich gierig die frische Luft in meine Lunge sog, merkte ich, wie sehr wir beide stanken. Wir rochen wie Clochards, und wir sahen auch so aus. Nedelin war offenbar in einer verzweifelten Lage ...

Vor dem versengten, brandfleckigen Betonblock einer Abschußrampe blieben wir stehen. Die Marsrakete ragte über uns in den Himmel empor, umgeben von vier zwanzig Stockwerke hohen, ausschwenkbaren Gerüsten, auf denen Dutzende Techniker in weißen Mänteln und mit Helmen auf dem Kopf herumkletterten und über Megaphone miteinander diskutierten.

»Nun, Genossen?« wandte sich Nedelin an uns. »Sie sehen, unsere besten Männer arbeiten an dieser Aufgabe. Der Countdown ging völlig glatt; dann kam der

Moment der Zündung, und nichts geschah. Überhaupt nichts!« Er griff nach seiner Kappe, riß sie sich vom Kopf und wischte sich den Schweiß von der Glatze. »Wir haben nur ein sehr begrenztes Startfenster zur Verfügung! Nur ein paar Stunden noch, dann haben wir unsere besten Parameter verloren! Ganz abgesehen von der Rede des Genossen Chruschtschow!«

Wlad hob die Nase schnüffelnd in die Luft. »Genosse General, haben Sie die Rakete mit Kerosin aufgetankt?«

»Natürlich!«

Wlads Stimme klang mutlos. »Diese Leute da oben arbeiten an einer Rakete, die einen Fehlstart hatte. Und Sie haben den Treibstoff nicht abgelassen?«

Nedelin richtete sich kerzengerade auf. »Das würde uns Stunden kosten! Ich bin mir über das Risiko im klaren! Aber ich würde von diesen Leuten niemals verlangen, sich in eine Gefahr zu begeben, der ich mich nicht selbst stelle!«

»Sie aufgeblasener Esel!« kreischte Wlad. »Das ist doch kein irdischer Antrieb! Er sieht nur so aus, weil Sie das von ihm erwarten! Er darf gar keinen Treibstoff erhalten!«

Nedelin starrte ihn verblüfft an. »Was?«

»Deshalb ist das Ding nicht gestartet!« tobte Wlad. »Es wollte uns nicht alle umbringen! Dieser Antrieb stammt aus dem Universum! Ihr habt ihn zu einer gigantischen Brandbombe gemacht!«

»Sie sind wahnsinnig, Genosse! Halten Sie an sich!« schrie Nedelin. Wir befanden uns alle drei am Rande der Panik.

»Dieser Dummkopf hier ist wohl zu nichts zu gebrauchen«, stieß Wlad wütend zwischen den Zähnen hervor. »Wir müssen diese Leute da irgendwie wegbringen, Nikita! Der Antrieb kann jeden Augenblick hochgehen; das erwartet doch jeder von ihm.«

Wir rannten auf die Rakete zu, brüllten wie wild, schrien uns die Seele aus dem Leib mit allem, was uns gerade durch den Kopf ging, denn wir mußten die Techniker wegscheuchen. Dieser Apparat aus der Tunguska hatte ja nie zuvor gewußt, wie schwach wir alle waren, hatte nie zuvor seine wirkliche Macht über uns gekannt. Ich stolperte und blickte über meine Schulter zurück: Nedelins Lakaien waren kein Dutzend Schritte hinter uns.

Die Startmannschaft sah uns kommen, und die Panik breitete sich blitzartig aus. Ein verängstigter Aufschrei scholl uns entgegen.

Es wäre nichts passiert, wären wir nicht alle Russen gewesen. Ein schwermütiges und sensibles Volk ist immer bereit, das Schlimmste zu erwarten. Und das Schlimmste in diesem Fall war klar ersichtlich: die totale Katastrophe infolge einer verspäteten Zündung.

Sie stoben davon wie die Irren, aber sie konnten ihren eigenen Erwartungen nicht entfliehen. Helle Flammen schossen aus den Brennkammern, und Lichtbögen flakkerten aus der Spitze der Rakete – glühende Zacken rosig schimmernden Feuers. Die Gerüste zerbrachen wie Zündhölzer und erfüllten die Luft über uns mit Granatsplittern. Wlad taumelte zu Boden. Irgendwo weit vor uns hörte ich Gebell.

Ich riß Wlad wieder auf die Füße. »Hinter dem Hund her!« brüllte ich über das Getöse hinweg. »In den Brennpunkt der Ellipse, wo es sicher ist!«

Wlad stolperte hinter mir her, japsend vor Zorn. »Wenn bloß die Amerikaner auf den Antrieb gestoßen wären! Die hätten damit sicher einen Menschen auf den Mond geschossen!«

Wir rannten durch einen die Sicht verwehrenden Kerosinregen. Das Gebell wurde lauter, und nun konnte ich die Hündin aus blauem Licht erkennen, die ungeduldig darauf wartete, uns den Weg zu weisen. Über uns löste sich die Rakete in ihre Bestandteile auf. Unter unseren Füßen wölbte und senkte sich der feuergeschwärzte Beton wie Aspik, und dann lösten sich die riesigen Düsen der Rakete auf in Gespinste aus flammendem Weiß.

Hinter uns, rings um uns entzündete sich Kerosin in einer einzigen Welle aus tödlicher Hitze. Ich spürte, wie sie meine Haut versengte, in diesem letzten Moment – dem Moment, als die Schockwelle des Infernos uns hochhob wie Strohhalme und uns in das Innerste des weißen Lichts schleuderte.

Lange Zeit sah ich nichts als Weiß, ich sah nichts, ich berührte nichts. Ich trieb dahin in einer zeitlosen Leere. Die Panik, die Entsetzlichkeit der Katastrophe drangen aus meinem Innern nach außen, und alle Gedanken kamen zum Erliegen. Es war wie der Tod. Vielleicht war es auch eine Art Tod, ich weiß es immer noch nicht.

Und dann brachen irgendwie diese absolute Stille und das Einssein mit ihr entzwei. Sie zersprangen in Millionen Atome – ein lautloser, schleichender Blizzard. Wie ein Trugbild aus dahinflirrenden Schneeflocken.

Ich starrte in den Schnee, sah zu, wie er wirbelte und sich gleich darauf in perfekter Mühelosigkeit zu etwas anderem verwandelte, so als würde er der Form seiner eigenen Träume folgen ... ein wunderbarer Glanz, ein weißer nebelhafter Fleck ...

Der weiße nebelhafte Fleck von Reflexen auf Glas. Ich stand vor einem Fenster. Dem Schaufenster eines Warenhauses. Hinter dem Glas befanden sich Fernsehapparate – mit den größten Bildschirmen, die ich je gesehen hatte.

Wlad stand neben mir. Eine Frau hielt meinen Arm fest, ein hübsches Beatnikmädchen in geblümter Seidenbluse und einem skandalös kurzen Rock. Sie starrte hingerissen auf die Fernsehapparate. Um uns auf dem Gehsteig standen dichtgedrängt gutgekleidete Menschen.

Spätestens jetzt hätte ich in Ohnmacht fallen müssen.

Aber nein, ich fühlte mich ganz hervorragend; ich hatte soeben ein gutes Mittagessen gehabt und den Geschmack einer teuren Zigarre immer noch auf der Zunge. In meiner Verwirrung plapperte ich irgend etwas vor mich hin, und das Mädchen an Wlads Arm machte: »Schsch!« Und plötzlich schrie die Menschenmenge begeistert auf.

Wlad stürzte sich auf mich und umarmte mich wie ein Bär. Bei dieser Gelegenheit bemerkte ich, wie fett wir beide waren. Ich weiß nicht wieso, aber da fiel es mir mit einem Mal auf; unsere Anzüge waren jedoch so gut geschnitten, daß sie es perfekt kaschierten. »Wir haben es geschafft!« brüllte Wlad. »Der Mond!«

Rund um uns schrien die Leute wirr durcheinander. Auf Französisch.

Wir waren in Paris. Und die Amerikaner auf dem Mond.

In einem einzigen Augenblick hatten Wlad und ich neun Jahre unseres Lebens verloren. Neun Jahre im Nichts, im Nirgends, während uns der außerirdische Raketenantrieb durch Zeit und Raum hin zu diesem Moment schleuderte, den Wlad so sehr herbeigesehnt hatte. Mit vielen überzeugenden Details waren wir wieder eingefügt in die Welt – mit dicken Bäuchen aus den Jahren dekadenten westlichen Lebenswandels, mit Apartments im Emigrantenviertel, mit eleganten Anzügen und angenehm ausgetretenen Maßschuhen. Ja sogar einige populärwissenschaftliche Artikel, die Wlad für die Emigrantenzeitschriften verfaßt hatte, waren vorhanden. Und natürlich unsere Konten in der Schweiz.

Es war selbstverständlich eine gewisse Enttäuschung für uns, als die Amerikaner uns unseren Ruhm wegschnappten. Natürlich hätten sie es niemals geschafft, hätten wir Russen ihnen nicht den Weg gewiesen und ihnen die visionäre Kraft dazu geliefert. Hätte es die

Nedelin-Katastrophe nicht gegeben, die so viele unserer besten Techniker tötete, wären wir sicher als Sieger im Wettlauf ins All festgestanden.

Der Westen denkt immer noch, das Nedelin-Desaster im Oktober 1960 sei durch die Explosion einer konventionellen Rakete verursacht worden. Ja, man hat hier überhaupt erst Jahre später davon erfahren, und selbst jetzt ist diese schreckliche Katastrophe nicht allgemein bekannt. Höheren Orts ließ man falsche Todesbescheinigungen für alle dabei ums Leben Gekommenen ausstellen: Herzattacken, Flugzeugabstürze und so weiter. Es vergingen Jahre, ehe jemandem die merkwürdige Häufung so vieler Todesfälle auffiel.

Manchmal bin ich nicht so sicher, ob selbst höheren Orts die ganze Wahrheit bekannt ist. Es fällt mir gar nicht schwer, mir vorzustellen, wie sofort nach dem Unglück jedes Dokument über mich und Wlad in den Reißwolf des KGB wanderte. Wo es keine Aufzeichnungen gibt, gibt es keine Schuldzuweisung. Ein altes Prinzip.

Nun wird der Kosmos jeden Tag erstürmt, aber die Raketen sind nichts anderes als der Lieferwagen vom Bäcker. Das überrascht nicht von den Amerikanern, die stets eifrig bedacht sein werden, auch die Sterne in Dollars zu verwandeln. Aber wo steht unser beider Ehrenmal? Wir hatten doch den großen Traum Ciolkowskijs damals direkt in unseren Händen gehalten! Wlad und ich hatten ihn gefunden und aus Sibirien zurückgebracht. Wir haben ihnen damals das unendliche Universum doch praktisch vor die Füße geschmissen! Wäre man höheren Orts nur nicht so unbedacht vorgegangen, dann hätte alles anders kommen können.

Wlad mahnte mich stets, nichts davon zu erzählen, da wir jetzt ja doch in Sicherheit und reich und offiziell tot sind, aber ich finde es einfach nicht fair. Wir hätten uns doch auch einen Chronisten verdient – aber was ist ein Chronist schon anderes als eine Art hochgestochener

Schwätzer? Also habe ich selbst all das niedergeschrieben, als Wlad gerade anderweitig beschäftigt war.

Ich konnte nicht anders – ich mußte einfach jemanden informieren. Niemand weiß, wie Wlad Zipkin und ich den Kosmos erstürmten, außer uns beiden und höheren Orts ... und vielleicht wissen es auch ein paar Bonzen in Amerika.

Und Laika? O ja, unser Antrieb hat auch sie mit nach Paris gebracht. Sie lebt immer noch bei uns, was beweist, daß dies alles die reine Wahrheit ist.

Originaltitel: »Storming the Cosmos«

Aus dem Amerikanischen übersetzt von Biggy Winter

M. J. Engh

Der Aurinbaum

»Entlang des Südpfades geht die Rede«, erklärte der blaue Mann, »daß niemand zweimal am Aurinbaum vorbeikommt.«

»Warum denn nicht?« fragte Poal.

Der blaue Mann zuckte mit den Schultern, und seine Zähne schimmerten matt wie Quecksilber, das zu lange der Luft ausgesetzt war. »Ein geflügeltes Wort«, erwiderte er. »Entlang des Südpfades ist es in aller Munde – so wie manche sagen, niemand werde zweimal geboren oder zweimal zu Grabe getragen, so wie einige behaupten, das Morgen hielte keine Überraschung für das Heute bereit. Nur wenige haben den Aurinbaum mit eigenen Augen gesehen, und jene Leute sagen, er kennzeichne das Ende der Welt. Ich jedoch komme von jenseits des Aurinbaums.«

»Dann erzähl mir davon!« bat Poal und strich seinem Pferd sanft über die Nüstern, denn etwas in dem traurigen Lächeln des blauen Mannes ließ das Roß unruhig werden.

»Es ist ein Baum«, entgegnete der blaue Mann kummervoll. »Nur ein Baum, der auf Aurinklippen wächst. Einige kletterten die Felsen hinab, so heißt es, doch niemand von ihnen kehrte zurück. Und nur das Krächzen der Möwen und das Flüstern des Windes vernimmt man dort.«

»Du bist gewiß keine Möwe, Freund«, sagte Poal und lächelte. Tatsächlich hatte der blaue Mann, der nun müde auf einem Markstein hockte, eher Ähnlichkeit mit einem der blaugrünen Algenbündel, die auf den Wellen der Brandung tanzten.

»Nein«, bestätigte er. »Ich bin nicht an dem Aurinbaum vorbeigekommen. Mein Weg führte mich übers

Meer, nicht an den Klippen entlang. Ja, es war das Meer selbst, das mich verschlang und an die Küste dieses Landes trug, das mich halbtot an den Strand von Noramkap warf. Seit jenem Tage reise ich umher und suche einen Weg zurück. Aber es ist schwer, sehr schwer.« Und niedergeschlagen schüttelte er den flachen Kopf.

»Könntest du nicht die Klippen hinunterklettern?« fragte Poal. Er stand noch immer neben seinem Pferd und klopfte ihm beruhigend auf den Hals, aus Furcht davor, das Tier könne scheuen und fortlaufen, wenn er Platz nahm und sich das Vergnügen gestattete, ein längeres Gespräch zu führen.

Der blaue Mann seufzte tief. »Es ist sehr schwer«, sagte er.

Poal seufzte ebenfalls. Er wäre recht neugierig darauf gewesen, mehr von dem Aurinbaum und den Reisen des blauen Mannes zu erfahren. Aber er empfand es nicht als angenehm, die ganze Zeit über völlig stillzustehen, und außerdem bereitete es ihm ein gewisses Unbehagen, mit jemandem zu sprechen, der sein Pferd unruhig machte. Er nahm eine schrumpelige Frucht aus der Satteltasche und drückte sie dem blauen Mann in die Hand. »Hier, Freund«, meinte er. »Ein Geschenk für dich, das du nach Belieben behalten, nutzen oder auch verlieren magst.« Der blaue Mann war aufgestanden, um die Gabe entgegenzunehmen. Obgleich es sich bei Poal nicht gerade um einen großen Mann handelte, überragte er den Fremden um einen ganzen Kopf. »Wir sollten jetzt den Weg fortsetzen!« rief Poal.

Der Mann betrachtete die Frucht verwirrt und drückte seine blauen Finger in die dicke Schale. »Das ist etwas zum Essen«, bemerkte Poals Frau Lorn höflich, als sie aufstand, um ihrem Gatten zu folgen. Und erneut seufzte der blaue Mann.

Über den Südpfad wanderten sie, einen Weg entlang, den sie noch nie zuvor beschritten hatten, und während sie gingen, sprach Poal immer wieder vom Aurinbaum und dem, was sich jenseits davon befinden mochte. Lorn jedoch drückte sich das jüngste Kind an die Brust und schüttelte den Kopf, so daß ihr violettes Haar wie ein seidenes Banner im Wind wehte. Mit solchen einseitigen Unterhaltungen vertrieben sie sich die Zeit, und des Abends erreichten sie eine an einem breiten Fluß gelegene Stadt. Poal hob das mittlere Kind vom Rücken des Pferdes und sagte hoffnungsvoll: »Vielleicht kennt man hier den Brauch.«

Lorn musterte ihn liebevoll und lächelte, denn sie war nicht mit der Tradition aufgewachsen. »Bisher haben wir in diesem Küstenland niemanden getroffen, der ihn kennt«, gab sie zurück. »Keine Männer deines Volkes sind bis hierher gekommen.«

Poal nickte traurig. »Dennoch«, erwiderte er, »kann es nicht schaden zu fragen.« Und er ließ Frau, Kinder und das Pferd am Tor zurück und machte sich auf, um einen Stadtreiter zu finden, der bereit war, in einen gerechten Wettstreit mit ihm zu treten.

Aber die Bewohner der Stadt – wie die der anderen Ortschaften, die sie auf dem Weg hierher passiert hatten – bedachten ihn nur mit sonderbaren Blicken und verspotteten oder verfluchten ihn, entsprechend ihren Launen. »Einen solchen Brauch«, antworteten sie ihm, »gibt es nicht bei uns, nicht hier in der Domäne unseres Herrn, des Sterns der Poesie. Übernachtet draußen im Freien, als die Bettler, die ihr seid. Oder bezahlt ein Zimmer in der Herberge, wie ehrbare Reisende. Oder kommt in den Häusern eurer Freunde unter, wenn ihr hier welche habt, was zu bezweifeln ist.«

»Unsere Freunde leben anderenorts«, erwiderte Poal traurig, »in der Domäne meines Lords, des Sterns der Freiheit. Und wir haben kein Geld, um ein Herbergszimmer zu bezahlen. Wir übernachten draußen im Freien, aber wir sind keine Bettler.«

Poal wanderte ruhigen Schrittes durch die Stadt, ließ

sich Zeit damit, zum Tor zurückzukehren. Im Verlaufe der letzten Wochen hatte er immer wieder derart unfreundliche Empfänge erlebt, und er war sehr niedergeschlagen. Er bereute nun zutiefst die Entscheidung, über den berühmten Südpfad zu reisen und alle jene Länder zu sehen, von denen seine Vorfahren nichts berichtet hatten. *Ich weiß nun auch*, dachte er betrübt, *aus welchem Grund sie nie daran interessiert waren*. Alle die tiefen Täler und die langen Strände mit der donnernden Brandung in der Domäne des Sterns der Poesie erschienen ihm jetzt als ebenso öde wie die Steinwüsten in jenem Reiche, über die der Stern des Kampfes herrschte. Es stimmte schon: Sie brauchten den Weg nicht fortzusetzen; sie konnten jederzeit umkehren. Andererseits jedoch hatte Poal seiner Frau und den Kindern viel von dem erzählt, was sie entlang des Südpfades sehen würden. Und außerdem: Seit dem Morgen dieses Tages wünschte er sich eine Möglichkeit, den Aurinbaum zu betrachten.

Während er nun dahinwanderte, versunken in solche Grübeleien, erreichte er das Wassertor und blickte auf den Fluß. Ein großes Schiff lag am Kai, und Matrosen und Schauerleute waren fleißig bei der Arbeit, obgleich die Sonne bereits hinterm Horizont versunken war und man Lampen angezündet hatte. In dem grauen Zwielicht glitzerte etwas wie grobes Silber. Poals Augen weiteten sich, und er bahnte sich einen Weg durch die Menge und trat auf den Kai.

»Ist dies ein Schiff, das dem Stern des Reichtums gehört?« fragte er einen Matrosen.

»Ja, das stimmt«, lautete die Antwort. »Doch was geht dich das an?«

»Nichts«, sagte Poal und lächelte. Bei dem vertrauten Anblick entstand ein solcher Frohsinn in ihm, daß er in die Taschen griff und einen edelsteinbesetzten Ring hervorholte. »Hier, Freund«, sagte er und drückte dem Matrosen das Kleinod in die schwielige Hand. »Ein Geschenk für dich, das du nach Belieben behalten, nutzen oder auch verlieren magst.«

Der Matrose betrachtete den Ring, musterte Poal und lächelte wissend. »Wir sind beide fremd in diesem Land«, meinte er.

»So ist es«, bestätigte Poal. »Und wenn ich dich fragen darf, Freund: Was bringt solche Handelsware in die Domäne des Sterns der Poesie?«

»Es ist keine Handelsware«, sagte der Matrose. »Dies sind einige Teile eines Schiffes, mit dem Fremde durch den Himmel flogen und die Domäne meines Herrn erreichten, des Sterns des Reichtums, vor ungefähr sieben Jahren.«

»Sechs«, wandte Poal ein. »Nicht mehr als sechs. Und dann?«

»Nun«, sagte der Matrose, »dann ließ mein Lord das Schiff auseinandernehmen, um alle Einzelteile untersuchen zu können. Einige davon wurden flußaufwärts transportiert, nach dem Palast von Vingale, eine Reise, an der ich teilnahm. Andere stellte er in Altmarkt öffentlich aus. Die eigentliche Hülle des Gefährts befindet sich jedoch bei der Villa meines Lords in Seekap.«

»Doch was hat es mit diesen Teilen auf sich?« fragte Poal ungeduldig und deutete auf die glänzenden Flächen.

»Das sind einzelne Stücke«, erklärte der Matrose, »die mein Lord dem Stern der Poesie zum Geschenk macht, denn er weiß, daß der Herr dieser Domäne an allen fremdartigen Kunstfertigkeiten Gefallen findet.«

Da wurde Poal ganz warm ums Herz, und er fragte den Matrosen, wie das Schiff der Fremden in den Besitz des Sterns des Reichtums gekommen sei. Der Matrose vertrat jedoch die Ansicht, alle die Dinge, die in die Domäne seines Herrn gelangten, gingen dadurch sofort in den Besitz des Lords über.

Es kam zu vorübergehender Unruhe am Wassertor,

als sich die Menge teilte, um einem Mann auf einem grauen Pferd Platz zu machen. Er stieg ab und schritt über den Kai.

»Wer ist das?« fragte Poal mit glänzenden Augen, denn noch niemals zuvor hatte er ein solches Pferd gesehen. Es war ein langbeiniger Hengst (vielleicht ein wenig zu kräftig gebaut, um besonders schnell zu galoppieren – obgleich Poal es für besser hielt, sein Roß nicht mit diesem edlen Tier zu messen), mächtig und stattlich wie ein Löwe, das Fell ein perlmuttenes Schimmern, geschaffen für lange Reisen oder den Kampf. Poal sehnte sich mit ganzem Herzen danach, dieses Pferd als ein Geschenk entgegenzunehmen.

Der Matrose schnaubte abfällig. »Bist du denn ein solcher Tölpel«, fragte er, »daß du Lord Mond nicht kennst? Er ist derjenige, den man den Landlosen nennt, weil er über keine eigene Domäne gebietet. Doch welche Bedeutung hat Land für jemanden, der das Meer kennt und liebt? Meine Wertschätzung für ihn ist deshalb nicht geringer.«

»Lord Mond?« wiederholte Poal, und er wandte sich von dem Matrosen ab und trat über das Kai hinweg auf den Mann zu, der inzwischen vor einer der glänzenden Metallflächen stehengeblieben war. »Das ist die Pforte des Schiffes, mein Lord«, sagte er.

Der Blick der grauen Augen Lord Monds musterte Poal eingehend, und schließlich lächelte der Mann. »Du bist kein Matrose«, sagte er. »Und wenn du dem Stern des Reichtums dienst, so waren deine Dienste offenbar nicht besonders gut. Woher kennst du dieses Schiff?«

»Ich war es, mein Lord«, erwiderte Poal, »der es dem Stern des Reichtums verkaufte.«

»Sonderbare Worte«, meinte Lord Mond daraufhin, »und seltsame Bemerkungen gefallen mir. Wie kam ein solches Gefährt in deinen Besitz?«

»Besitz – das ist ein Ausdruck mit weitreichender Bedeutung«, sagte Poal voller Unbehagen. »Und als ich durch die Domäne des Sterns des Reichtums wandelte, machte ich die Erfahrung, daß ein Mann mehr verkaufen mag, als ihm gehört, ohne Schande auf sich zu laden.« Lord Mond runzelte die Stirn, und rasch fügte Poal hinzu: »Ich diene dem Stern der Freiheit.«

»Und ich ebenfalls«, sagte Lord Mond, wobei ein dünnes und belustigtes Lächeln seine Lippen umspielte. Poal war nicht überrascht, denn eins wußte er mit Bestimmtheit über diesen Mann: Vor nicht allzu langer Zeit hatte Lord Mond die einzige Tochter des Sterns der Freiheit zur Gemahlin gewählt. »Doch was ist mit den Fremden, die mit diesem Schiff kamen?« fragte Lord Mond. »Haben sie es einfach so aufgegeben?«

»Es waren Kaufleute, mein Lord«, antwortete Poal. »Und gern trieben sie Handel mit den Dienern des Sterns des Reichtums. Als sie feststellten, daß ihr Schiff verschwunden war ...« Er bemerkte den Gesichtsausdruck Lord Monds und fuhr hastig fort: »... gaben sie sich damit zufrieden, in seiner Domäne zu wohnen. Und glücklich waren sie, als ich ihnen alle meine Tauschwaren zum Geschenk machte.«

Da maß Lord Mond Poal mit einem wohlwollenderen Blick und lächelte erneut. »Diese Dinge geschahen nicht gestern«, sagte er. »Und dennoch bist du jung – jünger als ich, wenn dein Äußeres mich nicht täuscht. Darüber hinaus gebietet der Stern der Freiheit nicht über diejenigen, die in den Diensten des Sterns des Reichtums stehen.«

»Er gebietet über mein Herz, ehrenwerter Lord«, hielt ihm Poal entgegen. »Ich diente deshalb eine Zeitlang dem Stern des Reichtums, weil ich Wohlgefallen fand an der Tochter eines Kaufmanns. Und froh war ich, als ich die Waren loswerden konnte, mit denen ich mich wegen jener Frau belastete.«

»In diesem Lande sind wir beide fremd«, stellte Lord Mond fest. »Was führt dich hierher?«

»Der Südpfad, mein Lord«, erwiderte Poal. »Es gefiel uns, einen Weg zu nehmen, den meine Vorfahren nie beschritten – um andere Länder zu sehen. Aber offen gestanden hielt jener Pfad kaum etwas anderes für uns bereit als nur Müdigkeit und Schande.«

»Welchen Namen gab man dir?« fragte Lord Mond.

»Ich heiße Poal«, sagte Poal. »Und ich bin ein Reiter, mein Lord, jemand, der Pferde mag und edle Rösser. Begleitet werde ich von meiner Frau und unseren drei Kindern, nur wenigen Personen, denn das Reisen kann manchmal sehr anstrengend sein. Der Südpfad jedoch brachte uns zu Leuten, die nicht die Tradition des gerechten Wettstreites von Reitern kennen, die uns als Diebe beschimpfen, wenn wir Geschenke nehmen, die uns Narren oder Aufschneider nennen, wenn wir welche geben.« Und Poal seufzte tief.

»Der Brauch, Freund, ist zwar ein guter Diener«, sagte Lord Mond, »doch ein grausamer Lord.«

Poal dachte eine Weile darüber nach. »Ja, das stimmt«, bestätigte er dann.

»Und wenn es so ist«, fügte Lord Mond hinzu, »wird ein weiser Mann auf dem Südpfad sich dann nicht von seinen Traditionen verabschieden und in die Dienste der Sterne treten, deren Domänen sich in diesen Regionen erstrecken? Oder in andere Länder zurückkehren, wenn er das nicht vermag?«

»Ich bin kein weiser Mann, mein Lord«, sagte Poal demütig. »Und außerdem drängt mich der Wunsch, den Aurinbaum zu sehen.«

Da neigte Lord Mond den von silbergrauem Haar bedeckten Kopf ein wenig zur Seite und bedachte Poal mit einem scharfen Blick. »Was weißt du vom Aurinbaum?« fragte er.

»Fast nichts, mein Lord«, gestand Poal ein. »Nur das, was mir ein blauer Mann eine halbe Tagesreise nördlich von hier erzählte.«

»Aha«, machte Lord Mond. »Wir werden noch eingehender darüber sprechen, mein Freund. Zunächst jedoch ... was sind das hier für Gegenstände?« Die Schauerleute brachten gerade eine weitere Ladung auf den Kai.

»Das hier sind sonderbare Griffe, glaube ich, und damit öffneten die Fremden die Tür des Schiffes, ohne sie zu berühren«, erklärte Poal. »Dies hier ist eine Vorrichtung, mit der sie Bilder von Dingen erzeugten, die selbst mir zu eigentümlich erschienen, als daß ich sie für wirklich halten konnte. Jenes Objekt dort – eine der kleinen Pfeifen, mit denen sie sich gegenseitig riefen, ohne daß ein Laut erklang. Und hierbei handelt es sich, wie ich vermute, um den Teil einer mächtigen Waffe, die in meiner Gegenwart allerdings nie benutzt wurde.«

Und so wanderten sie eine Zeitlang über den Kai. Poal erzählte alles, was er über das Schiff der Fremden wußte, auch noch ein wenig mehr. Lord Mond brachte diesen Dingen großes Interesse entgegen und sah Poal nicht weniger fasziniert an. Und schließlich nickte er wie jemand, der sehr zufrieden war.

»Wir befinden uns beide fernab unserer Heimat«, sagte er, »und auch ich möchte mir den Aurinbaum ansehen. Hättest du etwas dagegen, wenn ich dich begleite?«

Poal war sehr stolz darauf, das Vertrauen eines so berühmten und ehrbaren Lords zu genießen, der allen seinen Ausführungen mit ehrlicher Aufmerksamkeit gefolgt war. »Es wäre mir eine große Freude, mein Lord«, antwortete er. »Zunächst aber muß ich mich um mein Pferd kümmern und ein Lager für meine Familie finden.«

»Soll ich dir denn bis zum Aurinbaum Gesellschaft leisten«, sagte Lord Mond, »ohne dir und deiner Familie eine Unterkunft für die Nacht zur Verfügung zu stellen?«

»Es ist nicht unser Brauch«, wandte Poal betreten ein, »unter einem Dach zu schlafen.«

»Kopf hoch, Freund«, meinte Lord Mond und lächelte. »Nur wenige Traditionen überdauern bis zum Aurinbaum.«

Und so folgte Poal dem Lord über den Kai; gemeinsam wanderten sie durch die Stadt in Richtung des Tores, wobei Lord Mond sein großes und schimmerndes Roß an den silbergeschmückten Zügeln führte. Am Tor fand Poal seine Familie dort, wo er sie zurückgelassen hatte, und gemeinsam kehrten sie in die Stadtmitte zurück und kamen in der Herberge unter. »Bestimmt«, ließ sich Lord Mond vernehmen, »brächte uns der Stern der Poesie bei sich unter, wenn wir ihn in seinem Prachthaus besuchten. Doch er erwartet mich nicht, denn eigentlich lag es nicht in meiner Absicht, in dieser Stadt zu weilen. Auf dem Pfad hörte ich zufälligerweise von der Fracht, die man am Kai entlud, und da eilte ich hierher. Außerdem möchte ich morgen früh aufbrechen und den Weg zum Aurinbaum fortsetzen. Und ein Besucher, wie ich sehr wohl weiß, hat doch immer die Pflicht, dem Gastgeber ein freundlicher und schmeichlerischer Diener zu sein.« Poal glaubte zu hören, wie Lord Mond diesen Worten ein leises Seufzen folgen ließ. Und er entsann sich daran, daß Lord Mond, trotz seines Ruhmes, immer als Gast bei anderen Lords wohnte.

So verbrachten sie jene Nacht unter einem Dach. Aber als sich das erste Licht des neuen Tages am Horizont zeigte, machten sie sich wieder auf den Weg und folgten dem Verlauf des Südpfades. Lord Mond schritt neben seinem Roß, ebenso wie Poal neben dem seinen. Doch damit sie schneller vorankamen, setzten sie die beiden älteren Kinder Poals auf dessen Pferd, und Lorn nahm mit dem Säugling auf dem Rücken des edlen Tieres Platz, das Lord Mond gehörte. Es erfreute Poal, seine Frau dort zu sehen, mit einem frohen Funkeln in den Augen, das dem von Feuerblumen ähnelte, und ihrem sanft im Wind wehenden Haar. Liebevoll beobachtete Poal sie, und mit liebevollen Blicken bedachte er auch das prächtige Roß.

»Mein Lord«, sagte er, »ich bin auf meinen Reisen weit gekommen, wenn auch nicht bis zum Aurinbaum, doch nirgends sah ich ein Pferd wie dieses.«

»Das wundert mich nicht«, erwiderte Lord Mond. »In der ganzen Welt gibt es kein zweites von solcher Art.« Und stolz legte er seinem Roß die Hand auf die Nüstern, worauf das Tier zärtlich das Maul an seine Finger preßte. »Wir sind weit zusammen gereist, mein Pferd und ich«, sagte er.

Poal sah seine Frau an, das Roß, dann auch Lord Mond, und er seufzte. »Wie kommt es, daß du ohne einen weiteren Gefährten den Südpfad beschritten hast, mein Lord?« fragte er.

»Weil es mir gefällt, auf diese Weise unterwegs zu sein«, lautete die Antwort Lord Monds. »Es sei denn, ich gehe an Bord eines Schiffes, denn es gibt nur wenige Gefährten, die ich mehr schätze als den Wind und das Sternenglitzern, von denen der eine unsichtbar ist und der andere immer schweigt. Und was den Südpfad angeht: Es war schon immer mein Wunsch, mir den Aurinbaum anzusehen.«

»Doch heute hast du Gesellschaft«, sagte Poal.

»Es gibt nicht viele Leute, die den Aurinbaum suchen«, meinte Lord Mond. »Und sogar noch weniger, die mit einem blauen Mann gesprochen haben oder Fremden von jenseits des blauen Himmels begegneten. Es gibt niemanden, mit dem ich diese Reise lieber unternähme, mein Freund.«

»Ich vermute«, sagte Poal, »das Volk des blauen Mannes wohnt jenseits des Aurinbaums, und vielleicht können wir hoffen, mehr darüber zu erfahren. Die Fremden jedoch sind in weiter Ferne, finden Wohlgefallen am Leben in der Domäne des Sterns des Reichtums.«

»Was immer sie auch in jenem Lande fanden«,

wandte Lord Mond ein, »es ist gewiß kein Wohlgefallen. Weißt du, was sich an die Region dort anschließt, mein Freund?« Und er streckte den Arm aus und deutete nach Westen, dorthin, wo sich das Land vom Südpfad aus in einem langgestreckten Hang der Brandung entgegenneigte, den Wellen und der Gischt, grau und weiß im Lichte des Morgens.

»Das Meer«, antwortete Poal. »Und in der Mitte des Meeres die zwölftausend Inseln von Lorran, woher niemand kommt und wohin niemand geht. Und jenseits davon, soweit ich weiß, mein Lord, die Domänen weiterer Sterne.«

»So wie die meines Herrn, des Sterns der Liebe«, sagte Lord Mond, »in dessen Reich ich die vergangenen Jahre als Gast verbrachte. Aber es sind die Inseln von Lorran, mit denen wir es zu tun haben.«

Da strich ein kühles Schaudern über den Rücken Poals, wie der Schatten einer Wolke an einem windigen Tag. »Niemand will etwas mit den Inseln von Lorran zu tun bekommen«, sagte er.

»Nur wenige, das stimmt«, schränkte Lord Mond ein. »Aber ich würde nicht ›niemand‹ sagen.«

»Wer denn?« platzte es aus Lorn heraus, die entgegen ihrer Gewohnheit die ganze Zeit über geschwiegen hatte. »Und wie? Kein Schiff wagt es, näher als auf Pfeilreichweite an die Inseln von Lorran heranzusegeln. Und es heißt, die Bewohner Lorrans verfügen über keine eigenen Schiffe.«

»Was glaubst du dann«, fragte Lord Mond, »wie sie von einer ihrer Inseln auf eine andere gelangen?«

»Nun, einige Leute meinen, mit Hilfe von Booten, die nicht größer sind als ein Zeilstamm«, entgegnete Lorn. »Andere wieder behaupten, sie beschritten Brücken. Und manche sagen, sie wechselten gar nicht von Insel zu Insel, sondern blieben für immer auf den einzelnen Eilanden. Doch niemand kann genaue Auskunft geben, denn es gibt niemanden, der nach den Inseln von Lorran reiste und zurückkehrte, um davon zu berichten.«

Lord Mond lächelte. »Sie benutzen tatsächlich kleine Boote«, sagte er. »Und mit einem solchen Boot und ein wenig Geschick oder Glück könnte es einem kühnen Mann gelingen, in einem Tag das Festland zu erreichen.«

»Sind die Inseln von Lorran denn so nahe?« fragte Poal voller Unbehagen und blickte in Richtung Meer.

»Nein, nicht in diesem Bereich«, erwiderte Lord Mond. »Aber weiter im Süden neigt sich die Küste nach Westen und die Inselkette nach Osten. Außerdem gibt es dort eine nach Südosten führende Strömung. Dort, so glaube ich, könnte es ein kräftiger Ruderer innerhalb eines Tages bis zu den Aurinklippen schaffen.«

Da blieb Poal ganz still auf dem Pfad stehen, und sein Pferd verharrte neben ihm. »Ist das der Grund, mein Lord, warum du zum Aurinbaum unterwegs bist?« fragte er.

»Ja, so ist es«, bestätigte Lord Mond, und auch er hielt sein Roß an. »Obgleich es schon lange mein Wunsch war, den Aurinbaum zu sehen. Aber es ist vor allen Dingen dies der Grund, der mich in aller Eile nach Süden führt: das sichere Wissen, daß sich ein Bewohner der Inseln von Lorran den Aurinklippen nähert, um dort mit gewissen Fremden von jenseits des Himmels zusammenzutreffen.«

Da war Poal sehr überrascht und starrte den Mann groß an. »Ja«, sagte Lord Mond, »deine Fremden, Freund. Jene Leute, deren Schiff du verkauft hast, als sie dir den Rücken zuwandten, die du als Versprengte in einer Welt zurückließest, die weit, weit von ihrer Heimat entfernt ist.«

»Es sind nicht *meine* Fremden, Lord!« rief Poal. »Und ich ließ sie sehr zufrieden zurück. Sicherlich hegen sie keinen Groll gegen mich.« Doch in dem Gesicht Poals zeigte sich ein Hauch von Sorge.

»Von ihrem Groll weiß ich nichts«, sagte Lord Mond. »Doch sehr wohl weiß ich von den Dingen, die ihnen Zufriedenheit bescheren. Jetzt sollten wir besser den Weg fortsetzen, denn wenn wir nicht in vier Tagen beim Aurinbaum sind, war unsere Reise umsonst.« Und daraufhin ging er los, mit langen und beständigen Schritten.

Poal griff erneut nach den Zügeln seines Pferdes und folgte Lord Mond rasch. »Was ist es denn, wonach die Fremden streben?« fragte er. »Und wie kommt es, daß sie einen Bewohner der zwölftausend Inseln von Lorran erwarten?«

»Sie haben viele sonderbare Bezeichnungen für das, wonach sie streben«, erwiderte Lord Mond. »So nennen sie ihre Ziele Merkantilhegemonie oder aktive Handelsbilanz. Doch zweifellos sind solche Worte für dich weitaus verständlicher, der du in der Domäne des Sterns des Reichtums wandeltest und Geschäfte machtest.«

Poal schüttelte den Kopf. Lorn aber, die Tochter eines Kaufmanns war, nickte und seufzte.

»Sie ließen es sich gut ergehen in der Domäne des Sterns des Reichtums«, sagte Lord Mond. »Vielleicht jedoch suchen sie eigene Domänen. Es könnte auch sein, daß sie jenen Männern gleichen, die schaudern, wenn sie kein Schwert bei sich tragen, obgleich sie in keinen Kampf ziehen wollen. Ja, möglicherweise kommt es ihnen darauf an, Verbündete zu finden.«

»Da hätten sie bestimmt nicht lange suchen müssen«, wandte Poal ein. »Die Domäne des Sterns des Kampfes schließt an die des Sterns des Reichtums an. Und mit jeder Woche gibt es weitere Gerüchte über Bündnisse zwischen den Lords, die dem Stern des Kampfes dienen.«

»Zweifellos streben die Fremden eine dauerhaftere Allianz an«, sagte Lord Mond. »Der Stern des Kampfes und seine Lords sind wie Wetterfahnen an einem stürmischen Tag. Und die Bewohner der Inseln von Lorran

... Seit grauer Vorzeit steuern sie einen sicheren und beständigen Kurs, ungeachtet aller Wetterlagen.«

Poal dachte eine Zeitlang über diese Worte nach, während das Licht des neuen Tages über den Hang glänzte und der Gräue des Meeres Farbe gab. Schließlich entgegnete er: »Hätte ich den Wunsch, mein Lord, mit den Bewohnern der Inseln von Lorran in Kontakt zu treten (was nicht der Fall ist, wie ich dir versichern darf), so nähme ich ein Schiff, segelte bis auf Sichtweite der Eilande und steckte eine Botschaft in eine Flasche, die ich dann über Bord würfe.«

»Viele Botschaften in vielen Flaschen wären besser«, sagte Lorn. »Das Meer ist ein unachtsamer Übermittler von Nachrichten.«

»Und die Fremden benutzten eine ähnliche List«, bestätigte Lord Mond. »Sie warfen Mitteilungen ins Meer – kleine und blitzende Behälter, die von ganz allein durch die gischtenden Fluten ruderten. Manche von ihnen sanken auf den Grund, und andere schleuderte die Brandung an Felsen und zerschmetterte sie. Einige jedoch erreichten die Inselküsten. Davon wurden manche nie gefunden, andere wieder zerstört von den Bewohnern Lorrans. Eine aber fand einen aufmerksamen Zuhörer, denn ihr müßt wissen, die Behälter sprachen ihre Botschaft, wiederholten sie immer wieder.«

»Was denn für eine Botschaft, mein Lord?« fragte Poal.

»Eine, die das Interesse des Volkes von Lorran fand. Denn einer der mächtigen Lords des Inselreiches fand sich bereit, sie in vier Tagen an den Aurinklippen zu beantworten.«

Erneut erwog Poal alle diese Dinge, und sein Blick begegnete dem Lorns, die ebenfalls nachdachte. Kurz darauf war es seine Frau, die fragte: »Könnte es sein, mein Lord, daß einer der Behälter an den zwölftausend Inseln von Lorran vorbeischwamm und schließlich die Domäne des Sterns der Liebe erreichte?«

»Das wäre durchaus möglich«, antwortete Lord Mond und lächelte.

»Und doch erscheint es mir seltsam, mein Lord, daß Meldungen darüber, was die Bewohner Lorrans beschlossen, jene Domäne oder eine andere erreichten.«

»Niemand erhält Nachrichten von den Inseln von Lorran, der nicht danach sucht«, gab Lord Mond zurück. »Und mir gefällt es, mich auf die Suche zu begeben. Außerdem: Was man in Lorran beschloß, sah ich mit Hilfe eines Spiegels, den ich selbst schuf. Darin beobachtete ich auch das blaue Volk in den Höhlen unterhalb der Aurinklippen und noch viele Dinge mehr.«

Eine Weile schritten sie schweigend dahin, lauschten dem Pochen der Hufe und dem Kichern der Kinder. Schließlich stieß Poal einen tiefen Seufzer aus.

»Was bereitet dir Kummer?« fragte Lord Mond.

»Ich habe mich gefragt«, erwiderte Poal, »warum wir überhaupt diese Reise unternehmen. Denn du und ich, wir beide sind bisher ohne den Anblick des Aurinbaums ausgekommen, und ich glaube, wir haben deshalb nicht schlechter gelebt. Was es für dich bedeutet, mein Lord, wenn die Inseln von Lorran mit jenen Fremden ein Bündnis eingehen, vermag ich nicht zu bestimmen und nur schwer zu begreifen. Für mich jedoch spielt das weiter keine Rolle.«

»Du hältst die Zügel deines Pferdes in der Hand, mein Freund«, sagte Lord Mond, »und der Südpfad führt auch nach Norden.«

»Gewiß«, erwiderte Poal düster, und er sah seine Frau an, die auf dem Rücken des Rosses saß, das Lord Mond gehörte. Lord Mond lächelte.

»Hier, Freund«, sagte er und drückte Poal die Zügel des perlmuttenen Pferdes in die Hand. »Führ mein Roß ein Stück des Weges. Und denk an dies, während du es geleitest: Seit undenklichen Zeiten begegneten die Bewohner der Inseln von Lorran Fremden immer nur mit Wurfschleudern und Pfeilen von ihren felsigen Küsten aus. Deine Fremden jedoch sind sehr erfahren in Hinsicht auf alle Arten von Begegnungen. Dir ist nur deshalb unbehaglich zumute, mein Freund, weil du eben gerade erfahren hast, daß die Inseln von Lorran nicht mehr als eine Tagesreise von diesem Land entfernt sind – obgleich das Volk Lorrans niemals die Eilande verließ, in seiner Heimat ebenso stur ausharrte wie ein Fels im Meer, der kommenden Schiffen den Rumpf aufreißen mag, ihnen aber nicht nachsetzt. Was wäre, wenn es nun ein Bündnis einginge mit so interessanten und fähigen Leuten wie deinen Fremden? Könnten sie dann nicht zu einer Lawine werden, die den Hang der ganzen Welt hinunterdonnert?«

»Es sind nicht *meine* Fremden, Lord«, stellte Poal richtig. Und er führte die beiden Pferde weiter.

Und so wanderten sie vier Tage lang über den Südpfad. Zuerst begegneten sie recht oft anderen Reisenden, sprachen mit einigen, schritten an welchen vorbei oder wurden von Leuten gegrüßt, die schneller vorankamen als sie. Am dritten Tag jedoch wurde der Weg schmaler, und sie bekamen immer weniger Passanten zu Gesicht. In der dritten Nacht lagerten sie in der Nähe einer Stadt, die man Ende nannte, obgleich der Südpfad sich noch weiter fortsetzte. Und während die Sterne über ihnen funkelten, sprachen Poal und seine Frau leise miteinander.

»Sind wir nicht schon weit genug gereist?« fragte Lorn.

»Vielleicht sogar zu weit«, antwortete Poal, »aber nicht weit genug, nein. Sollten wir denn jetzt umkehren, obgleich wir nur noch einen Tagesmarsch vom Aurinbaum entfernt sind?«

»Warum denn nicht?« hielt Lorn ihm entgegen. »Wir stehen nicht in den Diensten Lord Monds. Und fürwahr: Wenn wir jetzt ganz leise aufbrechen, so wird er gar nichts davon bemerken.«

»Du hast recht, wenn du sagst, daß niemand über uns

gebietet«, sagte Poal stolz, »abgesehen vom Stern der Freiheit und dem Stern der Liebe. Doch auch Lord Mond dient jenen Herren. Und dann ist da noch das Pferd.«

»Welches Pferd?« fragte Lorn. Doch in Wahrheit zweifelte sie nicht sehr daran, welches Pferd ihr Gatte meinte, hatte sie doch die Blicke bemerkt, mit denen Poal das Roß Lord Monds bedachte.

Poal seufzte. »Drei Tage und eine Nacht«, sagte er, »reisen wir schon mit einem Begleiter, und dennoch haben wir weder Geschenke genommen noch gegeben.« Und voller Verlangen betrachtete er das graue Pferd, das wie ein perlmuttener Schemen im Mondschein stand.

»Gewiß wäre es interessant, den Aurinbaum zu sehen«, sagte Lorn. »Ganz etwas anderes jedoch ist es, an ihm vorbeizuschreiten.«

»Zweifellos«, bestätigte Poal und bedeckte sich den Kopf, auf daß er von der Kühle der Nacht geschützt wäre. Eigentlich verspürte er gar nicht den Wunsch, über bestimmte Gefühle zu sprechen, die ihn bewegten. Er überlegte, wie es sein mochte, am Aurinbaum vorbeizuschreiten und sich dessen während der nächsten vierzig Jahre in fernen Domänen zu rühmen. Immerhin war der blaue Mann von unterhalb der Aurinklippen in dieses Land gelangt, wenn auch ohne Absicht. Außerdem erinnerte sich Poal daran, welches Vergnügen es ihm bereitete, mit Fremden zu sprechen und ihre Habe als Geschenk zu nehmen.

Lorn stieß ihn sanft in die Seite. »Und was«, fragte sie, »hofft er unter den Klippen Aurins zu finden? Lord Mond ist ein mächtiger Herr, so heißt es, aufgrund seiner Fertigkeiten und Künste. Doch was nützen solche Dinge jenseits des Aurinbaums? Und sind nicht auch die Lords von Lorran mächtig und die Fremden in vielen Künsten bewandert?« Sie schwieg, und auch Poal war still. Er fürchtete, daß ihm seine Frau schlicht sagte:

›Laß uns umkehren!‹ Und er wußte nicht, welche Antwort er ihr darauf geben sollte.

Doch Lorn legte ihm nur den Kopf an die Schulter und sprach nicht weiter. Und noch vor dem Morgengrauen brachen sie wieder auf und wanderten an der Stadt Ende vorbei. Lord Mond schritt so fröhlich aus, als erwarte ihn eine Hochzeitsfeier. Poal aber wurde immer unruhiger, ging schneller und dann wieder langsamer, so daß er manchmal zu dem grauen Pferd aufschloß und dann wieder hinter dem edlen Roß zurückblieb.

In dieser Region war der Südpfad keine breite Straße mehr, sondern nichts weiter als ein staubiger Weg, der an den Klippen der nahen Küste entlangführte. Steiler und immer steiler ragten die Felsen empor, und lauter donnerte die Brandung. Als es wärmer geworden und die Kühle der Nacht nur noch eine Erinnerung war, ließ sich der krächzende Gesang der Möwen vernehmen. Es dauerte nicht lange, und sie erreichten den Vorsprung, den man Noramkap nannte und unter dem sich ein schmaler Strand erstreckte. An dieser Stelle blieb Lord Mond stehen, streckte den Arm aus und deutete ruhig nach Südsüdosten. »Das ist der Aurinbaum«, sagte er.

Sie blickten in die entsprechende Richtung, und wie Poal sah, standen sie hier am äußeren Ende einer steinigen Formation, die schmal und geschwungen war wie eine Sichel. Tief am Horizont erblickten sie das Ende der Landzunge (wenn dieser Eindruck nicht täuschte), und vor dem hellen Hintergrund des Himmels zeichnete sich ein dunkleres Gebilde ab.

»Kommt!« sagte Lord Mond. Und sie gingen weiter.

Während sie nun unterwegs waren, toste die Brandung rechts von ihnen, und links liefen die Wellen ruhig an den Hängen aus. Und in der Mitte der Sichel aus Erde, Fels und Geröll sahen sie eine Gestalt, die vor ihnen dem Verlauf des Pfades folgte.

»Wer außer uns«, entfuhr es Lorn, »mag den törichten Wunsch hegen, den Aurinbaum zu betrachten?«

»Ja, das ist wirklich seltsam«, meinte auch Lord Mond. »Obgleich es doch immer wieder einige wenige gibt, die eine lange Reise wagen, um den Aurinbaum zu sehen – warum auch sonst dieser Weg? –, und dann und wann versucht gar ein Kühner, an ihm vorbeizugehen. Und sei es nur, um die Legende zu bestätigen.«

Als sie näher kamen, fiel Poal die Farbe der Gestalt auf. »Wie kommt es dann, daß der blaue Mann vor uns über den Pfad wandelt?« fragte er überrascht. »Er kann uns doch nicht überholt haben.«

»Vielleicht ist dies ein anderer blauer Mann«, sagte Lorn.

»Ich habe nur von einem blauen Mann diesseits des Aurinbaums gehört«, stellte Lord Mond fest. »Seit undenklichen Zeiten wohnt das blaue Volk Seeigeln gleich inmitten der Felsen unterhalb der Aurinklippen, ernährt sich von Algen und Schaltieren und trinkt das salzige Wasser des Meeres, was nicht den Durst von Leuten wie uns löschen könnte.«

Während dieses Gespräches näherten sie sich weiter dem blauen Mann. Kurz darauf drehte er sich um, und als er sie sah, lief er einige Schritte weit in Richtung des Aurinbaums, verharrte zögernd, beobachtete sie erneut und ließ sich schließlich neben dem Pfad auf dem Boden nieder, um auf sie zu warten.

»Gruß dir, Freund!« sagte Poal, als sie so nahe herangekommen waren, daß er sie hören konnte. »Ich glaubte, du seiest keine Möwe, aber jetzt bin ich mir da nicht mehr so sicher.« Und als ihn der blaue Mann nur groß ansah, fügte er hinzu: »Während der letzten drei Nächte und vier Tage sind wir keinen Schritt weit vom Südpfad gewichen, und bestimmt kamst du unterwegs nicht an uns vorbei.«

Der blaue Mann zuckte mit den Schultern. »Von der Art eures Reisens weiß ich nichts«, erwiderte er. »An dem Tag, als ich nördlich des Flusses mit dir sprach, nahm mich ein Bauer in seinem Karren mit, und wir überquerten den Fluß und erreichten eine Stadt jenseits davon, wo er seine Waren auf dem Markt feilbieten wollte. Von dort aus ging ich weiter nach Süden.«

»Was«, fragte Lord Mond, »führt dich zum Aurinbaum?«

Der blaue Mann blickte voller Unbehagen auf, musterte Lord Mond und erhob sich. »Es ist schwer für einen Mann«, gab er sanftmütig zurück, »ohne Hilfe an den Aurinklippen in die Tiefe zu klettern.«

»Begleite uns, Freund!« schlug Lord Mond vor. »Vielleicht können wir uns gegenseitig helfen. Es könnte jedoch auch sein, daß du es für besser hältst, nach anderer Hilfe Ausschau zu halten.«

»Möglich wär's«, entgegnete der blaue Mann. Und als er neben dem Pferd Poals und dem Roß Lord Monds dahinschritt, legte sich ein Schatten auf seine Züge. »Wie ich hörte«, sagte er kurze Zeit später und bedachte erst Poal und dann auch Lord Mond mit skeptischen Blicken, »sind gewisse Reisende zum Aurinbaum gekommen. Und ich frage mich, ob ihr zu ihnen gehört.«

»Fürwahr: Der Aurinbaum ist unser Ziel«, antwortete Lord Mond. »Aber wie du siehst, haben wir es noch nicht erreicht. Außerdem schließen wir uns niemandem an, denn welchen Sternen wir auch dienen mögen – der Stern der Freiheit ist unser größter Gebieter.« Und er wandte sich an Poal und fragte: »Spreche ich damit nicht auch für dich, mein Freund?«

»So ist es«, sagte Poal. »Doch wer brachte dir jene Nachricht, Freund?«

»Niemand brachte sie mir«, stellte der blaue Mann richtig. »Sie kam zu mir.«

Daraufhin hätte Lord Mond dem blauen Mann sicher gern weitere Fragen gestellt, aber gerade in diesem Augenblick gelangten sie an den Rand eines Schattens, der den Weg verdunkelte, und es war der Schatten des Aurinbaums. Sie blieben stehen und betrachteten ihn.

»Er ist sehr groß«, sagte das älteste Kind Poals nach einer Weile.

»Ja, das ist er wirklich«, meinte auch Poal. »Obgleich ich schon größere Bäume sah.«

»Dann mußt du im Wald von Achrar gewesen sein«, sagte Lord Mond.

Poal nickte, denn tatsächlich war er durch jenen Wald gewandert. Doch er schwieg, denn obwohl es größere Bäume im Walde von Achrar gab, so kam doch keiner von ihnen an die Mächtigkeit des Aurinbaums heran. So dick und breit war der Stamm, daß sie in den Rissen und Rindenfugen ihr Lager hätten aufschlagen können. Der Schatten der Äste und Zweige erstreckte sich nach Osten und Westen übers Meer. Poal fürchtete sich plötzlich davor, in jenen Schemen zu treten, und er war froh, daß auch Lord Mond sein Roß angehalten hatte. Der blaue Mann hingegen konnte es offenbar gar nicht abwarten, daß sie den Weg fortsetzten, denn er wandte sich hin und her und gestikulierte unruhig.

»Wo sind denn die anderen Reisenden?« fragte Lorn. »Ich sehe niemanden.«

Der blaue Mann wimmerte und stöhnte. »O weh!« jammerte er. »Sie sind sicher bereits nach unten geklettert.«

Lord Mond ließ die Zügel seines Rosses fallen. »Das«, so sagte er, »glaube ich erst, wenn ich es mit eigenen Augen sehe.« Und er wollte an den Rand der Klippen herantreten. Der blaue Mann jedoch hielt ihn am Ärmel fest und warnte: »Gib auf die Dornen acht!«

»Sind die Dornen denn so gefährlich, Freund?« fragte Lord Mond und sah den blauen Mann lächelnd an.

»Gefährlich, fürwahr«, bestätigte der. »Tödlich für alle, die davon gestochen werden. Siehst du denn nicht, wie dicht sie an den Ästen sitzen, in so großer Zahl wie Muscheln tief unten an den Felsen?«

Poal sah empor, und wie er feststellte, waren jeder Ast und jeder Zweig so stachelig wie der Rücken eines Igels.

»Was bedeutet das schon für uns«, fragte er, »die wir nicht die Absicht haben, den Aurinbaum zu erklettern?«

»Darauf«, ließ sich Lord Mond vernehmen, »kann ich Antwort geben. Denn in meinem Spiegel sah ich, wie des Abends im Zwielicht die Dornen wie Hagel fallen. Doch ich wußte nicht, daß sie tödlich sein können. Enthalten sie Gift?«

»So ist es tatsächlich«, bestätigte der blaue Mann.

»Nun gut, Freund«, sagte Lord Mond. »Ich diene auch dem Stern des Wissens und finde Gefallen an solchen Dingen. Für deine Warnung möchte ich dir danken und versichern, daß ich dir ebenfalls zu helfen versuchen werde. Doch vor zwei Stunden wird die Sonne nicht untergehen. Fallen die Dornen denn auch am Tag, so daß du fürchtest, ich könne zu Schaden kommen?«

»Ich habe sie noch nie vor Sonnenuntergang fallen sehen«, entgegnete der blaue Mann. »Aber bei meinem unter den Aurinklippen wohnenden Volk gibt es ein kluges Sprichwort, das heißt: Vorsicht ist Weisheit. Und es ist unser Brauch, etwa um diese Zeit in den Höhlen und Grotten Zuflucht zu suchen, für den Fall, daß die Dornen früher fallen.«

»Ein Brauch, den ich mir nicht zu eigen mache«, sagte Lord Mond, löste den Griff des blauen Mannes von seinem Ärmel und trat unter die Äste des Aurinbaums.

Da wurde das Pferd Poals unruhig und scheute, und Poal holte tief Luft, was wie das Zischen einer Schlange klang, denn er sah, daß das arme Tier auf einen Dorn getreten war. »O weh!« entfuhr es ihm besorgt, und er sank auf die Knie. »Habe ich dich denn den ganzen weiten Weg hierher geführt, auf daß du am Aurinbaum zu Tode kommst?« Und er tastete nach dem Dorn und zog ihn mit einem Ruck aus der Wunde. In einem dunklen und fast schwarzen Rot glänzte er, war kaum eine Spanne lang und hart und fest, so spitz wie ein Nagel.

Poal trieb ihn vorsichtig in den Boden und sah sich den Huf seines Pferdes an.

»Mach dir keine Sorgen«, sagte der blaue Mann, der über seine Schulter blickte.

»Keine Sorgen!« rief Poal. »Du hast doch eben gerade selbst gesagt, wer von einem Dorn gestochen werde, sei des Todes.«

»Wenn sie fallen«, erwiderte der blaue Mann. »Doch es ist ein Gift, das rasch seine Wirkung verliert. Denn sonst wäre es sehr gefährlich für jenen Lord, selbst jetzt unter dem Aurinbaum zu wandeln. Überall auf dem Boden liegen Dornen, und gewiß würden sie eine dicke Schicht bilden, wäre nicht der Meereswind, der sie fortweht.«

Poal hob den Kopf und sah, daß Lord Mond nun direkt am Rande der Aurinklippen stand, sich mit der einen Hand am Stamme des Aurinbaumes abstützte und in die Tiefe blickte. Kurz darauf drehte er sich um und kehrte zu ihnen zurück, mit einem zufriedenen Blitzen in den Augen.

»Sie haben nur einen kleinen Vorsprung«, sagte er, als er wieder herangekommen war. »Nichts könnte besser sein. Sie klettern über die Felsen am Fuße der Aurinklippen, und da sie noch nicht ruhen, nehme ich an, daß sie erst seit kurzer Zeit dort sind.«

Der blaue Mann nickte düster.

»Wir befinden uns hier rund zweihundert Meter über dem Meer«, sagte Lorn. »Schon die westliche Küste ist sehr steil, doch hier geht es fast senkrecht in die Tiefe. Wie kletterten sie hinab? Und auf welche Weise wollen sie zurück?«

»In der Art von Möwen, wie ich glaube«, erklärte Lord Mond. »Sie hinterließen Spuren auf dem dornigen Boden unter dem Aurinbaum, aber keine auf den Klippen.«

»Wenn ich an den Aurinklippen herabklettern wollte«, sagte Poal, »was nicht der Fall ist, wie ich euch versichere, so würde ich ein dickes Seil um den Stamm des Aurinbaums schlingen, mich daran hinablassen und später wie ein Affe in die Höhe hangeln.«

»Vermutlich würdest du wie ein Stein in die Tiefe stürzen, und Steine fallen nicht nach oben zurück«, sagte Lord Mond. »Aber ich nehme an, eine solche Möglichkeit käme dir gar nicht in den Sinn, mein Freund, wenn du dir den Aurinbaum genau angesehen hättest. Komm und betrachte ihn, während die Sonne noch hell genug scheint.«

Da schluckte Poal erst einmal und dann noch einmal, straffte die Schultern und trat neben Lord Mond in den Schatten des Aurinbaums. Der blaue Mann hingegen blieb am Rande der dunklen Fläche zurück, bei den Pferden und der Familie Poals.

Als sie unter dem Aurinbaum daherschritten, entstand in Poal das Gefühl, sich in einer Art Meereswald zu bewegen. Der Boden war schwammig infolge der dicken Schicht aus Moosen und Blättern, und hier und dort sah er auch einige Dornen (denen er trotz der beruhigenden Worte des blauen Mannes auswich). Die Luft selbst schien erfüllt zu sein von gesprenkelten Schatten, die in ständiger Veränderung begriffen waren, als sie einen Fuß vor den anderen setzten. Sie hörten das Krächzen der Möwen und das Rascheln der Blätter, und sie nahmen den salzigen Duft des Meeres und den muffigen Geruch des Baumes wahr. Vor ihnen ragte der Stamm des mächtigen Aurinbaums wie ein dicker Wachturm in die Höhe.

Poal hatte den Eindruck, als müßten sie einen weiten Weg zurücklegen, bis sie den gewaltigen Pfeiler erreichten, und er streckte die Hand aus und berührte die kühle graue Rinde. Viele Furchen und Risse zeigten sich darin, mit scharfen Kanten, die nach oben reichten und sich mehrfach kreuzten, bis sie sich in den dunkleren Schatten unterhalb des Daches aus Blättern und Zweigen verloren.

»Fürwahr, mein Lord«, sagte Poal, »es müßte ein sehr dickes und festes Seil sein, das man um den Aurinbaum schlänge, um auf diese Weise Halt zu gewinnen.« Und er zog die Hand zurück. Denn ungeachtet einiger Dornen, die hier und dort aus der Rinde ragten: Im Innern der Furchen, Zeichen der Verwitterung und des Alters, waren scharfe Schneiden zu sehen, so wie die Risse einer Scheide die Klinge eines Schwertes offenbarten.

»Das Breitschwert ist das im Verhältnis zum Pfeil«, sagte Lord Mond, »was die Rinde des Aurinbaums im Vergleich zu seinen Dornen darstellt. Ob diese Kanten ebensolches Gift aufweisen wie die Dornen – wer weiß? Doch eins steht fest: Wer ein Seil am Aurinbaum befestigt, könnte ebensogut versuchen, es um die Schneide eines Schwertes zu binden.«

Poal blickte zu den dicken Ästen empor, die weit über den Rand der Klippen hinausragten. »Selbst die meisten Zweige«, sagte Lord Mond, »weisen jene scharfen Kanten auf.«

»Wie wäre es mit einer Kette?« fragte Poal.

»Die würde uns gewiß bessere Dienste leisten«, erklärte Lord Mond. »Und vielleicht wären die Schmiede und Waffenmeister des Sterns der Poesie tatsächlich dazu imstande, eine so lange Kette herzustellen. Jedoch verfügen wir weder darüber noch über ein dickes und festes Seil. Und die Fremden sind auf eine andere Weise nach unten gelangt.«

»Es scheint, als seien sie zu Fuß gekommen«, meinte Poal und betrachtete die Spuren auf dem Boden. »Obgleich sie nur ungern auf diese Art reisten, als ich sie kennenlernte.«

»Vielleicht hat sich das inzwischen geändert«, vermutete Lord Mond. »Oder die Fremden haben dafür den gleichen Grund, aus dem ich es für besser hielt, mein Schiff bei Seekap zurückzulassen. Jene, die ein Treffen am Aurinbaum vereinbaren, lassen nicht die ganze Welt davon wissen.«

Poal schritt um einen großen Ausläufer des Stammes herum (wobei er sehr bedächtig ausschritt, denn die dicken Wurzeln, die überall in der Nähe des Stammes aus dem Boden ragten und mal hohe und mal niedrige Buckel bildeten, wiesen ebenfalls Schneidekanten und Dornen auf) und verharrte direkt am Rande der Aurinklippen. Dort beschattete er die Augen, um nicht vom Glitzern des Meeres geblendet zu werden, und sah nach unten.

»Wenn du dich zu weit vorwagst, magst du in die Tiefe stürzen«, sagte Lord Mond rasch, ergriff Poal am Arm und zog ihn zurück.

»Eine Vorstellung, die mir gar nicht behagt«, gestand Poal ein und stützte sich vorsichtig am Stamme des Aurinbaums ab. Und tief holte er Luft, denn vom Rande der Klippen aus ging es bis zu den Wellen des Ozeans eine ganze Achtelmeile hinab. *Und dennoch*, dachte Poal, *bin ich nicht so weit gereist, um jetzt schwindelig zu werden und umzukehren.* Und so ließ er sich auf alle viere sinken, achtete wachsam darauf, wo er mit Händen und Knien den Boden berührte, schob sich erneut an den Klippenrand heran und spähte wie eine neugierige Hurus-Katze in die Tiefe.

Zunächst sah er, wie zuvor, nichts weiter als nur die langen Wellenkämme und die Gischt der Wogen. Dann bemerkte er die Felsen, die wie kleine Inseln im Wüten der Brandung waren, allesamt vom beständig hin und her flutenden Wasser gewölbt und geglättet und ausgehöhlt. Und kurz darauf erblickte er schließlich die Fremden, die auf den Felsen hockten und umherkletterten wie spielende Robben. Doch bestimmt kam es ihnen nicht auf irgendein Spiel an.

Von der granitenen Wand direkt unter ihm konnte Poal nichts sehen, so daß er, als er sich flach auf den Boden preßte und die Finger ins Erdreich grub, das Gefühl hatte, als schwebe er mitten in der Luft überm Meer. Auf der linken Seite hingegen – und auch ein Stück weit auf der rechten – beobachtete er, wie sich die Klippen nach innen wölbten und sich seinen Blicken offenbarten. Denn der Aurinbaum wuchs nicht direkt am Ende des Landes, sondern am landwärtigen Scheitelpunkt der großen Sichel, die von den Aurinklippen geformt wurde. Und in die Öffnung dieser Sichel hinein und damit auch in den sich darüberstülpenden Schatten des Aurinbaums rollten die schäumenden Wellen, stürzten und donnerten dahin wie eine Kompanie berittener Krieger, die sich zu beiden Seiten einer mächtigen Barriere gegenübersah. Weiter vor dem geöffneten Rund der Sichel erhob sich eine weißgraue Wand aus sprühendem Naß, denn dort schmetterten die besonders hohen Wellen an eine zerklüftete Felsenfront, die vom einen Ende der Sichel bis zur anderen reichte. Nachdem sie jenes granitene Bollwerk mit zornigem Rauschen und Tosen überwunden hatten, spülten sie über kleinere Steinformationen und spritzten in die dunklen Löcher am Fuße der Klippen. Poal sah in die Tiefe und beobachtete, wie die Fremden unter ihm nacheinander außer Sicht gerieten.

»Nur sechs konnte ich erkennen«, sagte Poal, als er sich auf die Knie erhob. Lord Mond hockte bereits neben ihm.

»Und ich sah noch einmal so viele«, erwiderte der Lord, »als ich vorhin nach unten blickte. Sie begeben sich in die Höhlen und Grotten.« Er stand auf und reichte Poal die Hand. »Die Sonne steht schon sehr tief.«

Poal schauderte. »Dann wird es Zeit«, sagte er, »einen Lagerplatz zu wählen.«

»Ja«, meinte auch Lord Mond. Doch er starrte weiterhin auf die Klippen. »Halte gut Ausschau, mein Freund«, sagte er. »Kannst du irgendwo einen Weg ausmachen, der es uns erlaubt, den Fuß der Felswand zu erreichen?«

»Hier gewiß nicht«, antwortete Poal. »Es sei denn, wir

benutzen die Kette, von der wir eben sprachen. Und auch andere Stellen an den Klippen kommen nicht in Frage, denn der Stein ist porös und rissig von der Gischt und gäbe nach, versuchten wir, ihn mit unserem Gewicht zu belasten. Auch die Ausläufer der Sichel erscheinen mir als nicht geeignet, da dort, wo sich die großen Monolithe alten und verwitterten Wellenbrechern gleich erheben, die Klippen besonders steil sind und die Brandung noch wütender grollt als an diesem Orte. Nein, mein Lord, ich sehe keinen Weg nach unten.«

»Und wie wäre es, wenn wir es vom Meer aus versuchten?« fragte Lord Mond.

Poal zuckte mit den Schultern. »Ich bin kein Mann des Ozeans, mein Lord«, entgegnete er, »wie du selbst sagtest. Und mir scheint, selbst die Fische müßten sich sehr anstrengen, um vom offenen Meer bis an den Fuß der Aurinklippen zu schwimmen.«

»Und doch gibt es einen Weg«, behauptete Lord Mond. »Durch den Schlund.«

»Durch den Schlund?« wiederholte Poal und bedachte den Lord mit einem fragenden Blick.

»So nennt das blaue Volk die Lücke zwischen den beiden hohen Felsen am uns nächsten Ende der Klippen.« Und Lord Mond deutete in die entsprechende Richtung. Poal drehte den Kopf und sah den Einschnitt in der granitenen Brandungsfront.

»Vielleicht für die Fische ein sicherer Durchlaß, mein Lord«, sagte er skeptisch. Denn er hatte den Eindruck, daß die Lücke kaum breit genug war, um ein Boot passieren zu lassen. Und die Wellen ... Sie donnerten von beiden Seiten kommend in den Spalt hinein und schäumten an den Felsen empor.

Da sagte Lord Mond: »Siehst du denn nicht, daß all das schäumende Wasser in der Sichelwölbung, die das blaue Volk Aurinrachen nennt, einen großen Kessel bildet und die Lücke zwischen den Felsen den Ab- und

Zuflußkanal darstellt? Ja, bei Ebbe und Flut strömen die Gezeiten so geschwind durch den Schlund wie ein Bergfluß bei Hochwasser.« Er sah Poal an, und ihre Blicke begegneten sich. »Und auf diese Weise, mein Freund«, fügte Lord Mond hinzu, »werden wir beide heute nacht an den Fuß der Klippen gelangen – wenn du bereit bist, mich zu begleiten.«

»Es ist schon sehr spät, mein Lord«, erwiderte Poal und senkte den Kopf.

»So sieh in Richtung der untergehenden Sonne!« riet Lord Mond.

Da beobachtete Poal eine Zeitlang das Meer im Westen, beschattete die Augen und zwinkerte angesichts des hellen Glanzes. »Ich erkenne etwas auf den Wellen, mein Lord«, sagte er schließlich. »Doch um was es sich handelt und wie weit es entfernt ist – das vermag ich nicht festzustellen. Allerdings: Es scheint hierher zu kommen.«

»Laß uns zurückkehren«, sagte Lord Mond. »Es wäre übel, wenn er uns sähe.«

Als sie wieder den Rand des Schattens erreichten, sahen sie Poals Frau, die einige Dornen gesammelt und angezündet hatte, um über dem Feuer zu kochen. »Denn«, so erklärte sie, »die Kinder haben Hunger.«

»Sie sollen essen«, sagte Lord Mond, »doch keine Mahlzeit, die über einem solchen Feuer zubereitet wird.« Und rasch stieß er die glühenden Dornen auseinander und trat das Feuer aus. »Rauch auf den Klippen ist ein Signal, das man selbst aus großer Ferne erblicken kann.«

»Es entspricht nicht unserem Brauche«, wandte Poal ein, »unseren Lagerplatz zu verbergen. Und es ist angenehm, sich von einem Feuer wärmen zu lassen und den Rauch zu betrachten.«

»Dann lerne einen neuen Brauch von mir«, gab Lord Mond zurück. »Und auch eine neue Fertigkeit.« Und er zeigte Lorn, wie man ein Feuer machte, das überhaupt nicht rauchte und ruhig und gleichmäßig brannte. Kurz darauf aßen sie.

Wenig später versank die Sonne fern am Horizont in des Meeres Fluten, und während sie speisten, vernahmen sie ein seltsames Geräusch, das sich anhörte, als fiele Regen auf trockene Blätter. Der blaue Mann schauderte, zog die Schultern hoch und beugte sich an Poal heran. »Das Fallen der Dornen«, sagte er.

Poal blieb ganz still sitzen und blickte in Richtung des Aurinbaums. »Gewiß fallen sie nicht die ganze Nacht über«, entgegnete er nach einer Weile.

Lord Mond musterte den blauen Mann, doch der schwieg; nur das leise Klappern seiner Zähne war zu hören. »Nein«, sagte Lord Mond. »Es fallen nur die, die während des Tages reiften.«

»Wie viele es sind!« staunte Poal.

»Der Aurinbaum ist ziemlich groß«, meinte Lord Mond.

Und so saßen sie am Feuer. Und nach einiger Zeit ließ das Pochen der giftigen Dornen auf den von Laub und Moos bedeckten Boden nach. Als es ganz verklang, war es Nacht.

Da sprang Lord Mond auf und griff nach den Zügeln seines Rosses. »Komm!« rief er Poal zu.

Poal stand ebenfalls auf, doch viel langsamer. Und Lorn hielt ihn fest. »Wohin willst du?« fragte sie.

»Unter die Aurinklippen, denke ich«, erwiderte Poal traurig.

»Doch erst geht's zum Noramkap«, sagte Lord Mond. »Denn von dem dortigen Strande aus müssen wir ins Meer.«

»Mein Lord«, ließ sich Poal bescheiden vernehmen. »Ich bin ein Reiter, und auf Pferde verstehe ich mich. Doch zu schwimmen – das lernte ich nie.«

»Und brauchst es auch gar nicht, Freund, wenn wir uns auf unser Geschick und das Glück verlassen können«, sagte Lord Mond. »Wir nehmen ein Boot.«

Inzwischen jedoch war Poal gar nicht mehr so sicher, daß sie am Noramkap ein Boot erwartete. *Denn,* so dachte er, *ich habe keins gesehen, als wir dort vorbeikamen.* Und er nahm die Zügel seines Pferdes zur Hand.

»Bestimmt braucht ihr jemanden, der auf die Tiere achtet«, sagte Lorn, stand auf und rief die Kinder zu sich.

»Auf diesen Klippen weht des Nachts ein scharfer Wind«, meinte der blaue Mann und erhob sich.

So wandten sie sich alle zusammen vom Aurinbaum ab, und im Lichte der Sterne wanderten sie zum Noramkap. Poal sah auf das Dunkel des Strandes, und er konnte nichts weiter erkennen als nur das matte Glitzern einiger Wellen. »Vielleicht ist dein Boot nicht gekommen, mein Lord«, sagte er hoffnungsvoll.

»O doch, es ist da«, erwiderte Lord Mond. Und er öffnete die Satteltasche, entnahm ihr einige Gegenstände und breitete sie im Gras aus.

»Was sind das für Dinge, mein Lord?« fragte Poal und ging neben ihm in die Knie.

»Ein Boot«, behauptet Lord Mond, entfaltete ein Objekt, das aussah wie ein Ledersack, und schob gewisse Stützen und Streben hinein. »Ein Gefährt, das denen ähnelt, die von den Bewohnern Lorrans verwendet werden.«

Und tatsächlich: Nach kurzer Zeit gewann das seltsame Ding die Form eines Bootes, verjüngte sich vorn und hinten wie ein Pfeil mit Spitzen an beiden Enden und war nicht länger, als Lord Mond groß war. Für Poal jedoch sah es noch immer aus wie ein Sack. Denn es bestand aus einzelnen Häuten, die fest miteinander verklebt und vernäht waren und die nur oben eine Öffnung aufwiesen, an der ein Riemen baumelte.

»Dieses Boot, mein Lord«, sagte Poal und betrachtete es skeptisch, »bietet kaum genug Platz für einen Mann.«

Lord Mond stand auf und öffnete die andere Satteltasche. Poal sah ihn vorwurfsvoll an. »Du sagtest doch, du seiest allein unterwegs, mein Lord«, erinnerte er sich. »Warum dann führst du zwei dieser Sack-Boote bei dir?«

»Du bist ein Reitersmann«, erwiderte Lord Mond. »Und mag es sich nicht als nützlich erweisen, ein Ersatzpferd zur Verfügung zu haben?«

»Fürwahr«, bestätigte Poal. Und er seufzte und bedachte das graue Roß mit einem sehnsüchtigen Blick. Denn inzwischen war der Mond aufgegangen und erleuchtete das ganze Land, vom Noramkap bis zum Aurinbaum. Im Bereich des Strandes aber, und auch überm Meer am Fuße der Klippen, verharrten die dunklen Schatten.

»Jetzt ist unsere Stunde gekommen«, sagte Lord Mond. Er stand auf, stützte sich leichthändig eins der Boote auf die Schulter und richtete den Blick auf Poal. »Widerstrebt es dir denn, mich zu begleiten?«

Und tatsächlich widerstrebte es Poal sehr. Doch seine Frau und die Kinder sahen ihn groß an, und da trat er wortlos vor und hob das zweite Boot in die Höhe.

Sehr steil war der Weg, der zu den Felsen des Noramkaps führte, abschüssig und finster. Und obgleich die Boote zwar so leicht waren wie eine Anhäufung aus Wellengischt, so ließen sie sich doch nur umständlich tragen. Lord Mond aber schritt so flink und sicher aus wie eine Gemse. So erreichten sie wenig später den leicht gewölbten und kiesigen Strand. Und weiter ging der Weg, bis an die Wellen, und dort ließen sie die Boote in den Sand. »Jetzt klettre hinein«, verlangte Lord Mond.

»Aber, Lord Mond ...«, erwiderte Poal und brach ab. Denn ihm fiel nun ein, wie wenig Sinn es noch hatte, seinem Gefährten mitzuteilen, daß er noch nie in seinem Leben ein Boot oder Schiff betreten hatte – abgesehen von einigen Fähren, um ans andere Ufer eines Flusses zu gelangen.

Lord Mond legte ihm die Hand auf die Schulter. »Ich

habe den blauen Mann nicht gebeten, mit uns zu kommen«, sagte er, »obwohl er hier jeden Stein und jeden Felsen kennt, alle Strömungen im Aurinrachen, und auch trotz seines Wunsches, in die Heimat zurückzukehren. Ebensowenig wandte ich mich mit einer solchen Bitte an meine Matrosen, obwohl sie mir treu ergeben sind und so vertraut mit des Meeres Launen wie mit der Luft, die sie atmen.« Und lächelnd fügte er hinzu: »Außerdem wäre es leichter, einen Wal zu fangen, als in einem solchen Boot in den Fluten zu versinken. Ja, und wenn du ein Pferd im Galopp zu beherrschen vermagst, so wirst auch damit zurechtkommen.«

Da faßte Poal ein wenig Mut, und er kletterte in die Öffnung seines Sack-Bootes und streckte die Beine vor sich aus. Und Lord Mond band ihm den Riemen um die Taille, so daß er so fest in dem Gebilde hockte wie ein Säugling in frischen Windeln. Anschließend drückte er ihm ein kleines Paddel in die Hand und schob ihn ins Wasser.

Zuerst tanzte das Boot Poals unruhig auf den Wellen wie ein scheuendes Roß und wurde gar an den Strand zurückgespült. Doch mit der nächsten Woge hob es sich wieder, und Poal paddelte angestrengt und schaffte es, sich weit genug vom Kies zu entfernen.

»Und jetzt folge mir!« sagte Lord Mond dicht neben ihm. Sein Boot überholte das Poals mit der Eleganz einer Seeschlange, und Poal folgte ihm und schlingerte noch immer ein wenig hin und her. Kurz darauf hatten sie die Schattenzone hinter sich gelassen, und Lord Mond lenkte sein Gefährt über die Wellen nach Süden. Es dauerte nicht lange, und Poal bemerkte, daß die Klippen links von ihnen immer schneller an ihnen vorbeiglitten, und da wußte er, daß die Strömung sie erfaßt hatte. Für eine Weile vergaß er alles um sich herum und vergnügte sich damit, in dem Boot durchs Wasser zu gleiten. Ihm war, als sause er über die Wogen hinweg, als fliege er wie die Möwen im böigen Wind. Bald darauf jedoch begann das Boot noch schneller zu werden und zu zittern, und wie ein Tier, dem ein hungriger Verfolger nachstellte, sprang es in den zackigen Schatten des Aurinbaums.

Und da flogen sie wirklich wie Vögel, denn die Kraft der Gezeiten und die Strömung trugen sie geschwind dem Schlund entgegen. Jetzt benutzten die beiden Männer ihre Paddel nur noch, um die von der Seite kommenden Stöße der Wellen auszugleichen. Bald trieb die Strömung sie nach Osten, und die Brandungsbrecher gischteten vor ihnen. Da sang Poal laut vor Freude, denn er meinte, daß sich das Boot tatsächlich mit einem Pferd vergleichen ließe.

Mit einem wasserfallartigen Donnern strömten die hohen Wogen durch den Schlund. Poal sah, wie Lord Mond auf den riesigen Wellen zwischen den Felsen ritt, sah ihn wie ein Licht, das kurz in der Schwärze der Nacht aufleuchtete. Und dann fühlte er, wie auch er angehoben wurde, als sei er so leicht wie eine Seifenblase. Mit der Schulter berührte er den Stein auf der rechten, und das Paddel knarrte über den Fels auf der linken Seite – und schon war er durch den Spalt.

Da schloß Poal die Augen und preßte sich das Paddel an die Brust. Denn um sich herum sah er nichts als schäumendes Glitzern, das ihn schwindelig machte, und zwischen den Felsen war sein Paddel ohnehin nutzlos. *Wenigstens*, so dachte er, *bin ich am Aurinbaum vorbeigekommen*. Und innerlich verabschiedete er sich von seiner Frau und ihren drei kleinen Kindern, auch von seinem Pferd und dem perlmuttenen Roß Lord Monds. Er spürte, wie er weitergewirbelt wurde, sich immer schneller drehte, so wie ein Korken im Strudel. Dann griff eine Hand nach seinem Arm, die ihn mitsamt dem Boot an einen ruhigeren Ort zog. Er schlug die Augen wieder auf.

»Wir haben es geschafft«, sagte Lord Mond. In Finsternis schwammen sie dahin, im sanften Auf und Ab der kleinen Wellen. Poal tastete nach einer massiven Felswand und lehnte die Schulter daran, bewegte die Beine im Innern des Bootes und zwinkerte, bis er wieder sehen konnte. Doch es war nur wenig zu erkennen.

»Wo sind wir nun?« fragte er.

»Im Aurinrachen«, antwortete Lord Mond. »Und du lehnst an den Aurinklippen.«

Im ganzen Aurinrachen hallte das Donnern der Brandung wider. Durch den Schlund wälzten sich die spritzenden Gezeitenfluten. Und diesseits davon stieg das schaumige Wasser immer höher an den Felsen hoch, die hier und dort am Rande der Klippen emporragten.

»Wo sind die Fremden?« fragte Poal. »Und wo ist das Volk des blauen Mannes?«

»In jenen Höhlen dort«, erwiderte Lord Mond. Und im Lichte des Mondes und der Sterne, das auf den Wellen blaue und silberne Reflexe glänzen ließ, sah Poal, daß sich weit unten an der ganzen Front der gewölbten Klippen dunkle Öffnungen zeigten.

»Was ist das für ein Schein?« fragte Poal. Denn aus einer der Grotten fiel Licht, so beständig wie das der Sonne.

»Sei jetzt still!« bat Lord Mond leise, und er berührte ihn erneut an der Schulter und gab ihm zu verstehen, er solle in Richtung des Schlundes blicken.

Da begann das Herz Poals lauter zu klopfen, als er ein kleines Boot beobachtete, das den ihren ähnelte, und sah, wie es pfeilschnell durch den Spalt schoß. »Auf eine solche Weise sind wir hierher gelangt, mein Lord?« flüsterte er.

»Jawohl, das sind wir«, bestätigte Lord Mond wispernd, und weiße Zähne blitzten, als er lächelte. »Wenn auch nicht mit derartigem Geschick, wie ich glaube. Die Lords von Lorran machen für gewöhnlich keine weiten Reisen, doch gewiß sind sie Meister im Umgang mit Booten aller Art.«

Durch den dunstigen Schleier der Gischt schnellte

das Boot, und verlor sich sofort im Dunkel. Poal richtete den Blick wieder auf die Höhle, in der das Licht schimmerte. Und kurz darauf sah er die Gestalt des Mannes im Boot, ein Schatten vor dem hellen Hintergrund. Für kurze Zeit schien er an irgendeiner kleinen Vorrichtung zu hantieren, und dann kletterte er an Land, hob sich das Boot auf die Schultern und betrat die Höhle.

»Und nun folgen wir ihm«, sagte Lord Mond leise.

Sie lösten die Riemen an ihren Hüften und krochen auf den Felsen vor ihnen. Er war recht flach, doch feucht und schmal und so glatt wie Jaspis.

»Die Flut hat jetzt nahezu den höchsten Stand erreicht«, erklärte Lord Mond. »Hier werden unsere Boote gewiß nicht fortgespült.« Und im Anschluß an diese Worte schob er die beiden Gefährte in den Spalt zwischen den Klippen und dem Stein, auf dem sie hockten.

»Und wenn es doch geschieht?« fragte Poal nicht sehr höflich, denn auf dem nassen Felsen fühlte er sich alles andere als wohl in seiner Haut.

»Dann vertrauen wir den Sternen, die über dem Aurinbaum glitzern«, sagte Lord Mond fröhlich und ging neben Poal auf dem schlüpfrigen Untergrund in die Hocke. »Und auch der Freundschaft mit deinen Fremden, die doch so zufrieden waren, als du dich von ihnen abwandtest. Denn sie sind schon einmal am Aurinbaum vorbeigekommen, und gewiß verfügen sie über Mittel und Wege, ihn gar ein zweites Mal zu passieren.«

Poal hatte nicht den Mut zu wiederholen, daß es nicht seine Fremden waren, und er bekam auch gar keine Gelegenheit zu einem solchen Einwand, denn salzige Gischt spritzte ihm ins Gesicht. Er begnügte sich damit, Lord Mond von einem Felsen zum anderen zu folgen und sich vorsichtig über schmale Vorsprünge hinwegzuschieben – bis sie nach einer Weile vor dem Zugang der erleuchteten Grotte verharrten.

Die sich darin aufhaltenden Personen saßen eng beieinander, im Kreis um die Quelle des hellen Glanzes.

»Zwei weitere Männer sind geneigt, an der Beratung teilzunehmen«, sagte Lord Mond schlicht und betrat die Höhle.

Noch bevor das letzte Wort verklungen war, sprang einer der Fremden auf die Beine und griff nach seiner Waffe. »Zwei?« fragte er. »Ich sehe nur einen.«

Der Lord von Lorran war zwar nur ein kleiner Mann, doch von stämmiger Statur – und so gefährlich wie eine Armbrust. Er benutzte die übliche Sprache, wie sie entlang des Südpfades Verwendung fand, aber die einzelnen Silben wurden von einem so starken Akzent verzerrt, daß Poal Mühe hatte, ihn zu verstehen. Er begriff jedoch, was er meinte, und so kühn wie möglich trat er aus dem Schatten Lord Monds. »Es ist mir eine Freude«, sagte er, und es war eine höfliche Lüge.

Inzwischen waren auch die anderen überrascht aufgestanden, und einige von ihnen sahen Lord Mond an, während die anderen Poal musterten. »Gruß euch, Freunde!« rief Poal fröhlich, denn den Anblick von vertrauten Gesichtern an diesem entlegenen Orte empfand er wie Wärme im Vergleich mit dem kühlen Meereswind. »Wie kann ich euch zu Diensten sein?«

Der Anführer der Fremden bedachte Poal mit einem durchdringenden Blick und winkte ihn ins Licht. »Sind wir uns nicht schon in der Domäne des Sterns des Reichtums begegnet?« fragte er mit düsterer Stimme.

»Das mag wohl sein, denn ich bin durch viele Domänen gereist«, erwiderte Poal voller Unbehagen. Er sah sich um und erkannte unter den Fremden einen, der besonders freundlich zu ihm gewesen war.

»In der Geschichte unseres Elends«, sagte jener Mann ernst (denn fürwahr: Er hatte sich mit historischen Studien befaßt, bevor er zum Kaufmann wurde), »warst du vom ersten bis zum letzten Augenblick zugegen. Nachdem wir dich zum letztenmal sahen und die Hoffnung hegten, von nun an auf deine Gegenwart verzichten zu können, erging es uns, den Umständen entsprechend, recht gut. Ich wünschte jetzt, ich könnte glauben, daß dein neuerliches Erscheinen kein schlechtes Omen darstellt und weiteres Unheil ankündigt.«

»Eine einmalige Begegnung ist gut, ein Wiedersehen jedoch noch besser«, erwiderte Poal ein wenig vorwurfsvoll, denn ihm schien, er hatte sich immer sehr bemüht, jene Fremden zufriedenzustellen – ohne jemals mit einem angemessenen Dank belohnt worden zu sein.

Der Lord von Lorran starrte die Männer der Reihe nach finster an und wandte sich dann an die Fremden. »Ihr habt mir versprochen, ich würde hier mit niemandem zusammentreffen, der den Sternen dieser Welt dient.«

Da sah Poal die Fremden verwundert an. »Steht ihr denn nicht in den Diensten des Sterns des Reichtums?« entfuhr es ihm. »Und seid ihr in seinem Reiche nicht zu Wohlstand gelangt?«

»Und sind nicht selbst die kleinen Wellen, die an die Strände der Inseln von Lorran spülen, Diener der Sterne, die über uns leuchten?« warf da Lord Mond heiter ein. »Wir jedoch, die wir dem Stern der Freiheit verpflichtet sind, mein Lord, lenken unsere Schritte nach eigenem Belieben und bitten dafür niemanden um Erlaubnis. Deine Freunde trifft gewiß keine Schuld.«

»Meine Freunde?« wiederholte der Lord von Lorran abfällig.

»Ein weiterer Punkt, den es noch zu bestimmen gilt«, meinte der Historiker. »Zunächst aber: Wie seid ihr hierher gekommen?«

»So wie dieser Lord«, antwortete Lord Mond. »Durch den Aurinschlund. Und auf welchem Weg gelangtet ihr an diesen Ort?«

»Weshalb sollten wir deine Fragen beantworten?« fragte der Anführer der Fremden.

»Weil ich auf die euren Auskunft gab«, hielt ihm Lord Mond entgegen. »Und außerdem kann ich auch andere Lippen um Erklärung bitten. Zweifellos haben jene, die in diesen Höhlen wohnen, euer Kommen gesehen.« Und er legte den Kopf in den Nacken und rief: »Kommt hervor, Freunde, und gesellt euch zu uns!«

Und da bewegte es sich in den dunklen Tiefen der Grotte, in finsteren Gruben und schwarzen Nischen im Boden und den Wänden, und hervor kam das blaue Volk. Zögernd und unsicher wagte es sich heran, und die großen Augen blinzelten im hellen Schein. »Wir scheren uns nicht weiter um diese einfachen Leute«, sagte der Anführer der Fremden, »denn bis heute nacht hat niemand von ihnen den Aurinrachen verlassen.«

»Und in dieser Nacht werden nur wenige zurückkehren«, fügte der Lord von Lorran hinzu und bedachte Lord Mond und Poal mit düsteren Blicken.

Doch Lord Mond lächelte und wandte sich an die blauen Leute: »Wir sind diejenigen, die an diesem Tage mit einem von euch reisten.«

Die blauen Leute nickten, und einer sagte: »Wir hörten bereits von euch.« Und ein anderer meinte: »Wir dachten, ihr würdet wie die anderen kommen, die wie Möwen flogen, mit Hilfe ihrer Künste und der Kraft ihrer Gürtel.«

Da wandten sich die Fremden – oder doch die meisten von ihnen – mit Mißfallen den blauen Leuten zu, und Poal und Lord Mond betrachteten interessiert die Kleidung der Männer am Lichte. »Wie denn mit den Gürteln?« fragte Poal verwundert. Aber die blauen Leute zuckten mit den Schultern und schüttelten die Köpfe. Und der Anführer der Fremden sah Lord Mond an und fragte mit ein wenig grollend klingender Stimme: »Was führt euch hierher? Und wer seid ihr?«

»Ich bin Lord Mond«, lautete die Antwort, »der an des Purpurnen Flusses Ufer wohnt. Ein Lord ohne Domäne, doch frei. Es gefällt mir, nach eigenem Belieben zu reisen und über die Dinge zu urteilen, die ich dabei sehe. Und besonders gern suche ich jene Orte auf, an die sich nur wenige wagen und von denen kaum jemand zurückkehrt, wie zum Beispiel die Höhlen unter dem Aurinbaum oder die zwölftausend Inseln von Lorran.«

Der Lord von Lorran gab einen abfälligen Laut von sich, denn es war gemeinhin bekannt, daß seit undenklichen Zeiten kein Festlandbewohner seinen Fuß auf eine der Inseln von Lorran gesetzt hatte und ungeschoren davongekommen war. »Und du«, wandte er sich an Poal, »bist sicher auch ein großer Lord, jemand, der Heldentaten vollbringt, Gefahren nicht scheut und kühne Reisen nach verbotenen Orten unternimmt, nicht wahr?«

Poal unterbrach sein Gespräch mit dem Historiker, in dem es um die Funktionsweise jener Gürtel ging. (In vergangenen Zeiten hatten sie beide gern verschiedene Dinge und Apparaturen erörtert.) »Ganz und gar nicht, mein Lord«, widersprach er. »Ich bin ein Reitersmann und verstehe mich auf den Umgang mit Pferden, und nur der Zufall brachte mich hierher.«

»Beschwöre nicht den Zufall, mein Freund«, sagte Lord Mond. »Denn es sind die Sterne, die die Zügel unseres Lebens führen.«

»Niemals«, behauptete der Lord von Lorran scharf, »haben die Inseln von Lorran das Zerren irgendwelcher Zügel verspürt.«

»Gerade jene Rösser werden besonders geschickt geritten, die sich in Freiheit wähnen«, entgegnete Lord Mond. »Doch ich spreche hier, obgleich ich eigentlich schweigen sollte, denn so interessant auch jemand sein mag, der aus reinem Wohlgefallen durch fremde Länder reitet, so ist doch der viel bedeutsamer, der auf des Pferdes Rücken sein Auskommen sucht.«

»Lord Mond meint es zu gut mit mir«, sagte Poal. »Die Wahrheit ist jedoch leider, daß ich entlang des Südpfades kaum ein Auskommen fand, und noch weniger Gelegenheiten zum Reiten. Denn in den Domänen des Südens kennt niemand den Brauch.«

»Was für einen Brauch?« fragte der Lord von Lorran, der trotz seines mürrischen und abweisenden Wesens von solchen Dingen fasziniert zu sein schien.

»Ich meine der Brauch meiner Väter«, erwiderte Poal. »Mein Volk reiste immer in freundlichen Ländern und besuchte die einzelnen Städte, und wenn es Halt machte, so maß sich einer der Reiter im gerechten Wettstreit mit einem Manne der Stadt.«

»Um was ging es dabei?« erkundigte sich der Lord von Lorran interessiert, während die Fremden hinter ihm ungeduldig brummten.

»Es war der Brauch«, erklärte Poal, »daß wir im Falle des Sieges unseres Reiters von der Stadtbevölkerung willkommen geheißen wurden, und dann schritten wir stolz durch die Ortschaft und gaben und nahmen Geschenke, und alle waren sehr zufrieden. Wenn jedoch der Stadtreiter gewann, so mußten wir uns mit einem Nachtlager im Freien begnügen und Wildbeeren essen, oder das, was wir bei uns führten. Eine fröhliche und gefällige Tradition, für diejenigen, die damit aufgewachsen sind.«

»Fürwahr«, bestätigte der Lord von Lorran. »Und es freut mich, von einem solchen Brauche zu erfahren.«

Da musterte Poal den Insellord aufmerksam, denn er wußte nicht so recht, ob die Antwort spöttisch gemeint war. Doch der Lord von Lorran räumte seine Zweifel aus, als er sagte: »Wir Bewohner der Inseln sind keine Reiter. Aber auch wir verstehen uns auf Wettkämpfe.«

»Und wie ich hörte«, sagte Poal, »kann man nicht nur mit Rössern in einen Wettstreit treten.«

Da begann der Lord von Lorran, Poal von den Sackbooten der zwölftausend Inseln zu erzählen, und er pries ihre Eleganz und Schnelligkeit, betonte das Geschick, das erforderlich war, sie zu steuern. Und als Poal ihn danach fragte, berichtete er auch von Wettfahrten allein aus Spaß, von anderen, bei denen es um Leben und Tod ging, um bare Münze oder Ehre. Poal nutzte die gute Gelegenheit, um die Sackboote Lord Monds zu rühmen und auch die Pferde seiner Väter und den Brauch, nach dem sein Volk seit undenklichen Zeiten lebte. Es dauerte nicht lange, und die beiden Männer verließen die Höhle; jeder von ihnen zog sein Boot heran, und sie verglichen sie miteinander, Länge für Länge, Saum für Saum, Paddel für Paddel. Und Lord Mond kniete neben ihnen auf dem Fels und war ebenfalls ganz bei der Sache. »Diese beiden Boote«, sagte er, »habe ich nach dem Beispiel derjenigen von Lorran gebaut, mein Lord, die ich aus der Ferne beobachtete und in einem gewissen Spiegel sah. Ganz etwas anderes ist es jedoch, dein prächtiges Boot aus solcher Nähe bewundern zu können.« Und die Fremden warteten ein wenig verdrießlich im Innern der Grotte, während sich die blauen Leute am Zugang der Höhle versammelten.

»Laß uns einen Kurs bestimmen«, schlug der Lord von Lorran Poal vor.

Es dauerte nicht lange, bis sie sich geeinigt hatten: quer über den Aurinrachen und wieder zurück. »Ich kenne das Geld deines Volkes nicht«, sagte der Lord von Lorran. »Doch als Einsatz biete ich dieses herrliche Boot. Was bist du zu geben bereit, für den Fall meines Sieges?«

Poal griff traurig in seine Taschen, denn er wußte sehr wohl, daß sie leer waren. Doch da ertönte die Stimme Lord Monds. »Wie ich hörte, riskieren die Lords von Lorran für gewöhnlich weitaus höhere Wetteinsätze.«

Der Inselbewohner starrte ihn finster an und antwortete: »Was kann man schon unter dem Aurinbaum riskieren?«

Da lächelte Lord Mond zufrieden. »Der Schatten jenes Baumes erstreckt sich weit übers Meer«, sagte er. »Und die Kunde von den großen Lords wird auch dort vernommen, wo ihre Stimmen nicht erklingen können.

Gibt es nicht unser Leben, das wir hier aufs Spiel setzen – und noch viel mehr?«

Poal beobachtete die beiden Lords abwechselnd. »So nenn du einen Einsatz, Lord Mond«, sagte er. »Damit die Wettfahrt stattfinden kann.«

»Du bist hierher gekommen«, wandte sich Lord Mond an den Mann von Lorran, »um ein Bündnis mit jenen Fremden dort zu schließen, mein Lord. Bist du bereit, die Übereinkunft mit ihnen zu riskieren?«

»Was hat das zu bedeuten?« riefen die Fremden in der Höhle. Doch in den Augen des Lords von Lorran begann es zu funkeln, und er fragte rasch: »Und was bietest du an?«

»Nun, der Einsatz gilt für uns beide«, warf Poal hastig ein. »Denn wenn du gewinnst, mein Lord, so wird es zweifellos zu dem Bündnis kommen, was dir genehm sein mag. Und wenn ich den Sieg erringe, so wird keine Übereinkunft getroffen, was mir recht ist.«

Da schob der Mann von Lorran das Kinn vor und schnaubte wie ein störrisches Pferd. »Damit bin ich nicht einverstanden«, erwiderte er. »Auch wenn ich die Wettfahrt gewinne, kommt es vielleicht nicht zu einem Bündnis.«

Lord Mond beugte sich vor und flüsterte ihm zu: »Sei ohne Sorge, mein Lord. Die Fremden sind versessener darauf als du. Waren nicht sie es, die sich mit dir in Verbindung setzten? Und sieh nur, wie unruhig sie geworden sind, wie Mücken vor einem Gewitter: Sie fürchten, du könntest die Wettfahrt verlieren und anschließend nicht mehr bereit sein, das gewünschte Bündnis mit ihnen zu schließen.«

»Nun gut, dann sind wir uns also einig«, sagte der Lord von Lorran, bedachte die Fremden mit einem mißmutigen Blick und kletterte in sein Boot.

»Sehr wohl weiß ich«, wandte sich Lord Mond an Poal, »daß du ein aufrechter Mann bist, der einen solchen Wettstreit allein wegen der Aufregung schätzt.

Doch für den Fall deines Sieges sollst du nicht auf eine Belohnung verzichten.«

»Wie ich in der Domäne des Sterns des Reichtums erfahren mußte«, entgegnete Poal betreten, »mag eine Belohnung dem gefallen, der sie gibt, und einer Strafe für jenen gleichkommen, der sie empfängt.«

»So wähle selbst den Preis, der dir gefällt, mein Freund«, sagte Lord Mond.

»Es gibt nichts, was ich mir wünschen könnte«, sagte Poal und seufzte. »Abgesehen von deinem perlmuttenen Roß, mein Lord.«

Da schwieg Lord Mond eine Zeitlang. Und als er wieder sprach, klang seine Stimme ein wenig heiser und gepreßt, so wie die eines Mannes, der sich den Schmerz einer Wunde nicht anmerken lassen will. »Abgemacht«, sagte er.

Als die blauen Leute das vernahmen, kamen sie weiter aus ihren Höhlen hervor, und die mutigsten unter ihnen kletterten auf die Felsen vor den Grotten, um die Wettfahrt zu beobachten. Im Aurinrachen diesseits der Felsenbarriere, die ihn vom offenen Meer abschirmte, war das Wasser nun ruhig und fast spiegelglatt. Poal hatte sein Boot gerade erst in die Fluten geschoben, als der Lord von Lorran wie ein Pfeil an ihm vorbeischoß. Da gab Poal einen wortlosen Schrei von sich, denn mit den Augen seines Herzens glaubte er zu sehen, wie das edle Roß Lord Monds von ihm fortstob, und mit grimmiger Entschlossenheit zog er das Paddel durchs Wasser. Die Wellen gurgelten an den Flanken des Bootes vorbei, und als die beiden Männer den Wendepunkt erreichten, lagen die Gefährte fast Bug an Bug. Während des Wendens baute der Lord von Lorran seinen Vorsprung aus, denn er steuerte sein Boot mit großem Geschick, und bei der Rückkehr in Richtung der Klippen wahrte er ihn, obgleich er sich ein wenig verringerte. Doch ob es nun daran lag, daß der Lord von Lorran die Künste Poals unterschätzte und sich deshalb nicht in dem Maße anstrengte, wie es sonst der Fall gewesen wäre, oder es der Gedanke an das perlmuttene Roß war, der Poal wie mit einem Magnet anzog – bei den letzten Metern sprang das Boot Poals so plötzlich vor wie ein Pferd, das die Sporen bekommen hatte, und es erreichte den Zielfelsen dicht vor dem des Mannes von Lorran.

»Ein guter Wettstreit«, sagte der Lord von Lorran und starrte finster auf sein Paddel. »Doch er wäre anders ausgegangen, hätte ich mein Wettfahrtpaddel mitgebracht.« Und an Lord Mond gerichtet, fügte er hinzu: »Ich halte mich an die Übereinkunft: Zwischen den zwölftausend Inseln und den Fremden oder anderen Festlandbewohnern wird kein Bündnis geschlossen.« Dann half er Poal aus dem Boot, trat mit ihm beiseite und erklärte ihm die Besonderheiten unterschiedlicher Paddel und das Geschick, das nötig war, um in verschiedenen Gewässern auf den Wellen zu reiten. Und Poal hörte sehr interessiert zu. Und die blauen Leute lachten vergnügt, klatschten fröhlich in die Hände, sprangen ins Wasser, tanzten ausgelassen zwischen den Wellen und riefen: »Eine Wettfahrt, eine Wettfahrt!«

Die Fremden aber entrüsteten sich über Lord Mond und Poal und den Lord von Lorran, und bald darauf bekamen es die blauen Leute mit der Angst zu tun, woraufhin sie in ihre dunklen Höhlen zurückkrochen. »Sie fürchten sich«, wandte sich Poal an den Inselbewohner, der den blauen Leuten nachsah. »Ich bringe ihnen ein Geschenk, um sie wieder aufzuheitern.« Und er stieg in die Höhe und schwebte ein wenig unsicher empor, in Richtung der Aurinklippen.

Da waren alle Anwesenden sehr überrascht von seinem Fluge, und der Anführer der Fremden rief Lord Mond zornig zu: »Er hat einen Gürtel gestohlen!« Und der Historiker biß sich auf die Lippe und tastete vergeblich nach dem Gürtel, den er Poal gezeigt hatte.

»Bei seinem Volke herrscht der Brauch«, erklärte Lord Mond, »Geschenke ebenso großzügig zu nehmen wie zu geben.« Doch auch er beobachtete Poal besorgt, der an dem Fluggürtel hantierte, besser damit umzugehen lernte und schließlich, recht abrupt, neben dem Aurinbaum landete.

Eigentlich war es gar nicht die Absicht Poals gewesen, dieses Ziel anzusteuern. In Wahrheit hatte er den Wunsch gehabt, als triumphierender Held an jenen Ort zu gelangen, wo seine Familie, der blaue Mann und das perlmuttene Roß warteten. Doch es fiel ihm schwer, den Gürtel richtig zu handhaben, und er war froh, nicht gegen die Dornen und scharfen Rindenkanten gestoßen zu sein. So schritt er vorsichtig durch die Finsternis unter dem Aurinbaum, trat in den hellen Schein des Mondes und erreichte nach einer Weile das Noramkap. Und nachdem er dort seine Frau umarmt und auch die Pferde herzlich begrüßt, die schlafenden Kinder angesehen und einige Fragen Lorns beantwortet hatte, begab er sich an die Seite des blauen Mannes, der traurig auf dem Boden kauerte. Er half ihm in die Höhe, und glücklich sagte er: »Komm, Freund, dein Volk wartet auf dich.« Und er berührte den Fluggürtel.

Kurze Zeit später – vielleicht dauerte es auch ein bißchen länger – landeten sie auf einem Felsen im Aurinrachen. Poal sprach beruhigend auf den blauen Mann ein, der schlaff wie ein Toter in seinen Armen hing. Und schließlich schlug der blaue Mann die Augen auf und antwortete tapfer, obgleich mit ein wenig krächzender Stimme: »Ich danke dir, Freund.«

Poal vergewisserte sich, daß der Gürtel fest um seine Taille geschlungen war, und vorsichtig kletterten sie, auf Händen und Knien, über die Felsen und Steine hinweg und näherten sich der Stelle, an der Lord Mond im Kreise der Fremden stand, wie eine marmorne Nadel in einem Gehölz sturmgepeitschter Bäume. Doch der blaue Mann hinter Poal stöhnte und forderte ihn auf, zu verharren, glitt ins Wasser und tauchte elegant wie ein Otter neben ihm auf.

»Was ist denn, Freund?« fragte Poal.

»Jene Fremden dort«, antwortete der blaue Mann und griff nach dem Ärmel Poals. »Sie sind sehr böse auf dich, bereit dazu, dich mit ihren fremdartigen Waffen zu bedrohen und den Gürtel zurückzuverlangen. Und selbst die freundlichsten Worte deines Gefährten, des Lords, können sie nicht beruhigen. Sie sagen ...«

»Woher weißt du von ihren Worten?« fragte Poal überrascht.

»Von meinem Volke, das sie versteht«, erwiderte der blaue Mann und zwinkerte mit den großen Augen.

»Freund, ist der Aurinrachen tief?« erkundigte sich Poal und streifte die Hand des blauen Mannes behutsam von seinem Ärmel ab.

»Tief genug«, entgegnete der blaue Mann. »Doch bei jedem Gezeitenwechsel wird alles, was auf dem Grunde ruht, von den Strömungen ganz unten davongespült.«

»Das macht nichts«, sagte Poal, und er stieg in die Höhe und schwebte wie eine Möwe mitten über dem Aurinrachen. »Bitte dein Volk«, rief er dem blauen Mann unten zu, »den Fremden zu sagen, ich sei zurück!«

Sofort entstand Unruhe in der erleuchteten Grotte. Alle darin befindlichen Gestalten kamen aus der Höhle hervor, kletterten auf die Felsen und beobachteten Poal, und Dutzende von Stimmen erklangen. »Sag ihnen ...« rief Poal dem blauen Mann, doch der unterbrach ihn und meinte: »Sie werden nichts gegen dich unternehmen, denn sie fürchten, der Gürtel könne im Aurinrachen verlorengehen.« Und da atmete Poal beruhigt auf.

Lord Mond stand auf einem Felsen vor der Höhle, lächelte und wandte sich rasch dem Anführer der Fremden zu. »Es scheint, du mußt um den Gürtel verhandeln«, sagte er.

»Ruf den Mann hierher«, erwiderte der Fremde. »Händige uns den Gürtel aus, und wir geben dir ...«

»Poal dient dem Stern der Freiheit«, sagte Lord Mond, »und nur diesem Herren. Weder ich noch sonst jemand kann ihn dazu bringen, gegen seinen Willen hierher zu kommen.«

»Ist er denn nicht dein Gefährte?« fragte einer der anderen Fremden.

»Fürwahr, das ist er, ein Gefährte und Freund, dem ich mich bei dieser Reise anschloß«, bestätigte Lord Mond. »Und vielleicht hört er auf meinen Rat. Euch jedoch rate ich folgendes: Bietet ihm ein Versprechen an, als Gegenleistung für den Gürtel.«

»Wir hatten schon einmal mit ihm zu tun«, sagte der Historiker und schüttelte den Kopf.

»Was für ein Versprechen?« fragte der Anführer der Fremden.

»Ein Versprechen des Friedens«, antwortete Lord Mond. »Laßt ihn wissen, daß ihr kein Bündnis mehr mit den zwölftausend Inseln von Lorran anstrebt, auch nicht mit dem Stern des Kampfes und seinen Dienern oder mit anderen Leuten, die den Krieg dem Frieden vorziehen.«

»Einverstanden«, sagte der Anführer der Fremden, nachdem er sich mit seinen Begleitern beraten hatte. »Ruf ihn jetzt.«

»Das ist nicht nötig«, entgegnete Lord Mond und richtete den Blick auf die blauen Leute.

»Sie haben ihre Waffen beiseite gelegt«, wandte sich der blaue Mann an Poal. »Und sie versichern auch, dir kein Leid zuzufügen. Sie bieten dir ein Versprechen für den Gürtel an.«

»Es ist ein guter Gürtel«, sagte Poal und seufzte. Doch er flog in Richtung der Höhle zurück, wobei er mal steil in die Höhe stieg und dann rasch wieder in die Tiefe sank, sich mal nach rechts und dann nach links wandte. Und kurz darauf reichte er den Gürtel den Fremden zurück, wenn auch widerstrebend.

»Denn«, so sagte er, »es ist sehr angenehm, unbesorgt

zu schlafen und mit ruhigem Gewissen über das Meer zu blicken. Und fürwahr: Ich habe andere Rösser als dieses, mit dem man durch die Lüfte reiten kann, und eins davon ist ein wahrhaft edles Tier. Dennoch: Einen prächtigen Gürtel nennt ihr euer eigen.« Und in der Nähe des Höhlenzugangs ließ er sich auf dem Boden nieder, um über all das nachzudenken, was geschehen war, seit er am Fluß die Bekanntschaft Lord Monds gemacht hatte. Und der Lord von Lorran zog sich seinen Mantel enger um die Schultern, näherte sich ebenfalls der Grottenöffnung und starrte mit brennenden Augen übers Meer. Und die Fremden unterhielten sich in ihrer Sprache und drängten sich am Lichte zusammen, wie exotische Pflanzen, die unter einer niedrigen Decke ein wucherndes Wachstum hinter sich hatten.

Eine Zeitlang beobachtete Lord Mond sie alle. »Laßt uns hinausgehen«, sagte er dann, »in die Weite der Nacht.«

Und so trat Lord Mond auf einen flachen Felsen, und der Lord von Lorran und der Anführer der Fremden gesellten sich zu ihm. Poal blieb allein auf dem hohen Stein daneben zurück. Während er nachdachte, kam er zu dem Schluß, daß er in dieser Nacht viel bekommen hatte, Lord Mond und die anderen hingegen nur wenig oder gar nichts. Er war am Aurinbaum vorbeigekommen, besaß nun sein Wunschroß, hatte mit den Wellen des Meeres gewetteifert, sich an einem möwenartigen Fluge erfreuen können und froh mit alten Freunden und auch neuen gesprochen. Lord Mond hingegen blieb nichts anderes als nur die Versprechen der Fremden und des Lords von Lorran. *Und Versprechen*, dachte Poal, *sind wie Rauch im Wind.*

»Das Meer ist ruhig heute nacht«, sagte Lord Mond.

»Glatt und unbewegt, fürwahr«, bestätigte der Lord von Lorran. »Und der Wind schläft.«

»Er schläft nicht, sondern ruht nur«, widersprach Lord Mond. »Sieh nur, dort, wo er über die Wellen streicht!« Und er deutete über den Schlund hinweg in Richtung des offenen Meeres. Eine leichte Brise ließ die Wogen jenseits der Felsenbarriere schäumen. »Und jetzt erfahren wir gleich, wie schnell der Wind aufzuleben vermag.« Er winkte mit der einen Hand und gab einen Pfiff von sich, wie ein Jägersmann, der seinen Falken ruft.

»Brisen von jener Art«, sagte der Lord von Lorran, »sind für gewöhnlich die Vorboten eines Sturms. Aber sie stellen keine Gefahr dar, jedenfalls nicht im Bereich der Inseln.«

»Mir scheint, ein Unwetter zieht heran«, meinte der Anführer der Fremden.

»Lord Mond«, sagte Poal voller Unbehagen, »sitzen die Dorne des Aurinbaums fest genug, um ...«

»Es ist soweit«, unterbrach ihn Lord Mond.

Und im Aurinschlund sprühte hoch die Gischt der Wogen. Im Schatten des Aurinbaums glitzerte das Wasser plötzlich wie von tausend Speerspitzen. Eine jähe und kalte Bö heulte über die Felsen hinweg und warf Poal ins Wasser, und er hielt sich fest, indem er beide Arme um den Stein schlang. Um ihn herum schwoll ein donnerndes Rumoren an, und dann erklang ein lautes Prasseln, so als fielen dicke Regentropfen oder schwere Hagelkörner ins Wasser. Unmittelbar darauf wurde Poal von einer Welle angehoben, und das gab ihm Gelegenheit, wieder auf den Felsen zu klettern. Dort hockte er sich nieder, wie eine besonders bizarr geformte Schnecke.

Wie aus weiter Ferne vernahm er die zornige Stimme des Fremden im zischenden Wind. Lord Mond hatte den Kopf nach hinten geneigt und stand knietief in den schaumigen Fluten. Sein Mantel wehte wie eine Unheilsfahne. Und es schien Poal, als blicke sein Gefährte erwartungsvoll zum Aurinbaum empor.

Die dicken Äste krümmten sich wie Bögen und ächzten im Winde. Doch bei den Pfeilen, die von den unsichtbaren Sehnen schnellten und ins aufgewühlte Wasser tauchten und auf die Felsen fielen, handelte es sich um Dornen.

Der Anführer der Fremden berührte seinen Fluggürtel, stieg in die Höhe und machte Anstalten, in einer der Höhlen Zuflucht zu suchen. Doch die Böen erfaßten ihn, und er schwankte hin und her und zitterte, wie ein Festlandvogel im Sturm, und sie trieben ihn über den Aurinrachen. Der Lord von Lorran sprang in die strudelnden Fluten und näherte sich mit kräftigen Schwimmstößen dem nächsten Höhlenzugang.

Plötzlich verspürte Poal einen heftigen Schmerz in der Schulter, wie vom Stich einer riesigen Wespe. Mit einem entsetzten Stöhnen tastete er nach der Wunde und fühlte einen Dorn. Er zog ihn so hastig aus dem Muskel, daß er sich dabei die Haut eines Fingers aufritzte, und er warf ihn ins Meer.

Und Lord Mond streckte die Hand aus und fing einen der fallenden Dorne, als sei er so leicht wie ein Schmetterling, und sofort flaute der heftige Wind ab.

»Jetzt sind wir vier so gut wie tot«, sagte Lord Mond, und in der jähen Stille klang seine Stimme besonders düster. Er zog ein Fläschchen aus der Tasche, öffnete es, bückte sich und gab ein wenig Wasser hinein. Dann schüttelte er die Phiole, woraufhin es in ihrem Innern glitzerte. »Doch hier ist neues Leben für uns«, sagte er, »wenn wir rasch handeln.«

Poal hockte noch immer auf dem Felsen, und voller Kummer dachte er an seine Familie. Er spürte, wie die verletzte Schulter taub zu werden begann, und auch seine Hand wurde nach und nach gefühllos.

Der Anführer der Fremden war von den Böen weit in die Wölbung der Aurinklippen abgetrieben worden, und nun kehrte er zurück und landete auf dem flachen Stein. »Ist Lord Mond nicht wegen seiner Elixiere berühmt?« fragte er grollend.

»Was man dir von meinem Ruf berichtete, weißt du

besser als ich«, erwiderte Lord Mond. »Dies hier ist kein Elixier, sondern eine Medizin.« Er ließ einige Tropfen aus dem Fläschchen auf die Stichwunde in seiner Hand fallen und fügte hinzu: »Auf diese Weise wird sie verwendet.« Er trat auf Poal zu. »Laß mich auch dich behandeln.«

Poal konnte die Tropfen der Arznei nicht spüren, denn er war von der Gischt völlig durchnäßt worden, und inzwischen hatte sich die von dem Dorngift bewirkte Taubheit nicht nur in seinem Arm ausgebreitet, sondern auch in der rechten Körperhälfte. Wenig später jedoch fühlte er, wie das Blut ihn erneut durchströmte und die Kälte aus ihm vertrieb. Unterdessen streckte der Anführer der Fremden – sein Gesicht war wie eine finstere Wolke, die zwar drohte, aus der jedoch kein Blitz herabzuckte – Lord Mond den Arm entgegen, um ebenfalls mit der Arznei behandelt zu werden. Der Lord von Lorran, der ins Wasser gesprungen war, um schwimmend eine der Höhlen zu erreichen, hatte Stichwunden von gleich zwei Dornen davongetragen, und obwohl er nicht an die Größe und Statur der anderen Männer herankam, schien er länger aushalten zu können. Er kraulte weiter, bis er den flachen Stein erreichte und sich in die Höhe zog. Lord Mond versorgte ihn schnell mit einigen glitzernden Tropfen.

»Laßt uns die Höhle aufsuchen«, schlug der Mann von Lorran vor. »Ich würde mich gern eine Zeitlang ausruhen, bevor die Ebbe kommt.«

Und so begaben sie sich in eine der dunklen Klippengrotten, wo der Lord von Lorran sich in eine trockene Decke hüllte und sich auf dem Boden ausstreckte. Poal legte sich neben ihn. Lord Mond hingegen verbrachte die restlichen Stunden der Nacht im Gespräch mit den blauen Leuten. Und sie erzählten ihm viel von ihrem Leben und ihren Bräuchen. Sie versuchten auch, ihn jenes Geschick zu lehren, das es ihnen erlaubte, sich mit den Herzen zu verständigen, selbst über große Entfernungen hinweg. Doch da Lord Mond kein blauer Mann war, blieb ihm das versagt.

Als das Morgengrauen den Himmel erhellte und funkelnde Reflexe auf dem Meere schuf, das wie eine große Lache aus vergossenem Pech in der Finsternis geruht hatte, stand der Lord von Lorran auf, schnupperte und sagte: »Es ist Zeit.«

Daraufhin bereiteten sie sich für den Aufbruch vor und nahmen Abschied voneinander, jeder auf seine eigene Art und Weise. »Vermutlich sehen wir uns nie wieder«, sagte der Insellord. »Aber ich werde mich immer an unsere Wettfahrt erinnern.«

»Sie hat mir sehr gefallen«, sagte Poal.

Der Anführer der Fremden bedachte den Lord von Lorran mit einem finsteren Blick, und seine Lippen zitterten. Es schien, als wollte er etwas sagen und könnte doch kein Wort hervorbringen. Und die anderen Fremden packten ihre Sachen zusammen, zählten sorgfältig die Gürtel und flogen empor zum Rande der Aurinklippen. Der Lord von Lorran zog die Halteriemen seines Bootes straff.

Ein blauer Mann zupfte am Ärmel Lord Monds und sagte: »Du hast mich am Aurinbaum vorbei nach Hause gebracht, und dafür möchte ich dir danken. Jene Fremden versprachen Frieden, und der Lord der zwölftausend Inseln versicherte, er werde kein Bündnis mit ihnen schließen. Versprechen jedoch sind nur Worte, und Worte sind Luft, und Luft ist Wind, und ...«

»Und dem Wind vermag niemand Einhalt zu gebieten«, unterbrach ihn Lord Mond. »Fürchte dich nicht, Freund, denn eine Medizin kann mehr heilen als nur wundes Fleisch, und was gibt, vermag auch zu nehmen. Die Arznei rettete uns vieren das Leben, aber gleichzeitig verloren wir dadurch eine Fähigkeit, die manche als recht nützlich erachten.«

»Und worum handelt es sich dabei?« fragte Poal unruhig.

»Um die Fähigkeit, ein Versprechen zu brechen«, antwortete Lord Mond.

»Nun gut«, sagte Poal, als er darüber nachgedacht hatte. Und er fügte hinzu: »Fürwahr: Wir alle haben unter dem Aurinbaum etwas dazugewonnen. Und es mag durchaus sein, Freund, daß dein Volk den größten Nutzen davon hat, denn ihr wißt nun, daß ihr eure Höhlen verlassen, euch freuen könnt und nicht mehr, wie bisher, furchtsam in den dunklen Grotten verbergen müßt.«

»Ja, es macht wirklich Spaß, im nächtlichen Meere zu planschen und sich zu vergnügen«, sagte der blaue Mann. »Doch wir müssen auch vorsichtig sein, denn wir erlebten, wie ihr fast zu Tode gekommen wärt, trotz eures Geschicks und der fremdartigen Künste, die ihr beherrscht.«

»Ein Sturm wie jener wird nicht noch einmal heranziehen«, entfuhr es Poal. »Es sei denn, Lord Mond ruft wieder ein solches Unwetter herbei. Macht euch keine Sorgen.«

»Was einmal geschah, kann sich wiederholen«, beharrte der blaue Mann. »Und Vorsicht ist Weisheit.« Und all die Versicherungen Poals vermochten den Standpunkt des blauen Mannes nicht zu erschüttern.

»Fürwahr«, ließ sich Lord Mond vernehmen. »Es ist sehr schwer, einem Mann seine Bräuche zu nehmen.« Und er tauchte sein Paddel ins Wasser des Aurinrachens.

»Die Sonne geht auf«, sagte Poal, »und die Ebbe setzt ein.« Und da war er plötzlich ganz versessen darauf, seiner Frau und den Kindern von den Ereignissen der Nacht zu berichten und erneut das perlmuttene Roß zu bewundern.

Die Aurinwasser glitzerten hell im Lichte der Sonne, als sie mit der Ebbe seewärts durch den Schlund strömten. Poal hatte das Gefühl, als erwache der Ozean zu neuem Leben, als sei er während der Wettfahrt mit dem

Lord von Lorran wie ein schlafender Titan gewesen. Die drei Boote glitten durch den Aurinrachen, und nacheinander sausten sie durch die schmale Öffnung in der Felsenbarriere. Jenseits davon trennten sie sich. Der Lord von Lorran zog das Paddel kräftig und gleichmäßig durchs Wasser und hielt in Richtung seiner Inselheimat, und Lord Mond und Poal ruderten an den Klippen entlang nach Norden.

Diesmal war die Reise anstrengender, denn sie mußten gegen die Strömung paddeln, und als sie schließlich das Noramkap erreichten, liefen ihnen Lorn und die Kinder entgegen. Fröhlich begrüßten und umarmten sie sich.

Und so kehrten sie vergnügt nach der Stadt namens Ende zurück. Lord Mond wirkte sehr gelöst und sprach heiter von dem blauen Volk und vielen anderen Dingen. Dann und wann jedoch schwieg er und bedachte das edle graue Roß mit kurzen Blicken. Und in der Stadt namens Ende verabschiedete er sich von Poal und seiner Familie und meinte, er wolle noch einige Tage an diesem Orte verweilen, um mit Stadtbewohnern und Reisenden zu sprechen. »Denn«, so sagte er, »in einer Ortschaft mit einem solchen Namen gibt es gewiß viel Interessantes.«

Poal setzte den Weg fort und folgte dem Verlauf des Südpfades nach Norden, begleitet von seiner Familie und den beiden Pferden. Nach einer Weile jedoch machte er kehrt. Und als er Lord Mond fand, der mit niemandem sprach, sondern einsam und allein auf den Klippen saß und betrübt übers Meer blickte, drückte er ihm die Zügel des perlmuttenen Rosses in die Hand. »Es ist kein Geschenk, mein Lord«, sagte er. »Dieses Pferd gehört dir und niemandem sonst.«

Und da lächelte Lord Mond glücklich und zufrieden.

»Es war kein Roß, das sich fürs Wettreiten eignete«, erklärte Poal später seiner Frau, als sie wieder nach Norden unterwegs waren. Sie lächelte und schwieg.

»Außerdem«, sagte Poal und klopfte auf die Satteltasche, »habe ich noch mein Boot. Und es gibt viele Ruderer entlang des Südpfades.«

Originaltitel: »Aurin Tree«

Aus dem Amerikanischen übersetzt von Andreas Brandhorst

WALTER JON WILLIAMS

Zeit des Wolfs

Aus den Lautsprechern in der Decke des Krankenhauses ertönten einige leise, dumpfe und prozessorgesteuerte Lautfolgen, Geräusche, die, wie wissenschaftlich bewiesen worden war, entspannend wirkten. Reese blickte auf den Jungen im Bett und spürte, wie sich in ihrem Innern etwas zusammenkrampfte.

Der Junge hieß Steward, und an diesem Morgen hatte man ihm gerade eine Kugel aus dem Körper operiert. Während der letzten Tage war er infolge eines ausgeprägten Verheerungswahns und eines selbstmörderischen Ehrbegriffs übergeschnappt und hatte das ganze Netz erledigt. Griffith war tot, ebenso Jordan und Spasky, und man hatte Steward erst aufgehalten, nachdem in Los Angeles alles völlig zusammengebrochen war. Er hatte dem Zorn noch nicht nachgegeben, aber das war nur eine Frage der Zeit. Reese griff nach ihrer Waffe. In ihrem Innern rumorte es noch immer.

Man hatte Steward angelogen, ihm etwas vorgemacht und ihn manipuliert, ohne daß er etwas davon ahnte. Und dafür war größtenteils seine Freundin Reese verantwortlich. Sie konnte es ihm nicht verdenken, daß er explodierte, nachdem er herausfand, was eigentlich geschah.

Und jetzt dies.

Reese schaltete den IV-Monitor aus, so daß das Gerät keinen Alarm gab, wenn der Junge starb – und eine Sekunde später schlug er die Augen auf. Sie sah das erkennende Funkeln in seinen Augen, wie er begriff, was ihm nun bevorstand. Reese hätte wissen sollen, daß es nicht einfach sein würde.

»Tut mir leid«, sagte sie und hob die Waffe. Was hätte

sie ihm sonst sagen können. *Bleiben wir vielleicht trotzdem Freunde, nachdem dies alles vorbei ist?*

Steward setzte zu einer Erwiderung an. Die inneren Krämpfe Reeses verstärkten sich.

Sie drückte dreimal ab, und der Schalldämpfer ließ nur ein gedämpftes Zischen erklingen. Sie trug einen Krankenhauskittel, und nur oberflächlich prüften die Polizeiwächter auf dem Gang ihr ID-Karte. Angemessene Ausweispapiere waren immer ihre besondere Spezialität gewesen.

CYA. Mit einer neuen Tarnidentität machte sich Reese auf den Weg nach Japan. Und wieder waren ihre Papiere hieb- und stichfest. An Bord der Fähre trank sie eine Supernova und verband den Interface-Stutzen des Sessels mit der Verbindungseinheit an ihrem Hinterkopf. Dann schloß sie die Augen und projizierte schweigend die letzten Infofolien in das optische Zentrum ihres Hirns. Ärger keimte in ihr auf, und sie preßte die Lippen zusammen, als sie sich jetzt zum erstenmal im ganzen Ausmaß klarmachte, was eigentlich zerstört, wovon sie Teil gewesen war.

Extraterrestrische Pharmazeutika, illegal auf die Erde gebracht, gleich tonnenweise. Das Netz war groß gewesen, sogar größer noch, als sich Reese aufgrund ihrer beschränkten Perspektive vorgestellt hatte – und jetzt war *alles* dem LA-Zorn zum Opfer gefallen. Überall wimmelte es von Polizisten und Geheimdienstleuten, und sie durchstöberten selbst die Raumhabitate.

Die ganze Zeit über hatte Reese angenommen, es ginge nur darum, daß Freunde Freunden halfen. Doch ihre Freunde hatten sie ebenso manipuliert und hereingelegt wie Steward. Der Abstecher nach Los Angeles – ebenso sinnlos wie dumm. Die Ermordung Stewards konnte nicht das verhindern, was jetzt geschehen würde. Die ganze Sache war einfach zu groß. Und wenn

Reese etwas an ihrem Leben lag, so mußte sie sich verbergen.

Sie bestellte sich einen zweiten Drink, den sie dringend brauchte. Aus den Lautsprechern des Shuttle drangen die gleichen elektronischen Lautfolgen wie aus denen im Krankenhaus. Die Erinnerung an den im Bett liegenden Steward ließ sich nicht aus ihr verdrängen, und einmal mehr spürte sie, wie sich in ihrem Innern etwas verhärtete.

Sie lehnte sich in ihrem Sessel zurück und beobachtete, wie die Tragflächen der Fähre zu glühen begannen.

Ihre berufliche Laufbahn als Tretboxerin endete damit, daß man ihr mit einem besonders heftigen Tritt das Nasenbein brach. Daraufhin machte Reese Schluß und wandte sich statt dessen leichtem Sparring und Kung Fu zu. Es entsprach nicht gerade ihrer Vorstellung von einem guten und angenehmen Leben, sich während des Trainings völlig zu verausgaben, nur um anschließend im Ring windelweich geschlagen zu werden. Sie war inzwischen sechsunddreißig, und sie mußte sich eingestehen, daß es Sportarten gab, mit denen sie sich besser nicht befassen sollte – auch wenn sie den nötigen Mumm dazu hatte. Diese Einsicht war nicht dazu angetan, ihre Stimmung zu heben.

Durch das Fenster ihres kleinen Apartments sah Reese, wie ein kalter heulender Nordostwind weiße Gischtwolken über den seichten Aralsee trieb, und das laute Wimmern der Böen übertönte sogar die von den Minaretten stammenden Lautsprecheraufrufe zum Gebet. Reese betrachtete den grauen Frühling Usbekistans, schaltete das Vid ein und dachte daran, daß sie jetzt schon den sechsten Monat im Exil verbrachte.

Ihr Haar war jetzt schwarz und so kurz wie lange nicht mehr. Ihre Fingerabdrücke hatten sich verändert, ebenso wie die Knochenstruktur des Gesichts. Auch die

Seriennummern der künstlichen Augen entsprachen nicht mehr denen von vor einem halben Jahr. Das Wetter in Usbekistan mochte ausgesprochen mies sein, aber für solche Dinge kam diese Region einem Garten Eden gleich.

Soweit sie wußte, hatte zuletzt Steward hier gewohnt. Kurz bevor er nach Los Angeles reiste und dort alles in die Luft jagte.

Der Vidschirm zeigte einen jungen Mann, der sich gerade in eine Art Kampfanzug kleidete und Waffen und Munition in die Taschen schob. Dann griff er nach einem Gewehr. Spannungsmusik dröhnte aus den Lautsprechern. Reese drehte die Lautstärke auf und setzte sich vor den Projektor.

Sie hatte bereits die Möglichkeit erwogen, ins Geschäft zurückzukehren, hielt den Zeitpunkt jedoch noch nicht für geeignet. In den Infofolien und Sendungen wurde nach wie vor von Aliens berichtet, fremden Machtstrukturen, extraterrestrischen Importen. Darüber hinaus ging es um eine ›Neuformierung‹ gerade in den Polyschaften, die mit den Mächten zu tun hatten. Reese empfand es als sonderbar, jene Nachrichten am Vidschirm mitzuverfolgen und zu sehen, wie Menschen sich abzusichern versuchten und Kommentare verweigerten, und anschließend folgte eine Auflistung fremder Pharmazeutika. Einigen Leuten wurde der Prozeß gemacht – denjenigen, die die Unruhen überlebt hatten. Viele kooperierten mit den Behörden. Nein, die Lage war noch immer zu kritisch.

Glücklicherweise hatte sie keine finanziellen Probleme. Sie besaß genügend Geld, um es noch lange auszuhalten, sogar für immer, wenn das notwendig werden sollte.

Das Peitschen von Schüssen aus den Lautsprechern. Der junge Mann auf dem Schirm kämpfte gegen einige Aliens, und mit seinem Gewehr zerstörte er Mächte. Es lief Reese kalt über den Rücken.

Der junge Mann, so begriff sie, sollte offenbar Steward sein. Sie sprang auf, schaltete das Vid ab und fühlte sich elend.

Zum Teufel damit. Zum Teufel mit den Mistkerlen der Medien.

Reese griff nach ihrer Steppjacke und hielt auf die Tür zu. Das Zimmer war ihr plötzlich zu klein geworden.

Mit einem Ruck riß sie die Tür auf, und ein dunkelhäutiger Mann auf dem Flur zuckte zusammen. Er drehte sich um und bedachte sie mit einem nervösen Lächeln.

»Sie haben mich erschreckt.«

Er sprach mit einem überdeutlichen Akzent, der auf keinen besonderen Ursprung hindeutete, ihr nur die Vorstellung von Fremdheit vermittelte. Er schien etwa dreißig Jahre alt zu sein, und er trug leichte Wildleder-Halbschuhe. Oben und an den Seiten wiesen sie Velcro-Flächen auf, die ganz offensichtlich dazu gedacht waren, in Zonen der Schwerelosigkeit auf festem Untergrund anzuhaften. Der Mann hatte die Hände in eine schlichte graue Kunststoffjacke geschoben, die Dutzende von Taschen aufwies. Jede davon war mit einem Velcro-Streifen verschlossen. Reese vermutete, daß sich die Finger einer Hand um den Kolben einer Waffe geschlossen hatten. Er schauderte. Vielleicht ein Frösteln. Möglicherweise aber auch Nervosität. Sie nahm an, daß er gerade den Gravitationsschacht heruntergekommen war – seine Kleidung wies zuviel Velcro auf, als daß er sie auf der Erde gekauft haben konnte.

Einige Nachkommen der Goldenen Horde – sie trugen aus Berlin importierte Kombinationen im Fliegerstiel – sausten auf Skateboards vorbei, und die Ohrschützer der ledernen Kappen flatterten im Fahrtwind.

»Gerade erst eingetroffen?« fragte Reese.

Er stellte sich als Sardar Chandrasekhar Vivekenanda vor und meinte, er sei ein Revolutionär von Prince Station. Von seinen Freunden, so fügte er hinzu, werde er Ken genannt. Zwei Nächte nach ihrer ersten Begegnung traf Reese ihn in der Bar namens *Natürliches Leben*, im obersten Stock einer großen Bank. Hier fanden sich vor allen Dingen die Leute ein, die sich im Exil befanden, und die Einrichtung bestand aus Mahagoni, das man zu einem hohen Preis aus Zentralamerika importiert hatte.

Reese hatte Ken überprüft – sie hielt es in jedem Fall für besser, vorsichtig zu sein – und festgestellt, daß seine Angaben der Wahrheit entsprachen. In den von Prince stammenden Infofolien wurde sein Name häufig erwähnt. Selbst die politischen Verbündeten kritisierten seine Aktionen.

»Ram versuchte, uns für Februarunruhen verantwortlich zu machen«, erzählte ihr Ken. »Cheney meinte, ich solle verschwinden – damit man mir den Aufstand ankreidet und Cheney in Ruhe weiterarbeiten kann.«

Reese nahm einen Schluck von ihrem Mataglap Star und spürte, wie die Flüssigkeit ihr im Hals brannte. Sie blickte durch die gläserne Wand und beobachtete die Staubschlieren, die der Wind über die metallenen Dächer und Landescheiben Usbekistans wehte. Dann lächelte sie schief. »Cheney wollte also nicht seinen eigenen Kopf hinhalten und zog es statt dessen vor, daß es Sie erwischte«, sagte sie. »Scheint mir ein wahrer Menschenfreund zu sein.«

Kens Stimme klang leicht verärgert, als er erwiderte: »Cheney weiß genau, was er tut.«

»Oh, bestimmt! Er legt seine Freunde rein. Die Frage ist nur: Was fangen Sie jetzt an?«

Kens feingliedrigen Hände kamen in die Höhe und vollführten eine vage Geste. »Ich kann von hier aus agitieren. Cheney gewährt mir finanzielle Unterstützung. Ich habe mir bereits ein ausgezeichnetes Kommunikationssystem zugelegt.«

Reese sah ihn an. »Brauchen Sie irgendwelche Soldaten bei Ihrer Revolution?«

Er schüttelte den Kopf. Seine Wimpern waren lang und schwarz. »Ich glaube nicht. Prince Station ist hundert Jahre alt. Die Basis befindet sich in einem Orbit Lunas und hat unmittelbaren Zugang zu Rohstoffvorkommen auf dem Mond. Andererseits jedoch kann sie nicht wirklich mit den neuen Ausrüstungen der anderen Stationen konkurrieren. Ram will so lange wie möglich aushalten. Seine Politik besteht darin, die Wirtschaft auszuplündern, anstatt eine Restrukturierung vorzunehmen. Er hat sich das Wohlwollen der Anteilseigner gesichert, indem er hohe Dividenden zahlt. Aber dadurch wird das ökonomische Gefüge zu sehr belastet, und die Unruhen beweisen, daß er allmählich die Kontrolle über die Lage verliert. Es ist nur noch eine Frage der Zeit. Wir rechnen nicht damit, daß die Veränderung gewaltsam sein wird – jedenfalls nicht in einem militärischen Sinn.«

»Schade. Gerade jetzt könnte ich einen Job in einer Fremdenlegion gebrauchen.« Reese sah auf, als einige Leute die Bar betraten. In ihrer Mitte erkannte sie einen berühmten Betrüger von Ceres, einen Mann namens da Vega. Hände und Gesicht waren mit einer Schicht aus kostbaren Schmuckimplantaten bedeckt, die Reese mit einer fluoreszierenden Gallertmasse verglich. Begleitet wurde er von ausschließlich weiblichen Leibwächtern, die ihn vor cerianischen Fahndern schützen sollten, denen es möglicherweise darauf ankam, ihn zurückzubringen und vor ein Gericht zu stellen. Die Frauen waren alle sehr groß und hatten runde Augen – eine Vorliebe da Vegas. Bei ihrer ersten Begegnung hatte er versucht, auch Reese anzuwerben. Er bot ihr eine großzügige Bezahlung an, denn Frauen mit runden Augen waren selten an diesem Ort, doch Reese argwöhnte, daß die von ihr erwarteten Dienste auch sexuelle Aspekte aufwiesen.

Einer von *jenen* Jobs, dachte sie. Sie war versucht gewesen, ihm mit seinen stinkenden Socken das Maul zu stopfen, trotz der Leibwächter; doch zum Schluß begnügte sie sich damit, ihm zu sagen, daß sie eine bessere Art von Arbeitgebern gewöhnt war.

Da Vega sah sie an und lächelte. In Usbekistan lief man sich wirklich dauernd über den Weg.

Reese trank ihren Mataglap Star aus und stand auf. »Lassen Sie uns einen Spaziergang machen«, sagte sie.

»Ein neues Gebäude für die Freiheit«, sagte Ken. »Das möchten wir erbauen. Sie sollten sich einmal mit den entsprechenden Schriften Cheneys befassen.«

Eine nächtliche Straße, durch die der Wind zischte. Auf der glatten metallenen Oberfläche spiegelten sich Hologramme wider, die zu beiden Seiten lange Reihen bildeten, vor Läden und Geschäften. Sie priesen Waren an, die nun hinter verdunkelten Scheiben unsichtbar blieben. Die Böen heulten in dem Gitterwerk aus Funkempfängern, die alle gen Himmel gerichtet waren, durch einen Stachelwald aus Antennen. Nicht allzu weit entfernt ragte ein Minarett in die Höhe, und in einem bestimmten Rhythmus aufflackernde rote Blitze hüllten die Konturen des Turms in einen geisterhaften und kurzlebigen Schein. Weit oben glühten die Wolken in einem gelben Natriumlicht.

»Freiheit«, wiederholte Reese. »Ein schönes Wort.«

»Es gibt zu viele in sich geschlossene Systeme«, sagte Ken. Er klappte den Kragen seiner neuen Daunenjacke hoch. »Das ist das allgemeine Problem mit Raumhabitaten: Die Bewohner streben geschlossene ökologische Systeme an, und dann versuchen sie, auch ihre Ökonomien möglichst gut von der Außenwelt abzuschirmen. Es gibt nicht genügend *Verbindungen*. Ich bin Makroökonom. Ich arbeite mit vielen theoretischen Modellen und bemühe mich herauszufinden, wie sich die einzelnen Elemente zu einem einheitlichen Ganzen zusammenfügen lassen. Das größte Hindernis dabei scheint immer in einem Mangel an Datenverbindungen zu bestehen. Wir haben es mit einem Sonnensystem zu tun, in dem es Hunderte von korporativen Plutokratien gibt, die alle miteinander im Wettstreit stehen und keinen freien Zugang zu den Informationen gewähren, die Auskunft darüber geben könnten, was sie planen. Darüber hinaus haben sie auch noch Kolonien in anderen Sonnensystemen, und was die angeht, erfahren wir *nur das*, was uns die Polyschaften mitteilen wollen. Die ganze Situation ist viel zu instabil; man kann nicht vorhersehen, was geschehen wird, denn für entsprechende Einschätzungen fehlt die nötige Datenbasis. Alles wird gemäß den Richtlinien des alten Orbitalen Sowjets konstruiert; nicht einmal die Leute, die die Informationen *brauchen*, bekommen Zugang dazu.

Prince Station verarbeitet in erster Linie natürliche Rohstoffe. Was soweit in Ordnung und ein kontinuierlicher Prozeß ist. Aber die Preise fluktuieren stark, denn im Asteroidengürtel und anderenorts werden immer wieder neue Vorkommen entdeckt, und es erfordert hohe Investitionen, um die gerätetechnische Ausstattung stets auf dem neuesten Stand zu halten. Um einer stabilen Habitatsökonomie willen wäre es deshalb für Prince angebracht, eine andere und weniger anfällige Exportmöglichkeit zu finden. Biotech zum Beispiel, oder öffentliche Datenbanken. Optische Systeme. Neue Verarbeitungsmethoden. Genetische Techniken. Irgend etwas. Aber für die Vorbereitungen benötigt man Zeit und Geld – ein Fünfjahreseinkommen etwa –, und es gibt andere Polyschaften, die sich auf solche Fachgebiete spezialisiert haben. Man würde die Arbeit einer anderen Gruppe duplizieren und das erst dann wissen, wenn plötzlich ein neues Produkt auf den Markt kommt und die Investition von fünf Jahren zunichte macht. Geheimniskrämerei führt zu instabilen Wirtschaften. Und instabile Wirtschaften ziehen instabile politische

Situationen nach sich – das ist der eigentliche Grund, warum ganze Polyschaften von einem Augenblick zum anderen erledigt sind.«

»Sie wollen also, daß die Polyschaften ihre Geheimnisse lüften.«

»Es kommt mir auf eine Veränderung des ganzen *Konzeptes* an, was die Handelsgeheimnisse angeht. Das Ideale wäre meiner Ansicht nach ein völlig neues System von Datenspeicherung und -zugriff. Ein so gutes System, daß jeder es benutzen muß, um wettbewerbsfähig zu bleiben, das jedoch gleichzeitig aufgrund seiner Struktur Zugangsbeschränkungen unmöglich macht.«

Reese lachte, und dieses Geräusch hallte von der kalten Metallstraße wider. »Sie träumen.«

Ken deutete ein Lächeln an. »Damit haben Sie natürlich recht. Ich müßte zweihundert Jahre in der Zeit zurückkehren, bis zu den Anfängen der künstlichen Intelligenz, um dort alles in neue Wege zu leiten. Dann hätte ich vielleicht eine Chance, meinen Vorstellungen eine konkrete Grundlage zu geben.« Er zuckte mit den Schultern. »Glücklicherweise haben Cheney und ich praktischere Pläne.«

Reese sah ihn an. »Sie erinnern mich an jemanden, den ich recht gut kannte. Er wollte die Wahrheit erfahren, genau wie Sie. Wollte *Zugang.*«

»Und was ist aus ihm geworden?«

Plötzlich hatte Reese das Gefühl, als wehe der frostige Wind auch in ihrem Innern. »Er starb«, sagte sie. »Jemand erschoß ihn im Krankenhaus.« Irgendwie hatte sie aufgrund der angenehmeren Erinnerungen das Ende Stewards vergessen.

»Ein außergewöhnlicher Ort, um erschossen zu werden.«

Reese entsann sich auch an den verstehenden Blick des Jungen, an die letzten Worte, die er nicht mehr hatte aussprechen können. Der Nordostwind ließ sie frösteln und Eiseskälte in ihr entstehen. Die verlassene Straße, durch die sie gingen – sie schien endlos, nicht nur einfach eine Straße, sondern *die* Straße zu sein, eine endlose metallene Passage, auf der die Schritte einer einsamen und hilflosen Reese widerhallten, die gesäumt war von Neonwänden, deren Zeichen und suggestiven Symbole die unwirklichen Bequemlichkeiten einer völlig anderen Welt rühmten ... Sie schauderte und griff nach der Hand Kens.

Seine sanften, leisen Worte wurden fast vom Wind davongetragen. »Standen Sie sich nahe?«

»Ja. Nein.« Reese schüttelte den Kopf. »Ich wollte ihm eine Freundin sein, aber das wäre schlecht fürs Geschäft gewesen.«

»Ich verstehe.«

Sie hatte einen bitteren Geschmack im Mund und ließ erneut den Blick über die endlose glänzende Straße schweifen, die dunkelhäutigen Passanten, die nur kurz miteinander sprachen und dann wieder fortgingen. Manchmal, dachte sie, ist es ganz gut, sich an alles zu erinnern. Und sie fragte sich, wie die letzten Worte Stewards gelautet haben mochten.

Das fahle gelbe Glühen einer runden Lampe kennzeichnete die Tür, die in die Wohnung Kens führte. Sie traten ein, und in dem gelblichen Licht sah Reese abgenutzte alte Möbel und die brandneuen Kommunikationsgeräte. »He!« entfuhr es ihr. »Das ist ja eine regelrechte Agitprop-Zentrale.« Sie war froh, den kalten Wind hinter sich zurücklassen zu können.

Das Zimmer erhellte sich rhythmisch im roten Pulsschlag der oberen Kennzeichnungsmarken des Minaretts. Reese hielt die Hand Kens fest, als er nach dem Lichtschalter tasten wollte, und sie erstickte seine Frage, indem sie ihn küßte. Sie scherte sich eigentlich nicht darum, ob es in Prince Station eine Frau gab, die auf ihn wartete, wollte dies schweigend geschehen lassen, in einer gewissen moralischen Stille. Ihre Nerven waren auf den Kampf vorbereitet und entsprechend angespannt, und sie verstärkte ihre Sensibilität noch, beschleunigte die Wahrnehmungssequenzen und beobachtete und erlebte alles wie in Zeitlupe: die Art und Weise, wie Ken sie berührte und streichelte, das Flüstern ihres eigenen Atems, das unaufhörliche Aufblitzen der roten Warnlichter des Turms, das die Konturen seines Gesichts der warmen Dunkelheit entriß ... Von draußen vernahm sie das Heulen und Zischen des Nordostwindes, hörte, wie er über die Mauern strich und in Ecken und Nischen ächzte, wie seine Böen durch die lange Straße fegten. Die Wohnung war ein Refugium der Behaglichkeit, bot zumindest für eine Weile eine andere Art von Exil.

Tags darauf wurde ein Wartungsschott in Prince Station aus der Verankerung gerissen, und sechzehn Personen kamen dabei ums Leben. Ken war zufrieden.

»Damit können wir eine Menge anfangen«, sagte er. »Der Allgemeinheit beweisen, daß die Administrationsnarren nicht einmal fähig sind, mit den einfachsten Dingen fertigzuwerden.«

Reese stand am Fenster und blickte in Richtung des fernen braunen Horizontes. Sie hatten inzwischen sowohl die Tapeten Kens als auch die alte Einrichtung satt. Sie beobachtete einige Fremde auf zweihöckerigen Kamelen, die vorgaben, Seide nach Taschkent bringen zu wollen.

»Meinst du Sabotage?« fragte sie und berichtigte sich gleich darauf: »Entschuldige. *Destabilisierung* dürfte der richtige Ausdruck sein, nicht wahr?«

Ken saß mit überkreuzten Beinen im Sessel, hatte nachdenklich die Stirn gerunzelt und sah konzentriert auf den Schirm. »Vielleicht geht das wirklich auf unser Konto. Und wenn das stimmt, so war es eine recht effektive Aktion.«

»Die Leute, die dabei ums Leben kamen, dürften sich

wohl kaum freiwillig gemeldet haben. Sie gehörten nicht zu euch.«

Ken verzog das Gesicht zu einem rätselhaften Lächeln. »Nein, natürlich nicht.«

Reese drehte sich um, verschränkte die Arme und musterte ihn. »Das erschreckt mich so an euch Idealisten. Ihr werft sechzehn Menschen ohne Druckanzug ins Vakuum, und da das alles der Verbesserung der Gesellschaft und dem letztendlichen Triumph der Revolution dient, ist nichts daran auszusetzen.«

Ken zwinkerte, weil er direkt ins Licht sah, als er sich ihr zuwandte. »Ich bin mir gar nicht sicher, ob sich das so sehr von dem unterscheidet, was du tust.«

»Ich bin Soldat. Und du bist Ideologe. Der Unterschied besteht darin, daß du entscheidest, wer wann und wo getötet wird – und ich muß den entsprechenden Auftrag ausführen und habe die Konsequenzen zu tragen, wenn sich die Entscheidung als falsch erweist. Wenn es keine Leute wie dich gäbe, wäre meine Arbeit nicht notwendig.«

»Glaubst du, dieser Unterschied befreit dich von einem Teil der Verantwortung?«

Reese schüttelte den Kopf. »Nein. Aber die Leute, gegen die ich kämpfe ... Es sind Freiwillige, wie ich. Sie werden bezahlt, wie ich. Es ist eine saubere und direkte Sache. Ich nehme das Geld und arbeite dafür. Des öfteren weiß ich nicht einmal, worum es dabei geht. Und ich *will* es auch gar nicht wissen. Wenn ich meine Auftraggeber danach fragte, würden sie mich ohnehin anlügen.« Sie trat auf den schon recht schäbig wirkenden Plüschsessel zu, setzte sich und zog das eine Bein an.

»Ich habe einmal für die Menschheit gekämpft, im Artefaktenkrieg. Mit Fernes Juwel befand ich mich auf Erzengel, und wir sicherten den Planeten für die Freiökonomisten. Wir benutzten dabei die fremde Technologie, auf die wir durch Zufall gestoßen waren, jene biochemischen Tricks, mit denen sich die Mächte so gut auskennen. Es mag ganz nach einem ehrenvollen Abenteuer klingen, aber in Wirklichkeit plünderten wir die Ruinen der Fremden und bestahlen andere Polyschaften. Dann brach der Krieg aus, und ich weiß nur noch, wie ich durch die Tunnel unter der Oberfläche kroch und vor Kyberdrohnen und auf mich justierten Mordmaschinen floh. Zwischen mir und dem Tod gab es nur einen völlig ungenügend gepanzerten Schutzanzug. Und schließlich starb ich.«

Ken neigte den Kopf zur Seite und beobachtete sie neugierig. »Hattest du eine Klon-Versicherung? Ist dies dein zweiter Körper?«

Ärger wallte in Reese hoch, und sie spürte, wie sich dumpfe Wut in ihr bildete und sich ihre Muskeln verhärteten. Sie erinnerte sich an finstere Tunnel, an aufeinandergestapelte Leichen, an den Gestank der Angst, der die Membranen ihres Schutzanzuges durchdrang, jenen Geruch, der sich nicht einmal mit den stärksten Reinigungsmitteln fortwaschen ließ.

»Nein. Ganz und gar nicht. Ich brachte *mich selbst* um, meine Persönlichkeit. Denn alles, was ich damals war, alles, was ich gelernt hatte, diente nur meinen Auftraggebern, meinen Vorgesetzten – und dem Feind in seinem Bemühen, mich zu eliminieren. Ich mußte mich völlig neu orientieren, mich von all dem trennen, was nicht meinem Überleben diente. Ich wurde zu einem Tier, einer Tunnelratte. Ich sah, wie Eigenschaften wie Mut und Loyalität von den Bossen dazu mißbraucht wurden, uns zu töten, und aus diesem Grund verwandelte ich mich in einen treulosen Feigling. Mein Körper arbeitete gegen mich – ich bin zu groß für unterirdische Tunnel –, aber ich gab mir alle Mühe, kleiner zu werden, und seltsamerweise schien das zu klappen. Nun, in solchen Zeiten kommt es allein auf den Willen an; ist man entschlossen genug, so kann man alles schaffen.«

Sie blickte Ken an, lächelte schief und entblößte ihre

Zähne. Der von der lebhaften Erinnerung bewirkte Adrenalinschub ließ sie nach wie vor leicht zittern. »Ich bin noch immer ein Tier, noch immer treulos, noch immer ein Feigling. Denn das ist die einzige Möglichkeit, am Leben zu bleiben.«

»Wenn du das wirklich meinst, so zieh dich doch aus dem Geschäft zurück.«

Reese zuckte mit den Schultern. »Es ist mein Beruf, das was ich am besten kann. Und wenn ich es mit etwas anderem versuchte, einen Job als Mechaniker oder Tech annähme ... Dann wäre ich vermutlich ein Nichts, ein Niemand, über den andere Leute nach Belieben bestimmen und verfügen, eine Eintragung in einer Inventarliste. Auf diese Weise bleibe ich zumindest mir selbst treu, wenn schon niemandem sonst. Und ich bekomme das, was ich verdiene.«

»Und sonst?« Ken musterte sie aufmerksam.

Reese bewegte sich unruhig in ihrem Sessel und fühlte ein gewisses Unbehagen. Die Nerven, dachte sie. Die Nachwirkungen des Adrenalins. »Ich glaube, ich verstehe nicht ganz, was du meinst.«

»Du magst deine Arbeit. Jedenfalls habe ich diesen Eindruck.«

Reese lachte. Es hatte keinen Sinn, dem zu widersprechen. »Mir gefällt die Aufregung, das Gefühl, Herrin meines eigenen Schicksals zu sein. Es gefällt mir zu wissen, daß jeder Fehler, der mir unterläuft, eine große Rolle spielen könnte.«

Ken schüttelte den Kopf. »Das verstehe ich nicht. Leute wie du sind mir ein Rätsel.«

»Du mußtest auch nicht zu einem Tier werden. Du bist Makroökonom und an langfristige Bewertungen gewöhnt. Einige Leute, die durch ein defektes Schott den Tod fanden – ein akzeptables Opfer. Ich hingegen nehme solche Dinge persönlich. Und ich schätze, alle diejenigen, die versuchten, mich ins Jenseits zu schikken, waren Leute, die langfristig planten.«

Ruhig begegnete Ken ihrem Blick. »Dein Tod gehört nicht zu meinen Plänen. Damit habe ich nichts im Sinn.«

»Vielleicht stehe ich eines Tages zwischen dir und deiner Revolution. Und dann sehen wir weiter.«

Darauf gab er keine Antwort. Doch in seinen dunklen Augen und dem maskenhaften Gesichtsausdruck las Reese die Antwort Kens, und es war genau die, die sie erwartet hatte.

»Reese.«

Es war das erste Mal seit sechs Monaten, daß sie ihren Namen hörte, und ausgesprochen wurde er von jemandem in Usbekistan, einem Mann, den sie noch nie zuvor gesehen hatte. Ihre sensiblen Nerven reagierten sofort, und noch bevor sie sich ganz umgedreht hatte, begann der kampfbereite Aspekt ihres Wesens mit einer Analyse der Haltung des Fremden und schätzte potentielle Gefahren und eigene Defensivaktionen ein.

Der Mann war ungefähr vierzig und gebräunt. Sein Haar lichtete sich bereits und wies einen in der Mitte der Stirn spitz zulaufenden Ansatz auf. Er wirkte entspannt, und die Hände waren leer und deutlich zu sehen. Er trug eine blaue Daunenweste über einem karierten Hemd, eine weite graue Wollhose und alte braune Stiefel. Freundlich lächelte er sie an. Die Statur war eher zart, so als seien seine Gene verändert worden. Und seine Wangen röteten sich im schneidenden Wind.

»Meinen Sie mich?« fragte Reese. »Ich heiße Waldman.« Ihre Sinne analysierten ihn nach wie vor, registrierten jeden noch so geringfügigen Haltungswechsel, die Bewegungen der Hände. Hatte Ken sie hintergangen? Oder vielleicht Cheney, nachdem er zu dem Schluß gekommen war, sie stelle eine Gefahr für Ken dar?

Der Mann sah sie offen an. »Ich verstehe Ihre Vorsicht, aber wir wissen, wer Sie sind. Machen Sie sich keine Sorgen. Wir möchten Sie anwerben.«

Seine Stimme hatte den gleichen amerikanischen Akzent wie die Reeses. Und die beschleunigten Reflexe gaben ihr Zeit genug, um über seine Worte nachzudenken.

»Sie sollten mich besser Waldman nennen, wenn Ihnen etwas an einem Gespräch mit mir liegt.«

Der Fremde hob die Hände, und die Nerven Reeses vibrierten. Sie bemerkte, daß eines seiner Ohrläppchen zerrissen war. Es schien, als sei ihm während eines Kampfes ein Ohrring abgerissen worden. »Na schön, Miß Waldman. Mein Name ist Berger. Wo können wir uns unterhalten?«

»Im *Natürlichen Leben*, in einer Stunde. Kennen Sie die Bar?«

»Ich finde sie bestimmt. Bis später.«

Er wandte sich um und schlenderte gemütlich durch die schmale Straße davon. Reese beobachtete ihn, bis er außer Sicht war, und anschließend kehrte sie in ihr Apartment zurück. Sie überprüfte, ob sich während ihrer Abwesenheit jemand in den Zimmern aufgehalten hatte (es gab keine sichtbaren Anzeichen dafür, aber das brauchte nichts zu bedeuten), und um ihre nach wie vor sehr angespannten Nerven zu beruhigen, säuberte sie ihre Waffe und nahm ein ausgiebiges heißes Bad. Die Pistole lag die ganze Zeit über griffbereit auf einem Hocker. Sie streckte sich in der stählernen Wanne aus und spürte, wie sich Schweißtropfen auf ihrer Kopfhaut bildeten, während sie auf dem Flüssigkristall-Bildschirm eine in farbenprächtige Kostüme gekleidete Pop-Gruppe beobachtete: ein Unterhaltungsprogramm, das von der Halbinsel Malakka übertragen wurde. Nach dem Bad zog sie sich andere Kleidung an, schob die Waffe ins Holster zurück (die im *Natürlichen Leben* installierten Sicherheitssysteme würden sie mit Giftpfeilen spicken, wenn sie bewaffnet die Bar aufsuchte) und machte sich dann wieder auf den Weg in die Stadt. Die Böen trugen den Gesang der Muezzin heran. Reese dachte über verschiedene Möglichkeiten nach.

Berger war ein Zorniger. Oder ein gedungener Killer. Da Vega hatte sie verraten, um sich an ihr zu rächen. Von Cheney verkauft und ans Messer geliefert. Oder Ken ... Ken, der es nun bedauerte, ihr zuviel über die Revolution erzählt zu haben, und deshalb beschlossen hatte, sie auf Eis zu legen, bevor sie seine Pläne Ram anbot.

Das Leben war eine lange Liste von Alternativen.

Als Reese die Bar betrat, war Berger noch nicht eingetroffen. Der Barkeeper betete gerade, und so wandte sie sich dem Computerterminal auf der Theke zu, las die Infofolien und hielt dabei nach etwas Ausschau, das ihr einen Hinweis geben und helfen konnte zu verstehen, was vor sich ging.

Nichts. Die Aliens hatten an diesem Tag nicht für Schlagzeilen gesorgt. Nur eine kurze Notiz, in der es um einen Mann namens da Vega ging, der tot aufgefunden worden war, zusammen mit zwei Leibwächterinnen. Eine weitere wurde vermißt.

Reese lächelte dünn. Die Usbeken waren Leute, die durchaus etwas für langfristige Pläne übrig hatten. Vermutlich war da Vega von ihnen inzwischen als natürlicher Dünger verwendet worden.

Der von Lautsprechern verstärkte Gesang der Muezzin verstummte. Der Barkeeper kehrte zurück und schaltete den Vidschirm auf eine aus Japan stammende Musiksendung um. Er nahm die Bestellung Reeses entgegen, und kurz darauf kam Berger herein und putzte sich mit einem Taschentuch die Nase. Offenbar war er nicht auf einen so kalten und windigen Frühling vorbereitet gewesen, überlegte Reese. Er würde sich eine warme Jacke kaufen müssen.

»Keine Angst, Miß Waldman«, sagte er. »Ich bin nicht hier, um Sie zu erledigen. Wäre ich darauf aus, hätte ich schon auf der Straße etwas gegen Sie unternehmen können.«

»Ich weiß. Aber Sie könnten ein Bulle sein, der versuchen will, mich aus Usbekistan zu locken. Ich hoffe also für Sie, daß Sie mir ihre Identität glaubhaft machen.«

Berger lächelte schief und rieb sich unruhig die Stirn. »Tja, um ganz offen zu sein: In gewisser Weise *bin* ich eine Art Polizist.«

»Toll. Jetzt bin ich wirklich beeindruckt.«

Er zeigte ihr seine ID-Karte. Sie betrachtete sie, während Berger fortfuhr: »Ich bin Captain in der Pulsar-Abteilung der Strahlenderen Sonnen. Wir möchten Sie für einen Job jenseits des Gravitationsschachtes der Erde anwerben.«

»Vesta?«

»Nein. Nicht ganz so weit entfernt.«

Reese runzelte die Stirn. Die Polyschaft der Strahlenderen Sonnen war eine der beiden, die mit den fremden Mächten zu tun hatten. Sie hatte praktisch die Exklusivrechte auf Import von den Mächten, und die Gesellschafts-Charter verbot ihr Territorialansprüche außerhalb des Asteroiden Vesta. Viele der höheren Angestellten der Strahlenderen Sonnen waren untergetaucht, nachdem Steward das Netz Griffiths in Los Angeles zerstört und anschließend eine Neuordnung der Vesta-Unternehmungen begonnen hatte.

»Der Pulsar-Abteilung obliegt die innere Sicherheit auf Vesta«, sagte Reese. »Die für die Außensektoren zuständige Geheimdiensteinheit wird Gruppe Sieben genannt. Aus welchem Grund also befaßt sich Pulsar mit einer Angelegenheit, die nicht direkt Vesta zu betreffen scheint?«

»Sie irren sich. Das, womit wir es zu tun haben, *ist* ein Problem der inneren Sicherheit. Einige unserer Leute sind abtrünnig geworden.«

»Und ich soll sie für Sie zurückholen?«

Es zuckte kurz in einem Augenwinkel Bergers. Reese kannte seine Antwort auf ihre Frage, noch bevor er sie formulierte. Sie fühlte erneut die vertraute Sensibilisierung ihrer Nerven, die Wärme in den Muskeln. Es war schon lange her ...

»Nein. Wir möchten, daß Sie sie aus dem Verkehr ziehen.«

»Das genügt«, sagte sie. »Bevor ich mir auch nur noch ein weiteres Wort von Ihnen anhöre, werde ich Sie überprüfen.«

»Ich würde sagen, es ist nicht einmal Mord«, erklärte Berger. Er aß Spinatsalat in einem teuren Restaurant namens *Texas Beef* – eine Bezeichnung, die auf eine pornographisch angehauchte und außerordentlich populäre Vidshow von Alice Springs zurückging. Soße tropfte auf die Tischdecke, als Berger mit der Gabel winkte. »Wir besitzen Gewebeproben und Gedächtnisaufzeichnungen, wie im Fall aller höherrangigen Mitglieder der Gesellschaft. Zum Teufel auch: Wir clonen Sie einfach.«

»Was im Falle des Falles aber nicht verhindert, daß ich im Gefängnis lande.«

»Wer soll Sie denn verhaften? Der blöde Asteroid ist einer der abgelegensten Orte im ganzen Sonnensystem.«

Reese hatte Berger soweit überprüft, wie es ihr möglich gewesen war. Nach ihrer entsprechenden Ankündigung hatte sie eine Anfrage an die Behörden Vestas gerichtet und um die Bestätigung der Identität eines gewissen Captain Berger von der Pulsar-Abteilung und ein Foto gebeten. Beides traf nach zwölf Stunden ein. Wenn es sich bei dieser ganzen Sache um einen Plan mit dem Ziel handelte, sie zu arrestieren, so war er, gelinde gesagt, außergewöhnlich.

Mit der Gabel spießte Reese ein Stück Lammfleisch in Senfsoße auf und schob es sich in den Mund. Sie hatte ziemlich hart gearbeitet und vertrat die Ansicht, diesen Genuß verdient zu haben.

»Der Felsen durchmißt etwa zwei Kilometer. Die offizielle Bezeichnung lautet 2131YA, aber er wird auch Cuervo Gold genannt.«

»Heutzutage gibt man den Asteroiden komische Namen.«

»Ich schätze, die unbedeutenderen griechischen Gottheiten sind alle schon an die Reihe gekommen. Nun, offiziell gehört Cuervo nicht etwa einer Polygesellschaft, sondern einem kleineren Bergbauunternehmen namens Exeter Teilhaber, dessen hundertprozentiger Eigner wir sind. Gold ist einer der Apollo-Asteroiden und kreuzt regelmäßig die Umlaufbahn der Erde, was ihn zu einem guten Nachschub- und Versorgungsstützpunkt macht. Außerdem ist er dadurch weitaus isolierter als die anderen Planetoiden im Gürtel. Eine Zeitlang unterhielten wir dort ein Laboratorium, in dem wir eine gewisse neue Technologie entwickelten, die ...« Berger lächelte schief. »Nun, wir wollten vermeiden, daß die Konkurrenz Gelegenheit bekommt, einen Blick darauf zu werfen. Die Sicherheitsbestimmungen auf Vesta sind sehr streng, doch andererseits gibt es dort einen großen Raumhafen, und Leute kommen und gehen ständig. Das, was wir auf Cuervo haben, ist eine ziemlich heiße Sache, und es kam uns darauf an, sie von Touristen fernzuhalten.«

»Eigentlich möchte ich davon gar nichts wissen«, sagte Reese.

»Ich habe selbst keine Ahnung, und so könnte ich Ihnen überhaupt nichts verraten«, erwiderte Berger. »Nun, die entsprechenden Arbeiten hatten ein fortgeschrittenes Stadium erreicht, als gewisse Aktivitäten bekannt wurden, die mit Ihrem Freund Griffith in Zusammenhang standen. Daraufhin sahen wir uns dazu gezwungen, das Projekt möglichst rasch zu beenden und die betreffenden Mitarbeiter mit anderen Aufgaben in Zentralafrika zu betrauen, wo ich tätig bin. Wenn die Ermittlungsbeamten herausfänden, daß der Asteroid uns gehört, und wenn sie erführen, was sich dort befindet ... nun, dann geriete Strahlendere Sonnen in eine sehr peinliche Situation.«

»Lehnten es die Techniker ab, Cuervo zu verlassen?« fragte Reese.

»Sie protestierten. Sie meinten, bei ihrer Arbeit habe gerade die kritische Phase begonnen. Es wurde ein Transporter von der Erde geschickt, um sie abzuholen, doch sie verweigerten die Evakuierung, und kurz darauf verloren wir den Kontakt zu dem Frachter. Wir nehmen an, die Besatzung wurde entweder getötet oder gefangengenommen.«

»Ihre Leute könnten den Transporter übernommen haben und zu einer anderen Polyschaft übergelaufen sein.«

»Das glauben wir nicht. Es wäre ihnen kaum möglich gewesen, die Ergebnisse ihrer Arbeit mitzunehmen. Und bestimmt hätten sie nicht sehr weit kommen können, ohne Aufmerksamkeit zu erregen – einige der Projektmitarbeiter waren Mächte.«

Es lief Reese kalt über den Rücken. Sie richtete sich auf und musterte Berger eingehend. Abseits der beiden Zugangshäfen war der Aufenthalt von Mächten verboten. Als offizielle Begründung dafür wurde die Gefahr von gefährlichen Virus-Übertragungen zwischen verschiedenen Spezies angeführt. Es war bereits zu Epidemien in den beiden Gesandtschaften von Mächten gekommen, und eine konträre Infektion lag durchaus im Bereich des Möglichen. Die Entdeckung von Mächten, die zu den außerhalb von Vesta tätigen Mitarbeitern der Polyschaft gehörten, hätte den Ruf von Strahlendere Sonnen für immer ruiniert. Doch bestimmt ließ der allgemeine Zorn auf Strahlendere Sonnen nach einer Weile nach. Der Handel mit den Aliens war viel zu gewinnträchtig, als daß er längere Zeit brachliegen konnte. In ein oder zwei Jahren ergab sich gewiß eine Gelegenheit dazu, das Laboratorium mit geklontem Personal wieder in Betrieb zu nehmen und einige besonders aufmerksame und gewiefte Sicherheitsleute darauf anzusetzen, die Beachtung aller Anweisungen und Vorschriften sicherzustellen.

»Ich verstehe, warum Sie es eilig haben«, sagte Reese. »Aber weshalb ausgerechnet ich? Warum fliegen Sie nicht selbst los?«

»Auf der Erde haben wir niemanden mit Ihren Fähigkeiten«, antwortete Berger. »Ich bin nicht so ausgerüstet wie Sie. Und ... Es ist uns lieber, Sie auf unserer Lohnliste zu wissen, als uns vorzustellen, wie Sie sich in Usbekistan langweilen und darauf warten, von den Zornigen erwischt zu werden. Wenn wir Sie finden konnten, so dürften sie ebenfalls dazu in der Lage sein.«

Reese trank einen Schluck Soda. »Wie haben Sie mich überhaupt gefunden?«

»Jemand hat Sie erkannt.«

»Wer könnte das wohl gewesen sein?«

Erneut zuckte es im Augenwinkel Bergers. »Ich habe mich bereits darum gekümmert«, sagte er. »Es kam uns darauf an zu vermeiden, daß er Ihren Namen auch noch anderen nannte.«

Da Vega. Nun gut. Wenigstens nicht Ken.

Doch dies alles bedeutete auch eine gewisse Gefahr. Berger wollte nicht, daß sie sich länger in diesem Flüchtlingsparadies aufhielt, in dem die Anzahl Verzweifelter höher war als der allgemeine Durchschnitt und wo sie von einem Polyschaft-Fahndungsteam gestellt werden konnte. Seine Leute hatten bereits jemanden auf Eis gelegt, und bestimmt machte es ihnen nicht viel aus, das bei einer zweiten Person zu wiederholen.

»Sprechen wir übers Honorar«, schlug Reese vor. »Ich schätze, Strahlendere Sonnen kann mir das bezahlen, was ich wert bin.«

Im Verlaufe eines Verhörs hatten die Polizisten Rams eine Frau zu Tode geprügelt. Ken saß an seiner Konsole, sammelte Meinungen und Fakten und nutzte den Tod eines weiteren Menschen für die Revolution. Reese schritt durchs Zimmer, strich hier und dort über die Tapeten und aß mongolischen Braten von einem Pappteller. Unter dem Fenster sang ein betrunkener Nachfahre der Goldenen Horde dem Mond ein trauriges Lied. Des öfteren kam er mit den Strophen durcheinander und begann dann wieder von vorn, und die lallende Ballade ging Reese langsam auf die Nerven.

»Es wäre mir lieber«, sagte sie, »wenn Cheney dir einen anständigen Lohn zahlen würde.«

»Er überweist mir soviel, wie ihm möglich ist.« Kens Finger tanzten über die Tasten. »Das Geld muß sauber sein, und es bleibt ihm keine andere Wahl, als dabei sehr vorsichtig zu Werke zu gehen.«

»Du kannst nicht einmal sicher sein, ob du einen Job bekommst, wenn alles vorbei ist.«

Ken zuckte mit den Schultern. »Prince kann jederzeit einen weiteren Ökonom gebrauchen.«

»Und du hast keinen Schutz. Ram wäre dazu in der Lage, dich eliminieren zu lassen.«

»Er braucht einen lebenden Sündenbock, keinen toten Märtyrer.« Ken tippte weiter und runzelte die Stirn. »Weißt du, dies ist keine heimliche Verschwörung. Ram kennt unsere Stärke und weiß meistens auch, auf was wir aus sind. Und wir sind über seine Gegenmaßnahmen informiert. Es gibt praktisch keine Unsicherheitsfaktoren; die Lage ist völlig klar.«

Draußen stimmte der Usbeke erneut sein Lied an. Reese preßte die Lippen zusammen und legte Ken die Hand auf die Schulter.

»Ich verschwinde morgen«, sagte sie.

Er drehte den Kopf und sah sie überrascht an. Seine Finger hielten auf den Tasten inne.

»Was ist denn los?«

»Nichts weiter. Ich habe einen Auftrag.«

Sie beobachtete das verstehende Glänzen in den Augen Kens. »Und du kannst nicht darüber sprechen«, sagte er.

»Nein. Aber es handelt sich nicht um einen Job für Ram. Das nur, falls du dir entsprechende Gedanken machen solltest.«

Er griff nach ihrer Hand. »Ich werde dich sehr vermissen.«

Reese stellte ihren Pappteller auf den Monitor, und die Eßstäbchen ragten wie zwei sonderbare Fühler in die Höhe.

»Es bleiben mir noch zwölf Stunden, bis ich das Flugzeug nach Beijing nehme.«

Ken schaltete das Terminal ab. »Den Rest kann ich auch morgen durch die Leitung schicken«, erwiderte er.

Reese war überrascht. »Und was ist mit der Revolution?«

Er zuckte mit den Schultern und hauchte einen Kuß auf die Innenseite ihres Handgelenks. »Manchmal fühle ich mich überflüssig. Es wird so oder so zur Revolution kommen.«

»Gut zu wissen«, meinte Reese lächelnd, »daß sich der Teufel die Ideologie zum Verbündeten gemacht hat.«

Und draußen richtete der Usbeke sein Klagelied an die stumm lauschenden Sterne.

Der Schlepper hieß *Raumfresser* und war mindestens dreißig Jahre alt: Die Einfassungspolster der Schotten hatte man mit silbrigem Klebeband geflickt, und Kabelbündel hingen aus Zugangsluken. Reese war bereits des öfteren mit solchen Schiffen unterwegs gewesen und machte sich daher nichts aus dem Durcheinander – es bedeutete nur, daß dem Schlepper nichts daran lag, seine Passagiere zu beeindrucken. Die Luft roch streng und säuerlich, so als seien die Kabinen voller schwitzender Menschen, doch in Wirklichkeit befanden sich nur vier Personen an Bord.

Berger machte Reese mit den anderen drei bekannt und winkte fröhlich zum Abschied. Vier Minuten später legte die *Raumfresser* von Charter Station ab und begann mit der langen Beschleunigungsphase in Richtung des Flugziels.

Reese beobachtete den Start vom Kopilotensessel aus, der sich in der speziell gesicherten Dock-Kanzel befand. Der Captain führte das Manöver mit geschlossenen Augen durch und sah nicht einmal durch die transparente Schutzblase, hinter deren Membranen die hell erleuchteten Außenflächen von Charter Station zu erkennen waren. Er benutzte das Dateninterface am Kopfansatz, um sich die Darstellungen der Realität direkt ins Bewußtsein projizieren zu lassen, und dann und wann zuckten seine Lider aus einem Reflex heraus, während die inneren Augen mit prüfenden Blicken mentale Indikatoren beobachteten.

Er hieß Falkland. Er war etwa fünfzig und ein Veteran des Artefaktenkrieges, und vor fünfzehn Jahren hatte er sich alle Mühe gegeben, Reese in den unterirdischen Tunneln von Erzengel den Garaus zu machen. Durch einen chemischen Angriff waren seine motorischen Reflexe geschädigt worden, und deshalb trug er ein leichtes metallenes Exoskelett. Zum Glück hatten Hirn und Bewußtseins-Interface den Krieg heil überstanden. Reese betrachtete seinen grauen Bart, das lange Haar, das ihm über den Kragen fiel.

»Bereiten Sie sich auf die Beschleunigung vor«, sagte er, und seine Augen waren nach wie vor geschlossen. »Während der ersten sechs Stunden bleiben wir auf zwei g.«

Durch die Kanzel beobachtete Reese den grauen Mond der Erde, der den größten Teil des sichtbaren Himmels einnahm. »In Ordnung«, sagte sie. »Der Urinbeutel liegt bereit.« Starke Schwerkraftbelastungen schlugen sich auf die Blase nieder.

Nach der ersten langen Phase setzte die *Raumfresser* den Flug mit einer konstanten Ein-G-Beschleunigung fort. Falkland löste nicht die Sicherheitsgurte, und die geschlossenen Lider zuckten noch immer. Vielleicht erfreuten sich seine inneren Pupillen an einer inneren REM-Lichtkaskade. Reese befreite sich aus ihrem Harnisch, streckte sogleich die entlasteten Glieder, spannte versuchsweise die Muskeln und verließ die Kanzel.

Falkland schwieg.

In den Abteilen, die den Besatzungsmitgliedern zur Verfügung standen, roch es nach frischer Farbe. Reese sah den Bordingenieur, einen kleinen Mann namens Chung, der an den Brandsensoren eines Schottes hantierte. Rhythmisch neigte er den Kopf von einer Seite zur anderen, im Takt einer für sie unhörbaren Musik, die er direkt in die fürs Gehör zuständigen Nerven einspeiste. Chung war ein passionierter Anhänger der technophilen Schicksalsbewegung, und nach und nach verwandelte er sich in eine Maschine. Bei seinen Augen handelte es sich um transparente Implantate, in denen deutlich silbrige Drähte zu sehen waren. Seine Ohren hatte er mit schlichten schwarzen Würfeln ersetzt, und weitere Objekte dieser Art steckten in der Kopfhaut. Die Zähne bestanden aus Metall, und auf den Wangen und den Rückseiten der Hände zeigten sich Schmuckmuster aus Flüssigkristall, deren Schimmern sich ständig veränderte und die ihre Energie aus dem Nervensystem des Ingenieurs bezogen. Bei der Vorstellung durch Berger hatte er kein Wort von sich gegeben, Reese nur kurz angesehen und sich dann wieder seinen Apparaten zugewandt.

Jetzt aber erklang seine Stimme. Sie war heiser, so als sei er nicht daran gewöhnt, sie zu benutzen. »Er ist unten. Im Frachtraum B.«

Er kehrte Reese den Rücken zu, und sie hatte sich ganz leise bewegt. Noch immer wackelte der Kopf im Takte unhörbarer Musik. Er drehte sich nicht einmal um, um mit ihr zu sprechen. »Danke«, erwiderte sie. »Faszinierende Implantate.«

»Die besten. Ich habe sie schließlich selbst konstruiert.«

»Besteht Ihre Aufgabe nicht darin, die Beschleunigungsphase zu überwachen?«

Chung deutete auf einen der Würfel. »Und ich nehme sie auch wahr.«

»Nett.«

Sie hatte schon immer das Gefühl gehabt, mit Sonderlingen besonders gut zurechtzukommen.

Chung hatte recht: Vickers hielt sich tatsächlich im Frachtraum B auf. In gewisser Weise fungierte er als der Waffenmeister Reeses. Berger bezahlte ihn nur für die Wartung des Kampfanzuges, den die Söldnerin auf Cuervo tragen würde. Er war jung, etwa achtzehn Jahre alt, und dünn. Das Haar trug er sehr kurz, und er stotterte und hatte das Gesicht voller Pickel. Gekleidet war er in einen Coverall, der überall Ölflecken aufwies. Als Reese eintrat, holte Vickers die Komponenten des Kampfanzuges aus einer Schaumstoffverpackung. Sie half ihm dabei, die Kombination auf den Boden zu legen. Vickers lächelte.

»W-wolf 17«, sagte er. Er sprach mit einem Südstaaten-Akzent. »Der b-beste. Damit sind Sie unschlagbar. Er könnte die Sache p-praktisch ganz von allein e-erledigen.«

Ein schwarzer Kampfanzug, mit langen Armpanzern, humanoid. Der Helm, aus dem mehrere Antennen herausragten, saß ohne Verschlußsäume auf den Schultern. Im Innern wartete ein komplexes Gerüst darauf, die Arme, Beine und den Torso Reeses aufzunehmen. Der Anzug würde jede ihrer Bewegungen unterstützen und verstärken. Allerdings gab es in dieser Hinsicht einige Eigenheiten, an die sie sich erst noch gewöhnen mußte, insbesondere an das größere Trägheitsmoment in schwerkraftlosen Bereichen.

»Ein großartiger Mechanismus«, sagte Vickers. Reese gab keine Antwort.

Die dunkle Sichtplatte des Wolfes glänzte im Lichte der Deckenlampen. Der Kampfanzug zeichnete sich durch ein schmuckloses Design aus, was ihn irgendwie noch gefährlicher wirken ließ. Er wies keine Details auf, die auf eine andere Funktion hingedeutet hätten als nur die eines Werkzeuges für rasches Töten. Auf der mattschwarzen Brustseite war das weiße Wolf-Symbol zu sehen, ein Zeichen des Grauens – Wolf hatte die meisten Kyberdrohnen hergestellt, denen Reese auf Erzengel begegnet war. Und als sie den Mechanismus ganz ausgepackt hatten, roch Reese einen Geruch, den sie nur zu gut kannte.

»Ich möchte mir das Handbuch ansehen«, sagte sie. »Und auch die schematischen Systemübersichten.« Wenn ihr Leben schon von einem solchen Monstrum abhing, so wollte sie darüber alles in Erfahrung bringen, was es zu wissen gab.

Vickers nickte zustimmend. »D-die Daten befinden sich in einer S-speichereinheit, die in meiner K-kabine bereitliegt. D-der Anzug ist eine Standardausführung, abgesehen von der Z-zielerfassungseinheit, die speziell programmiert wurde. Berger weiß, wen Sie aus dem V-verkehr ziehen müssen, und deshalb hat er dem G-grundprogramm einige besondere Zielbestimmungs-Routinen h-hinzugefügt. Sie w-werden wie eine Zornige sein.«

»Was mir nur recht ist«, erwiderte Reese. Der Geruch des Wolfes – das charakteristische Aroma von Öl, eines Kunststoffgerüstes und lamellierter Panzerung – stieg ihr in die Nase, und sie unterdrückte ein Schaudern.

Vickers bewunderte den Wolf noch immer. »Ein tolles

Ding«, meinte er. Seltsam: Wenn er von Maschinen sprach, stotterte er nicht mehr.

In der Leere bewegten sich Reese und der Wolf wie eine Einheit. Auf der Innenfläche der schwarzen Sichtscheibe leuchteten bernsteinfarbene Zieldaten auf. Darunter glänzte der Asteroid, als Glimmer und Nickel das Licht einer grellen Sonne reflektierten.

Sie wissen bestimmt, daß Sie kommen, hatte Berger ihr gesagt. *Den heranfliegenden Frachter dürften sie wohl kaum übersehen. Wir haben die Eigenrotation des Planetoiden so stabilisiert, daß Sie den Versuch unternehmen können, auf der anderen Seite zu landen. Aber die Techniker waren bestimmt klug genug, dort Detektoren zu installieren, und deshalb sollten Sie nicht mit dem Vorteil des Überraschungsmoments rechnen. Bisher bestand unsere Strategie darin, Sie so gut wie möglich abzuschirmen, so daß Sie überleben und kampffähig bleiben, ganz gleich, was die Laborrenegaten gegen Sie unternehmen.*

Großartig, dachte Reese. Vermutlich warteten die Techniker des Felsens – Menschen und Aliens – derzeit an den Schotten, ausgestattet mit den Waffen, die sie sich im Verlauf der letzten Wochen hatten aneignen können, bereit dazu, ihr den Garaus zu machen. Reese konnte nur hoffen, daß sie nicht auf einen Wolf vorbereitet waren.

Das Zischen der zirkulierenden Luft klang recht laut in dem kleinen Helm. Reese spürte, wie sich Schweiß unter den Polsterungen des Harnisches ansammelte. Unter ihr rollte der nahe Horizont des Asteroiden dahin. Die Höhensensoren veranlaßten die Düsen zu einem kurzen Korrekturschub, so daß sie sich nicht zu weit von der Oberfläche entfernte. Die Monitoren des Kampfanzuges waren zusammengeschaltet und über das Interface mit ihrem Bewußtsein verbunden. In den optischen Zentren ihrer mentalen Wahrnehmung glühte ein multidimensionales Netzwerk, mehrfarbige

Säulen und Balkendiagramme, die ihr Auskunft über das gaben, was die Erfassungssysteme des Wolfes registrierten. Sie warf einen kurzen Blick auf die kleinen grünen Indikatoren und schenkte ihnen nur beiläufige Beachtung, solange sie grün blieben.

Kurz darauf wurde das Ziel am Horizont sichtbar – ein silbrig glänzendes Konglomerat aus Solarzellen, Sendeantennen, Landetellern und Parabolspiegeln, die auf verschiedene Punkte am Himmel zeigten ... Und in der Mitte die schimmernde Wölbung des Frachters, den Strahlendere Sonnen geschickt hatte, um das Basispersonal abzuholen. Die Andockröhre war nach wie vor mit der großen Fracht-Luftschleuse verbunden.

Reese hatte mehrere Möglichkeiten, sich Zugang zu verschaffen. Die Station wies zwei kleinere Luftschleusen auf. Sie konnte auch eins der Außenschotte des Frachters öffnen, an Bord des Schiffes gehen und von dort aus durch die Andockröhre in die Basis gelangen. Neun Personen hielten sich in dem Stützpunkt auf: fünf Menschen und vier Aliens.

Mit den Materialien in der Station könnten sie Sprengstoff herstellen, erinnerte sich Reese an den Hinweis Bergers. *Doch im Bereich der Luftschleusen bringen sie sicher keine allzu großen Ladungen an, denn damit gingen sie das Risiko einer Dekompression im ganzen Habitat ein – und sie verfügen nicht über genug Luftvorräte, um den normalen Druck wiederherzustellen. Auch weiter drinnen kommt kein Einsatz von wirklich wirkungsvollen Bomben in Frage. Dadurch liefen sie Gefahr, die Ergebnisse ihrer Arbeit zu zerstören. Die Station ist zu klein für solche Dinge. Wir nehmen an, die Renegaten beschränken sich auf kleine Explosivladungen, und vielleicht benutzen sie auch Gas.*

Reese näherte sich der Basis. Es fiel ihr leicht, die Beine im inneren Gerüst des Kampfanzuges zu bewegen, und sie spürte das Bereitschaftssummen in den Nerven und im Blut. Die konkrete Gewißheit ihrer Fähigkeiten. All die Dinge, ohne die sie nicht leben konnte.

Der Kühlmittelfluß hatte sich verstärkt, denn die Außenflächen des Wolfes erhitzten sich im Schein der Sonne. Reese spürte die Wärme des Gerüstes. Sie dachte an Sprengstoffe, an Gas, daran, wie die Giftwolken durch die unterirdischen Tunnel Erzengels wallten und alles verseuchten. Sie war damals dazu gezwungen gewesen, viele Tage lang im Innern ihres Kampfanzugs zu leben, konnte nicht einmal ihren Darm entleeren, ohne Verätzungen des Allerwertesten zu riskieren ... Zum Glück hatte sie diese Sache schnell hinter sich, ganz gleich, wie es lief.

Reese entschied, durch eine der beiden kleineren Luftschleusen ins Innere der Station vorzudringen – vielleicht waren die Kerle in der Basis bereit, den Frachter zu opfern; vielleicht hatten sie ihn mit Explosivstoffen vollgepackt. Sie vollführte einen langsamen Überschlag mit dem Wolf und landete mit den Füßen voran auf dem Velcro-Streifen vor der Luftschleuse Zwei. Berger hatte sie gebeten, sich möglichst einen Weg in den Stützpunkt zu verschaffen, ohne daß es dadurch zu einer Dekompression kam; er meinte, es gäbe gewisse Dinge im Innern, die nicht beschädigt werden sollten, wenn sich das vermeiden ließ. Reese beugte sich vor und betätigte die Nottaste. Und zu ihrer Überraschung fühlte sie ein sanftes Vibrieren in den Füßen, und das Schott schwang auf – obwohl sie eigentlich geplant hatten, es manuell zu öffnen.

Wie naiv waren die Techniker eigentlich? Oder hatten sie in der Schleuse eine Falle für sie vorbereitet?

W-wollen Sie das Z-zeug etwa mitnehmen? erinnerte sie sich an die erstaunte Frage Vickers, als er ihre Pistole im Achselpolster und das Messer bemerkte, das sie sich ans Bein geschnallt hatte.

Ich möchte nicht ganz von dem Wolf abhängig sein, gab sie zur Antwort. *Für den Fall, daß er irgendwie bewegungsunfähig gemacht wird, will ich für denjenigen, der dafür verantwortlich ist, eine Überraschung bereithalten.*

Daraufhin verzog Vickers die Lippen zu einem ironischen Lächeln. *Wenn der Wolf außer Gefecht gesetzt wird, dann können Sie z-ziemlich sicher sein, daß Sie ebenfalls erledigt sind.*

Trotzdem sollten Sie das Gerüst anpassen, sagte Reese. Es kam immer wieder vor, daß Kampfmechanismen ausfielen, und wenn sich der Widerstand der Techniker als besonders entschlossen und hartnäckig erwies, so mochte sie auf sich allein gestellt sein. Außerdem *gefiel* ihr der Wolf nicht sonderlich, weder das elegante Äußere noch die Funktion, die er erfüllte. Selbst jemand, der an Gewalt gewöhnt war, empfand Abscheu vor einem solchen Apparat.

Reese ging vor der kleinen Schleuse auf die Knie, zog eine Videokamera aus dem Gürtel, hielt sie vor das Schott, betrachtete das Bild ... und verdrängte die in ihr emporquellende Übelkeit: Die Schleuse war voller Leichen.

Die Anzeigen der mentalen Indikatoren veränderten sich, als Reese mit einer gedanklichen Anweisung die Düsen aktivierte. Der Wolf flog fort von dem Velcro-Streifen und in die Schleuse hinein. Die Toten schwebten wie in Zeitlupe dahin, als die Füße Reeses erneut den Boden berührten. Sie hatte das Gefühl, als bilde sich ein Kloß in ihrem Hals.

Die Mannschaft des Frachters, dachte sie. Und die Rebellen hatten die Leichen hierher geschafft, weil es sonst nirgends Platz für sie gab. Die Haut der Toten war grau, und die Zungen ragten angeschwollen und schwarz zwischen den Lippen hervor. Irgendeine Art von Gift, vermutete Reese.

»Willkommen auf Cuervo Gold«, sagte sie und lachte. Die Nerven.

Sie betätigte die Taste, die das äußere Schott schließen und das innere öffnen sollte, doch es erfolgte keine Reaktion. Die gebrochenen Blicke trüber Augen waren auf sie gerichtet, als sie das Außenschott manuell in die hermetische Dichtung preßte und dann einige Thermoladungen an den Lamellen der Innenluke anbrachte. Anschließend stieg sie an die Decke der Schleuse empor, und die Helmantennen kratzten über den Stahl. Die Leichen schwebten nach wie vor umher, stießen an die Flanken des Wolfes.

Reese zog die Beine an und schützte die empfindlicheren Bereiche des Kampfanzuges, Kopf und Rücken. Das Adrenalin in ihrem Blut ließ das Herz schneller klopfen.

Ein grimmiges Lächeln zuckte in ihren Mundwinkeln. Und ihre Nerven sangen ein Lied des Zorns. *Jetzt geht es euch an den Kragen*, dachte sie und formulierte in Gedanken die Codesequenz für die Zündung der Detonatoren. Vom in den Anzug integrierten Funkgerät wurde sie abgestrahlt.

Jäh und grell blitzte es auf. Rauchschwaden wallten, und glühende Metallsplitter jagten dahin. Mit einem plötzlichen Fauchen strömte Luft in die Schleuse. Die Geruchssensoren wurden überlastet und filterten nicht länger den Gestank von geschmolzenem Stahl und verbranntem Fleisch. Erneut wurde ihr übel. Mit einer weiteren mentalen Anweisung unterbrach sie die entsprechende Sensorübertragung, sank dann in Richtung des Innenschotts herab, griff nach den heißen Rändern und zog das Hindernis mit der verstärkten Kraft des Wolfes beiseite.

Direkt vor ihr explodierte etwas.

Projektile schwirrten umher, zerfetzten die Leichen und prallten an der Sichtscheibe des Kampfanzuges ab. Die Druckwelle trieb nicht nur die Toten zurück, sondern auch Reese, und sie prallte an das äußere Tor. Der Pulsschlag dröhnte ihr in den Ohren. Sie gab dem Wolf das Kommando, sich wieder in Bewegung zu setzen, und zwar rasch.

Ihre Nerven schrillten, als sie an die eine Wand der Schleuse stieß, sich neu orientierte und dann weiterflog, aus der Schleuse heraus diesmal, nur um gleich darauf gegen eine weitere Stahlbarriere zu prallen. Ihre Zähne klapperten. Eine in Eigenproduktion entstandene Bombe, dachte sie. Ein Sprengkörper, versehen mit einer Ladung aus Metallsplittern. Vermutlich ferngezündet – und das bedeutete: Es gab jemanden, der die Luftschleuse beobachtete. An der Innenseite der Sichtscheibe blitzten rote Zielangaben auf. Reese drehte sich um und feuerte. Stieß ein weiteres Mal an eine Wand. Feuerte erneut.

Die Ziele wurden vernichtet. Zu den beiden Oberarmen des Wolfs gehörten halbautomatische Gewehre mit Zehner-Kaliber, und die Munition bestand aus kleinen Kapseln, die mit Giftpfeilen gefüllt waren. Es standen Reese auch noch wirkungsvollere Waffen zur Verfügung: ein kleiner Granatwerfer im linken Unterarm, eine Maschinenpistole in Miniaturausführung im rechten, Gasschleudern in der Brust. Doch der Einsatzplan sah vor, bei der Zerstörung der Ziele keine wertvollen Ausrüstungsteile zu beschädigen oder die Ergebnisse der Experimente in Gefahr zu bringen.

Es herrschte fast völlige Schwerelosigkeit, und das dahinspritzende Blut bildete kleine runde Kugeln in der Luft. Ein Mann und eine Frau. Letztere hielt eine improvisiert wirkende Strahlwaffe in der Hand, die sie nun nie mehr abfeuern konnte. Beide drifteten fort, in Richtung einer im Hintergrund sichtbaren grauen Kunststoffwand, in der die Explosionsprojektile tiefe Löcher hinterlassen hatten. In ihren Körpern steckten Dutzende von Giftpfeilen, und die Gesichter der beiden Sterbenden verwandelten sich in Fratzen des Entsetzens, als sie den Wolf sahen. Reese versuchte, sich zu bewegen, und wieder prallte sie an eine Wand. Dann begriff sie, daß die Splittergeschosse eine der Korrekturdüsen beschädigt hatten. Sie gab eine Anweisung, und der Computer veränderte die entsprechenden Programmsequenzen so, daß bei den nächsten Manövern der Ausfall einer Schubeinheit berücksichtigt wurde. Dann sauste Reese an den beiden Gestalten vorbei und durch einen offenen Zugang.

In den nächsten Zimmern – es handelte sich dabei um den Unterkunftsbereich für die Basisbesatzung – befand sich niemand. Reese hielt die Techniker für geradezu unerhört dumm: Sie versteckten sich in der Nähe einer Luftschleuse, an der sie eine Sprengladung angebracht hatten, und sie kleideten sich nicht einmal in Druckanzüge. Sie hätten die Bombe am Innenschott anbringen sollen, nicht in der eigentlichen Station. Vielleicht waren sie nicht dazu imstande gewesen, jenen Ort aufzusuchen, wo sie die Leichen der ermordeten Mannschaftsmitglieder des Frachters untergebracht hatten. Nein, die Gegner Reeses waren keine Profis, sondern ein Haufen Intellektueller, die nicht wußten, auf was sie sich einließen, als sie ihre Unabhängigkeit von einer Polyschaft erklärten, die es sich ihrerseits nicht einmal leisten konnte, ihre Existenz einzugestehen.

Keine Soldaten, nein – aber Leute, die ganz genau wußten, warum sie kämpften. Sie hatten bereits Menschen umgebracht, ziemlich kaltblütig, wie es schien: für die Wissenschaft, mit der sie sich hier befaßten. Worin auch immer die bestehen mochte. Reese preßte die Lippen zusammen und kam zu dem Schluß, daß gewisse Leute – ganz gleich, welche Intelligenz sie ihr Eigen nannten – zu dumm waren, um zu überleben.

Vor sich erkannte sie ein weiteres Schott, das ihr den Weg versperrte. Sie räumte das Hindernis auf die gleiche Weise beiseite wie das zuvor, stürmte dann durch die Öffnung in der Wand. Über die akustische Nervenverbindung vernahm sie ein seltsam hohes Schrillen – jene Geräusche, die Mächte mit ihren oberen Nüstern verursachten. Noch während sie innerlich beim Anblick der beiden sich sehr schnell bewegenden und zentaurischen Aliens erschauerte, feuerte sie. Die beiden Fremden starben, noch bevor sie ihre primitiven Waffen zum

Einsatz bringen konnten. Vor ihrem geistigen Auge sah Reese ein Erinnerungsbild: Der Schauspieler-Steward, der mit seinem Gewehr Extraterrestrier erledigte. Eine idiotische Reminiszenz.

Kurze Zeit später gelangte sie vor ein Schott, auf dem das Symbol für Biogefahr angebracht war. Ein leises Zischen ertönte, als sie die Luke öffnete.

Das sich daran anschließende Zimmer war hell erleuchtet, und Reese hörte das Summen einer leistungsstarken Klimaanlage. Ihr Blick fiel auf Computerkonsolen. Sie waren an Wänden installiert, die aus unverkleidetem Metall bestanden, nicht aus Kunststoff. Dicke Kabelverbindungen gingen von einem Objekt aus, das wie ein hundert Liter fassendes Aquarium aussah und mit lebendem Fleisch gefüllt zu sein schien. Seltsam, dachte Reese. Man konnte den Eindruck gewinnen, als sei die organische Masse in einzelne wabenförmige Sektionen unterteilt. Silbergraue Drähte – offenbar variable Interface-Kontakte – durchzogen das Fleisch. An einer anderen Stelle surrte ein Motor und pumpte zinnoberrote Flüssigkeit. Gezackte Linien wanderten über Bildschirme, und Datenkolonnen leuchteten in holographischen Projektionsfeldern.

Wirklich sonderbar, wiederholte Reese in Gedanken. Fremde Biochemie.

Es gab drei weitere Zimmer, die ähnlich gestaltet waren wie das erste. In den ersten beiden hielt sich niemand auf.

Im dritten stieß Reese auf einen einzelnen Mann. Dürr war er und hatte graues Haar. Er schwebte neben dem aquariumartigen Gebilde und runzelte die Stirn. Und er trug einen Druckanzug, hielt den Helm in den Händen. Er schien gar nicht bestrebt zu sein, ihn aufzusetzen.

Er sah Reese an, als sie hereinkam. Und in seinen Augen zeigte sich keine Furcht, nur Kummer.

Er zögerte kurz. Dann stieß er sich von dem Aquarium ab und schwebte an die metallene Decke empor, so daß der tödliche Schuß Reeses nicht sein Experiment gefährden konnte.

»Es ist vorbei«, sagte er. »Obwohl das nun keine Rolle mehr spielt.«

Reese dachte an den im Krankenhausbett liegenden Steward, der für eine ähnlich dumme und sinnlose Sache gestorben war, und sie spickte das Gesicht des Mannes mit Giftpfeilen.

Hinter der nächsten Schleuse machten zwei Aliens den Versuch, sie mit Säure zu erledigen. Die Flüssigkeit verdampfte wirkungslos auf ihrem Panzer, während sie die beiden Wesen tötete. Einer der noch verbliebenen Menschen bot ihr die Kapitulation an, und ein anderer hoffte, sich auf der Toilette verstecken zu können. Keine der beiden Taktiken hatte Erfolg. Reese durchsuchte die Basis gründlich, fand keine Überlebenden und entschärfte die restlichen Bomben an den Luftschleusen.

In ihrem Hinterkopf rumorte ein dumpfer Schmerz. Die Luft im Kampfanzug stank inzwischen, hatte den säuerlichen Geruch von Schweiß und verbrauchtem Adrenalin. Eine gewisse Niedergeschlagenheit erfaßte sie, als sie begriff, wie töricht das alles war, was für eine Verschwendung von Leben. Zwölf weitere Tote – für nichts.

Reese kümmerte sich nicht um die Leichen (es bezahlte sie niemand dafür, Ordnung in der Station zu schaffen), und durch die andere kleine Außenschleuse kehrte sie zu *Raumfresser* zurück. Als sie in Sichtweite des Schiffes war, richtete sie eine der Mikrowellenantennen darauf und strahlte den Code ab, der Erfolg signalisierte: »Übermitteln Sie folgende Nachricht: *Mandat. Positiv. Abschluß.*« Eine Wortfolge, deren Bedeutung für jemanden unklar bleiben mußte, der die Botschaft zufällig mithörte.

Reese passierte die zentrale Luftschleuse des Raumschiffes. Schmerz brannte in Hirn und Rückgrat. Es wurde Zeit, das verdammte Ding loszuwerden. Das innere Schott schwang auf.

Zieldaten leuchteten rot an der Innenfläche der Sichtscheibe. Reeses Nerven gaben Alarm, als sich der rechte Arm des Wolfs hob und damit auch der ihre bewegte. Das großkalibrige Gewehr feuerte zweimal, und die Aufschlagswucht der Geschosse schleuderte Vickers an die gegenüberliegende Wand. Der junge Mann erzitterte kurz, und als er zu Boden sank, war er bereits tot. »*Nein!*« rief Reese. Und der Wolf stürmte los und stieß die Leiche einfach beiseite. Die in dem Anzug feststekkenden Arme Reeses hoben sich zum Kampf. Sie versuchte, sie aus dem Gerüst zu ziehen. Noch immer blitzten Zielangaben auf dem Visierdisplay. Auch mit Hilfe des Bewußtseins-Interfaces bemühte sich Reese, die Kontrolle über den Wolf zurückzugewinnen. Vergeblich.

»Bringt euch in Sicherheit!« schrie Reese. *»Der Wolf läuft Amok!«* Sie wußte nicht, ob sie noch immer auf Sendung war oder überhaupt jemand zuhörte. Der Kampfanzug verfügte über Detektoren, die sowohl auf sichtbares Licht reagierten als auch im infraroten Spektralbereich funktionierten; darüber hinaus war er mit Sensoren ausgerüstet, die Gerüche zu identifizieren vermochten und selbst die geringste und von einem sich bewegenden Körper bewirkte Druckveränderung in der Luft registrieren konnten. Diejenigen, die sich an Bord der *Raumfresser* befanden, hatten nicht die geringste Chance, dem Wolf zu entkommen, nicht einmal dann, wenn ihnen genügend Zeit blieb.

Das Herz klopfte Reese bis zum Hals empor. »Zieht euch Schutzkombinationen an!« befahl sie. »Verlaßt das Schiff! Begebt euch in die Station und versucht dort auszuharren.«

Die Außenlautsprecher übertrugen die Stimme Chungs. »Wo, zum Teufel, sind Sie?« Also hörte doch jemand zu.

»Ich befinde mich im Bereich der unteren Decks und nähere mich dem Kontrollraum. Himmel, Mist!« Die Veränderung der oberen Anzeige deutete daraufhin, daß der Wolf Bewegungen im Bereich der Dock-Kanzel bemerkt hatte. Also war das dortige gepanzerte Schott geöffnet.

Der Wolf griff Falkland an, als der versuchte, die Pilotenkabine zu verlassen und in die Luftschleuse zu gelangen. Die Giftpfeile vermochten sein Exoskelett nicht zu durchdringen, und so stürmte der Kampfanzug dem Mann nach. Reese fühlte, wie sich ihre linke Hand um den Nacken Falklands legte, und der rechte Arm hob sich zu einem mörderischen Hieb. Sie widersetzte sich. Falkland schrie und versuchte, sich aus dem Griff des Wolfs zu befreien. *»Ich will das nicht!«* heulte Reese, um sich von der Schuld freizusprechen, und sie schloß die Augen.

Die rechte Hand schlug dreimal zu. Dann setzte sich der Wolf erneut in Bewegung. Als Reese die Augen wieder öffnete, stellte sie fest, daß sich auf der Außenfläche der Sichtscheibe schmierige Flecken aus Blut und Knochensplittern zeigten.

»Ich bin noch immer nach oben unterwegs«, sagte sie. »Und ich glaube, der Wolf weiß nicht, wo Sie sich befinden.«

Chung antwortete nicht. Es hatte auch keinen Sinn, überlegte Reese, eine kurze Mitteilung auszustrahlen, deren Ausgangspunkt von den Erfassungssystemen des Kampfanzuges angepeilt werden konnte. Kurz darauf erreichte der Wolf die bugwärtige Zentrale und begann mit einer systematischen Durchsuchung des Schiffes, wobei er sich nach achtern vorarbeitete. Reese berichtete von diesen Bewegungen und hoffte inständig, daß Chung eine Fluchtmöglichkeit fand. Das Schiff war nicht besonders groß, und die Suche würde daher nicht lange dauern.

Standardausführung, hatte Vickers ihr gesagt. *Abgese-*

hen von der Zielerfassungseinheit, die speziell programmiert wurde. Reese wußte, daß Berger dafür verantwortlich war. Es kam ihm nicht nur darauf an, die Besatzung der Station auszuschalten, sondern auch alle anderen, die von der Existenz Cuervos wußten. Mit anderen Worten: Sie befand sich nun im Innern einer auf Vernichtung justierten Kyberdrohne, gefangen in einer zielstrebigen und praktisch unaufhaltsamen Mordmaschine. *Mandat. Positiv. Abschluß.* Dieser Code hatte die Eliminationssequenz des Wolfes ausgelöst, einen zusätzlichen Programmabschnitt aktiviert, der nicht nur die Techniker in der Asteroidenbasis betraf, sondern auch die Besatzung der *Raumfresser.*

Neue Anzeigen glänzten an der Innenfläche der Sichtscheibe. Der Kampfanzug hatte eine Spur Chungs gefunden. Und Reese konnte ihm nur sagen, daß der Wolf kam.

Sie entdeckte Chung in der heckwärtigen Luftschleuse. Er steckte noch immer halb in der Strahlenkombi, mit der er sich während der Durchquerung des luftleeren Maschinenraums geschützt hatte. Sein Gesicht war eine Maske der Wut. »*Steward!*« rief Reese. Das großkalibrige Gewehr entlud sich zweimal, und dann erstarrte der Wolf. Die Anzeigen erloschen. Das Bewegungsmoment des Kampfanzuges war noch immer sehr beträchtlich, und er trieb weiter auf die Heckschleuse zu, stieß gegen den Stahl, prallte ab und näherte sich Chung.

Reese versuchte, sich in dem Wolf zu bewegen, aber die Gelenke waren blockiert. Ihr pochender Pulsschlag hallte laut im Innern des Helmes wider. Schweiß tropfte von der Oberlippe und rann von der Stirn an den Wangen herab. In der geringen Gravitation des Asteroiden sank die Leiche Chungs langsam zu Boden. Bluttropfen folgten ihm wie kleine Rubine, die in Zeitlupe dahinschwebten. Die Schwerkraft reichte nicht aus, um die Oberflächenspannung zu brechen, und als winzige Kugeln rollten die roten Tropfen über den Stahl und trieben in der zirkulierenden Luft ...

Reeses Herzschlag schien auszusetzen, als sie bemerkte, daß das leise Zischen der internen Klimaanlage verstummte. Es blieb ihr also nur die Luft im Anzug, und wenn die verbraucht war ...

Panik explodierte in ihr. Sie gab Schreie von sich, hörte das gellende Echo und trachtete verzweifelt danach, die starren Gelenke des Wolfs zu beugen. Der Panzer neigte sich dem Boden entgegen, wie ein gelähmter Moloch.

Unwillkürlich fühlte sich Reese erneut an Erzengel erinnert. Keine anderen Zukunftsaussichten als die, in einem Kampfanzug zu sterben, in einem finsteren Tunnel, im Gestank der eigenen Angst. Genau so, wie es ihre Vorgesetzten wollten. Ein bitterer Geschmack entstand im Mund, und sie schluckte mehrmals.

Ich verbrauche Luft, dachte sie und versuchte, sich zu beruhigen, gleichmäßiger zu atmen, den schnellen Rhythmus des Pulsschlages zu reduzieren, die Panik aus sich zu verdrängen.

Chungs wütende Augen blickten sie aus einer Entfernung von nur einem knappen Meter an. Auf den metallenen Zähnen des Toten sah sie Reflexionen des Wolfes. Reese streckte und beugte Arme und Beine und prüfte, wieviel Bewegungsspielraum ihr das Gerüst bot.

In dem Holster unter ihrem linken Arm steckte eine Pistole. Wenn sie sie mit der rechten Hand zu fassen bekam, war es ihr vielleicht möglich, sich einen Weg aus dem Panzer zu schießen.

Eine Chance – wenn auch nur eine geringe.

Und in jedem Fall einen Versuch wert. Reese preßte den rechten Arm gegen die Haltestreben und zog ihn an. Dicht vor der Sichtscheibe tanzten rote Blutrubine. Es gelang ihr, die Finger aus dem Handschuh zu lösen, doch in Höhe des Ellbogens gab es eine Sicherungsspange, die verhinderte, daß der Arm ganz freikam.

Daraufhin streckte sie ihn wieder aus, wobei sie den Handschuh mied, und zog ihn erneut an. Diese Bewegungsfolge wiederholte sie in kurzen Abständen, synchronisierte sie mit ihrem Atemrhythmus und ließ die Luft aus den Lungen entweichen, um sich kleiner zu machen. Steward, dachte sie, hätte sich in einer solchen Lage vermutlich mit Zen-Aphorismen beruhigt. Die Formeln Reeses hingegen waren konkreter. *Du kannst kleiner werden, wenn du willst,* dachte sie. *Das hast du schon einmal geschafft.*

Schließlich streifte sie die Ellbogenspange ab, zog den Arm an und spürte, wie sie dabei an die Panzerung stieß. Sie begann zu schwitzen. *So schnell kann die Luft nicht aufgebraucht sein,* fuhr es ihr durch den Sinn, und sie hielt die wieder in ihr rumorende Panik im Zaum, als sie sich ganz darauf konzentrierte, den Arm anzuziehen. Schmerz ätzte an ihren Nervenbahnen entlang. Ein Schweißfilm bildete sich auf ihrer Haut. Sie versuchte, sich allein mit ihrer Willenskraft kleiner zu machen. Und fühlte, wie warmes Blut über den rechten Arm rann. Das Innere des Wolfes hatte sich mit dem Gestank ihrer Furcht gefüllt.

Reese gab einen dumpfen Schrei von sich, als der Arm mit einem Ruck loskam – zum einen Teil aufgrund des Schmerzes, zum anderen aus freudiger Erregung. Sie tastete über ihre Brust hinweg und berührte den Kolben der Waffe, kühl unter den Fingern, fast gewichtslos.

Worauf sollte sie zielen? Sie konnte versuchen, die Sichtscheibe zu zerstören, aber dazu mußte sie den Lauf dicht vor ihr Gesicht halten, und die Scheibe war so fest, daß die Kugel vermutlich daran abprallen und ihr als Querschläger in den Kopf dringen würde. Die Panzerung des Wolfes ließ sich sicher nicht so einfach durchlöchern.

Chungs zorniger Blick machte es Reese unmöglich, konzentriert nachzudenken. Sie schloß die Augen und rief sich die schematischen Übersichten ins Gedächtnis zurück, entsann sich an die Bereiche, in denen sich die variablen Speichermodule befanden, die Programmanweisungen enthielten.

Hinten, dachte sie. An ihrem unteren Rückgrat, die logischen Einheiten, von denen die massiven Gelenkscharniere des Wolfes kontrolliert wurden. Wenn sie jene Chips zerstörte, konnte sie sich vielleicht wieder bewegen.

Sie experimentierte mit der Pistole. Der Platz reichte nicht aus, um den Lauf ganz an ihrem Leib vorbei nach hinten zu richten.

Schweißtropfen schwebten vor ihrem Gesicht, als sie das Problem noch einmal überdachte und nach einer anderen Möglichkeit suchte. Die Luft roch schal. Reese kam zu dem Schluß, daß ein Selbstmord durch Erschießen dem langsamen und qualvolleren Erstickungstod vorzuziehen war.

Sie bemühte sich, so weit wie möglich zur Seite zu weichen, preßte sich die Waffe an den Körper und hielt sie andersherum, mit dem Daumen am Abzug. Deutlich spürte sie die kühle Mündung an ihrer Flanke, direkt unterhalb der Rippen. Ganz vorsichtig, ermahnte sie sich. Ein zweitesmal wirst du es nicht aushalten. Und sie überlegte, welche inneren Organe verletzt werden mochten. Die Niere? Eine Nebennierendrüse?

Jetzt geht's erst richtig los, dachte sie. Sie schrie, sammelte Wut und drückte ab – und schrie erneut, als Schmerz in ihr aufflammte. Schweißtropfen schwebten davon, prallten an die Sichtscheibe und zerstoben daran, da ihnen die Druckwelle der abgefeuerten Kugel ein ausreichendes Bewegungsmoment verliehen hatte.

Die Gelenke des Wolfes gaben nach, und die Kyberdrohne sank zu Boden. Reese gab ein triumphierendes Stöhnen von sich, biß jedoch gleich darauf die Zähne zusammen, als sich die in ihr wütende Pein jäh verstärkte.

Sie hatte immer wieder Leute getroffen, die behaupteten, man empfände keinen Schmerz, wenn man von einem Projektil getroffen werde, jedenfalls nicht sofort. Eine weitere Lüge, fuhr es ihr durch den Sinn, erfunden von Vorgesetzten, die andere für sich die Dreckarbeit erledigen ließen.

Irgend etwas stimmte nicht mit der Welt, mit der Art und Weise, wie sie sich manifestierte. Nach einer Weile begriff sie, daß sie durch das laute Knallen des Schusses taub geworden war.

Reese lehnte sich zurück und sog sich die schale Luft tief in die Lungen. Jetzt, dachte sie, kommt der leichtere Teil.

Es gelang ihr, den rechten Arm in den Ärmel zurückzuschieben und sich dann mit beiden Armen – zum Glück wurde sie in der Schwerelosigkeit nicht mit dem Gewicht des Panzers belastet – aus dem Anzug zu befreien. Anschließend begab sie sich in die Krankenstation, spritzte sich ein Endorphin-Analogon ins Bein und unterzog sich mit Hilfe eines tragbaren Gerätes einer Röntgenuntersuchung. Es sah ganz danach aus, als habe das Projektil keine lebenswichtigen Organe verletzt, doch andererseits war sie in der Deutung von Röntgenaufnahmen nicht sonderlich geübt. Sie behandelte sich so gut es ging und schluckte Antibiotika – und von einem Augenblick zum anderen war die Woge des Schmerzes heran, trotz des Dammes aus Endorphin. Jeder Muskel in ihrem Körper verkrampfte sich. Reese krümmte sich zusammen, als in ihrem Leib das Feuer der Agonie loderte. Sie schwebte davon, stieß sanft an eine Wand, dann eine andere, während sie gegen die Übelkeit ankämpfte. Tränen quollen ihr aus den Augen. Die Qual war so intensiv, daß sie nicht einmal schreien konnte.

Und so ging es weiter, tagelang. Sie pumpte sich mit Endorphin voll, plünderte die Asteroidenstation und lud alles an Bord des Frachters, was dort eben Platz fand. Sie urinierte Blut und heulte vor Schmerz. Fieberanfälle plagten sie. Immer wieder nahm sie Antibiotika ein. Ihre Umgebung gewann ein sonderbares Eigenleben. Dinge bewegten sich, auch Menschen und Aliens, gerade außerhalb ihres Sichtfeldes. Manchmal hörte sie, wie sie sich in einer eigentümlich melodischen Sprache unterhielten. Halluzinationen.

Reese koppelte die *Raumfresser* ans Heck des Frachters, und anschließend startete sie und zündete die Bomben. Sie lachte, als die Flammenzungen der Explosionen aus den Luftschleusen leckten, und sie beobachtete die schlagartig entweichende Luft, die sich im kalten Vakuum erst in weißen Schnee verwandelte und dann, im grellen Licht der Sonne, in einen farbenprächtigen Regenbogen. Reese steuerte die Erde an, ließ die Beschleunigungsphase so lange andauern, wie sie die Belastung auszuhalten vermochte, und schaltete die Triebwerke aus.

Sie vernahm ein beständiges Heulen in den Ohren, das Schrillen des Fiebers in ihrem Leib. Während der nächsten Tage – einer davon war ihr Geburtstag – hing Reese gewichtslos im Sicherheitsgestell, kämpfte gegen den Schmerz und das niemals nachlassende heiße Fieber an und befaßte sich mit den Daten, die sie gestohlen hatte. Sie versuchte herauszufinden, aus welchem Grund neun ruhige und harmlose Wissenschaftler bereit gewesen waren, zu Mördern zu werden.

Nach einer Weile gelang es den Antibiotika endlich, das Fieber zu senken. Reese urinierte nun altes schwarzes Blut, nicht mehr die karmesinrote Flüssigkeit, die auf akute innere Verletzungen hindeutete. Und sie glaubte allmählich zu verstehen, was die Besatzung der Asteroidenstation geplant hatte.

Es wurde Zeit, sich für ein Versteck zu entscheiden. Weder der Frachter noch der Schlepper waren auf ihren Namen registriert, und wenn sie damit auftauchte, würde man ihr sicher einige unangenehme Fragen stellen. Sie erwog die Möglichkeit, Überschreibungsunterlagen zu fälschen – immerhin waren Dokumente ihre Spezialität. Irgendwann schaltete sie die externe Kommunikation ein, um Sendungen von der Erde zu empfangen und festzustellen, ob es irgendwelche neue Refugien für Flüchtlinge gab.

Zu ihrer Überraschung erfuhr sie, daß der Exekutivausschuß Rams in Prince Station vor drei Tagen zum Rücktritt gezwungen worden war, und man hatte Cheney zum neuen Vorsitzenden ernannt. Reese geduldete sich zwei weitere Tage lang, prüfte die gestohlenen Daten, die Behälter mit seltsamen Enzymen und manipulierter RNS, die sie im Kühlfach des Frachters verstaut hatte, schickte dann eine Nachricht an Prince und fragte nach S.C. Vivekenanda. Als Antwort erhielt sie die Auskunft, der Vizepräsident der Kommunikation habe zu tun. »Ich kann warten«, sagte sie. »Sagen Sie ihm, Waldman möchte ihn sprechen.«

Und fast sofort erklang die Stimme Kens. »Wo bist du?« fragte er.

»Ich nähere mich dem Habitat«, erwiderte Reese. »Und ich glaube, ich bringe dir das Gebäude der Freiheit, das du errichten wolltest. Zuerst jedoch sollten wir eine Übereinkunft treffen.«

Bei den Forschungs- und Entwicklungszielen der Laboratoriumstechniker handelte es sich nicht genau um das, worüber Ken in jener windigen Frühlingsnacht in Usbekistan gesprochen hatte, aber es kam seinen Vorstellungen sehr nahe. Die Biologen und Experten für künstliche Intelligenz in den Diensten der Polyschaft Strahlendere Sonnen hatten an einer neuen Möglichkeit für Datenspeicherung gearbeitet, einer ausgesprochen effizienten Methode, die sich durch hohe Übertragungsgeschwindigkeiten auszeichnete, die die der variablen Mentalinterfaces um mehrere Zehnerpotenzen übertraf. Es war ihnen gelungen, Informationen in menschliche DNS einzuspeisen.

Entsprechende Versuche wurden nicht zum erstenmal unternommen. Der genetisch veränderte Mensch existierte bereits seit einem Jahrhundert, und die Geheimnisse der genetischen Codierung waren komplett gelüftet und aufgelistet worden. Schon seit langer Zeit gab es Theorien, wonach DNS-Material, das in seiner kleinen Doppelhelix weitaus mehr Daten aufnehmen konnte als jede vergleichbare semimentale Übertragungstechnologie, die Lösung für das Problem immer schnellerer und umfassenderer Datenspeicherung darstellte.

Doch die Theorien endeten immer dann in einer Sackgasse, wenn jemand danach trachtete, sie in die Praxis umzusetzen. Zwar waren die Spezialisten dazu imstande, gewünschte persönliche Eigenschaften in die menschliche DNS-Doppelhelix zu codieren, aber das bedeutete nicht, daß sie solche Dinge mit Lichtgeschwindigkeit zu bewerkstelligen vermochten, die in der Helix enthaltene genetische Botschaft ähnlich schnell entschlüsseln oder sie nach Belieben verändern konnten. Die Interaktionen zwischen Ribosomen, Übertragungs-RNS und Enzymen waren sehr komplex, ihre Wechselwirkungen derart kompliziert, daß es selbst die fähigsten Biologen und Fachleute für künstliche Intelligenz aufgegeben hatten zu versuchen, sie mit der gegenwärtigen Technologie zu kontrollieren.

Wie sich herausstellte, hatte das genetische System von Aliens nicht annähernd die Komplexität wie das der Menschen. Die DNS-Ketten von Extraterrestriern waren wesentlich kürzer und enthielten nur die Hälfte der zweihunderttausend Gene in der menschlichen Doppelhelix, wobei es ihnen zudem an den Tausenden von Ausläufern und Wiederholungen der menschlichen Gene mangelte. Die Art und Weise der DNS-Reproduktion war schlichter, wenn auch ähnlich strukturiert.

Und noch wichtiger: Ihre DNS-Reproduktionsmethode erwies sich als kompatibel zu der der menschlichen Gene. Die Übertragungs- und Botschafts-RNS arbeitete schneller und übersichtlicher und ließ sich besser kontrollieren. Das führte in der Theorie zu einer erstaunlichen Übermittlungsgeschwindigkeit – eine menschliche DNS-Doppelhelix, die von der RNS kopiert wurde, entwand sich mit achttausend Umdrehungen pro Minute. Bei Mächte-RNS hingegen, die man mit menschlicher DNS koppelte, schien im Vergleich dazu die derzeit gebräuchliche Mentalübertragung im Schneckentempo zu erfolgen.

Wenn erst einmal die Kontrolltechnologie entwickelt war, ließen sich die gewünschten Informationen an bestimmten Stellen der DNS-Doppelhelix unterbringen. Die dominanten Gene konnte man dabei unberührt lassen. Denkbar war eine Manipulation der rezessiven Gene, um sie zu Datenträgern zu machen. Und das bedeutete: Es gab keine Geheimhaltung mehr, wenn jeder Spion die Möglichkeit hatte, Informationen in der genetischen Struktur seines Körpers anzulegen. Und niemand vermochte den Spion als solchen zu identifizieren, wenn man nicht wußte, welchen Code er verwendete und wonach man eigentlich Ausschau halten mußte.

Das Gebäude der Freiheit. Nun, vielleicht nicht das Gebäude, doch zumindest das Fundament. Risikofreie Datenübertragung.

Es mochte noch Jahre dauern, bevor man so etwas verwirklichen konnte: Die neu angeworbenen Biologen von Prince Station mußten zunächst die gesamten Arbeiten der Wissenschaftler in der Asteroidenbasis nachvollziehen und sie dann bis zu dem Punkt weiterentwickeln, der eine kommerzielle Anwendung ermöglichte. Andererseits jedoch: Bald besaß Prince Station die erhoffte neue Technologie – und Reese eine neue Einkommensquelle. Sie hatte einen großen Vorschuß in

Hinsicht auf die regelmäßigen Tantiemen verlangt, die sie im Laufe der Jahre zur Milliardärin machen würden. Das und die Hilfe des Habitats bei der Lösung einiger anderer Probleme.

Reese blickte auf ihr Simulacrum, das im Bett eines Zimmers lag, in dem es nach Tod roch. Die Augen ihres Ebenbildes waren geschlossen, und unter der hellblauen Decke hoben und senkten sich die Brüste im Rhythmus eines regelmäßigen Atmens. Ein bitterer Geschmack entstand am Gaumen Reeses.

Sie hatte nun wieder blondes Haar. Ihre Nase war ein wenig länger, der Mund ein bißchen breiter. In ihrem Körper arbeitete eine neue Niere, und in den Ohren vibrierten neue Trommelfelle. Veränderte Fingerabdrükke, in den Augen anders strukturierte Regenbogenhäute. Sie gefiel sich in dieser Aufmachung. Und auch das Simulacrum sah gut aus.

Am Fußende des Bettes lagen zwei Leichen, ein Mann und eine Frau – gedungende Mörder, von Berger auf sie angesetzt. Sie waren einer sorgfältig ausgelegten Spur gefolgt, die bis in ihre Unterkunft in Prince Station führte, und als sie das Zimmer betraten, wurden sie von einigen Sicherheitsleuten des Habitats erschossen, die sich in speziell präparierten Nischen des großen Schlafzimmerschrankes verborgen hielten. Unterdessen befand sich Reese in der Sicherheit des Nebenraumes, im Blut heißes Adrenalinfeuer, die Hand Kens umklammert. Ihre angespannten Nerven warteten auf das Knallen von Schüssen, und nervös beobachtete sie das Simulacrum unter der Decke.

Und dann kamen die Sicherheitsleute, um es zu töten.

Bei dem Simulacrum handelte es sich um den Klon Reeses. Das Gesicht ihres fleischlichen Ebenbildes war ebenso neugeformt worden wie das ihre, und die künstlichen Augen schimmerten im gleichen blauen Ton. Die

Muskeln hatte man mit Elektroden stimuliert, bis sie so fest geworden waren wie die Reeses. In dem einen Fußknöchel steckte sogar ein Nagel, ein Duplikat dessen, den Reese mit sich trug. Eine perfekte Zweitausführung – doch das Hirn des Klons war leer, hatte nie eine Bewußtseinsreplikation enthalten.

Der Plan bestand darin, die Mörder glauben zu lassen, es mit Reese zu tun zu haben. Jetzt waren die Schergen Bergers tot. Und Reese blickte auf ihr Ebenbild und fühlte, wie ihr Mund trocken wurde. Die Sicherheitsbeamten schritten durchs Zimmer und trafen letzte Vorbereitungen. Die ganze Sache mußte so echt wie möglich wirken. Heißer Zorn entflammte hinter den Augen Reeses. Zum Teufel damit, dachte sie.

Sie entwand die Waffe der steifen Hand des einen Mörders und hob sie.

Ich bin eine Tunnelratte, dachte sie. Ein Tier, treulos und feige. Manchmal empfand sie es als notwendig, sich daran zu erinnern.

»Es ist kein Mord«, sagte Ken, der ihr mit diesen Worten zu helfen versuchte.

»Doch, das ist es«, widersprach Reese. Sie legte die Pistole des Mörders an – die ideale Waffe eines Killers: ein Katapult, das mit Druckluft Giftpfeile davonschleudert, fast völlig lautlos – und sie schoß dem hilflosen Klon einen winzigen Bolzen in den Oberschenkel. Dann schloß sie die Augen, um nicht das Todeszucken ihres fleischlichen Abbildes zu sehen. Vor ihrem inneren Auge beobachtete sie Steward in seinem Krankenbett, und sie fühlte sich so niedergeschlagen und traurig wie noch nie zuvor.

»Und gleichzeitig geht es ums Überleben«, fügte sie hinzu.

»Ja. Du hast recht.«

Ein kaltes Schaudern erfaßte den Körper Reeses. »Damit meinte ich nicht den Klon.«

Während Kens Helfer alles so arrangierten, daß der

Eindruck entstehen mußte, als hätten sich die Schergen Bergers selbst umgebracht, trat Reese durch die getarnte Tür ins Nebenzimmer. Ihre Sachen waren bereits gepackt, und es lag ein Paß bereit, der ihr eine neue Identität verlieh. Dokumente, dachte sie. Meine Spezialität. Ebenso wie das Töten hilfloser Leute. Gruppenrabatt möglich.

Sie verspürte den Wunsch, wieder in der Nähe des Meeres zu leben. Neuseeland, ja. Dort mußte jetzt Frühling sein.

»Kommst du zurück?« fragte Ken.

»Vielleicht. Aber bis dahin weißt du ja, wohin du die Tantiemen schicken kannst.« Kummer und Schmerz zeigten sich in den Augen Kens, in denen Stewards. Zu feste persönliche Beziehungen kamen Schwäche gleich, stellten immer eine Gefahr dar. Reese sah eine lange Straße vor sich, Leute, die sich kurz trafen und dann wieder auseinandergingen, die starben, still und allein. Prince Station bot ihr keine Sicherheit, und sie konnte auch nicht zu einem Teil der Revolution Kens werden. Sie fürchtete zu wissen, in was sich das Habitat verwandelte, sobald es zum einzigen Eigner einer völlig neuen Technologie wurde. Und welche Konsequenzen sich daraus für das Wesen Kens ergaben.

Reese griff nach ihrer Tasche. Ihre Hände zitterten noch immer. Schwermut pulste langsam durch ihre Adern. Ich bin jetzt siebenunddreißig, dachte sie. Vielleicht gab es einige Sportarten, von denen sie sich besser abwenden sollte.

Vielleicht sollte sie sich zur Ruhe setzen, sich von allem zurückziehen.

»Genieß das Gebäude der Freiheit«, sagte sie und ging.

Sie hatte sich bereits zu lange in Prince Station aufgehalten. Das Habitat – und alle anderen Orte, die sie kannte – waren zu verdammt klein für sie. Sie sehnte sich nach dem salzigen Geruch des Meeres, nach einem

Refugium, in dem es Jahreszeiten gab, und auch etwas Wind.

Sie sehnte sich nach einer Welt, die wieder klein geworden war.

Originaltitel: »Wolf Time«

Aus dem Amerikanischen übersetzt von Andreas Brandhorst

Lucius Shepard

Aymara

Ich heiße William Page Corson. Man nennt mich das schwarze Schaf der Corson-Sippe aus dem Buckingham County in Virginia. Diesen üblen Ruf handelte ich mir ein, weil ich im Frühjahr und Sommer 1978 einige Monate in Honduras bei Recherchen für einen neuen Roman verbrachte, der die Heldentaten eines amerikanischen Söldners beschreiben sollte. Der Mann war für die weitere politische Entwicklung dieser Region von großer Bedeutung.

Dieser Roman wurde nie geschrieben, teils weil ich in einem Alter (21 Jahre) war, da man für ein größeres Projekt noch nicht die nötige Konzentration und Beharrlichkeit aufbringt, in der Hauptsache aber aus Gründen, die die folgenden Seiten verdeutlichen oder zumindest einigermaßen erhellen werden.

Eines Tages, während ich in einem alten Reisebericht von William Wells mit dem Titel ›Abenteuer in Honduras‹ blätterte, stieß ich auf das Foto eines gutaussehenden jungen Mannes mit blondem Haar und Schnurrbart. Er trug einen Säbel und eine Straußenfeder am Hut. Die Bildunterschrift identifizierte ihn als General Lee Christmas, der bis 1901 als Lokführer bei der Louisiana-Eisenbahn gearbeitet hatte. Damals, nach drei Tagen ununterbrochenem Dienst, war er während der Fahrt eingenickt. Der Zug entgleiste, und Christmas floh nach Honduras, um der Strafverfolgung zu entgehen. Dort heuerte er bei einer Obsthandelsfirma an, die eine eigene Eisenbahn betrieb. Ein Jahr später, als die Revolutionsgarden von General Manuel Bonilla seinen Zug überfielen, ergab er sich nicht nur widerstandslos, sondern zeigte den Gardisten, wie man mit Hilfe von Stahlplatten die Flachwaggons panzern konnte. Derart gegen feindlichen Beschuß geschützt, erlangten die Rebellen schließlich die Kontrolle über die gesamte nördliche Küstenregion. Als Anerkennung für seine Verdienste wurde Christmas der Rang eines Generals verliehen.

Aus anderen Quellen erfuhr ich, daß sich der Lokführer nach dem Sieg der Revolution in Tegucigalpa niederließ, wo er ein hübsches Haus bewohnte und sich die meiste Zeit mit Jagen im Olancho vertrieb, einer Wildnis nahe der Grenze zu Nicaragua. Alles in allem schien er der Prototyp eines gutmütigen, harmlosen Burschen zu sein, zufrieden mit dem bequemen Leben, das ihm das Schicksal beschert hatte.

Doch im Jahr 1904 mußte etwas geschehen sein, das seine Verhaltens- und Lebensweise schlagartig änderte. In diesem Jahr trat er in die Dienste der United Fruit Company und mauserte sich rasch zum Voranpeitscher und Vollstrecker dieser Gesellschaft. Wann immer das eine oder andere Land die Geschäftspolitik der Company behinderte oder störte, zettelte Christmas eine Revolution an und ersetzte die jeweilige Regierung durch eine gefügigere. Mit dieser Taktik bestimmte die United Fruit bald das gesamte politische Geschehen in Zentralamerika und verdiente sich infolge ihrer Unersättlichkeit den Schimpfnamen *el pulpo* (der Krake).

Diese Informationen beflügelten meine Phantasie und aktivierten meine linkspolitische Einstellung. Ich reiste nach Honduras in der Hoffnung, die ganze Story ausgraben zu können. Schon bald hatte ich eine große Anzahl von Anekdoten gesammelt, die immer wieder Christmas' aberwitzige Tollkühnheit bezeugten. So soll er beispielsweise einmal ein Haus gesprengt haben, auf dessen Dach er stand, um das darin verborgene Waffenlager nicht in die Hände von Konterrevolutionären fallen zu lassen. Doch die Ursache, warum aus einem leutseligen Müßiggänger ein blutrünstiger, gnadenloser Söldner wurde, blieb weiterhin im dunkeln. Dabei glaubte ich mit Entschiedenheit, daß die Erforschung von Christmas' Motiven für mein Buch von größter Bedeutung waren.

Sechs Wochen verstrichen, und ich hatte mich schon mehr oder weniger dazu entschlossen, eine fiktive Ursache für Christmas' Veränderung zu konstruieren, als ich durch Zufall erfuhr, daß einige der Männer, die 1902 an seiner Seite gekämpft hatten, noch auf der Insel Guanoja Menor lebten.

Aus dem Fenster der klapprigen DC 3, die mich nach Guanoja schaukelte, wirkte die Insel wie ein Urlaubsparadies auf dem Titelblatt eines Reiseprospekts – grüne Hügel wechselten mit palmengesäumten weißen Stränden. Doch kaum gelandet, entpuppte sie sich als ein Eiland mit unvorstellbarer Armut. Verfallene Hütten klebten an den Hügelhängen, auf den Stränden verfaulten Tierkadaver, und in die Becken der Häfen ergossen sich die Abwässer. Der größte Ort, Meachem's Landing, umfaßte ein paar schmutzige Straßenzeilen mit windschiefen Hütten auf Pfählen, unter denen der Abfall aus Kokosschalen, zerbrochenem Glas und Muscheln gleichsam einen Teppich bildete. Schwarze in zerlumpten Kleidern starrten mich unfreundlich an, als ich vom Flugplatz in die Stadt wanderte, und ihre Feindseligkeit überzeugte mich davon, daß sogar mein Gehen eine Beleidigung für die Lethargie dieses Ortes war. Ich nahm im Hotel *Captain Henry* – einem verrotteten, windschiefen, rosafarben gestrichenen Holzbau mit einem Stromleitungsmast an der Terrasse im zweiten Stockwerk – ein Zimmer und schlief bis Einbruch der Dämmerung. Dann ging ich einem Hinweis nach, den ich vom Hotelbesitzer bekommen hatte. Er erzählte mir von einem Neunzigjährigen namens Fred Welcomes, der an der Straße nach Flowers Bay wohnte und möglicherweise Näheres über Christmas wußte.

Nach einer knappen halben Meile kam ich zu einem kleinen verwilderten Friedhof. Er war von einem verrosteten Metallzaun umgeben. Die Kuppen der Grabsteine ragten wie unförmige Pilze aus einem Dickicht aus hohem Unkraut. Die meisten Grabsteine stammten aus der Zeit der Jahrhundertwende, und als mir bewußt wurde, daß der Mann, dem ich bald gegenüberstehen sollte, ein Zeitgenosse dieser längst verstorbenen Menschen war, überkam mich das Gefühl, auf die Schwelle des Übernatürlichen getreten zu sein. In den folgenden Jahren sollte ich dutzendmal ein ähnliches Gefühl erleben – als würde alles, was ich tat, von unerforschlichen Kräften gesteuert. Doch niemals mehr war diese Empfindung stärker als an jenem Abend.

Der Wind trieb schimmernde Wolken vor den Mond, dessen Strahlen ab und zu durch ein Loch fielen und die Landschaft in wechselndem Rhythmus erhellten und wieder ins Dunkel versinken ließen. Ich glaubte zu fühlen, wie die Geister der Toten mich umtanzten und mir im Windesrauschen warnende Worte zuflüsterten.

Welcomes' Hütte stand mitten in einem Bananenhain. Ein rötlichgelber flackernder Lichtschein fiel aus dem Fenster, schimmerte wie ein Irrlicht über einem dunklen Gewässer zu mir herüber. Als ich näher trat, schälte sich das baufällige Gebäude aus der Dunkelheit, wie sich die Einzelheiten eines Traumes nach und nach im Bewußtsein festsetzen. Ich erkannte das Dach, die Tür und die Stützbalken einen Sekundenbruchteil nach meiner irrtümlichen Annahme von ihrem Nichtvorhandensein. Die Hütte machte einen verfallenen Eindruck, schien an Jahren dem Alter ihres Bewohners nicht sehr viel nachzustehen.

Das Klappern eines Fensterladens ließ mich zögern. Silbernes Mondlicht ergoß sich über die Verwerfungen des Blechdachs, und die Plastikvorhänge bewegten sich träge im Wind, wie die Augenlider einer schlafenden Katze. Langsam stieg ich die Stufen hinauf und klopfte. Eine zittrige Stimme fragte, wer da sei. Ich nannte meinen Namen, sagte, daß ich mich für Lee Christmas interessierte, und wurde schließlich nach einer längeren Pause zum Eintreten aufgefordert.

Eine Petroleumlampe erhellte den Raum, in dem der alte Mann saß. Auf den ersten Blick wirkte er wie ein Riese, und selbst als ich seine Größe etwas realistischer auf etwa einen Meter fünfundneunzig geschätzt hatte, vermittelten die massiven Hände und die überbreiten Schultern den Eindruck, daß dieser Mensch größer war, als es irgend jemandem erlaubt sein dürfte. Vielleicht lag es auch daran, daß ich ihn mir als einen vom Alter gezeichneten Menschen vorgestellt hatte. Zwar war seine tiefschwarze Haut von unzähligen Falten durchzogen, doch er wirkte ungemein muskulös. Ich hätte ihn für einen rüstigen Mann in den Siebzigern gehalten. Er trug ein weißes Baumwollhemd zu grauen Hosen; auf dem Kopf saß eine Baseball-Kappe, bei der das Abzeichen herausgetrennt worden war. Er hatte ein ernstes Gesicht, sein Kinn drückte Willenskraft aus. Seine Züge waren maskenhaft ausgeprägt, als wären sie in schwarzes Holz geschnitzt. Die Augen zeigten nur milchige Flecken, und aus seiner mangelnden Reaktion auf meine Bewegungen schloß ich, daß er blind war.

»Nun, Junge«, sagte er, meine Jugend offensichtlich am Klang meiner Stimme erkennend, »warum möchtst'n was wissen über Lee Christmas? Willst'n Kämpfer werden?«

Ich schaltete meinen Kassettenrecorder ein und schaute mich kurz um. Das Mobiliar – zwei Stühle und ein Tisch – war grob zusammengezimmert. Als Bett diente ein Strohsack, auf dem ein paar gefaltete Kleidungsstücke lagen. An der Tür hing ein uralter Kalender, und die Wand gegenüber dem Stuhl von Welcome zierte ein kleines Kreuz aus schwarzer Koralle. Im gelblichen Licht der Petroleumlampe wirkte es wie eine Aussparung in den Wandbrettern.

Ich erzählte ihm von meinem Plan, ein Buch zu schreiben. Darauf brummte er: »Glaub schon, daß ich dir 'n bißchen weiterhelfen kann. War seit der Schlacht von La Ceiba bis zum Frieden von Comayagua mit Lee zusammen, un' auch noch 'n Weilchen danach.«

Er erzählte eine Weile von Dingen, die für mich ohne Belang waren.

Schließlich unterbrach ich ihn: »Ich habe gehört, daß die Inselbewohner und die Spanier sich nicht gerade grün waren. Warum haben sie dann trotzdem bei Bonillas Revolution mitgemacht?«

»Da hat Lee für gesorgt«, antwortete der Alte. »Hat Stein un' Bein geschworen, dieser Bonilla würd uns die Freiheit geben, un' so hatt er nie Schwierigkeiten nich', 'ne Company zu gründen. Un' außerdem hatt er gesagt, wir würden keine Schwierigkeiten nich' haben mit den Spanischen, weil die nich' geradeaus schießen könnten.«

Er gab ein amüsiertes Grunzen von sich.

»Heut sind sie ja besser im Schießen, das kann ich dir sagen. Doch inner Vergangenheit waren die Männer vonner Insel die viel besseren Schützen, un' Lee hat gemerkt, daß er die Garnison in La Ceiba in Grund un' Boden schlagen kann, wenner uns dabei hat. War 'ne kitzlige Sache. Der Kommandeur inner Garnison, der General Carrillo, war 'n Mann mit magischen Kräften. Hat 'n weißes Muli geritten un' 'n goldenes Schwert getragen. Kein Geschoß hat 'n aus 'n Sattel holen können, so sagte man.

Also, unsere Burschen wollen nich' so recht annen Speck. Lee hat uns inne Docks zusammengerufen un' 'ne Rede gehalten. ›Jungs‹, hatt er gesagt, ›ihr habt euren Müttern das Herz gebrochen, doch bei mir schafft ihr's nich'. Wir werden über die Spanischen herfallen wie Bussarde über 'nen kranken Ochsen, un' danach bleichen nur noch ihre Gerippe inner Sonne.‹ So hatt er geredet, un' als er fertig war, hat jeder von uns Feuer gespuckt.«

Wie die Erinnerung an diese vor über fünfundsiebzig

Jahren gehaltene Rede deutlich machte, war Welcomes Gedächtnis phänomenal, und seine Erzählung wurde immer flüssiger und lebendiger, je länger er sprach. Alles was ich über Christmas erfahren hatte – sein Alter (1902 war er genau 27 Jahre alt gewesen), seine Kleinwüchsigkeit, seine Vergangenheit –, fügte sich allmählich zu einem großen Ganzen, und ich begann ihn so zu sehen, wie er gewesen sein mußte: ein ungebildeter, aber selbstbewußter Mann, der seinen Wagemut einfach aus der Einstellung bezog, sein Leben sei ohnehin ruiniert und er könne den kümmerlichen Rest durchaus in den Dienst dieser lächerlichen Revolution stellen.

Trotzdem hatte er wohl die Hoffnung auf die Rückkehr in ein normales Leben nie aufgegeben. Wie viele seiner Landsleute war auch er der Ansicht, daß die unterentwickelten Völker Zentralamerikas durch die überlegene nordamerikanische Lebenseinstellung und das entsprechende Know-how zivilisiert und in eine glorreiche Zukunft unter dem Sternenbanner geführt werden könnten. Meiner Meinung nach wurde Christmas von der Hoffnung getrieben, in dieser Entwicklung eine wichtige Rolle zu spielen.

Als Welcome in seinem Redefluß kurz innehielt, nutzte ich die Gelegenheit und fragte ihn, warum Christmas in den Dienst der United Fruit getreten sei. Er dachte ein, zwei Sekunden darüber nach und antwortete schließlich mit einem einzigen Wort:

»Aymara.«

Damals, Aymara, hörte ich zum ersten Mal deinen Namen.

Vielleicht färben immer noch tiefe Gefühle meine Erinnerung, doch ich fühle noch heute den Charme des Wortes, so wie es der alte Mann aussprach, diesen Klang, bei dem der Wind heftiger an der wackligen Hütte zu zerren schien, durch die Ritzen pfiff und die Kalenderseiten an der Tür aufblätterte, als sei er ein Wesen, das mit der Zeit spielte.

Doch es war nur ein Name, der Name einer Frau, der Christmas und Welcome bei einem Jagdausflug im Olancho 1904 begegnet waren, genauer gesagt bei einem Trip zur Ruinenstadt Olancho Viejo, die die Spanier 1589 gegründet hatten und die kaum fünfzig Jahre später durch eine rätselhafte Explosion völlig zerstört worden war. Seit diesem Tag, behauptete Welcome, sei die Vegetation dort verkümmert und verkrüppelt, und es kursierten merkwürdige Geschichten über diesen Ort. Demnach sahen Augenzeugen eine wunderschöne Frau durch die Flammen wandeln, die das ganze Tal erfaßt hatten. Jedenfalls heißt es so in der bekanntesten dieser Geschichten.

Obwohl die Stadt nicht wieder aufgebaut wurde, berichteten Reisende und Indianer immer wieder von dieser Erscheinung in der Nähe einer Höhle, die die Explosion in einen der umliegenden Hügelhänge gerissen hatte. Während eines wütenden Sturms waren Christmas und Welcome zu diesem Hügel gekommen und …

Für die, denen noch die Gnade des Lesens vergönnt ist, will ich den alten Mann mit eigenen Worten beschreiben lassen, was dort geschah, denn es ist seine Geschichte, nicht meine, die den Kern der seltsamen Ereignisse bilden sollte:

Lieber Gott, bläst dieser vermaledeite Wind! Er heult durch die Bäume, reißt ganze Zweige runter un' treibt graue Regenschleier vor sich her. Als wenn er, verdammt noch eins, restlos alles bis zum Beginn aller Zeiten zurückpusten un' die schöne Welt vom lieben Gott neu erschaffen will.

Lee un' ich zerrten die Pferde am Rand des Talkessels entlang un' suchten 'nen Schutz vor den Naturgewalten. Ham' uns nie vorher so gefürchtet, jawoll, Sir. Der Pfad war glitschig, un' gleich daneben ging's senkrecht runter. Da hab ich dann die Höhle entdeckt. Nich' 'ne

Sekunde hab ich geglaubt, 's is die Höhle aus der Erzählung, doch als ich gerade im Eingang steh, fällt mir die Geschichte wieder ein. Die Wände, müssen Sie wissen, waren glatt wie Glas, und da war 'n Beben inner Luft, genauso wie wenn da inner Nähe 'ne Maschine am Laufen wär ...

Nur, da war kein Geräusch nich'. Die Pferde werden bockig un' schnauben, un' Lee drückt sich gegen die Wand un' zielt mit seiner Pistole ins Dunkle. Seine Haare sin klitschnaß un' kleben ihm anner Stirn. Dabei macht er ganz große runde Augen.

»Fred«, hatt er gesagt, »das hier is kein natürlicher Ort nich'.«

»Das mußt mir nich' sagen«, sag ich, un' ich glaube, er bemerkt mein Zittern inner Stimme, denn er grinst un' sagt:

»Was is'n los mit dir, Fred? Machst du dir schon inne Hosen?«

's war so Lees Art. Die Angst von anderen half ihm, seine eigene überwinden. In dem Moment seh ich 'n Licht tiefer inner Höhle. 'n weißes Licht, schimmernder als jeder Stern. Eh ich Lee drauf aufmerksam machen kann, schießt's aus'm Dunkeln heran un' direkt durch mich durch. 's war wie 'n kalter Blitz. Dann kommt wieder 'n Licht, un' noch eins, un' immer mehr. Jedes is kälter un' heller als das letzte, un' 's kommt immer schneller, bis es so aussieht, als ob die Höhle hell erleuchtet is', un' 's Licht nur ein wenig flackert. 's is so verdammt kalt, daß der Regen in meinem Haar zu Eis wird, un' ich bin halb blind. Trotzdem könnt ich schwören, daß ich in dem Licht was gesehen hab. Un' tatsächlich, als es wieder 'n bißchen wärmer wird un' 's Licht langsam dunkler, erkenne ich mitten drin eine Weibsgestalt – erst nur 'n Schatten, dann ihre Figur. Schlank un' schwarzhaarig, so war sie, jawoll! Über die Maßen schön. 's Gesicht ließ auf spanische wie auf indianische Abstammung schließen. Sie trägt 'n Kleid, wie ich noch nie eins gesehen hab. Jahre später hab ich gemerkt, daß es so was wie 'n Turnanzug war. Sie hat 'nen blutigen Mund, un' ihr Gesicht zeigt Furcht. Das Licht wabert wie 'ne Wolke um sie herum, wird immer schwächer un' dünner, un' grad, als es ganz erlischt, macht sie 'n Schritt auf uns zu un' fällt auf 'n Boden.

'n kurzen Augenblick isses stockfinster inner Höhle, un' nur der Wind heult, un' die Pferde schnauben. Dann hör ich 'n Klappern, un' gleich leuchtet 'n Licht auf. Lee hat 'ne Laterne angezündet. Er kniet neben der Frau un' will sie grad anfassen, da sag ich: »Mann, das würd ich nich' machen. Vielleicht isses 'n Geist.«

»Blödsinn«, sagt der, »so was gibt's nich'.«

»Hast doch selbst gesehen, wie sie aus 'm Nichts aufgetaucht ist«, sag ich. »So kommen nur Geister.«

In dem Moment fängt die Frau an zu stöhnen un' schlägt die Augen auf. Als sie Lee über sich gebeugt sieht, versucht sie angestrengt zu sprechen, doch kommt nur 'n seltsames Krächzen raus. Schließlich nimmt sie ihre ganze Kraft zusammen un' sagt:

»Lee ... Lee Christmas?« So als wär sie nich' ganz sicher, daß er's auch is. Lee hat's die Sprache verschlagen, weil sie seinen Namen weiß. Er sieht mich ganz verstört an.

»Du bist es«, sagt sie. »Gott sei Dank!«

Un' sie streckt den Arm nach ihm aus, faßt seine Hand. Lee zuckt zurück, un' ich denk schon, jetzt verschwindet er mit ihr in dem weißen Licht. Doch nix passiert.

»Wer bist du?« fragt Lee.

Die Frage scheint sie zu amüsieren, weil sie lacht. Un' 's Lachen bringt sie zum Husten, un' ihr kommt wieder Blut aus'm Mund.

»Aymara«, sagt sie, als ihr Anfall vorbei ist. »Ich heiße Aymara.«

Sie kriegt so 'nen leeren Blick, ein oder zwei Sekunden lang, un' dann umklammert sie voll Verzweiflung

Lees Hand un' sagt: »Du mußt mich anhören. Das mußt du!«

Lee sieht selbst 'n bißchen verzweifelt aus. Ich merke, daß ihm die Sache auch nich' ganz geheuer is. Doch er sagt:

»Beruhige dich. Ich höre dir zu.«

Un' tatsächlich, sie wird ruhiger. Sie legt sich zurück, macht die Augen zu un' atmet tief durch. Lee starrt sie an wie gebannt. Schließlich reißt er sich los, sagt:

»Wir müssen einen Arzt für Sie finden«, un' versucht sie aufzuheben. Doch sie hält ihn zurück.

»Nein«, sagte sie, »mir kann kein Arzt mehr helfen. Ich sterbe.«

Dann reißt sie die Augen weit auf, als ob ihr das gerade erst klar geworden wär'.

»Hör zu«, sagt sie. »Weißt du, woher ich komme?«

Un' Lee sagt, nein, un' daß er sich über ihr Auftauchen wundert.

»Ich komme aus der Zukunft«, behauptet sie. »Fast hundert Jahre aus der Zukunft. Und ich bin diesen ganzen Weg nur gekommen, um dich zu sehen, Lee Christmas.«

Also, Sir, Lee un' ich, wir sehen uns an, un' ich weiß, er denkt, was auch dieser Lady zugestoßen sein mag, ihr Verstand muß was abbekommen haben.

»Du glaubst mir nicht!« ruft sie voller Angst. »Du mußt mir aber glauben.«

Un' sie hebt den Arm, damit Lee die Uhr sehen kann, die sie an ihrem Arm hat.

»Siehst du das? Solche Uhren gibt es im Jahr 1904 noch nicht.«

Ich geh näher ran un' seh, daß die Uhr keine Zeiger hat, nur Zahlen aus leuchtenden Punkten, die beim Wechseln der Sekunden aufflackern. Doch mich überzeugt so was noch lange nich', nein, Sir. Ich denke, es is irgend so 'n seltsames Ding.

Irgendwie kann sie Gedanken lesen un' merkt, daß

wir ihr nich' glauben, denn sie holt 'n paar andere Sachen raus, um uns zu überzeugen.

Heut weiß ich, was das für Sachen waren: 'n Kugelschreiber un' 'n Taschenrechner. Doch damals waren die mir unbekannt. Ich war immer noch nich' überzeugt. Is ja auch 'n bißchen schwer zu glauben, daß einer aus der Zukunft kommt, auch wenn ihr Auftauchen inner Höhle nich' grad' normal war. Hab aber direkt gemerkt, wie sie immer verzweifelter wurde. Sie bittet Lee, ihr zu glauben. Un' dann wird sie plötzlich ganz ruhig un' sagt:

»Wenn ich nicht aus der Zukunft komme, woher soll ich dann wissen, daß du mit der United Fruit in Verhandlungen stehst, für sie eine Söldnertruppe aufzustellen?«

Damals hör ich zum ersten Mal was über Lee un' die United Fruit, denn bis dahin wollte Lee nix zu tun haben mit den Burschen.

»Woher zum Teufel weißt du das?« fragt er, un' sie antwortet: »Ich hab's dir erklärt. Es steht in den Geschichtsbüchern. Und ich weiß noch mehr.«

Sie fängt an, 'ne Reihe von Namen aufzuzählen, die ich nich' kenne. Dagegen seh ich an Lees verblüfftem Gesicht, daß er die Namen tatsächlich kennt. Ich weiß noch, sie nennt Namen wie Jacob Wettstein, Andrew Colby un' ›Maschinengewehr‹ Guy Maloney, der Lees Stellvertreter als Kommandeur werden sollte. Un' dann rasselt sie 'ne andere Aufstellung runter, dieses Mal Orte von Kämpfen un' Daten. Als sie schließlich damit aufhört, packt sie wieder Lees Hand un' sagt nur noch:

»Du mußt ihr Angebot annehmen, Lee. Denn wenn du es nicht tust, wird die ganze Welt darunter zu leiden haben.«

Ich hab Lee angesehen, daß er jetzt Grund hatte, ihr zu glauben. Doch ich denk mir: Lee un' die United Fruit – das geht irgendwie nich' zusammen.

»Daraus kann nichts Gutes werden«, sagt er dann

auch prompt. »Die Jungs von der Company wollen sich nur ihre Taschen füllen. Sonst haben sie doch nicht viel im Sinn.«

»Das ist wahr«, sagt sie. »Die Leute von der Company sind Diebe, aber manchmal muß man etwas Falsches tun, um das richtige Ergebnis zu erzielen. Und das ist genau deine Aufgabe. Je weniger du ihnen hilfst, um so weniger Einfluß kann Amerika hier gewinnen, und die Welt wird einen Krieg erleben, der ihr Untergang sein könnte.«

Ich weiß, diese Worte berühren einen wunden Punkt in Lee, denn ich weiß, er glaubt, daß der Erfinder- und Fortschrittsgeist von der guten alten Mutter Amerika der Retter der Welt wär! Doch hatt er damals nix gesagt.

»Du mußt mir vertrauen«, sagt sie. »Alles hängt davon ab, daß du mir vertraust und tust, was ich sage. Ich bin diesen ganzen weiten Weg gekommen, obwohl ich genau wußte, daß ich dafür sterben muß, nur um dir das zu erzählen, nur um sicher zu sein, daß du tust, was notwendig ist. Glaubst du, ich tue das alles, um dir ein paar Lügen aufzutischen?«

»Nein«, sagt er, »wohl kaum.«

Un' trotzdem seh ich, daß er immer noch Zweifel hat. Sie tut 'n Seufzer, sieht ganz traurig aus. Un' dann erklärt sie uns, daß die Maschine, mit der sie hergekommen is, verrückt gespielt hat un' sie wie 'n Uhrpendel hin un' her durch die Zeit geschwungen hat. Bis zurück in die Tage der Konquistadoren un' dann wieder vorwärts. Sie erzählt uns, wie sie zugesehen hat, als das Tal explodiert, wie die alte Stadt zusammenfällt, un' schließlich sagt sie:

»Ich habe nur einen kurzen Blick in die Zukunft tun können, in die Zeit die nach meiner kommt, und ich lüge nicht, wenn ich sage, daß er zu kurz war, um viel zu erkennen. Doch bekam ich eine Vorstellung von ihr, eine Ahnung von Frieden und Schönheit – wie ein Hauch Parfüm, den die Welt verströmt. Als ich meine

Aufgabe übernahm, wollte ich ursprünglich nur sicherstellen, daß die Zustände nicht schlechter würden, als sie sind. Doch nun weiß ich, daß etwas Glorreiches kommen wird, etwas, das man kaum aus dem ganzen Terror und den blutigen Wirren der Geschichte erwartet.«

'S war ihr Gesichtsausdruck in diesem Moment – als ob sie immer noch dieses friedvolle Gefühl empfand –, der meine Zweifel zur Ruhe bringt. Das, was sie da erzählte, konnte sie unmöglich erfunden haben. Lee sieht erschüttert drein, doch anscheinend glaubt er immer noch, daß sie geistig nich' ganz bei sich is, denn er sagt: »Wenn du aus der Zukunft kommst, kannst du mir sicher mehr von meinem Leben erzählen.«

'n Schauer durchrinnt ihren Körper, un' einen Augenblick lang denk ich, wir werden sie jetzt un' hier verlieren. Doch sie wird wieder un' sagt:

»Du wirst eine Frau namens Anna heiraten und zwei Töchter haben, jeweils eine von ihr und von einer anderen Frau.«

Kaum jemand weiß, daß Lee Anna Towers liebt, die Tochter eines Indigopflanzers aus Truxillo, un' noch weniger Leute wissen was von seiner unehelichen Tochter. Meiner Meinung nach war das schon Beweis genug, doch Aymara erkennt noch nich' das Gewicht ihrer Worte un' redet weiter.

»Du wirst in Puerto Cortez an einem Fieber sterben«, sagt sie, »im Jahr ...«

»Nein!« schreit Lee auf un' hebt die Hand. »Das will ich nicht wissen.«

»Also glaubst du mir!«

»Ja«, sagt er, »ich glaube dir.«

Für 'ne Weile ist da außer dem Heulen des Windes im Höhleneingang nix zu hören. Lee sieht bedrückt auf seine Hände, als stände da irgend 'ne traurige Wahrheit zu lesen, un' Aymara wirkt mürrisch, als ob es ihr leid tut, daß er ihr glaubt.

»Wirst du es tun?« fragt sie dann.

Lee zuckt mit den Schultern.

»Bleibt mir denn was anderes übrig?«

»Wahrscheinlich nicht«, bestätigt sie. »Vielleicht soll das alles so sein. Einer der Männer, die ... die mir geholfen haben, hierher zu kommen, behauptet, der Lauf der Zeit kann nicht verändert werden. Doch ich mußte sicher sein, daß er sich nicht irrt.«

Sie stöhnt un' schluckt heftig.

»Wirst du's tun?«

»Zum Teufel!« ruft er, nach einigem Grübeln. »Schätze, ich hab' ohnehin nix Besseres vor. Werd ich also 'ne Zeitlang Soldat spielen.«

Sie guckt ihm ins Gesicht, ob er vielleicht lügt ... jedenfalls sieht's für mich so aus.

»Schwör es!« bittet sie. »Schwör, daß du's tust ...«

»Schon gut. Ich schwör. Doch nun ruh dich aus.«

Er will sie 'n bißchen versorgen un' wischt ihr über die Stirn, doch es nutzt nix. Irgendwas an ihrer Art zu reisen, behauptet sie, hat ihr die Eingeweide zerrissen, un' da gäb's nix mehr zu retten. Mir wird klar, sie hat sich so lange ans Leben geklammert, bis Lee den Schwur getan hat, un' jetzt, wo sie ihr Ziel erreicht hat, läßt sie den Faden reißen.

Noch einmal wird sie wach un' sagt, das seltsame Gefühl in ihr würd sie fast verrückt machen. Ich glaub, Lee hat da schon wieder Zweifel, denn er fragt sie noch nach ein oder zwei Sachen aus der Zukunft. Mit den Antworten isser aber anscheinend zufrieden. Kurz vor dem Ende fängt sie an, einem, der gar nich' da is, wirres Zeug zu erzählen, sagt ›Darling‹ zu ihm, un' daß es ihr leid tät. Dann packt sie Lee am Arm un' bittet ihn, nich' sein Wort zu brechen.

»Ich werde es halten«, sagt er.

Doch ich glaub, sie hat's nich' mehr mitgekriegt, denn noch während er spricht, rinnt Blut ihr aus dem Mund, sie sackt zusammen un' starrt ins Leere.

Lange Zeit hat Lee kein Ton nich' gesagt. Dann hatt er

nur gemeint, der Sturm sei vorbei, un' wir sollten ihr 'n Grab schaufeln. Wir ham sie am Rand der alten Stadt beerdigt. Als sie schließlich inner Grube liegt, bittet Lee mich, 'n paar Worte zu sagen. Also sprech ich 'n kurzes Gebet. War schon 'n merkwürdiger Versuch, mit 'm lieben Gott zu sprechen, während vor einem die verfallene Turmruine der zerstörten Kathedrale aufragt wie 'n Hinweis, daß Gebete nich' mehr erhört werden.

»Was machst 'n jetzt?« frage ich Lee, der aufsattelt.

Er schüttelt 'n Kopf un' zieht 'n Sattelgurt fest.

»Was würdest du tun, Fred?«

»Schätze, ich wollt nix zu tun haben mit den Boys vonner Fruit Company«, sage ich. »Die Brüder nehmen für meinen Geschmack alles zu ernst.«

»Is schon was dran«, sagt er und guckt dabei zu mir rüber. Sah so aus, als ob die Falten in seinem Gesicht tiefer geworden sind.

»Vielleicht nehm auch ich nix ernst genug.« Er verzieht den Mund. »Glaubst du wirklich, sie kommt aus der Zukunft?«

Er fragt das so, als will er 'n ›Nein‹ hören.

»Schätze, 's is verdammt weit, wo sie herkommt«, sage ich. »Zukunft hört sich da genauso gut an wie jede andere Erklärung.«

Er scharrt mit dem Fuß auf 'm Boden herum.

»Hübsche Frau«, murmelt er. »Glaube kaum, daß sie ohne Grund ihr Leben wegwirft – für nix.«

Schätze, damit hatt er recht.

»Jesus Christus!« ruft er laut. »Ich wollt, ich könnt all das hier einfach vergessen.«

»Vielleicht schaffst du's«, sage ich. »Der Mensch kann fast alles vergessen – mit der Zeit.«

Besser hätt ich nix gesagt, denn dadurch bekam Lee 'nen Vorwand geliefert, genau das Gegenteil zu tun, 'n Grund, sich von seiner besten Seite zu zeigen. Vielleicht haben meine paar Worte tatsächlich seine Meinung geändert.

»Mag sein, daß du das hier vergessen kannst«, sagt Lee wütend, »ich aber nich'. Ich darf nich' vergessen, denn ich hab ihr mein Wort gegeben.«

Er schwingt sich innen Sattel un' reißt so heftig an den Zügeln, daß sich der Gaul aufbäumt. Dann grinst er plötzlich.

»Zur Hölle damit, Fred! Machen wir, daß wir weiterkommen. Wenn wir schon für die verdammte Company die Welt erobern sollen, fangen wir am besten so schnell wie möglich damit an.«

Un' wir reiten aus'm Tal, hinein innen Urwald, weg von Aymaras Grab, un' soviel ich weiß, hat Lee von dem Tag an niemals nich' mehr 'n Blick hinter sich geworfen, so beschäftigt war er damit, die Zukunft zu formen.

Ich stellte einige Fragen, versuchte bei verschiedenen Punkten mehr Klarheit zu gewinnen und fragte unter anderem nach dem genauen Datum der Begegnung. In Wirklichkeit glaubte ich Welcome kein Wort. Trotz der augenscheinlichen Ehrlichkeit der Einheimischen wußte ich, daß in Guanoja viele Geschichtenerzähler herumliefen, die gegen bare Münze die Wahrheit ihrer Geschichte bis ins Unendliche strapazierten, und auch Welcome hielt ich für einen solchen.

Trotzdem berührte mich das Pathos irgendwie, mit dem diese erfundene Geschichte erzählt wurde. Hier hatte ich den Bürger eines Landes vor mir, das lange Jahre unter der rücksichtslosen wirtschaftlichen Ausbeutung der Vereinigten Staaten geblutet hatte. Doch für das Trinkgeld eines amerikanischen Touristen – ich hatte ihm für seine Geschichte zwanzig Lempira gegeben – erfand er ein Märchen, welches die Vereinigten Staaten von jeglicher Schuld freisprach und fast die gesamte Verantwortung für die blutige Geschichte Zentralamerikas auf den Schultern einer mysteriösen Frau aus der Zukunft ablud.

Ich kehrte in mein Hotel zurück und baute ein paar Abschnitte von Welcomes Erzählungen in einen längeren Artikel ein – einen Artikel, der die nachweisbaren und auch die von seinen Nachfolgern überlieferten Greueltaten von Christmas dokumentierte. Ich betitelte ihn mit ›Aymara‹ und schickte ihn am nächsten Morgen zu ›Mother Jones‹ ein, machte mir aber keinerlei Hoffnung, ihn je gedruckt zu sehen.

Doch ›Aymara‹ wurde veröffentlicht, ebenso mein nächster Artikel, und der folgende ...

Und so begann eine journalistische Karriere, die ganze sechzehn Jahre währte.

In dieser Zeit brach meine Familie, entsetzt über die Tatsache, daß ich mit meiner neugewonnenen Popularität linksgerichtete politische Strömungen förderte, jeglichen Kontakt zu mir ab. (Dabei übersahen meine lieben Verwandten natürlich geflissentlich, daß ich auch Revolutionen gegen sowjetfreundliche Regime unterstützte.)

Ihr Verhalten verletzte mich nicht, im Gegenteil, es bestärkte mich noch in der Richtigkeit meiner Einstellung. Mit ihren Aktienpaketen, ihren Wohn-Mausoleen und ihrem grundsätzlich gegen jegliche Neuerung gerichteten Konservatismus war es für mich ohnehin die widerlichste kapitalistische Rattenbande, die man sich vorstellen konnte. Ich bereiste Argentinien, Südafrika, die Philippinen und jedes Land, welches das Szenario einer militärgestützten Diktatur und eines unterdrückten Volkes bot, und schickte von dort meine Reportagen mit der Zielsetzung, den von der Reagan-Administration verbreiteten Kommunistenhaß zu untergraben.

Ich gebe zu, daß mich mein Eifer gelegentlich blind machte, daß mich kurrupte Volksvertreter, die am Ende meist über ihre eigenen Beine stolperten, manchmal für ihre Zwecke mißbrauchten.

Ich gebe auch zu, daß ich mich in einigen Fällen weniger von meiner Überzeugung als von dem Wunsch leiten ließ, meine eigene Popularität zu vergrößern. Denn Sie müssen wissen, daß ich inzwischen zu einer Medienfigur geworden war.

Mein Foto prangte auf den Titelblättern der nationalen Magazine, darunter solche Schlagzeilen wie ›William Corson und der Neue Journalismus‹. Meine Bücher standen hoch in den Bestsellerlisten, und die Moderatoren von Fernseh-Talkshows gaben sich bei meinem Agenten den Türgriff in die Hand.

Trotz all dieses Ruhms aber trat ich wahrhaft für meine Mission ein, vielleicht ein wenig zu sehr. Möglicherweise verfiel ich – wie Lee Christmas – der irrigen Ansicht, daß ich meine amerikanische Staatsbürgerschaft gegenüber den Menschen, denen ich zu helfen versuchte, als höheren Wissensstandard betrachtete. Zurückblickend erkenne ich, daß meine Motive, ›Aymara‹ zu schreiben, nicht weniger aufrichtig waren als die, die Christmas zu seiner Karriere anspornten. Doch ist dies eine Ironie, über die ich nicht gerade glücklich sein kann.

Im Januar 1994 sah ich Guanoja wieder. Zum Teil unternahm ich diese Reise, um Urlaub zu machen, den ersten seit vielen Jahren, zum Teil aber auch aus der nostalgischen Anwandlung heraus, den Geburtsort meiner Karriere wiederzusehen.

Die Jahre hatten Meachem's Landing kaum verändert. Zwar besaß die Stadt jetzt einen richtigen Flugplatz für Düsenflugzeuge, und ein paar der windschiefen Holzhütten waren Wohnblöcken aus Beton gewichen, doch hatte sich im wesentlichen der Charakter der schmutzigen Straßen mit ihren baufälligen Hütten und der zerlumpten schwarzen Bevölkerung erhalten. Die auffälligsten Veränderungen waren das Geschnatter von niedrigrangigen honduranischen Zivilbediensteten, die im zweiten Stock des Hotels *Captain Henry* über ihren Schreibmaschinen hingen und eine Flut von amtlichen Erlassen produzierten, sowie die alarmierende Anzahl von CIA-Agenten, hartäugigen Männern mit Alltagsgesichtern, die man überall in den Bars traf. Sie schlürften gelangweilt ihre Drinks und starrten mürrisch in Richtung Nicaragua und die Rote Gefahr.

Krieg hing in der Luft, sein Ausbruch schien ebenso unvermeidlich wie der Wechsel der Jahreszeiten. Auch dies war ein Grund für meine Wahl dieses Ferienziels gewesen. Ich hatte Gerüchte gehört über mysteriöse militärische Einrichtungen im Innern von Honduras, und nachdem ich mich einige Wochen in Washington umgetan hatte, lud man mich ein, diese Einrichtungen zu besichtigen. Offensichtlich wollte mich das Pentagon von der Harmlosigkeit dieser Anlagen überzeugen und dadurch seine angeblich friedlichen Kontakte vor Verunglimpfung durch meine Berufskollegen von der Regenbogenpresse bewahren.

Nachdem ich meine Sachen ins Hotel gebracht hatte, durchquerte ich die Stadt und ging zu dem verwilderten kleinen Friedhof. Dort hoffte ich, einen Grabstein mit dem Namen Fred Welcome zu finden.

Es gab ihn tatsächlich, und ich las überrascht, daß Welcome erst 1990 im Alter von 106 Jahren gestorben war. Ich hätte niemals geglaubt, daß er nach meinem Interview noch lange leben würde, und hatte irgendwie ein schlechtes Gewissen. Mein Glück, meine Karriere hatte mit seiner wundersamen Lügengeschichte angefangen, und ich hätte seinen Lebensabend durchaus etwas verschönern und ihm seinen körperlichen Verfall damit erleichtern können.

Ich lehnte mich gegen den verwitterten Zaun, fühlte mich elend. Ich war nicht besser als die Geschäftsleute, deren rücksichtslose Ausbeutermethoden ich seit langem anprangerte, denn ich hatte einen wahren Goldschatz aus der Phantasie des alten Mannes zutage gefördert und ihm dafür nicht das mindeste gegeben. Dieses Schuldgefühl wurde so stark, daß ich später am

Abend ausging, um mich zu betrinken – jedenfalls hatte ich das vor.

Auf der anderen Straßenseite schräg gegenüber dem Hotel stand ein zweistöckiges Gebäude mit weißer Stuckfassade. ›Maud Price's Golden Dream‹ war in ausgeblichenen Buchstaben über dem Eingang zu lesen. Ich erinnerte mich noch vom letzten Aufenthalt an Maud – eine dicke Negerin, die in einer alten Zinkbadewanne eine riesige Schildkröte hielt, die sie zu ihrem Vergnügen mit Hühnerhälsen fütterte und beim Fressen beobachtete.

Leider war sie inzwischen ebenfalls gestorben, was meine Traurigkeit noch mehr steigerte. Ihre Tochter führte jetzt die Bar, und es freute mich, daß sie Mauds unnachahmliche Dekoration beibehalten hatte. Dutzende von mannsgroßen, rot und schwarz angemalten Papierpuppen hingen von der Decke herab und warfen im Licht von zwei flackernden Laternen magische Schatten an die Wände. Das Mobiliar bildeten sechs Holztische, eine Bar mit einem altmodischen Stereogerät, aus dem schräge Reggae-Rhythmen klangen, und einige gerahmte Fotografien, deren Glas so mit Fliegendreck übersät war, daß man die Motive kaum noch erkennen konnte. Ich bestellte mir ein Bier, ein Salvavida, und richtete mich schon geistig und körperlich auf eine Orgie trunkener Selbstverleugnung ein, als ich eine junge Frau bemerkte, die mich von einem Tisch im Hintergrund beobachtete. Sie war keineswegs verlegen und hielt für einen langen Moment meinem Blick stand, ehe sie sich wieder in ihr Magazin vertiefte.

Sie war eine schlanke, zartgliedrige Erscheinung. Schwarze Locken fielen sanft über ihre weiße Bluse, fein wie Schwanzfedern exotischer Vögel. Ihr Antlitz – nun ich könnte sagen, daß sie große dunkle Augen über hohen Wangenbögen besaß oder daß ihre Gesichtszüge unverkennbar indianischen Einschlag bewiesen. Doch würde das gerade ihren Typ beschreiben, kaum ihre

Art. Es war die Art Frau, in die ich mich – wenn ich nicht schon auf den ersten Blick in sie verliebt war – jedenfalls sehr schnell verlieben konnte.

Bekanntlich gehört es zu den schwersten Aufgaben, die es im Leben gibt, das Gesicht deiner Geliebten zu beschreiben, weil es, obwohl es dir in jedem Zug, jeder Falte vertraut ist, immer zum Spiegel deiner Verehrung, zu einer Reflektion deiner Leidenschaft wird. Es ist weniger das Gesicht des geliebten Menschen, das du beschreiben sollst, als das Gesicht der Liebe selbst.

Ich konnte meinen Blick nicht von dieser Frau losreißen, und nach einer Weile schaute sie auf und lächelte. Es gab für mich nicht die geringste Möglichkeit, dieser Begegnung auszuweichen. Daher ging ich zu ihr hinüber, stellte mich ihr auf spanisch vor (weil ich dies für ihre Muttersprache hielt) und fragte, ob ich mich zu ihr setzen dürfe.

»Warum nicht?« entgegnete sie auf englisch, schob mir, nachdem ich Platz genommen hatte, ihr Magazin hinüber und deutete auf ein eingeklinktes Foto von mir.

Ein Jahre alter Schnappschuß!

Damals hatte ich noch einen Schnurrbart getragen.

»Ich dachte mir, daß Sie das sind«, sagte die Frau. »Doch glatt rasiert sehen Sie viel netter aus.«

Ihr Name war Ivie Solis. Sie arbeitete für ein Reisebüro in La Ceiba und befand sich auf einer Dienstreise, war erst am Tag zuvor angekommen.

Wir unterhielten uns über dies und das, in der Hauptsache über Belanglosigkeiten, doch schien die Luft zwischen uns zu knistern. Jedes Wort, jede Bewegung von ihr brachten in mir eine Saite zum Klingen. Ich war berauscht von ihrer Stimme, und mein Blick verfolgte gebannt jede ihrer Gesten, als sei sie eine Zauberin, aus deren Händen jeden Moment ein Vogelschwarm auffliegen konnte.

Schließlich kamen wir auf meine Arbeit zu sprechen. Die meisten meiner Artikel und Bücher hatte sie gelesen, und sie erzählte mir, daß ihre Lieblingsstory ›Aymara‹ sei. Ich konnte meine Überraschung, daß sie die Story gelesen hatte, nur schlecht verbergen, denn sie war nie mehr nachgedruckt worden. Sie erklärte mir, daß ihre Eltern ein kleines Hotel hauptsächlich für amerikanische Touristen betrieben, und in einem der Zimmer war die Zeitschrift mit diesem Artikel liegengeblieben.

»Für mich war die Geschichte Teil eines Puzzles«, sagte Ivie. »Oder die Antwort auf ein Rätsel.«

»Nun, mir kommt sie ziemlich unwahrscheinlich vor«, antwortete ich.

Sie schob eine Locke hinter das Ohr – eine charakteristische Handbewegung, wie ich bald merken sollte.

»Weil Sie die Geschichte des alten Mannes nicht geglaubt haben.«

»Und Sie haben sie geglaubt?«

»Jedenfalls habe ich sie nicht gleich als unwahr abgelehnt.«

Sie lehnte sich auf dem Stuhl zurück und kratzte am Etikett ihrer Bierflasche herum.

»Vermutlich beschäftige ich mich einfach nur gern mit den Motiven dieser Frau.«

»Dem Sinn dieser Erzählung zufolge kam sie offensichtlich aus einer weit entfernten, schlimmen Welt und versuchte durch ihr Handeln in den Lauf der Geschichte einzugreifen, um unsere Welt besser zu machen.«

»Das glaubte ich zuerst auch«, entgegnete sie. »Doch ist das nicht sehr logisch. Erinnern Sie sich nicht? Sie wußte genau, was aus Christmas würde, wußte von seiner militärischen Karriere, kannte seine Triumphe. Wäre sie aus einer Welt gekommen, die solche Einzelheiten nicht kannte, hätte auch sie nichts davon wissen können.«

»Aber ...«, wollte ich einwenden, doch sie unterbrach mich.

»Ich glaube, wenn es diese Frau wirklich gab, kam sie von dieser Welt. Und sie wußte, daß sie ihr Leben opfern mußte, um Christmas so handeln zu lassen, wie er es schließlich tat. Theoretisch wäre es sogar möglich, daß Ihr Artikel erst das Sendungsbewußtsein dieser Frau geweckt und sie über ihre Aufgabe informiert hat.«

»Selbst wenn das so wäre«, hielt ich dagegen, »warum hat sie dann Christmas zu seinen Verbrechen inspiriert, anstatt ihn zu guten Taten zu beeinflussen? Möglicherweise hätte sie dadurch sogar die United Fruit vernichtet.«

»Genau das wollte sie eben nicht! Verstehen Sie denn nicht? Wenn ihr Verhalten politischen Motiven entsprungen wäre, hätte sie durchaus gewußt, daß sich erst etwas ändern würde, wenn die Lebensbedingungen unter amerikanischer Herrschaft so unerträglich wurden, daß nur eine gewaltsame Befreiung die einzig mögliche Alternative sein konnte. Die Revolution. Sie hätte gewußt, daß Christmas' Untaten notwendig waren, denn sie waren ausschlaggebend für die Art der amerikanischen Politik und die daraus folgenden Verbrechen und Greuel. Sie hätte befürchten müssen, daß der Lauf der Geschichte, in dem der Boden für die Revolution bereitet wurde, verlangsamt oder völlig aufgehalten würde, wenn Christmas nicht für die United Fruit arbeitete. Vielleicht hätte Amerika seinen Würgegriff so raffiniert angesetzt, daß Veränderungen für immer unmöglich geworden wären.«

Ivie sprach mit ungeheurer Intensität, und ich glaube, ich merkte erst in diesem Moment, welche geistige Kapazität sich hinter ihrem hübschen Äußeren verbarg. Ihre Logik war die Logik des Terrorismus, die Rechtfertigung für Blutvergießen zum Zweck der Selbstdarstellung und Ausbreitung. Aber ich war von der Weiblichkeit dieser Frau so fasziniert, daß ich die Tragweite ihrer Worte kaum begriff.

»Nehmen wir einmal an«, wandte ich ein, »Ihr Gedankengang stimmt, so ergibt das alles immer noch keinen Sinn. Die Vorstellung von einer Reise durch die Zeit, um an der Vergangenheit herumzupfuschen ... das ist doch absurd. Darin steckt zuviel Paradoxes. Sie gehen dabei nicht von einer Kette von Ereignissen aus, bei der das eine schon das folgende ankündigt. Statt dessen ziehen Sie eine Schleife, binden einen metaphysischen Knoten, der an die Wirklichkeit angehängt ist, wenn Sie meinen Artikel, eine mysteriöse Frau und einen Mann, der schon seit Jahren tot ist, miteinander in Zusammenhang bringen. Da gibt's kein Ende, keinen Anfang. So spielen sich die Dinge nicht ab.«

»Wirklich nicht?«

Sie senkte den Blick und zeichnete ein Muster in die Bierlache auf der Tischplatte.

»Mir kommt das ganze Leben paradox vor. Ohne ersichtlichen Grund passieren alle möglichen Dinge zwischen den Nationen.«

Sie schaute mich wieder an.

»Zwischen den Menschen. Vielleicht gibt es tatsächlich Ursachen dafür, doch lassen sie sich nicht enträtseln oder definieren. Und wenn es dann noch um eine solch unberechenbare Größe wie die Zeit geht, darf ich davon kaum etwas anderes als Paradoxa erwarten.«

Wir kamen noch auf andere Dinge zu sprechen, verließen wenig später die Bar und gingen zur Flowers Bay hinunter. Ein paar Meter hinter der letzten Hütte, wo sich die Straße dicht am Ufer der Bucht entlangwand und das silberne Sternenlicht, reflektiert von der spiegelglatten See, durch ein labyrinthartiges Mangrovendickicht schimmerte, küßte ich sie. Lebenslange Verheißung versprachen ihre Lippen. Es war eine Versuchung, eine Berührung, alle Erwartungen übertreffend, aufwühlend und betörend.

Bisher hatte ich immer die Meinung vertreten, solche Küsse gäbe es ausschließlich in romantischen Erzählungen und seien der Phantasie ihrer Schreiber entsprungen. Diese neuerliche Entdeckung war für mich so umwerfend, daß ich all meinen Zynismus einfach über Bord warf und mich bis über beide Ohren in Ivie Solis verliebte.

Ich habe nicht vor, unsere Beziehung, das Wachsen unserer Gefühle bis ins kleinste zu beschreiben. Wenn auch für mich selbst diese Dinge äußerst bemerkenswert waren, bezweifle ich doch, daß sie sich wesentlich von den Verhaltensweisen anderer Liebender unterscheiden, und für meine Geschichte sind sie nur bezüglich der Flüchtigkeit unserer gemeinsamen Augenblicke von Bedeutung.

Trotz Ivies These, die Liebe sei – ebenso wie die Zeit – ein unergründliches Mysterium, suchte ich nach einer rationalen Erklärung für diese neue Empfindung und begründete sie schließlich damit, daß ich mir in meinem bisherigen Leben nie genügend Zeit gegönnt hatte, um mir den Luxus tiefergehender Gefühle zu erlauben. Ich war schon lange überfällig für ein solches Erlebnis, hätte mich wahrscheinlich auch in irgendeine andere verlieben können. Ivie war einfach die erste akzeptable Frau gewesen, die mir über den Weg lief.

Außer ihrem Geburtsort und ihrem Beruf wußte ich nur wenig von ihr: Sie war siebenundzwanzig Jahre alt, hatte die Universität von Miami absolviert und lehnte wie die meisten Honduraner die amerikanische Präsenz in ihrem Land ab. Sie aß leidenschaftlich gern Kokosbonbons und liebte die Novellen von Manuel Puig.

Wie, fragte ich mich verwundert, konnte ich jemandem, über dessen Herkunft und Werdegang ich kaum etwas wußte, so verfallen sein? Und doch basierten meine tiefen Gefühle möglicherweise auf diesem Mangel an echten Fakten. Manche Dinge scheinen gerade dann äußerst verlockend und reizvoll, wenn sie irgendwie unwirklich sind, wenn der Kontakt mit ihnen kurz und intensiv ist. Im Geist erhalten sie dann die Lebendigkeit und Schönheit eines Traums.

Die meiste Zeit der folgenden Tage verbrachten wir damit, uns zu lieben. Mein Zimmer, unsere Kleider rochen nach Liebe, sehr zum Vergnügen der alten Aufwartefrau des Hotels, die jedesmal, wenn sie uns sah, beinahe einen Lachkrampf bekam. Wir trennten uns nur nachmittags für eine Stunde, wenn Ivie Reiseagentin spielte und – wie sie erzählte – preiswerte Pauschalarrangements abschloß, die ihre Firma dann amerikanischen Tauchsport-Begeisterten offerierte.

Während dieser Zeit lief ich meist ruhelos auf und ab und wartete ungeduldig auf ihre Rückkehr.

Schließlich, zehn Tage nach unserem Kennenlernen, mietete ich, um die Wartezeit wenigstens sinnvoll zu nutzen, einen Wagen und fuhr nach Spanish Harbour, einer kleinen Stadt an der Küste. Dort hatte es in letzter Zeit mehrfach Rassenunruhen gegeben – eigentlich völlig untypisch für Guanoja. Mich interessierte, ob diese Vorfälle aus der allgemeinen Kriegsstimmung resultierten, die die ganze Insel befallen hatte.

Als ich in der Stadt ankam, die sich außer einem größeren Hafen und einem halben Dutzend Straßen kaum von Meachem's Landing unterschied, hielt ich vor einem Touristenlokal, um meinen Durst mit einem Bier zu stillen. Das Lokal mit dem Namen *Treasure Chest* (Schatzkiste) bestand aus einem einzelnen Raum, im Piratenstil aufgemacht. Auf einem steinernen Decksnachbau vor dem Lokal saßen Gäste unter bunten Sonnenschirmen. Vom Tresen aus, an dem ich stand, hatte ich einen ungehinderten Blick auf das Deck. Während ich mein Bier trank und überlegte, wie ich die Sache am besten anging, entdeckte ich Ivie an einem Tisch nahe der Reling in Gesellschaft eines Mannes in einem grauen Geschäftsanzug. Zuerst dachte ich, es sei ein Gebietsleiter der Agentur oder ein Hotelbesitzer, doch als er sich umdrehte und einem Kellner zuwinkte, erkannte ich sein Falkengesicht und seinen grauen Bart.

Es war Abimael Sotomayor, der Führer der Sangre y

Verdad (Blut und Wahrheit), einer der extremsten Gruppierungen in der lateinamerikanischen Terroristenszene. Ich hatte ihn zweimal interviewt und kannte ihn als einen charismatischen, scheuen Menschen, eigentlich einen Poeten, der aber bekannt war für seine Grausamkeit. Seine Anhänger zelebrierten in seinem Namen vor jedem Anschlag pseudomystische Blutrituale.

Ich war wie vor den Kopf geschlagen, Ivie in seiner Gesellschaft zu sehen, und begann sofort nach harmlosen Gründen für ihr Zusammensein zu suchen. Doch hielt keiner einer nüchternen Betrachtung stand.

Ich verließ das Lokal und raste nach Meachem's Landing zurück. Dort beschwatzte ich die Aufwartefrau, mir die Tür von Ivies Zimmer zu öffnen. Die Einrichtung ähnelte der meines Zimmers: ein grauer Tisch, ein Metallbett und neben dem Fenster, das auf die Terrasse im zweiten Stock hinausging, ein Schrank aus Plastik. Ich durchwühlte den Schrank, fand jedoch nur Schuhe und Kleider, die durchaus zu ihrem vorgegebenen Beruf paßten. Ihre Kosmetiktasche enthielt nur Make-up, und die übrigen Koffer waren leer ... jedenfalls schien es so.

Der letzte Koffer war schwerer als die anderen, die ich wieder unter das Bett geschoben hatte, und ich untersuchte ihn genauer. Schließlich entdeckte ich den Knopf zum Öffnen des doppelten Bodens. Vor mir lag eine Maschinenpistole.

Entgeistert starrte ich auf die Waffe, den eindeutigen Beweis für Ivies Zugehörigkeit zu einer Mörderbande, mit deren Zielen ich zwar sympathisierte, deren brutale Aktionen mich jedoch abstießen. Diese Entdeckung beeinflußte meine Liebe zu dieser Frau keineswegs. Mir tat nur der Gedanke weh, daß sie mich vielleicht nicht liebte, sondern nur benutzte. Und ich fürchtete, sie zu verlieren, denn ihre Mitgliedschaft bei Sangre y Verdad ließ nicht gerade ein Happy-End für uns beide vermuten. Schließlich schloß ich den Koffer, verstaute ihn an seinem ursprünglichen Platz und ging in mein Zimmer hinüber, wo ich auf Ivies Rückkehr wartete.

In dieser Nacht behielt ich meine Entdeckung für mich und versuchte auf verschiedene Weise herauszufinden, ob Ivies Gefühle für mich echt waren. Ivie bestand diesen Test mit Bravour, und ich lernte einige Dinge an ihr zu verstehen, die mir bis dahin Kopfzerbrechen bereitet hatten. Mir wurde klar, daß ihr verwirrtes Schweigen, ihre fast ehrerbietige Haltung vor der Zukunft, ihre vagen Anspielungen auf irgendwelche ›Verantwortungen‹ symptomatisch waren für die Probleme, die unsere Beziehung für sie aufwarf.

Diese Frau wurde von ihren beiden gegensätzlichen Leidenschaften innerlich zerrissen. Im Lauf der Nacht fielen mir wieder die ganzen Horrorgeschichten ein, die ich über Sangre y Verdad gehört hatte, doch ich liebte Ivie zu sehr, um sie deshalb zu verurteilen. Wie konnte ich als Angehöriger eines Staates, der erst die Bedingungen für die Entstehung solcher Organisationen wie der von Sotomayor schuf, jemals die Zwänge begreifen, die sie zu solchem Handeln trieben?

Während der nächsten drei Tage versuchte ich, das Thema Politik möglichst aus unseren Gesprächen auszuklammern, denn ich wußte genau, daß unsere gemeinsame Zeit nur von kurzer Dauer sein würde.

Diese Tage waren unbeschreiblich. Wir schwammen, tanzten, mieteten ein Boot und ruderten zum Riff hinaus. Dort angelten wir in allen Farben schillernde Fische – Talismane unseres eigenen überschäumenden Glücksgefühls. Trotz unserer Unbeschwertheit und Fröhlichkeit blieb mir ständig bewußt, daß das Ende dieses Traums nicht mehr fern sein konnte.

Vier Tage nach ihrem Treffen mit Sotomayor sagte mir Ivie, daß sie am Abend eine Verabredung habe, die zwei oder drei Stunden dauern werde. Ihre Nervosität verriet mir, daß es sich um etwas Wichtiges handeln mußte.

Gegen 20.00 Uhr fuhr sie die Straße zur Flowers Bay hinunter. Ich folgte ihr mit abgeschalteten Scheinwerfern in sicherem Abstand. Eine Meile hinter Welcomes ehemaliger Hütte parkte sie ihren Wagen am Straßenrand. Ich bemerkte es rechtzeitig, lenkte den Wagen hinter ein Gebüsch und ging zu Fuß weiter.

Es war eine mondlose Nacht, doch die Sterne standen am Himmel und erhellten mit ihrem Licht jede Unebenheit des Bodens, jeden Palmenstamm oder Mangrovenast. Moskitos umschwirrten mich, und vom Riff drang schwach das Rauschen der Wogen zu mir herüber.

Ein paar hundert Fuß von Ivies Wagen entfernt stand eine größere Hütte in einer Palmengruppe. Davor parkten mehrere Wagen, und am Eingang lungerten zwei Gestalten herum, offensichtlich Wachtposten.

Aus dem Fenster fiel gelblicher Lichtschein. Ich schlich mich leise durchs Gebüsch zur Rückseite des Hauses und vergewisserte mich, daß dort keine Posten standen. Geduckt huschte ich zum Haus hinüber und preßte mich flach gegen die Wand.

Ich hörte mehrere Stimmen durcheinanderreden, verstand jedoch kein Wort. Ich schob mich näher ans Fenster, dessen Läden einen Spaltbreit offenstanden, und spähte hinein.

Am Kopfende eines Tisches erkannte ich Sotomayor, daneben saß ein schlanker, nervös wirkender Mann von etwa fünfunddreißig Jahren mit früh ergrautem Haar. Von den anderen konnte ich niemanden sehen, doch nach den Stimmen zu urteilen, war mindestens ein Dutzend Männer oder Frauen anwesend.

Mit gebieterischer Handbewegung verschaffte sich Sotomayor Ruhe.

»Ich für meinen Teil hätte am liebsten nur meine Organisation eingesetzt. Doch Dr. Dobler« – er deutete mit einem Nicken auf den grauhaarigen Mann –, »bestand darauf, den gesamten Linksblock zu beteiligen, und mir blieb keine andere Wahl. Doch aus Sicherheitserwägungen heraus möchte ich die Teilnahme an der Operation auf die hier Anwesenden beschränken. Einige von uns sind dem Rest nicht bekannt, und ich schlage vor, diese Anonymität beizubehalten. Wir werden uns falsche Namen zulegen, aber einfache, wenn ich bitten darf.«

Er fuhr sich mit einer Hand durchs Haar und ließ seinen Blick über die Anwesenden wandern.

»Da ich das Kommando habe, wähle ich einen Militärgrad als Anrede.« Sotomayer lächelte. »Ich bin nicht sehr ehrgeizig, deshalb werdet ihr mich mit ›Sergeant‹ anreden.«

Die Runde lachte.

»Vielleicht werde ich befördert – wenn unser Unternehmen erfolgreich ist.«

Alle Männer und Frauen – ich zählte vierzehn – wählten Tarnnamen, und ich hörte, wie Ivie sagte: »Aymara.«

Die Nackenhaare sträubten sich mir. Doch ich wußte, wie sehr mein Artikel sie fasziniert hatte, und deswegen überraschte mich ihre Wahl kaum.

»Ausgezeichnet. Kommen wir jetzt zur Sache.« Sotomayors Stimme klang sehr nüchtern. »Das Ziel unserer Aktion wird das amerikanische Militärprojekt ›Longshot‹ sein.«

Diese Information überraschte mich allerdings sehr. ›Longshot‹ war der Deckname der Einrichtung, die ich bald besichtigen sollte.

»Seit einigen Monaten«, fuhr Sotomayor fort, »kursieren, wie wir alle wissen, Gerüchte um ›Longshot‹, und zwar solche, die nicht gerade das Vertrauen in unsere nördlichen Nachbarn stärken. Bis jetzt war es uns nicht möglich, diesen Gerüchten auf den Grund zu gehen, doch das ist jetzt anders. Dr. Dobler gehörte bis vor kurzem zu den Koordinatoren des Projekts. Unter hohem persönlichen Risiko ist er zu uns gekommen, weil er glaubt, daß der Menschheit mit ›Longshot‹ eine große

Gefahr droht. Aufgrund unserer unbürokratischen Arbeitsweise hält er uns für die einzige Institution, die schnell genug reagieren kann, um Unheil abzuwenden. Er wird uns jetzt die Einzelheiten erklären.«

Sotomayor trat aus meinem Blickwinkel und machte Dr. Dobler Platz. Der Mann wirkte ängstlich. Welche Überwindung mußte es ihn gekostet haben, aus seinem Elfenbeinturm mitten in eine Meute geifernder Hunde zu springen?

Dobler räusperte sich. »Das Projekt ›Longshot‹ ist ein Experiment der Zeitverschiebung – verständlicher unter dem Begriff ›Zeitreise‹.«

Verblüfftes Schweigen, dann sprachen alle durcheinander. Sotomayor bat um Ruhe.

Ich hätte gern Ivies Gesicht bei dieser Neuigkeit gesehen. Ob sie so überrascht und erschrocken war wie ich?

»Der erste Testversuch soll genau heute in dreiundzwanzig Tagen gestartet werden«, fuhr Dobler fort. »Wir haben allen Grund zu der Annahme, daß er erfolgreich verlaufen wird, denn es gibt schon in der Vergangenheit Beweise ...«

Er begann zu stottern, schien verwirrt.

»Da gibt es so viele ...« Hilfesuchend schaute er nach links. »Es tut mir leid, ich ...«

»Beruhigen Sie sich«, sagte Sotomayor. »Sie sind unter Freunden.«

Dobler straffte die Schultern.

»Es geht schon wieder«, sagte er und holte tief Luft. »Das Versuchsgelände liegt auf einem Hügel über den Ruinen von Olancho Viejo, einer Stadt aus der Kolonialzeit, die 1623 durch eine Explosion zerstört wurde. Ich sagte ›Explosion‹, doch glaube ich mit Sicherheit behaupten zu können, daß es keine Explosion im üblichen Sinne war. Zum einen gibt es Augenzeugenberichte, nach denen ein Teil der Häuser regelrecht in die Luft geblasen wurde, während andere einstürzten und zu

Staub und Geröll zerfielen, Folge eines grellweißen Blitzes. Natürlich stammen diese Augenzeugenberichte von abergläubischen Menschen – hauptsächlich von Priestern – und sind deshalb nicht gerade unzweifelhaft. Einige berichten von einer schönen jungen Frau, die in dem grellen Licht auftauchte, doch können wir das wohl vergleichen mit der Neigung der Katholiken, denen in Augenblicken höchster Not und Verzweiflung angeblich die Jungfrau Maria erscheint.«

Einige Zuhörer kicherten unterdrückt, was Dobler Auftrieb zu geben schien.

»Wie dem auch sei, wir gingen den Berichten nach und stießen an diesem Hügel und in seiner Umgebung auf gewisse Anomalien, aus denen sich wiederum eindeutig ergab, daß die Zerstörung von Olancho Viejo eine unmittelbare Folge unseres Experiments war. Obwohl unser Zieldatum in den zwanziger Jahren des 19. Jahrhunderts liegt, scheint es, als ob die Zeitversetzung oder Zeitreise eine Art Schockwelle hervorruft, die dreihundertsechzig Jahre zurück in die Vergangenheit schreckliche Auswirkungen zeigt.«

»Und wieso betrifft das uns?« fragte einer.

»Darauf komme ich gleich«, sagte Dobler.

Er erwärmte sich regelrecht an seinem Thema und dozierte jetzt wie ein Professor vor seinen Studenten.

»Zuerst einmal müssen Sie verstehen, daß es das Hauptziel des Projekts ist, durch Mord und andere Mittel die Vergangenheit zu manipulieren, wenn auch das erste Experiment nur die Zeitversetzung einiger Versuchstiere oder niedriger Lebensformen – Pflanzen zum Beispiel – vorsieht.«

In der Versammlung wurde wütender Protest laut.

»Augenblick bitte!« rief Dobler dazwischen. »Darüber brauchen Sie sich nicht aufzuregen, ich glaube nicht, daß es möglich ist.«

»Warum nicht?« ertönte eine Frauenstimme.

»Ich glaube kaum, daß ich Ihnen dies begreiflich machen kann«, sagte Dobler. »Die mathematischen Berechnungen dafür sind zu komplex – und meine Argumente, wie ich gestehen muß, sehr anfechtbar. Mehrere meiner Kollegen denken da völlig anders als ich. Sie sind der Auffassung, daß die Vergangenheit verändert werden kann. Ich bin vom Gegenteil überzeugt. Nach meinem mathematischen Modell ist Zeit eine feste Größe mit genau umrissener Form. Sie ist nicht nur ein Prozeß, der physikalische Objekte beeinflußt, sondern hat ihre eigene Physis. Besser ausgedrückt: Die Größe Zeit besitzt ein eigenes Spektrum physikalischer Vorgänge, alle auf einer besonderen Ebene, und erst die Isolation dieses Spektrums ermöglicht es uns, Dinge in die Vergangenheit zu versetzen.«

Dobler spürte anscheinend die verständnislosen Blikke, denn er hob hilflos die Hände.

»Mit Worten läßt sich diese Sache kaum allgemeinverständlich erklären. Es sollte daher genügen, wenn ich behaupte, daß jeder Versuch, den Lauf der Geschichte zu verändern, scheitern muß, weil die physikalische Gebundenheit der Zeit für jede Änderung einen Ausgleich suchen wird und muß.«

»Mir scheint, Sie glauben fest an die Vorhersehung«, bemerkte Sotomayor.

»Eine schwache Umschreibung«, antwortete Dobler. »Doch es stimmt, ich glaube daran.«

»Warum bitten Sie uns dann, etwas zu verhindern, das nach Ihren Worten nicht zu verhindern ist? Wenn gemäß Ihrer These Beweise existieren, daß dieses Experiment ausgeführt wurde, können wir doch überhaupt nichts tun ...«

»Wie schon gesagt, ich kann mich irren«, sagte Dobler. »In diesem Fall hätte ein Angriff auf die Versuchsanlage vielleicht Erfolg. Doch erweist sich die Zeit wirklich als unveränderbare Größe, können wir die Zerstörung von Olancho Viejo nicht mehr rückgängig machen. Es ist möglich, unser Experiment zu verhindern, doch dann wird die Dehnbarkeit der Zeit eine andere ursächliche Kraft für die Zerstörung der Stadt finden.«

»Etwas verstehe ich nicht«, hörte ich Ivie sagen. »Wenn Sie recht haben mit Ihrer Meinung von der Unveränderbarkeit der Zeit, was haben wir dann zu fürchten?«

»Auf jede Aktion muß immer eine Reaktion folgen. Hier ist die Aktion das Experiment. Ein kleiner Teil der Reaktion zeigt sich in dem Ereignis vor dreihundert Jahren. Meinen Berechnungen nach erfolgt der Hauptteil der Reaktion aber in der Gegenwart. Ich bin die Gleichungen immer und immer wieder durchgegangen. Es gab keinen Fehler darin.«

Dobler schwieg einen Moment lang, um sich zu konzentrieren.

»Ich habe keinerlei Vorstellung, wie sich die Reaktion in der Gegenwart auswirken mag. Vielleicht ruft sie eine ähnliche Explosion wie 1623 hervor, vielleicht birgt sie aber auch völlig andere Auswirkungen. Wir wissen nichts über die Kräfte, die am Werk sind. Wir können sie nur auslösen und mit ihnen ein paar simple Tricks ausführen. Einer Sache bin ich mir jedoch ganz sicher: Die Reaktion wird alles Bestehende innerhalb seiner Atome beeinflussen, und dies dürfte millionenfach stärkere Auswirkungen haben als das, was 1623 geschah. Ob es etwas gibt, das dies überstehen kann, bezweifle ich.«

Diesen Worten folgte ein langes Schweigen, das Sotomayor schließlich unterbrach.

»Haben Sie diese Berechnungen Ihren Kollegen gezeigt?«

»Selbstverständlich.«

Dobler lachte hilflos auf.

»Sie glauben, sie hätten das Problem durch den Bau einer Druckkammer gelöst. Das ist so, als würde man einen Reaktorkern in eine Wolldecke packen.«

»Und wie könnten wir Ihre Meinung ändern?« fragte jemand.

»Hören Sie«, sagte Dobler beleidigt. »Solange meine Kollegen nicht meine Berechnungen verstehen, gibt es für mich keinerlei Möglichkeit, ihnen meine Behauptungen zu beweisen. Ich glaube, sie sind einfach zu versessen auf dieses Experiment, um die ungeheure Gefahr darin zu erkennen. Weshalb aber erzähle ich Ihnen das alles? Die Tatsache, daß ich hier bin, dürfte doch schon als Beweis reichen, denn schließlich habe ich meine Karriere geopfert, um Sie hier zu warnen.«

Er senkte nachdenklich den Blick. »Vielleicht könnte ich Ihnen doch noch einen Beweis liefern.«

Die Anwesenden begannen ihn in herausforderndem Ton mit Fragen zu bombardieren. Aus Furcht, die Versammlung könnte sich überraschend auflösen und jemand meinen Wagen entdecken, schlich ich davon und fuhr in die Stadt zurück.

Ich glaube, es ist durchaus ein Maßstab für die Realitätsfremdheit und Dummheit der Liebe, daß ich mir weniger Gedanken um das Schicksal der Welt machte als um Ivies Rolle, die sie im Ablauf von Welcomes Geschichte spielte, einer Geschichte, die mir immer unheimlicher wurde. Ich schien unter der Vorstellung zu handeln, daß alles schon in Ordnung ginge, wenn Ivie und ich gemeinsam die Sache angingen.

Ich fuhr ins Hotel und wartete dort eine Weile. Dann entschied ich, daß es besser sei, mit ihr unter vier Augen zu sprechen, um jedes Argument auszudiskutieren, und hinterließ ihr eine Nachricht. Darin bat ich sie, mich an einem bestimmten Platz am anderen Ende der Insel direkt oberhalb St. Mark's Key zu treffen. Ein Amerikaner hatte dort einen größeren Gebäudekomplex hochziehen wollen, war aber nach Fertigstellung des Rohbaues plötzlich verstorben.

Für Ivie und mich hatte dieser Platz eine gewisse Bedeutung. Er lag ein Stück vom Strand entfernt, durch ein Dickicht von Palmen und Pinien gegen neugierige Blicke geschützt. Dort hatten wir uns mehrfach geliebt.

Als ich ankam, war der Mond aufgegangen. In seinem bleichen Licht glich die Bauruine mit ihren fehlenden Wänden und den Zwischengeschossen auf Stelzen einem abstrakten Kunstwerk in Schwarz und Silber. Mir schien es eine passende Metapher für das Labyrinth von Verwicklungen, in denen wir steckten.

Bis zu diesem Augenblick hatte ich mich mit diesen komplizierten Umständen noch nicht richtig beschäftigt. Als ich jetzt aber versuchte, das Problem zu entwirren, mußte ich eingestehen, daß ich es nicht schaffte. Die seltsamen Zusammenhänge in Welcomes Geschichte mit der momentanen Lage, das Auftauchen Dr. Doblers, Ivies Zusammentreffen mit mir – all das schmeckte mir nach magischer Spielerei und widersprach jeder Logik. Zeit hatte ich stets wie eine Ware betrachtet, als etwas, das man sparen oder verbrauchen kann. Diese Zeit schien sich nun als ungeheure oder gar unheimliche Größe ins Unendliche zu ersticken, voller Mysterien und möglicher Wunder. Und für mich waren die Prozesse, nach denen sie ablief, ebenso unfaßbar wie das Funkeln der Sterne am Himmel.

Trotzdem versuchte ich jetzt, meinen Blickwinkel zu konzentrieren, bemühte mich, die einzelnen Teile des Puzzles zu begreifen.

Ich begann mit Welcomes Erzählung. Viele Dinge, auf die ich bis jetzt kaum geachtet hatte, erklärten sich fast von selbst – ging ich einmal davon aus, daß Welcomes Story wahr sein konnte. Christmas' Wagemut zum Beispiel. Wenn er wußte, daß er an einem Fieber sterben würde, brauchte er im Kampf nicht um sein Leben zu fürchten. Alle Stücke ließen sich mit der gleichen irrationalen Perfektion zusammenfügen. Es war nur die Ganzheit, das Bild, welches sich aus ihnen ergab, das unerklärbar wurde.

Schließlich gab ich es auf, mir weiter den Kopf über diese komplizierten Zusammenhänge zu zerbrechen, schaute den Brechern zu, die das Riff draußen mit weißer Gischt übersprühten, lauschte dem Rascheln der Eidechsen, die im Dünengras umherhuschten, und betrachtete die bunten Lichter des Touristenzentrums von St. Mark's Key, die von sich sanft in der Meeresbrise wiegenden Palmwedeln ausgelöscht wurden und gleich wieder aufblitzten.

So saß ich ungefähr eine Stunde lang, als ich das Motorengeräusch eines Wagens vernahm. Eine Minute später trat Aymara – die ganze Zeit hatte ich sie in Gedanken so genannt – durch die leere Türöffnung und setzte sich neben mich.

»Laß uns hier weggehen!« bat sie und küßte mich auf die Wange. »Ich hätte gern einen Drink.«

Das Mondlicht zeichnete ihr Gesicht noch sanfter und schöner, in ihren Augen schimmerten silberne Reflexe.

Ich wußte nicht, wie ich beginnen sollte, und fragte schließlich direkt: »Wußtest du schon, was Dobler euch berichten würde? Hast du deswegen den Namen Aymara gewählt?«

Sie fuhr zurück, ihr Gesicht zeigte Bestürzung.

»Woher ...?« fragte sie rauh und fuhr gleich fort: »Du bist mir gefolgt. Das hättest du nicht tun dürfen.«

»Warum zum Teufel eigentlich nicht?«

Plötzlich packte mich der Zorn über ihr Mißtrauen, ihre Ausflüchte und falschen Angaben und ließ mich für einen Moment sogar meine Sorge um sie vergessen.

»Wie sonst könnte ich jemandem auf der Spur bleiben, der in dieser unruhigen Zeit die Revolution noch schürt?«

»Man hätte dich dabei töten können«, sagte sie matt.

»Stimmt.« Ich versuchte krampfhaft, meine Betroffenheit über ihre Gefühllosigkeit zu verbergen.

»Bei Gott, Sotomayor hätte sich einen Spaß daraus gemacht, dir mein Blut als Schlaftrunk zu kredenzen.

Was zur Hölle hat dich nur dazu bewogen, dich mit ihm einzulassen?«

»Ich habe mich nicht mit ihm eingelassen.«

Sie unterdrückte ihren Ärger nicht länger.

»Du gehörst nicht zu Sangre y Verdad?«

»Nein, zur FDLM.«

Ich war einigermaßen erleichtert. Die FDLM war die mitgliederstärkste und damit auch die legitimste Organisation der honduranischen Linken.

»Du hast meine erste Frage nicht beantwortet. Warum hast du dir gerade diesen Namen ausgesucht?«

»Der Grund war – ich habe dabei an dich gedacht. Aber jetzt ... ich weiß nicht ...«

»Du willst es tun. Du willst diese Geschichte zu Ende bringen, stimmt's?«

Verzweifelt schlug ich mir auf die Schenkel.

»Herr im Himmel, Sotomayor wird dich töten, wenn er dahinter kommt! Vielleicht ist Dobler ein Verrückter, vielleicht aber auch ein CIA-Agent, der genau in diesem Moment ...«

»Du bist nicht bis zum Schluß geblieben?« warf sie ein.

»Nein.«

»Dobler ist tot. Er hämmerte uns ein, bei unserem Überfall sämtliche Computer und Unterlagen zu vernichten und jeden zu töten, der von dem Vorhaben weiß. Wäre er jünger gewesen, sagte er, hätte er sogar ein Verbrechen gutgeheißen und unterstützt, das die Vermehrung des Wissens zum Ziel habe. Aber hier sei er auf Wissen gestoßen, das er nicht mehr kontrollieren könne, und deshalb könne er damit nicht leben. Er hoffe, uns durch sein Verhalten überzeugen zu können. Darauf ging er auf die Veranda hinaus und erschoß sich.«

Ich saß wie erstarrt, sah wieder den nervösen kleinen Mann vor mir, der für seine Wahrheit sein Leben opferte.

»Und ich glaube ihm«, sagte Ivie. »Jeder von uns glaubte ihm – aber erst hinterher.«

»Sotomayor hätte ihm auf jeden Fall geglaubt«, warf ich ein. »Denn er lebt nur für die Zerstörung. Für ihn wäre der Untergang der Welt ein erotisches Erlebnis.«

»Ich brauche dir doch sicher nicht zu erklären, welche Umstände solche Menschen wie Abimael hervorbringen«, bemerkte sie spitz.

Dabei faßte sie hinter sich, um – wie ich annahm – den Gürtel ihres Rockes neu zu binden.

»Wirst du uns verraten?«

Ihre Stimme zitterte, ihr Gesicht war angespannt, und sie hielt noch immer eine Hand hinter dem Rücken, saß da in einer seltsam verdrehten Haltung.

Eine schreckliche Gewißheit stieg in mir auf.

»Was hast du da?« fragte ich, obwohl ich die Antwort kannte.

Unten auf der Straße fuhr ein Wagen vorbei, seine Scheinwerfer blitzten zwischen den schwankenden Palmblättern auf.

»Und wenn ich euch anzeigen würde?«

Sie senkte den Blick, seufzte und nahm die Hand nach vorn. Der Lauf einer kleinkalibrigen Automatik deutete genau auf mich.

Nach einer langen Sekunde ließ sie die Waffe zu Boden fallen und betrachtete sie unglücklich, als habe dieser unnütze Gegenstand ihre großen Erwartungen enttäuscht.

»Es tut mir leid«, murmelte sie leise. »Ich bin ...«

Mit einer Hand bedeckte sie die Augen.

Die Waffe lag wie ein bösartiger schwarzer Schatten auf den Bodenbrettern, hob sich drohend gegen die glatte helle Fläche ab. Ich nahm sie an mich. Ihre kühle Schwere steigerte noch meinen Zorn, und ich schleuderte sie weit ins Dunkel.

»Ich liebe dich.«

Ihre Finger berührten meinen Arm, doch ich schwieg verbissen und regte mich nicht.

»Bitte, glaub mir! Ich weiß einfach nicht mehr weiter.«

Ihre Stimme brach, und ich glaubte zu fühlen, wie ihr die Tränen die Wangen hinunterliefen.

»Schon gut«, sagte ich rauh. Mein Zorn verebbte nur langsam.

Schweigend saßen wir da. Das Rauschen der Brandung am Riff klang lauter, der Wind seufzte in den Kronen der Palmen, und von dem Badeort drangen leise Musikfetzen herüber. Mir schien es, als verlöre die Natur ringsum ihre Konturen und verwandle sich in einen tödlichen musikalischen Reigen.

Schließlich fragte ich sie, was sie nun vorhabe.

»Ich zweifle inzwischen an meinen Absichten. Ich werde wohl nicht umhin können, zurückzukehren.«

»Ins Jahr 1902? Ist es das, was du sagen willst?«

Hilflosigkeit schwang in meinen Worten, ich fühlte, daß die Ereignisse uns zu erschlagen drohten wie eine riesige Faust.

»Wie kannst du auch nur im Traum daran denken? Du hast doch gehört, was Dobler gesagt hat, kennst die Gefahren.«

»Ich glaube nicht, daß es gefährlich ist, dafür aber unausweichlich.«

Ich wandte mich ihr zu, wollte aufbegehren, sie mit Argumenten überschütten.

Mein Gott, war sie schön! Es war, als hätten die Tränen ihre Haut blankgewaschen und dabei ein neues, noch schöneres Gesicht hervorgezaubert. Mir blieben die Worte im Hals stecken.

»Kurz bevor Dobler sich tötete, fragte ich ihn, was Zeit seiner Meinung nach sei. Er hatte von ihr immer nur als mathematische Größe geredet, doch ich wurde das Gefühl nicht los, daß er nicht damit herausrückte, was er wirklich dachte, und ich wollte genau wissen, was er alles getan hatte. Ich hatte Angst ... Da schien

Magie am Werk zu sein. Ich wurde unaufhaltsam in irgendwelche unbegreiflichen Vorgänge hineingezogen.«

Sie schob sich eine Locke aus der Stirn.

»Dobler behauptete, er hätte ein ähnliches Gefühl empfunden, als er mit seinen Berechnungen begann. Er nannte es ›das Erfassen des Mystischen‹. Da war etwas Hypnotisches an seinen Berechnungen. Sie hatten ihn in ihren Bann geschlagen, waren für ihn Zauberformeln. Je länger er sich damit beschäftigte, desto häufiger betrachtete er Zeit – in ihrer Vielschichtigkeit – als das Vorhandensein einer Gottheit. Ihre Gesetze, die Mechanismen ihres Ablaufs ... Abimael machte sich über ihn lustig und fragte ihn, ob er von Gott spreche. Dobler antwortete, wenn Sotomayor unter Gott ein stabiles Energiesystem verstehe, das auf subatomarer Ebene das Verhalten und die Aktionen aller Dinge überwache und lenke, dann sei es genau das, wovon er spreche.«

Nur zu gern hätte ich ihre Ausführungen widerlegt, doch ähnelten sie meinen eigenen Gedanken über die Beschaffenheit der Zeit so sehr, daß ich nichts zu erwidern wußte.

»Du fühlst diesen Zauber auch, nicht wahr?« fragte sie leise.

Ich faßte sie bei den Schultern.

»Laß uns weggehen – noch heute nacht. Wir mieten ein Boot, das uns nach La Ceiba hinüberbringt, und morgen ...«

Sie berührte meine Lippen mit ihrem Zeigefinger und küßte mich zuerst sanft, dann immer inniger – und ich verlor mein Gefühl für Zeit und Raum, vergaß alles um mich herum.

Gerade saßen wir noch auf dem Boden im Parterre der Bauruine, und im nächsten Moment lagen wir nackt – unsere Kleider waren wie weggezaubert – im Gras einer kleinen Lichtung hinter dem Haus zwischen Bananenstauden. Ivies Haar umrahmte weich ihr schönes Gesicht, seine Farbe mischte sich mit dem dunklen Gras. Sie wirkte wie eine schimmernde Blüte auf sandigem dunklen Boden. Ihre Haut war, wie der Schimmer des Mondes, glatt und von kühlem Tau bedeckt. Ich schmeckte das Mondlicht an ihren aufgerichteten Brustwarzen. Sanft schob sie mich zwischen ihre Schenkel; mit ernstem, konzentriertem Blick nahm sie mich in sich auf.

Im nächsten Moment warf sie den Kopf zur Seite und stöhnte laut, die Augen zum Himmel gerichtet, als fände sie dort ihr Entzücken. Ihr Körper bäumte sich unter mir auf.

»Oh, mein Gott!«

Auch ich empfand den wirklichen Grund ihres Stöhnens – jenes Gefühl der Hitze und Erfüllung, das uns durchströmte, uns völlig einhüllte. Jene Verwandlung von Hoffnung und Furcht in überschäumendes Begehren. Wir wurden zu einer seltsamen, unbewußten und alles umfassenden Einheit, zu einem Geschöpf – nur Hüfte, Mund und Herz.

So ist Gott.

Später zogen wir uns langsam an, begleitet von den ewigen Lauten der See und des Windes. Plötzlich hörte ich ein anderes Geräusch, ein scharfes Klicken. Doch ehe ich dem nachgehen konnte, hatte ich es schon wieder aus meinen Gedanken verdrängt. Mein Kopf schwirrte nur so von allen möglichen Plänen: Ich würde Ivie einen Schlag verpassen, sie betäuben und sie mit mir in die Staaten nehmen. Ich würde die Guerilleros das Projekt zerstören lassen und selbst im letzten Moment aus dem Nichts auftauchen und Ivie in Sicherheit bringen.

Viele solcher unwahrscheinlichen Heldentaten geisterten in meinem Kopf herum, und alle schienen mir aufgrund meiner starken Liebe leicht und einfach durchführbar.

Hand in Hand spazierten wir um das Haus herum, und ich bemerkte die Gestalt im Schatten einer Palme erst, als sie sprach.

»Aymara!«

Ivie stieß einen warnenden Schrei aus. Ich sprang vor sie, um sie mit meinem Körper zu schützen.

Die Gestalt trat aus dem Dunkel und näherte sich uns. Es war Sotomayor. Sein Gesicht war vor Wut verzerrt, sein sauber gestutzter Bart wirkte im Mondlicht unecht. Ein paar Meter vor uns blieb er stehen und richtete seine Pistole auf uns. Dabei musterte er Ivie verächtlich von oben bis unten.

»Du Hure!« zischte er.

Er zog etwas aus der Tasche und warf es uns vor die Füße: ein beschriebenes Stück Papier.

»Sie sollten Ihre Nachrichten etwas diskreter abfassen«, sagte er zu mir.

»Hören Sie ...«, begann ich.

Er hob die Pistole und zielte auf meine Stirn.

»Als Geisel könnten Sie durchaus von einigem Wert sein. Doch würde ich mich an Ihrer Stelle nicht allzusehr darauf verlassen. Ich mag es nicht, verraten zu werden, und deshalb bin ich momentan auch nicht gerade bester Laune.«

»Ich habe dich nicht verraten.« Ivie trat neben mich. »Du verstehst das falsch.«

Sotomayors Gesichtsmuskeln zuckten, als versuche er eisern, seine Wut zu zügeln.

»Er ist auf unserer Seite«, fuhr Ivie fort. »Das weißt du doch genau. Er hat immer unsere Sache unterstützt.«

Sotomayor lächelte – sein typisches gemeines Lächeln – und schwenkte die Waffe zu ihr herum.

»Nun, hast du deinen letzten Beischlaf genossen, du läufige Hündin? Ich konnte dein Stöhnen bis hinunter zum Strand hören.«

Seine Armmuskeln spannten sich, der Finger krümmte sich um den Abzug.

Ich hechtete auf ihn los.

Zu spät!

Einen Augenblick nur, ehe der Anprall ihn von den Beinen holte und hinterrücks zu Boden warf, ging die Waffe los, und beinahe gleichzeitig mit der Detonation hörte ich Ivies Aufschrei.

Sotomayor war stark, doch meine Verzweiflung verlieh mir ungeahnte Kräfte. In diesem Moment war er kein Gegner für mich. Ich entwand seiner Hand die Pistole und knallte ihm mehrmals den Kolben gegen die Schläfe. Er sackte zusammen, sein Kopf rollte zur Seite.

Ich kroch zu Ivie hinüber. Mit letzter Kraft hörte ich sie flüstern: »Darling, es tut mir so leid!« Ihre Beine zuckten in Spasmen, und ihr Haar war blutgetränkt. Die Kugel war durch ihre Schläfe in den Kopf gedrungen und im Gehirn steckengeblieben. Eigentlich mußte sie längst tot sein, trotzdem versuchte sie noch, irgendeinem unbestimmten Reflex gehorchend, etwas zu sagen. Doch jedesmal, wenn sie den Mund öffnete, quoll ein Blutstrom heraus. Auch aus Augen und Nase blutete sie. Ihr Gesicht war völlig blutverschmiert, doch immer noch öffnete und schloß sich ihr Mund und gab gurgelnde, erstickte Laute von sich. Ich wollte sie streicheln, sie mit meiner Berührung beruhigen, doch war der Kopf nur noch eine breiige Masse, und ich wußte nicht, wohin mit meinen Händen. Ziellos flatterten sie über ihren Körper hin und her, und ich hörte mich schreien, sie solle aufhören, sie solle aufhören. Ihre Arme begannen zu schlagen, ihre Hüften zuckten konvulsivisch.

Eine zerbrochene, blutüberströmte Puppe ...

Ich richtete die Pistole auf ihre Brust, schaffte es aber nicht, den Abzug durchzudrücken. Schließlich warf ich mich weinend über sie und blieb so liegen, bis das letzte Lebenszeichen aus ihrem Körper gewichen war.

Später taumelte ich auf die Füße und ging zu Sotomayor hinüber. Er war noch nicht aus seiner Bewußtlosigkeit erwacht. Tränen rannen mir über die Wangen, und ich richtete die Pistole auf ihn. In mir schrie alles nach Rache. Doch schien mir ein solch schneller Tod nicht ausreichend für meinen Verlust. Ich kniete mich neben ihn und drehte seinen Kopf zu mir.

Hinter mir ertönte eine Stimme.

»Was is'n los da, Mann?«

Zwei Männer, nur als Schatten zu erkennen, standen unten am Strand.

»'n Kerl hat jemand umgebracht!« antwortete ich.

»Polizei schon unterwegs?«

»Nee!«

»Na, gehen wir nach Key un' lassen die Burschen da 'n Spruch absetzen.«

Ich winkte den Männern zu und beobachtete, wie sie eilig davonrannten. Dann drückte ich Sotomayors Mund auf und schob den Pistolenlauf hinein.

»Wach endlich auf!« schrie ich, spuckte ihn an und schlug ihm mit der Hand ins Gesicht.

Seine Augenlider begannen zu flattern, und er stöhnte schwach.

»Werd wach, du Hurensohn!«

Er starrte mich benommen an, und ich stieß ihm den Lauf der Waffe heftig gegen die Zähne. Seine Augen weiteten sich. Er versuchte zu sprechen und zog dabei eine lächerliche Grimasse. Ich preßte den Lauf gegen seinen Gaumen. Sotomayor erstarrte.

»Ich müßte dich eigentlich der Polizei übergeben. Die Bullen würden dir schon den Arsch aufreißen, du Hund. Doch ich halte dich nicht gerade für einen Helden. Vielleicht singst du. Vielleicht singst du so schön, daß du damit dein Leben rettest. Und das ist mir zu riskant.«

Er gurgelte etwas Unverständliches.

»Kann dich nicht verstehen, Mann«, sagte ich. »Wie schade.«

Ich benutzte die Pistole als Hebel und begann seinen

Kopf hin und her zu rollen. Seine Augen suchten die meinen. Schweißperlen traten auf seine Stirn, und er versuchte mühsam zu schlucken.

»Jetzt kriegst du deine Kugel!«

Er fuhr zusammen und schloß krampfhaft die Augen.

»War nur ein Scherz«, sagte ich, wartete ein paar Sekunden und schrie dann plötzlich: »Aber jetzt ...«

Er zuckte zurück.

Mir kamen wieder die Tränen.

»Hast du gesehen, was du mit ihr gemacht hast, du Schwein? Hast du es gesehen, du verdammter Hurensohn?«

Die Pistole zitterte in meiner Hand, und Sotomayor biß auf den Lauf, um die Waffe ruhig zu halten, damit ich nicht versehentlich den Abzug durchriß.

Eine Minute lang ließ ich meinem Schmerz und meinen Tränen freien Lauf, dann faßte ich mich wieder.

»Jetzt bekommst du, was du verdienst.«

Er zuckte.

»Hier, nimm ...«

Wieder fuhr er zusammen.

»Aber jetzt ...«

In seinem Blick flackerte Wahnsinn – und Haß. Doch sein Gefühl war nichts im Vergleich zu meinem. Mir schwindelte vor Haß und Zorn. Die Sterne schienen näher gerückt, flimmerten dicht vor meinen Augen. Am liebsten hätte ich für immer auf seinem Brustkorb gehockt und ihn gequält.

Ich grub zwei Finger meiner linken Hand hinter seinen Adamsapfel und preßte ihm die Kiefer auseinander. Blitzschnell schlug ich mit dem Lauf der Waffe gegen seine Zähne. Ein paar splitterten. Blut tropfte ihm von der Unterlippe in seinen Bart. Er keuchte und würgte an den Bruchstücken.

»Na, wie gefällt dir das?« fragte ich. »Oder das?«

Mit der Handkante zertrümmerte ich ihm das Nasenbein. Tränen schossen ihm aus den Augen, blutiger

Speichel und Schleim drangen aus Mund und Nase. Sein Atem ging rasselnd.

Von St. Mark's Key drangen Rufe zu mir herüber. Ich beugte mich zu Sotomayor hinunter, das Gesicht nur ein paar Zentimeter von seinem entfernt. Der blutverschmierte Pistolenlauf steckte tief in seinem Mund.

»Hier hast du sie«, flüsterte ich. »JETZT KOMMT DIE EWIGKEIT.«

Ich weiß, daß er mir glaubte, doch er war wie hypnotisiert durch meine Nähe, meinen Augenausdruck, konnte nicht wegsehen. Ich brüllte laut auf, genoß die Angst in seinem Blick – und feuerte.

In den Staaten wäre ich wahrscheinlich als Mörder verhaftet worden, doch in Honduras, wo Politik und Leidenschaft alle Arten von Verbrechen rechtfertigen, war ich ein Held. Ich war ein Held, aber ein kranker, denn mein Kummer beherrschte mich ebenso total wie zuvor meine Liebe.

Jetzt, da Ivie tot war, sollten ihr die anderen auch auf den Scheiterhaufen folgen. Ich sagte der Polizei alles, was ich wußte. Die Insel wurde hermetisch abgeriegelt, die Guerilleros gefangengenommen.

Die Presse überschüttete mich mit Beifall. Der Präsident der Vereinigten Staaten rief mich persönlich an und dankte mir für meine Tat. Meine Berufskollegen belagerten das Hotel *Captain Henry*, um mich zu interviewen, mußten sich aber mit dem Besitzer oder Aufwartefrau begnügen. Ich war nicht in der Stimmung, den Helden zu spielen. Ich trank mehr, als ich vertrug, weinte viel, wanderte meist ziellos durch die Gegend und starrte ins Leere, sah ständig Ivies Gesicht vor mir.

Aymaras Gesicht.

In meiner Erinnerung verlieh ich ihr diesen Namen. Er klang tapfer und poetisch zugleich, er paßte zu ihr.

Ich wünschte, sie hätte 1902 unter diesem Namen

sterben können – was, wie mir klar wurde, ihre Bestimmung gewesen wäre.

Wenn ich zukünftig eine junge dunkelhaarige Frau sah, hätte ich den Drang verspüren müssen, ihr zu folgen, sie auszukundschaften, herauszufinden, wer ihre Freunde waren, was sie zum Lachen brachte, welche Filme sie mochte, wie sie liebte ... und das alles in dem Glauben, auf diese Weise den Sinn wiederzufinden, den Aymara meinem Leben gegeben hatte. Doch selbst wenn dies nicht nur ein Wunschtraum gewesen wäre, hätte ich nicht entsprechend handeln können.

Mein Kummer hatte mich unbeweglich, apathisch gemacht. Kummer – und Schuld. Meine Einmischung hatte doch ihren Tod verursacht, oder nicht?

Wie eine Marionette schwankte ich ständig zwischen diesen beiden Empfindungen hin und her, machte zwischendurch mal hin und wieder eine Pause, um etwas anzustarren, das meine Aufmerksamkeit fesselte. Diese Dinge holten mich dann für einen Augenblick in die Realität zurück.

Ein paar Tage nach Aymaras Tod rief mich der Bereichsdirektor der CIA an. Mein Besuch beim Projekt ›Longshot‹ war an sich auf zwei Wochen vor Beginn des Experiments verabredet worden. Der Geheimdienstmann teilte mir mit, der Präsident habe meine Anwesenheit zum Zeitpunkt des Experiments erlaubt, da ich ja inzwischen über ›unser kleines Geheimnis hier unten‹ Bescheid wußte. Diese bevorzugte Behandlung sollte der Dank sein für meinen Patriotismus.

Ich nahm die Einladung an und hätte ihm fast geantwortet, es sei mir eine Ehre, in der Stunde Null beim Untergang der Welt anwesend zu sein.

Bisher war ich zu sehr mit mir selbst beschäftigt, um viel auf Doblers Warnungen zu geben. Jetzt wünschte ich mir den Weltuntergang. Welchen Sinn sollte es noch haben, die Menschen zu retten? Seit Jahren und Jahrhunderten hatten sie auf ihre Zerstörung hingearbeitet, und ich war überzeugt, daß jetzt die Zeit dazu reif sei.

Noch wenige Tage zuvor hätte ich mit allen mir zu Gebote stehenden Mitteln gegen das Projekt protestiert, doch mein politisches Gewissen – und wahrscheinlich auch mein moralisches – war mit Aymara gestorben. Ich zürnte der Welt, ihren hohlen Versprechungen, den falschen Tugenden und trügerischen Urteilen. Der Zorn machte mein Leid erträglicher, und ich stilisierte ihn zu einer kleinen goldenen Schlange mit Rubinen als Augen – einem vertrauten Wesen, das von Tränen lebte und sie in Haß wandelte. Es lauerte im verborgenen, bereit, jederzeit zuzustoßen. Und es paßte genau an die Stelle meines Herzens.

Am Tag vor dem Experiment brachte mich eine kleine Maschine zu einer Militärbasis auf dem Festland. Von dort flog ich mit dem Hubschrauber weiter zur Versuchsanlage, überquerte dabei auch das Tal mit der zerstörten Stadt Olancho Viejo, aus deren Ruinen der Turm der Kathedrale wie ein mahnender Finger nach oben zeigte. Drei weiße Zementgebäude leuchteten hell aus dem dunklen Grün des Dschungels. Sie thronten auf einem Hügelrücken, der das Tal überblickte. Auf dem vom Tal abgewandten Hügelhang hatte man noch mehr Gebäude errichtet – Unterkünfte, Lagerschuppen und Kontrollposten.

Der Leiter der Anlage, ein mittelalter kahlköpfiger Mann namens Morrel, wollte mir das Experiment erklären. Ich stoppte ihn kurzerhand, indem ich ihm erklärte, ich hätte das Wichtigste schon von Dobler erfahren. Daraufhin schnalzte er kurz mit der Zunge und sagte nur: »Armer Kerl.«

Später brachte mich Morrel zur Zentrale und stellte mich den übrigen Wissenschaftlern vor. Offensichtlich war das ganze ein gemeinschaftliches amerikanisch-honduranisches Projekt, doch gab es nur zwei Honduraner unter den achtundzwanzig Wissenschaftlern – einen älteren Mann, der seine besten Jahre schon hinter sich hatte, und eine dunkelhaarige junge Frau, die sich bei meinem Eintreten rasch aus der Tür zwängen wollte. Morrel hielt sie fest und schob sie sanft auf mich zu.

»Mister Corson, das ist Senorita Aymara Luján.«

Vor Überraschung hätte ich beinahe ihre dargebotene Hand übersehen. Sie hielt den Blick gesenkt, und ihre Hand zitterte. Ich konnte einfach nicht mehr glauben, daß dies alles purer Zufall sein sollte. Obwohl nicht ganz so apart wie die Aymara meiner Erinnerung, war sie unleugbar eine Schönheit und besaß starke Ähnlichkeit mit meiner gemordeten Liebe. Schlank, mit großen Augen, verriet ihr Äußeres mehr als nur einen Schuß Indianerblut in den Adern.

Sekundenlang stand ich im Bann einer unglaublichen Vision: Eine lange Reihe dunkelhaariger Frauen zog sich durch das ganze Land, und sobald der ersten in der Reihe etwas zustieß, nahm die folgende deren Platz ein.

»Ich freue mich, Sie kennenzulernen«, sagte diese Aymara. »Ich habe schon immer Ihre Arbeiten bewundert.«

Als habe sie eine Indiskretion begangen, schaute sie sich bei diesen Worten ängstlich um, faßte sich jedoch rasch wieder und sagte: »Vielleicht haben wir Gelegenheit, uns beim Essen ein wenig zu unterhalten.«

Sie betonte diese Worte so, daß sie zu einer Botschaft für mich wurden.

»Ich würde mich freuen«, antwortete ich.

Während der nächsten Stunden zeigte man mir eine Vielzahl von Maschinen und Instrumenten, für die ich wenig Interesse aufbrachte. Das Auftauchen dieser neuen Aymara besänftigte meinen Zorn auf die Welt etwas, und Doblers These von der Unveränderbarkeit der Zeit, ihrer Fähigkeit, Veränderungen auszugleichen, schien sich zu einer bedrohlichen Prophezeiung auszuwachsen. Doch tat ich nichts, um meinen Verdacht zu offenbaren. Diese neuerliche Entwicklung hatte meinen Krankheitszustand auf die Spitze getrieben, mein Fatalismus hielt mich fest im Griff.

Wer zum Teufel war ich denn, rechtfertigte ich mich vor mir selbst, um Schicksal zu spielen? Außerdem war es unwahrscheinlich, daß ich durch mein Handeln etwas ausrichten konnte. Vielleicht war das hier alles doch Zufall?

Ich bezog einen fast puritanischen Standpunkt diesem Problem gegenüber, als sei es irgendwie schmutzig und meiner unwürdig, mich damit zu beschäftigen. Ich beschloß, es sei das beste, der Frau aus dem Wege zu gehen, schützte Müdigkeit vor und ging statt zum Abendessen in meine Unterkunft.

Meine Schlafkammer war ganz in Weiß gehalten und mit einem Bett, einem Tisch, einem Sessel und einem Sprechgerät ausgestattet. Vor dem Fenster dehnte sich der Dschungel weit bis nach Nicaragua hinein. Ich schob den Sessel dorthin und beobachtete, wie die Sonne in schiefergrauer Dämmerung versank, wie sich die Finsternis ausbreitete, nur erhellt von den Sternen und einer halben Mondscheibe am Himmel. Ohne jemanden, der meine Aufmerksamkeit in Anspruch nahm, versank ich sofort wieder in meinen Kummer.

Kurz nach 20.00 Uhr hörte ich auf der Hügelkuppe das Knattern von Handfeuerwaffen. Ich ging zur Tür und spähte hinaus. Auf halber Höhe blitzte Mündungsfeuer in der Dunkelheit auf. Einem Impuls folgend, wollte ich davonlaufen, doch meine Trägheit siegte, und ich ließ mich wieder in meinen Sessel sinken.

Kurz darauf öffnete sich die Tür, und die Frau, die sich Aymara nannte, trat ein. Sie trug den weißen Technikeranzug der Projektmitglieder und hielt ein schußbereites Automatikgewehr in der Hand. Die Mündung zielte auf einen Punkt rechts von mir.

Ein paar Sekunden lang schwiegen wir beide, dann fragte ich: »Was ist da draußen los?«

Und mußte gleich darauf über meine banale Frage lachen.

Wieder krachte eine Gewehrsalve.

»Es ist gleich vorbei«, sagte sie.

Ich ließ noch ein paar Sekunden verstreichen und fragte dann:

»Wie habt ihr das fertiggebracht? Das Versuchsgelände ist doch scharf bewacht.«

»Die meisten Wachen starben beim Essen.«

Sie warf den Kopf zurück und schüttelte sich eine Haarsträhne aus den Augen. »Durch Gift.«

»Oh!« Wieder lachte ich. »Entschuldigen Sie, daß ich nicht an der Mahlzeit teilnehmen konnte.«

»Ich wollte Sie nicht töten«, sagte sie hastig. »Sie ... Sie waren ein Freund meines Landes. Aber nach Ihrer Aktion auf Guanoja ...«

»Ich habe dort lediglich einen Mörder exekutiert. Ein Tier!«

Sie betrachtete mich nachdenklich. »Ich glaube Ihnen. Sotomayor war ein böser Mensch.«

»Böse?« Ich machte eine verächtliche Handbewegung. »Und welche Hilfsorganisation vertreten Sie? Die EDP? Die FDLM?«

»Wir arbeiten völlig unabhängig ... ein paar Freunde und ich.«

Wieder folgte eine längere Stille, die schließlich von einem einzelnen Gewehrschuß unterbrochen wurde.

»Ist Aymara Ihr richtiger Name?«

Sie nickte.

»Ich habe mich oft gefragt, wie stark mich Ihr Artikel wirklich beeinflußt hat. Wie stark er alles beeinflußt hat. Nach seiner Lektüre bin ich das Gefühl nie mehr losgeworden, verstrickt zu sein in ...«

Ich unterbrach sie:

»... etwas Mystisches, nicht wahr? In einen Zauber. Ich weiß das alles.«

»Wie könnten Sie?«

»Wie hätte ich sonst den Artikel schreiben können? Ich habe keine Antworten auf diese Fragen.«

Ich wandte mich zum Fenster. »Vermutlich werden Sie versuchen, mit Christmas Kontakt aufzunehmen.«

»Ich habe keine andere Wahl«, sagte sie trotzig. »Ich fühle ...«

»Glauben Sie mir, ich verstehe Sie«, warf ich ein. »Wann haben Sie sich zu dieser Tat entschlossen?«

»Ich habe lange überlegt, wurde mir aber nicht schlüssig. Dann erfuhren wir von der Sache mit Sotomayor ...«

»Gütiger Gott!« Ich beugte mich vor und begrub das Gesicht in den Händen.

»Was haben Sie denn?«

»Verschwinden Sie!« schrie ich. »Töten Sie mich! Tun Sie, was Sie tun müssen, aber verschwinden Sie von hier!«

»Ich habe nicht vor, Sie zu töten.«

Ich spürte, wie sie näher kam, und sah durch meine Finger, wie sie einige Papiere auf den Tisch legte.

»Hier haben Sie eine Karte. Am Fuß des Hügels, gleich bei der Hauptwache, führt ein Pfad nach Osten. Er ist gut ausgetreten, so daß man ihm auch in der Dunkelheit folgen kann. Kaum einen Tagesmarsch von hier stoßen Sie auf einen Fluß. Dort gibt es einige Dörfer. Und Boote, die Sie zur Küste bringen.«

Ich schwieg.

»Wir werden nicht vor Morgengrauen einsatzbereit sein«, fuhr sie fort. »Bis dahin bleiben Ihnen über zehn Stunden. Vielleicht sind die Auswirkungen nicht mehr so schlimm wie in der näheren Umgebung.«

»Nun gehen Sie endlich!« fuhr ich sie an.

»Ich ...« Sie begann zu stottern. »Ich glaube, wir ...«

»Was zum Teufel wollen Sie eigentlich von mir?«

Wütend fuhr ich herum. Doch bei ihrem Anblick legte sich sofort mein Zorn. Das Mondlicht schien alle Unterschiede zwischen meiner Aymara und dieser Frau ausgelöscht zu haben. Vor mir stand die Wiedergeburt meiner großen Liebe, ihr Geist war zurückgekehrt.

»Was wollen Sie?« fragte ich weich.

»Ich weiß es nicht. Doch irgend etwas will ich von Ihnen. Schon lange fühle ich mich Ihnen verbunden, fühle unsere gemeinsame Verstrickung ...«

Sie streckte die Hand aus, als wollte sie mich berühren, zog sie aber rasch wieder zurück. »Ich weiß es nicht. Vielleicht will ich nur Ihren Segen.«

Ich atmete ihren Duft nach Seife und Parfüm. Sie roch frisch und sauber in dem muffigen kleinen Raum, und ich spürte deutlich ihre sexuelle Ausstrahlung. Im Geist sah ich wieder jene endlos lange Reihe dunkelhaariger Frauen, und plötzlich wußte ich, daß der Zwang der Liebe uns auf diesen Umwegen zusammengeführt hatte, daß wir alle – in Wahrheit oder nur potentiell – Liebende sind, ich und Tausende von Aymaras, alle verbunden durch die gleiche mystische Neigung.

Ich richtete mich auf, legte sanft meine Hände auf ihre Hüften und zog sie ganze nahe heran. Ihre Lippen streiften meine Wange, als sie in meine Arme sank. Ihr Herz hämmerte an meiner Brust. Sie trat ein wenig zurück und bot mir ihre Lippen zum Kuß. Ich schmeckte ihre Haut, und ihre Wärme durchströmte mich, ließ die Mauer aus Eis schmelzen, die ich zwischen mir und dem Leben errichtet hatte. Schließlich schob sie mich zurück – wandte den Blick ab und ging zur Tür.

»Leb wohl.«

Sie sagte es auf spanisch – »Adios!« –, ein Wort, das wörtlich übersetzt ›Zu Gott‹ heißt.

Ich hörte, wie sie den Hügel hinauflief.

Ich konnte mich der Versuchung, ihr nachzugehen, kaum erwehren. Um ihr zu widerstehen, nicht um mich zu retten, nahm ich die Karte und folgte dem Pfad nach Osten. Je länger ich marschierte, desto stärker wurde mein Wunsch zu leben, und ich beschleunigte mein

Tempo, kämpfte mich durch Dickicht und Ranken, stolperte felsige Abhänge hinunter.

Zu jedem anderen Zeitpunkt hätte ich Angst gehabt, allein durch den nächtlichen Dschungel mit seinen seltsamen Geräuschen und unheimlichen Schatten zu marschieren. Doch meine ganzen Ängste konzentrierten sich auf diese weißen Gebäude auf dem Hügel, so daß ich mir der Gefahr durch Raubkatzen oder Schlangen überhaupt nicht bewußt wurde.

Kurz vor Morgengrauen erreichte ich eine mit Unkraut bewachsene Lichtung zwischen Palmen und riesigen Feigenbäumen, deren Kronen den Baldachin des Dschungels überragten. Mein Körper war übersät mit Flecken und Kratzern, ich war müde und sah keinen Grund, noch weiter zu laufen. Ich setzte mich unter eine Palme, lehnte den Oberkörper gegen den Stamm und beobachtete, wie der Himmel sich langsam grau färbte.

Ich hatte immer gedacht, die Helligkeit würde sich langsam am Himmel ausbreiten, doch dem war nicht so. Plötzlich hatte ich den Eindruck, die Helligkeit breite sich wie der Blitz einer atomaren Detonation schlagartig am gesamten Firmament aus. Das stimmte aber nicht. Ich fühlte, wie die Luft erbebte; alles um mich herum begann zu vibrieren, und Bäume, Erde, sogar mein eigener Körper verströmten einen leuchtend weißen Schimmer, der die Augen blendete, aber allmählich schwächer wurde. Es war, als stünde ich inmitten einer dichten Nebelbank, durch die der Dschungel ringsum nur schemenhaft zu erkennen war.

Beißende Kälte begleitete den grellen Lichtschein, währte aber nur ein paar Augenblicke. Dagegen hing der Nebel noch stundenlang in der Luft, verdünnte sich langsam zu feinen Schleiern und verschwand schließlich ganz.

Voller Furcht erwartete ich jeden Moment den Tod in der einen oder anderen Form, doch bald fühlte ich irgendwie eine perverse Enttäuschung in mir aufsteigen. Die Welt hatte nur einen kalten Blitz erduldet, einen Moment der Instabilität und Unsicherheit, wie etwa ein schwaches Fieber. Die Vorstellung, daß meine Liebste dafür gestorben war, machte mich trauriger als je zuvor.

Ich wartete über eine Stunde lang auf den Tod. Schließlich raffte ich mich niedergeschlagen auf und warf einen Blick auf meine Uhr, um grob zu überschlagen, wie weit es noch bis zum Fluß war.

Sie war stehengeblieben, ließ sich auch nicht mehr stellen. Seltsam, dachte ich, und ging zum Rand der Lichtung. Dabei streifte ich einen Busch. Seine Blätter zerfielen zu Staub, seine Zweige dagegen behielten die Form. Ich riß einen ab. Aus der Bruchstelle quoll eine grünliche Flüssigkeit. Ich kostete davon, und innerhalb von Sekunden durchströmten eine ungeahnte Energie und ein starkes Wohlgefühl meinen Körper.

Ich ging weiter und bemerkte andere Veränderungen, zum Beispiel eine Spinnwebe, deren Fäden ich auch mit größter Kraftanstrengung nicht zerreißen konnte, oder eine wirbelnde Wolke aus Staub und Licht, die vom Versuchsgelände aufzusteigen schien.

Und im Wasserspiegel eines Teiches sah ich, daß sich mein Haar schneeweiß gefärbt hatte. Doch am auffälligsten schien sich die Atmosphäre des Dschungels verändert zu haben. Wie gewöhnlich zwitscherten die Vögel, Affen kreischten ... und doch spürte ich eine Kraft und Vitalität in ihm, die vorher nicht so deutlich zutage getreten war.

Als ich schließlich den Fluß erreichte, hatte sich der Nebel aufgelöst. Etwa eine halbe Stunde lief ich am Ufer entlang und kam schließlich in ein Dorf aus Strohhütten, ein ärmlicher Flecken, gebaut auf einer engen Rodung im Bambusdickicht.

Das Dorf schien verlassen, doch am Ufer vertäut lag ein verrottetes Schiff auf dem lehmigen Wasser. Es hätte, abgesehen von der Tatsache, daß es leuchtendblau angepinselt und mit Kreuzen und bärtigen Gesichtern mit Heiligenscheinen bemalt war, ein Zwilling des Kahns in dem Film ›The African Queen‹ sein können. Als ich näher heranging, kam ein Mann aus der Kajüte und winkte – ein uralter Mann in einer grauen Kutte. Sein weißes Haar war verfilzt, das gebräunte Gesicht voller Falten, und seine Augen wirkten so blau wie die Farbe des Kahns.

»Gelobt sei der Herr!« rief er. »Wo zum Teufel warst du?«

Ich schaute mich um, ob er vielleicht jemanden hinter mir meinte.

»Hallo!« sagte ich schließlich. »Wo sind die alle?«

»Verschwunden. Geflohen. Zu Tod erschrocken – alle. Wenigstens werden die verdammten Heiden mir jetzt endlich glauben, nicht wahr?«

Er wirkte ungeduldig.

»Beeil dich! Oder glaubst, ich hätt den ganzen Tag Zeit? Meine Seelen brennen darauf, Jeromes frohe Botschaft zu vernehmen.«

Er tippte sich gegen die Brust.

»Ich bin Jerome.«

Ich nannte meinen Namen. Wieder machte er eine ungeduldige Handbewegung.

»Hab noch 'ne Ewigkeit Zeit, deinen Namen zu lernen. Machen wir, daß wir weiterkommen.«

Plötzlich lehnte er sich über die Reling und betrachtete mich mit zusammengekniffenen Augen.

»Bist doch der, den man geschickt hat, oder?«

»Das glaube ich kaum.«

»'türlich bist du's!«

Andächtig faltete er die Hände.

»Bin im weißen Licht des Entzückens eingenickt un' seh im Traum den Herrn. Sagt er zu mir: ›Jerome, 's kommt 'n Mann mit starrer Miene, der trägt mein heiliges Zeichen, un' wird deine Mühsal erleichtern un' 'ne Quelle der Freude für dich sein.‹ Un' da bist, un' ich bin hier, un' wenn dein Haar da nich' 'n Zeichen is, dann weiß ich nich', was eins is. Also komm!«

Er klatschte mit der Hand auf die Reling.

»Hilf mir, 'n Kahn inne Strömung zu schieben.«

»Warum benutzen Sie den Motor nicht?«

»Er geht nich'.« Jerome kicherte belustigt. »Nix geht mehr, kein Radio, kein Generator. Nix von allem Teufelskram. Isses nich' wunderbar? Aber nu' komm endlich. Haben genug geschwätzt. Wirst jetzt mein' Mühsal erleichtern oder nich'?«

»Wo wollen Sie denn hin?«

»Den Strom der Weisheit runter bis an 'n Ursprung un' wieder zurück. Gibt doch keinen andern Ort, jetzt wo der Herr gekommen is.«

»Zur Küste?« fragte ich beharrlich, nicht im mindesten berührt von seinem Überschwang.

»Ja, ja!«

Jerome stemmte die Hände in die Hüften und musterte mich mißbilligend. »Mußt'n bißchen munterer werden, Mann. Brauch' so viel Freude, wie ich kriegen kann.«

Schon seit einem Monat fahre ich mit Jerome auf dem Fluß herum, und ich denke, ich werde noch eine Zeitlang mit ihm zusammenbleiben, denn ich verspüre nicht die geringste Lust, in die Zivilisation zurückzukehren, ehe das Zerstörungswerk vollendet ist.

Die Welt scheint zwar untergegangen zu sein, aber nicht so, wie ich es erwartet hatte. Meiner Meinung nach ist Jerome verrückt, ein Opfer seiner langen Einsamkeit und einer Überdosis religiöser Traktate. Er dagegen hält mich für verrückt, und wer könnte schon sagen, was nun stimmt?

Bei jedem Dorf legen wir an, damit er die frohe Botschaft verkünden kann, den Beginn des Zeitalters der Wunder.

Und tatsächlich, Wunder gibt's reichlich. Ich habe gesehen, wie ein halbwüchsiger Mestize die Fische mit seinem Flötenspiel ins Netz lockte, habe Wunderheilungen beobachtet, die eine dicke mütterliche Indianerfrau vornahm. Ich habe einen alten ausgewanderten Deutschen mit seinen Blicken Feuer entfachen sehen. Und mir selbst wurde die Gabe des Hellsehens zuteil, so daß ich sehen konnte, wie ein Teil der Welt neu geboren wurde.

Jerome sieht in allem ein verstärktes Wirken des heiligen Geistes. Ich dagegen glaube, daß das Projekt ›Longshot‹ eine Schwächung bestimmter Naturgesetze bewirkt hat, besonders solcher, die die Mechanik oder Elektronik betreffen, und eine Stärkung anderer, wie zum Beispiel das Gedankenlesen und ähnliche Phänomene.

Das muß sich nicht unbedingt gegenseitig ausschließen. Ich könnte mir durchaus vorstellen, daß am Ende der Zeit eine längst gestorbene Seele eine blendende Helle wahrnimmt und ihr eine gottähnliche Bedeutung zuschreibt. Doch ich glaube nicht daran, daß einmal ein Messias kommen wird.

Mir wird bewußt, daß diese neue Welt eine größere Verheißung birgt als die alte (obwohl die alte Welt ihre Verheißung vielleicht nur in trockenerer Form dargeboten hat), dazu auch größere Überlebenshoffnung und ein weiteres Spektrum von Möglichkeiten bietet. Doch nach meinem Verständnis steckt Gott in den Molekülen und Neutronen, in den Zellen und Zellkernen, als ewiges Signal, das sie in seine Ordnung zwingt, eine Kraftquelle, die nur die Magie oder die Wissenschaft anzapfen kann. Und die Liebe ist möglicherweise der von diesem Signal abgeleitete Impuls oder das letzte Destillat aus dieser Kraft – beides zu gleicher Zeit.

Jerome und ich diskutieren ständig über diese Dinge während der langen Nächte am Fluß. Doch in einem Punkt sind wir uns einig: Jedes Argument wird bedeutungslos vor dem Mysterium und den Zufällen des Lebens. Jedes System zerbricht, jede Logik wird unhaltbar.

Wir drei – Aymara, du, ich – und die Zeit, wir fanden für eine Weile zusammen. Jetzt muß ich allein suchen nach meinem Seelenheil. Jerome sagt mir immer wieder, die Zeit werde alle Wunden heilen, doch – das frage ich mich allen Ernstes – kann sie auch eine Wunde heilen, die sie selbst geschlagen hat?

Wir hatten zwar nur ein paar gemeinsame Wochen, doch waren sie für mich der wichtigste Lebensabschnitt, und ihr tragischer Höhepunkt, das plötzliche Erlöschen ihrer Schönheit, hat mich unentschlossen und labil werden lassen.

Die Frische und der Optimismus der neuen Welt machen mir noch stärker bewußt, daß ich dich für immer verloren habe. Ich schäme mich nicht, ebenfalls die Klischees der Traurigen zu benutzen, wenn ich sage, daß ich in den Wolken dein Gesicht sehe, im Rauschen des Windes deine Stimme höre und in den Lichtstrahlen, die durch das Blätterdach des Dschungels fallen, deine Wärme spüre. Oft meine ich, innerlich zu zerbrechen, glaube zu spüren, daß sich mein Herz dreht wie ein Kreiselkompaß, dessen Nadel nach einem vertrauten Pol sucht und ihn nicht mehr findet. Ich weiß, daß ich niemals mehr aufhören werde zu weinen.

Reiß dich zusammen! sagt Jerome immer. Du kannst nicht in der Vergangenheit leben. Sieh nach vorn in die Zukunft und sei stark.

Dann antworte ich, daß ich mich in der Vergangenheit heimischer fühle als in dieser fabelhaften Gegenwart. Die Zukunft ... nun, ich sah mich im Geist schon durch ein Hochland wandern, über Berge und an endlosen Flüssen entlang, über Schneefelder und vorbei an Tempeln mit Türen aus Bronze – und ich fühlte, ich war auf der Suche nach etwas.

Vielleicht nach dir, Aymara?

Könnte dieser grellweiße Schimmer des Wissens, der

jenen grünen Zauberhügel überstrahlte, dich und deine Schönheit irgendwo wiedererschaffen haben?

Vielleicht finde ich eines Tages die Kraft, den Fluß zu verlassen und auf die Suche nach der Antwort auf diese Frage zu gehen. Vielleicht ist das Finden dieser Kraft eine Antwort in sich.

Allein diese Hoffnung hält mich noch aufrecht.

Denn ohne dich, Aymara, bin ich selbst in dieser Welt voller Wunder verloren.

Aus dem Amerikanischen übersetzt von Peter Pape

REINHARD KÖHRER

Schnupfendämmerung

Ein graubewölkter Dezemberhimmel spannte sich über die Straßenschluchten der Innenstadt und ließ die Häuserfronten alt und verwittert erscheinen. Vor kurzem hatte ein jäh losbrechender Flockenwirbel die Dächer bepudert, und auf den Gehsteigen lagen braunmatschige Schneereste, zertreten von den Passanten, die mürrisch an den weihnachtlich dekorierten Auslagen vorbeischlurften. Optimismus verbreiteten allein die glitzernden Lichterbögen an den Fassaden sowie die aus zahlreichen Lautsprechern flutende Festtagsmusik.

Doch sämtliche Attacken auf Gemüt und Geldbörse waren in diesem Jahr zum Scheitern verurteilt. Die ausgeklügelten Verführungstaktiken der Werbemanager erwiesen sich als wirkungslos, und auch der Duft von gebrannten Mandeln, der süß und aufdringlich in der Luft hing, trug wenig zur Belebung des Umsatzes bei. Mehr träge als geschäftig zogen die Menschen durch die erleuchteten Straßen – ein schlaffes Heer hustender und schniefender Schatten, in deren Gesichtern alle Symptome einer hartnäckigen Erkältung nisteten.

Rudolf Hollenbeck hatte sich bis gestern mit der Eloquenz eines aufstrebenden Jung-Journalisten über den Lauf der Dinge erhaben gefühlt. Doch nun beutelte auch ihn ein heftiger Weltschmerz; und während er, fast verängstigt in seinem Wagen sitzend, auf das Umschalten der Ampel wartete, verfolgte er mißmutig den Vorbeimarsch der triefäugigen, dick vermummten Fußgänger. Der verschnupfte Beobachter fröstelte trotz des emsig summenden Heizgebläses. Auf dem Beifahrersitz stapelte sich ein Wochenvorrat an Papiertaschentüchern, zwischen denen ein Fläschchen Nasenspray und eine Ampulle Halstabletten die Sinnbilder einer ziemlich trügerischen Hoffnung verkörperten.

Kein Ende in Sicht! grübelte Rudolf Hollenbeck und dachte an die Pressekonferenz im Städtischen Klinikum, wo am frühen Nachmittag der neueste Lagebericht verkündet worden war: Permanent entzündete Schleimhäute und chronische Bronchitis vergällten inzwischen der halben Bevölkerung jegliche Lebensfreude, und über die Ursachen der Epidemie herrschte weiterhin Unklarheit. Der Notizblock des Reporters enthielt zwar eine imponierende Sammlung medizinischer Wortungeheuer, was aber nichts an der Tatsache änderte, daß die wirksame Bekämpfung des Übels vorerst nur ein Wunschtraum blieb.

Wütendes Hupen verscheuchte die traurigen Gedanken. Die Ampel zeigte Grün, und mit müder Gebärde betätigte Rudolf Hollenbeck die Gangschaltung. Schwerfällig ruckte der Wagen an.

Wenige Minuten später parkte der Mann sein altes, vom Rostfraß bedrohtes Vehikel vor dem Verlagshaus – ein wuchtiges, um die Jahrhundertwende erbautes Gemäuer, an dem ein Hauch von stolzem Patriziertum haftete. Hoch oben trippelte eine Schar Tauben die Dachrinnen entlang, und Rudolf Hollenbeck fragte sich unwillkürlich, ob die Tiere ebenfalls eine Störung ihres gewohnten Daseins empfanden.

Hastig stopfte er sich Notizen und Medikamente in die Manteltaschen, ehe er gesenkten Hauptes durch die Vorhalle tappte. Hier erinnerte nichts mehr an die behäbig-rustikale Fassade. Überall waren die modernsten Errungenschaften installiert, und auch im Großraumbüro der Redaktion gab es Bildschirmgeräte zuhauf. Der technische Fortschritt hatte dazu geführt, daß sich die Leute immer verbissener um die persönliche Ausgestaltung ihrer Arbeitsnischen bemühten. Trotz beengter Raumverhältnisse dampften neben den Terminals die unvermeidlichen Kaffeemaschinen, Kletterpflanzen rankten sich an dünnen Stellwänden empor, und jeder freie Fleck war mit Urlaubspostkarten bepflastert – bunte Farbtupfer inmitten einer gleichförmigen Bürolandschaft.

Die Rückkehr des Reporters an seine Wirkungsstätte wurde gewissermaßen schulterzuckend zur Kenntnis genommen: Alf-Ludwig Purrmann, der Leiter des Lokalressorts, erwiderte den dumpfen Gruß des Ankömmlings mit leichtem Kopfnicken. Hager, mit schmaler Denkerstirn und Nickelbrille, saß er vor dem Gestaltungsterminal, die nervigen Hände lässig über die Tastatur gebreitet – eine wirkungsvolle Pose die fast zwangsläufig den Eindruck geistiger Schwerarbeit hervorrief. In treffender Abkürzung seines Namens hieß der Redakteur im ganzen Haus der ›Alp‹; ein etwas zweifelhaftes Kompliment, auf das er indes rechtschaffen stolz war: Niemand sonst verlangte von den Mitarbeitern eine so strikte Beachtung der Grammatik- und Interpunktionsregeln, selbst wenn dieser Anspruch bei einer Boulevardzeitung mitunter zu einem Kampf gegen Windmühlenflügel ausuferte.

»Na, mit welchen Beruhigungspillen haben euch die Halbgötter in Weiß diesmal gefüttert?« fragte der Alp, ohne den Blick vom Bildschirm zu nehmen.

Rudolf Hollenbeck hustete gequält und warf seine Notizen achtlos auf den Schreibtisch.

»Das alte Lied, wie üblich«, murmelte er verbittert. »Die Mär von den unermüdlich rackernden Forschern habe ich heute zum fünften Mal gehört. Kurz gefaßt lautet die Botschaft ungefähr so: Wunder dauern zwar ein bißchen länger, doch vorsichtiger Optimismus ist schon deshalb erlaubt, weil derart intensive Bemühungen zwangsläufig zum Durchbruch führen müssen ... puh!«

Mitleiderheischend blinzelte er die Dritte im Bunde

an: eine semmelblonde Erscheinung namens Birgit Klausner, mehr jung als hübsch, eine männerverwirrende Mischung aus intellektuellem Blaustrumpf und armem Waisenmädchen. Rudolf Hollenbeck jedenfalls bestaunte stets aufs neue ihre Fähigkeit, mit unschuldigem Augenaufschlag spitze Bemerkungen zu verstreuen. Das sphinxhafte Geschöpf saß einigermaßen ratlos vor dem Protokollbündel der letzten Stadtratssitzungen, das ihr der Alp aufgebürdet hatte, damit sie, die Volontärin, beizeiten lerne, weitschweifige Ausführungen auf dürre Fünfzehnzeiler zu kürzen.

Die Frau blickte von ihrem Silbenpuzzle hoch und lächelte versonnen – sie war von der Schnupfenwelle bisher verschont geblieben.

»Kennt man wenigstens die Ursache der Epidemie?« erkundigte sie sich mit einer erstaunlich tiefen Stimme, die nicht so recht zu ihrem zartgliedrigen Aussehen paßte.

Rudolf Hollenbeck ordnete griesgrämig seine zerknitterten Blätter.

»Es ist noch völlig offen, ob uns eine unbekannte Virus-Mutation oder ein Reizstoff das Leben vermiest. Inzwischen wurden etliche hundert Allergene getestet – Resultat negativ. Das besagt aber gar nichts: Da fast jeder Stoff zum Allergen taugt, ähnelt das Ganze der berühmten Nadelsuche im ...« Er stockte und deutete auf das Telefon. »Hat mich jemand verlangt?«

Die Blonde schüttelte bedauernd den Kopf.

»Nein – null Anrufe während der letzten beiden Stunden! Erwarten Sie eine Nachricht?«

Er zögerte etwas.

»Nur ein Lebenszeichen meiner Frau: Andrea leidet außer der Schnupfenpest unter einem Stirnhöhlenkatarrh und liegt mit leichtem Fieber im Bett. Es ist vermutlich nichts Ernstes, aber ich mache mir trotzdem Sorgen.«

»Ach Gott, wie rührend!« spottete Alf-Ludwig Purrmann von seinem Drehstuhl und beendete die Texteingabe mit einem schwungvoll getippten Abschlußkommando. »Szenen einer jungen Ehe.«

Er zog einen abschreckend schmutzigen Lappen aus der Cordhose und schneuzte sich.

»Pfui!« rief Birgit Klausner mit unverhohlenem Abscheu. »Man merkt, daß Sie nicht verheiratet sind.«

»Dieses Vergnügen gönne ich anderen«, schniefte der Alp rachsüchtig. »Mir genügt schon eine Krankheit. Also, in medias res: Rudi, auf dich lauert ein Zweispalter, sechzig Zeilen Umfang. Die Erklärungen der Medizinmänner werden in der morgigen Ausgabe gecovert. Schaffst du den Artikel bis zur Schlußkonferenz?«

Der Angesprochene schielte sehnsüchtig auf das Telefon vor seiner geröteten Nase, nickte aber gehorsam.

»Locker.«

Das Wort verriet ungebrochenes Selbstbewußtsein: Rudolf Hollenbeck konnte klar und griffig formulieren, und es hatte ihm nie Kopfzerbrechen bereitet, sozusagen aus dem Stand komplizierte Sachverhalte in anschaulich-knappen Sätzen darzustellen. Er rückte die Schreibmaschine zurecht, und nachdem er die Bestandteile der provisorischen Apotheke neben sich aufgereiht hatte, fahndete er im Gekrakel seiner Notizen nach einer zugkräftigen Einleitung. Minutenlang herrschte in der verwinkelten Büronische eine von Emsigkeit durchwobene Stille.

Dann hob der Reporter ruckartig den Kopf und starrte erzürnt ins Leere.

»Bei dieser Schluderei wundert mich nichts mehr!« preßte er wütend hervor.

Birgit Klausner warf ihm einen schrägen Blick zu und runzelte strafend die Stirn.

»Bitte?«

Er deutete anklagend auf seine Zettelwirtschaft, ehe er hastig ein Taschentuch entfaltete und mißtönend in den Zellstoff trompetete.

»Ich hab nicht unsere, sondern die globalen Verhältnisse gemeint«, sagte er mit pfeifenden Bronchien. »Hier steht, daß unsere Industriegesellschaft sechzigtausend verschiedene Chemikalien entwickelt hat, von denen es etwa eine Million Varianten gibt. Niemand weiß genau, welche Mengen dieses Drecks in die Atmosphäre gepustet worden sind. Wenn das der Grund für den ganzen Schlamassel ist, dürfen wir bis zum Sankt-Nimmerleins-Tag auf Heilung warten.«

Birgit Klausner erbleichte, während der Alp mahnend den Zeigefinger hob.

»Dein staatsbürgerliches Bewußtsein spottet jeder Beschreibung«, knurrte er. »Halte diese Polemik wenigstens von deinem Artikel fern – du kommst sonst in Teufels Küche. Unser liberales Blatt betreibt einen pragmatischen Journalismus, der bei aller Kritik stets die unumstößlichen Realitäten beachtet. Bilderstürmer sind in diesem Hause fehl am Platz, und wir vermitteln keine Denkanstöße, sondern sorgsam handverlesene Informationen – Volkserziehung im Kleinformat. Dem Publikum werden exakt jene Meinungen verklickert, die es unbesehen schlucken kann. Systemverändernde Ideen hingegen sind laut unseren Statuten ein Werk des Bösen und landen mitsamt ihren Verkündern im Orkus.«

Er nieste und vergriff sich ungerührt am Taschentuchvorrat seines Kollegen.

Die Blonde nickte ergeben; solch zynische Belehrungen hatte sie schon bis zum Überdruß vernommen.

Rudolf Hollenbeck winkte beschwichtigend ab.

»Ich werde mich hüten, die werte Anzeigenkundschaft zu vergrätzen. Allerdings ist vornehme Zurückhaltung der Auflagenhöhe nicht unbedingt dienlich. Die Situation ist gespannt, und wenn ich die Erzeugnisse der Konkurrenz betrachte, sträubt sich alles in mir, als Abwiegler aus der Reihe zu tanzen. Diese Rolle verkörpert bereits die Regierung, obwohl ein Kanzleramtssprecher mit verquollenen Augen und Hustenanfällen natürlich kein überzeugendes Leitbild ist. Ich frage mich, was daran falsch sein kann, die Verwirrung der Öffentlichkeit gezielt und scharf zu artikulieren.«

Seine Stimme klang selbstgefällig; er hatte sich im Lauf der vergangenen Wochen eingehend mit dem Problem allergener Krankheiten beschäftigt, was ihm die übelwollende Kollegenschaft als nutzloses Strebertum anlastete. Rudolf Hollenbecks Privatforschungen blieben jedoch davon unberührt: Obwohl er eine Virusinfektion nicht ausschloß, verfocht er die These, daß hinter den Hautrötungen, Ekzemen und Asthmabeschwerden ein geheimnisvoller Reizstoff steckte.

Begonnen hatte das Ungemach vor zweieinhalb Monaten mit einer verspäteten Heuschnupfenwelle. Pünktlich zum Herbstanfang waren die ersten Patienten in die Arztpraxen gepilgert: ein zaghafter Anstrom, nur sehr bedingt als Nachrichtenfutter für die Massenmedien geeignet. Die Gesundheitsbehörden hatten erst gestutzt, als allen Therapien zum Hohn das Krankenheer lawinenartig angeschwollen war – nach einem Muster, das keinerlei zweckdienliche Hinweise erlaubte.

Die Seuche verschonte abgelegene Dörfer nämlich ebensowenig wie die Ballungszentren, und sie peinigte gleichermaßen Bergbauern und Küstenanrainer. Unabhängig von Wohnort, Ernährungsweise, Alter und Geschlecht drohte jedem das Schicksal eines dauernden Siechtums. Auch wenn nur ein Bruchteil der Betroffenen klinisch versorgt werden mußte, erlitt die Wirtschaft eine Reihe von folgenschweren Einbrüchen: In den Fabriken stockte die Produktion, die Verwaltung arbeitete holpriger denn je, und der Konsumgüterumsatz krebste durch eine weitläufige Talsohle. Dafür stiegen die Unfallzahlen und Selbstmordraten, während sich die allerorts spürbare Erbitterung verstärkt in Aufruhr und Handgreiflichkeiten entlud – Vorboten des beginnenden Chaos.

Den größten Schock hatte vor kurzem eine vom Bundesgesundheitsamt aufgestellte Hochrechnung bewirkt: Just zum Jahreswechsel verhieß sie der Bevölkerung einen Infektionsgrad von glatten hundert Prozent. Diese düstere Perspektive betraf inzwischen sämtliche Industrienationen, und es schien nur eine Zeitfrage zu sein, wann die Schnupfenpest – wie der Volksmund die Plage treffend benannte – auch den letzten Erdenwinkel erfaßt hatte.

Verzweifelt klammerten sich die Menschen an das zählebige Gerücht von einem wundersamen Heilmittel, das ihr Dasein bald wieder erhellen sollte; aber wer die ärztlichen Bulletins aufmerksam studierte, hatte für diese naive Hoffnung nur ein müdes Lächeln übrig.

»Wir stehen vor einer völlig neuen Erfahrung«, urteilte Rudolf Hollenbeck und kaute fatalistisch auf einer Halstablette herum. »Die medizinische Schulweisheit ist endgültig an ihre Grenzen gestoßen. Für gewöhnlich ist die Bestimmung von Fremdstoffen im menschlichen Organismus kein Problem. Doch der Neopterintest liefert höchst widerspruchsvolle Werte, und wenn auch die vermehrte Freisetzung des Gewebshormons Histamin eine Allergie vermuten läßt, haben sich Immunsystemstärkungen durch das Thymuspräparat THX als Schlag ins Wasser erwiesen. Summa summarum gipfelt das alles in der Erkenntnis, daß unsere Kultur bedenklich zu wackeln beginnt.«

»Du hättest Doktor werden sollen«, muffelte Alf-Ludwig Purrmann, dem es mißfiel, daß sein Untergebener mit solchen Details protzte. Birgit Klausner indes konnte eine gewisse Befriedigung nicht verhehlen.

»Vielleicht ist die Epidemie der beste Anlaß, um die Leute einmal an ihre Lebensgrundlagen zu erinnern«, sagte sie schüchtern, aber unüberhörbar.

Der Alp zog argwöhnisch die Augenbrauen zusammen.

»Was, bitte schön, heißt das im Klartext?«

Die Blonde schluckte.

»Nun, es wird niemand ernsthaft bestreiten wollen, daß sich die Schnupfenpest als die bisher bösartigste Zivilisationskrankheit entpuppt hat«, behauptete sie tapfer ihren Standpunkt. »Da Wissenschaftler und Politiker nur geschwätzige Leerformeln anbieten, gibt es wahrscheinlich nur eine Rettung – die Neuordnung unserer Gesellschaft auf ökologischer Basis. Das dürfte die einzige brauchbare Alternative sein. Oder empfindet ihr eure Pusteln und Triefaugen etwa als Zierde?«

Alf-Ludwig Purrmann hustete rachitisch, und in seinem Gesicht schimmerten hektische rote Flecken.

»Da geistert ja ein selten radikales Ideengut durch die Redaktionsräume!« schnappte er. »So verquere Ansichten sollten Sie selbst im stillen Kämmerlein nicht äußern, Fräulein Klausner! Wenn die Keulenriege unseres löblichen Herausgebers Ihre abweichenden Tendenzen wittert, haben wir im Nu den schönsten ideologischen Grabenkrieg am Hals. Brauchbare Alternative ... pff! Sind Sie sich eigentlich klar darüber, was Sie uns da empfehlen? Einen Rückschritt bis zur hintersten Steinzeit! Unsere Kolumnen dürfen wir dann wohl mittels Faustkeil in Höhlenwände kratzen, hä?«

Während des nun folgenden Disputs frönte der Alp seiner sattsam bekannten Leidenschaft, ihm nicht geheure Ansichten mit verbalem Sperrfeuer zu durchsieben. Rudolf Hollenbeck hatte für diesen verbohrten Eifer nur ein Kopfschütteln übrig, und die Zwistigkeit nutzend, bemächtigte er sich des Telefons.

Ihn erwartete eine herbe Enttäuschung: Statt Andreas sanfter Stimme tönte lediglich ein monotones *Tuuuttuuut* aus der Membran. Nach dem zehnten Anläuten legte er entmutigt auf und musterte den mausgrauen Kasten wie einen unheiligen Gegenstand. Seine verbiesterte Miene beeindruckte sogar das streitbare Duo.

»Was hast du denn plötzlich?«

Mißtrauisch blinzelte ihn der Alp durch seine Brillengläser an.

Rudolf Hollenbeck zuckte mit den Schultern, als wollte er eine böse Ahnung abschütteln.

»Andrea meldet sich nicht! So tief schläft doch normalerweise kein Mensch!«

»Na«, zweifelte Birgit Klausner, »da kennen Sie die Frauen schlecht: Wenn ich richtig schön träume, klingelt mich niemand aus den Federn.«

Der tröstende Zuspruch blieb ohne die erhoffte Wirkung.

»Andrea hat einen sehr leichten Schlaf«, lamentierte er, »und der Apparat steht direkt neben dem Bett. Außerdem«, – er deutete nervös auf seine Armbanduhr –, »außerdem erscheint gleich unser Hausarzt zur Visite. Meine Frau müßte wach sein, trotz Katarrh und Schnupfenpest!«

»Versuch's halt später noch mal!« nuschelte Alf-Ludwig Purrmann und grinste ungemütlich; er bangte um die termingerechte Fertigstellung der Seuchenreportage.

Rudolf Hollenbeck bemerkte den aufkeimenden Ärger des Redakteurs, und resigniert schnaufend klemmte er sich hinter die Schreibmaschine. Aber dem Arbeitswillen mangelte es an der rechten Konzentration: Ziellos streunten die Gedanken umher und weigerten sich beharrlich, ein passables Schriftdeutsch anzunehmen – mit einer gediegenen journalistischen Leistung hatte der holprige Text nur wenig Ähnlichkeit. Als der Geplagte eine Viertelstunde später den erlösenden Schlußsatz in die Tasten hämmerte, schrillte das Telefon.

Alf-Ludwig Purrmann reagierte am schnellsten. Er hob ab, beglückte den Anrufer mit mürrischer Einsilbigkeit und gab dann den Hörer an Rudolf Hollenbeck weiter.

»Für dich – ein gewisser Doktor Eckart!«

Zögernd nahm der Mann das Gespräch entgegen,

während er die neugierigen Blicke der Kollegenschaft wie Nadelstiche spürte.

»Ja, bitte?« krächzte er in die Leitung. Im nächsten Moment verlor er sein seelisches Gleichgewicht.

»Ich – ich komme!« stotterte er fassungslos. »Natürlich – sofort!«

Er sprang auf, verwirrt und mit käsigem Gesicht. Der Redakteur sah ihn prüfend an.

»Was ist? Schlechte Nachrichten?«

»Andrea!« murmelte er heiser und stakste mit butterweichen Knien zur Mantelablage. »Sie hat Rauchvergiftung – ein Schwelbrand, verursacht von einer defekten Heizdecke. Der Arzt ist gerade noch rechtzeitig eingetroffen. Ich muß ...«

»Okay, okay!« besänftigte der Alp. »Ganz klar, daß man dich zu Hause dringend braucht! Die Korrektur deines Artikels erledige ich, und der Chef vom Dienst wird auch informiert. Los, verschwinde!«

»Fahren Sie um Himmels willen nicht wie die Feuerwehr!« sorgte sich die Volontärin.

Rudolf Hollenbeck nickte pflichtschuldig, doch als er auf der mehrspurigen Ringstraße im zäh fließenden Berufsverkehr steckte, fielen jegliche Rücksichten der inneren Unrast zum Opfer. Ihn störten weder Vorfahrts-, Stop- und sonstige Schilder noch das Hupkonzert der anderen Wagenlenker, die seine wilden Beschleunigungsmanöver ziemlich abfällig kommentierten.

Die strafmandatträchtige Kurvenjagd endete mit einer Vollbremsung vor einem dreistöckigen Wohngebäude. Etliche hell erleuchtete Fenster strahlten in die stärker werdende Dämmerung. Auf dem Gehweg posierte wichtigtuerisch der Hausmeister: ein verhutzelter älterer Mann, dessen Arbeitskittel wie eine Zeltplane um den knochigen Körper schlotterte.

»Ah, da sind Sie ja schon!« empfing der Hagere den stürmischen Ankömmling, und eifrig fügte er hinzu: »Ich soll den Rettungdienst einweisen, hat der Doktor gesagt! Gut, daß ich die Ersatzschlüssel immer griffbereit habe! Das hätte wirklich leicht ein Unglück geben können!«

»Wenn Sie das sagen, wird's wohl stimmen«, erwiderte der Reporter kurz angebunden und ohne seinen Eilschritt zu verlangsamen.

Im Treppenhaus sah er sich mit einer Traube von Menschen konfrontiert, die vor dem rauchgeschwängerten Appartement begierig die Hälse reckten. Zähneknirschend rempelte Rudolf Hollenbeck die Schaulustigen beiseite und ignorierte das Mitleidsgetuschel ebenso wie die Sirene des nahenden Krankenwagens.

Obwohl im Innern der Wohnung durch sämtliche Fenster frische Winterluft hereinwehte, stank es immer noch penetrant nach verschmorten Daunen und Plastikkabeln – besonders im Schlafraum. Dort lag die kurzschlußgeschädigte Heizdecke als schwärzlich verfärbtes Knäuel neben der unbrauchbar gewordenen Bettstatt, und der Teppichboden blubberte vor Nässe: Offenbar war es dem Arzt gelungen, das Feuer mittels einer regelrechten Zimmerüberflutung im Alleingang zu löschen.

Der tatkräftige Mediziner hatte das Opfer des Schwelbrandes an einen geschützten Platz verfrachtet, wo er mit umgehängtem Stethoskop den Herztönen der Patientin lauschte.

»Doktor ...!«

Der Grauhaarige hob den Kopf und nahm die Hörstöpsel aus den Ohren.

»Kein Grund zur Panik«, sagte er gelassen. »Ihrer Frau geht es den Umständen entsprechend gut. Außer einer leichten Rauchvergiftung hat sie lediglich Verbrennungen ersten Grades an den Beinen erlitten – bleibende Schäden sind also nicht zu befürchten. Eine klinische Untersuchung halte ich trotzdem für angebracht, aber das ist eine reine Routinemaßnahme.«

Rudolf Hollenbeck nickte dankbar. Er kannte den

Arzt seit Jahren und vertraute blindlings dessen kühl abwägendem Urteil. Vorsichtig trat er näher. Andrea öffnete die Augen und lächelte schwach. Ein Büschel zerzauster Locken hing ihr in die Stirn.

»Du machst ja tolle Sachen!« flüsterte er und beugte sich über sie, erstaunt ihr wachsbleiches Gesicht betrachtend: Die Schwellungen der Lidränder, das fiebrige Rot der Wangen, die Pusteln an Hals und Händen – all diese der Schönheit abträglichen Seuchensymptome, am Morgen noch Ziel heftiger Verwünschungen, waren spurlos verschwunden.

Ehe Rudolf Hollenbeck sein Befremden darüber ausdrücken konnte, erschienen die Männer des Rettungsdienstes. Während der eine die sperrige Leichtmetalltrage an die Wand stellte, entknäuelte sein Kollege eine schlauchbehangene Apparatur, die sich bei genauerem Hinsehen als Sauerstoff-Dusche entpuppte.

»Den Kopf bitte ruhig halten!« befahl der staatlich besoldete Samariter, bevor er Andrea die Atemmaske überstülpte. »So, und jetzt fest durchatmen! Brust und Bauch bleiben locker – das wird Ihnen frischen Wind in die Lungen blasen!«

Nach dieser flapsig-autoritären Anweisung öffnete er das Ventil, und leise zischend floß die Luft aus dem Druckbehälter. Langsam bröckelte die Spannung von Rudolf Hollenbeck ab. Mit verschränkten Armen beäugte er wohlgefällig die Bemühungen der beiden Weißkittel, zunehmend dem Glauben huldigend, daß nun nichts Schlimmes mehr geschehen könne.

Diese Annahme erwies sich als fataler Irrtum: Urplötzlich begann Andrea zu röcheln, Niessalven schüttelten ihren Körper, und krampfhaft hustend schleuderte sie die Maske zur Seite. Die Augen der Frau tränten, die Bronchien meldeten sich mit hohlem Rasseln, und auf der Haut erblühte der allergische Ausschlag zu alter Pracht – binnen weniger Sekunden war die Schnupfenpest zurückgekehrt.

Mit nicht sehr geistreichen Gesichtern beglotzten die vier Männer das Phänomen. Dann zuckte Doktor Eckart wie unter einem Peitschenhieb zusammen.

»Mein Gott!« keuchte er. »Das ist die Lösung!«

Rudolf Hollenbeck kratzte sich restlos verblüfft am Kinn.

»Welche Lösung denn?« wollte er wissen. »Was meinen Sie damit?«

Der Arzt lachte verzweifelt.

»Sehr einfach: Ich meine, daß es absolut hirnrissig war, den gesamten Chemikaliendschungel nach irgendwelchen bösartigen Schadstoffen zu durchforsten! Da wir unserem Stoffwechsel schon seit Generationen die seltsamsten Dämpfe und Partikel zumuten, hat sich das Immunsystem längst an die diversen Fremdelemente gewöhnt. Leider ist der menschliche Organismus kein automatischer Müllverwerter, der auch den gröbsten Dreck folgsam schluckt. Jede noch so kleine Veränderung im biochemischen Haushalt bewirkt eine Störung, und deshalb braucht sich niemand über die gegenwärtige Konfusion zu wundern: Der Homo sapiens hat lediglich eine falsche Umweltanpassung betrieben, versteht ihr ...!?«

Seine Stimme wurde schrill und brach ab. Wütend packte ihn der Reporter bei den Schultern.

»Nein, das verstehe ich nicht!« schrie er. »Könnten Sie vielleicht ein bißchen deutlicher werden?«

Er hörte die gemurmelte Antwort, und jäh wurde ihm klar, daß Birgit Klausners rebellische Vorschläge nun gute Chancen hatten, selbst den Alp zu begeistern. Morgen würde nur ein Wort auf den Titelseiten der Zeitungen prangen; ein Wort von vernichtender Sprengkraft, das eine Umwälzung ankündigte, tiefgreifender und gewaltiger als jedes bisherige geschichtliche Ereignis: Sauerstoff-Allergie!

Der Autor:

Geboren am 3. November 1949 in München. Ausbildung als Schriftsetzer, dann Abendgymnasium, Arbeit als Korrektor, jetzt im Verlagswesen tätig. Verheiratet, seit kurzem in Germering bei München lebend. Veröffentlichte 1983 seinen Erstlingsroman »Weg der Erde« im Heyne Verlag. Daneben mehrere Kurzgeschichten, alle in der SF angesiedelt.

HEYNE BÜCHER

ISAAC ASIMOV

Drei Romane aus dem legendären Roboter- und Foundation-Zyklus.

01/6401 – DM 12,80

01/6579 - DM 12,80

01/6607 - DM 12,80

Drei Romane, in denen Roboter, Computer und geheimnisvolle außerirdische Wesen Herr über Raum und Zeit sind.

Wilhelm Heyne Verlag München